本书为教育部人文社会科学研究青年基金项目"宋代贬谪文人与贬谪文学"（项目批准号：13YJC751080）的阶段性研究成果。

唐宋贬谪词研究

张英 著

中国社会科学出版社

图书在版编目（CIP）数据

唐宋贬谪词研究/张英著. —北京：中国社会科学出版社，2017.11
ISBN 978-7-5203-1124-3

Ⅰ.①唐… Ⅱ.①张… Ⅲ.①词学—诗歌史—中国—唐宋时期 Ⅳ.①I207.23

中国版本图书馆 CIP 数据核字（2017）第 238499 号

出 版 人	赵剑英
责任编辑	郭晓鸿
特约编辑	席建海
责任校对	周 昊
责任印制	戴 宽

出　　版	中国社会科学出版社
社　　址	北京鼓楼西大街甲 158 号
邮　　编	100720
网　　址	http://www.csspw.cn
发 行 部	010-84083685
门 市 部	010-84029450
经　　销	新华书店及其他书店
印刷装订	北京君升印刷有限公司
版　　次	2017 年 11 月第 1 版
印　　次	2017 年 11 月第 1 次印刷
开　　本	710×1000　1/16
印　　张	25
插　　页	2
字　　数	329 千字
定　　价	108.00 元

凡购买中国社会科学出版社图书，如有质量问题请与本社营销中心联系调换
电话：010-84083683
版权所有　侵权必究

序　言

张英是我指导的博士，她当时在博士论文选题时很是费了一番周折，后来受武汉大学尚永亮教授《贬谪文学与贬谪文化》一书的启示，萌生了以"唐宋贬谪词"为研究对象的想法，在征求我意见时我感到这个题目颇有新意，遂欣然同意。经过了三年的努力，张英完成了30万字左右的博士论文，如今在博士论文的基础上修订的《唐宋贬谪词研究》即将付梓出版，我很为她高兴，也乐意为她的书写几句话以示鼓励。

在中国古代社会，贬谪是文人们常遭遇的惩处。这种经历对于他们的人生而言当然是一种挫折甚至灾难，但与此同时，凝结着血泪的贬谪经历又往往催生了文学上的璀璨花朵，成就了许多文学史上的大家和至今传诵不歇的名篇，这其中，也包括词体文学的创作。在学术界，贬谪文学研究已经有相当多的成果，但这些研究大多偏重于贬谪诗文，对贬谪词的关注尚不够。《唐宋贬谪词研究》能以时间为序较全面地勾勒出从中唐到南宋的贬谪词发展进程和风貌，是一大创新之处。而在我看来更为有价值的部分，是作者在勾勒唐宋贬谪词史的基础上，以贬谪为视角，对文人词的诞生、繁荣以及词体的"诗化"给予了一种新的解读。对于文人词的诞生和繁荣，作者认为，中唐词史上几位重要人物都经历过贬谪，贬谪使他们得以接触到民间曲调并开始了填词的创作；贬谪使他们的心态发生了由进取到闲隐的变化，促进了文人词的兴起和繁盛，因此，"中唐文人词的出场，非但伴有美女、美酒和音乐，更与凄风苦雨、蛮荒猿啼的文人贬谪密切相关"。对于词体的"诗化"，作者则认为，是贬谪中的畏祸心理使文人将诗文中的题材转移到词中，形成了词在题材上的拓宽；词人贬谪中的经历使词境由狭小变阔大，由柔媚变刚健；贬谪使词人更加注重自我情感的抒发，改变了"男子而作闺音"的传统写作方式；贬谪也使词体中香草美人的寄托表现得更加明朗可解，使词作意蕴更加丰厚；贬谪词人以词酬唱，表现出情感上的共鸣和志向上的共勉，提高了词的功能。这些观点尽管在论证中尚有不够严密之处，但的确提供了新的想法，是非常有意义的。此外，本书的另外一个特点是其行文之中饱注情感且颇具文采，具有较好的可读性。特别在解读具体词作的时候，作者往往能结合词中所写之意境，以现代美文式的语言加以阐释，如对黄庭坚《念奴娇·断虹霁雨》和张孝祥《念奴娇·过洞庭》的解读，语言便非常优美，此类例子很多，读者可以自行详观，此处不再赘述。

当然本书还存在着一些欠缺之处：如对唐宋词人贬谪情况可进一步用定量分析的方式去统计和分析，会更加具有说服力；在理论深度方面也有进一步提升的空间；语言也失于繁冗不够简练。可喜的是，目前张英在《唐宋贬谪词研究》的基础上已经成功申报了教育部人文社会科学基金项目"宋代贬谪文人与贬谪文学研究"，在这一课题中她将研究范围扩展到包括诗、词、文在内的整个宋代贬谪文学，本书也成为这一课题的阶段性研究成果。希望她能够在今后的研究中取得更大成绩！

杨海明

目　录

绪　论 ……………………………………………………………… 1

第一章　中唐文人词的兴起与文人贬谪 …………………………… 16

　第一节　中唐文人贬谪与中唐贬谪词的创作 ……………………… 17

　第二节　中唐文人贬谪与文人词对民歌的学习借鉴 ……………… 28

　第三节　中唐文人贬谪后的心态对唐宋词的影响 ………………… 34

第二章　北宋党争背景下的贬谪词 ………………………………… 62

　第一节　北宋党争背景下的词人贬谪情况 ………………………… 63

　第二节　北宋贬谪词的风貌 ………………………………………… 92

第三章　南宋和战斗争背景下的贬谪词 …… 158
第一节　南宋和战斗争背景下的词人贬谪情况 …… 159
第二节　南宋贬谪词的风貌 …… 186

第四章　宋玉、屈原、陶渊明与唐宋贬谪词 …… 238
第一节　文人的感伤——宋玉对唐宋贬谪词的影响 …… 239
第二节　志士的执着——屈原对唐宋贬谪词的影响 …… 256
第三节　达者的睿智——陶渊明对唐宋贬谪词的影响 …… 275

第五章　词人贬谪与唐宋词的"诗化" …… 315
第一节　畏祸心理的驱使——词人贬谪与词体题材的拓宽 …… 318
第二节　万水千山行遍——词人贬谪与词境的转变 …… 331
第三节　不作妮子态——词人贬谪与词作抒情主人公的转变 …… 343
第四节　文外有事——词人贬谪与词作中的寄托之意 …… 353
第五节　词亦可以群——贬谪词人之酬唱与词体功能的提高 …… 368

结　语 …… 381

主要参考文献 …… 383

后　记 …… 393

绪　论

　　《唐五代逐臣与贬谪文学研究》的作者尚永亮先生说："一部中国文学史，很大程度上是由迁客骚人的低吟高唱所构成。"① 在这曲"低吟高唱"的交响乐中，唐宋贬谪词是一段不可忽视的重要旋律。它不仅与唐宋贬谪诗文一同构成了贬谪文学的高潮，在很大程度上成就了唐宋文学在整个中国文学史上的辉煌，而且成功地构筑了词体自身的兴起、发展和蜕变。可以说，没有唐宋贬谪词，词史的发展脉络就无从谈起。甚至可以说，没有唐宋贬谪词，整个宏大壮阔的文学史就会失色很多。

　　给唐宋贬谪词以如此高的定位，首先，唐宋两代贬谪词人众多，每个重要阶段的代表词人几乎都经历过贬谪。试看，唐宋文人词的开端者白居易、刘禹锡；花间词鼻祖温庭筠；北宋小令词成就的代表者晏殊、欧阳修；豪放词的两大代表人物苏轼与辛弃疾；婉约词的两大代表人物秦观与周邦彦，他们哪一个没有过沉痛的贬谪经历？其次，在唐宋词史上，许多家喻户晓的名篇都是这些词人在贬谪中所作。我们随手拈出几个——"大江东去，浪淘尽，千古风流人物。故垒西边，人道是，三国

---

　　① 尚永亮：《贬谪文化与贬谪文学——以中唐元和五大诗人之贬及其创作为中心》，兰州大学出版社2004年版，第11页。

周郎赤壁。乱石穿空，惊涛拍岸，卷起千堆雪……"这首令"关西大汉"持"铜琵琶、铁绰板"而唱的《念奴娇·赤壁怀古》，正是苏轼作于因"乌台诗案"而被贬黄州期间；"雾失楼台，月迷津渡，桃源望断无寻处。可堪孤馆闭春寒，杜鹃声里斜阳暮……"秦观这首被王国维称为"由凄婉而变凄厉"的《踏莎行》，正是作于他贬谪郴州之时；"壮岁旌旗拥万夫，锦襜突骑渡江初。燕兵夜娖银胡䩮，汉箭朝飞金仆姑。追往事，叹今吾，春风不染白髭须。都将万字平戎策，换得东家种树书。"这首《鹧鸪天》则是辛弃疾在贬居瓢泉时为平生抗金志向未酬而发出的慨叹……唐宋词若没有了这些词人在贬谪中所作的名篇，其辉煌的成就无疑将大打折扣，有愧王国维"一代之文学"的美誉。

以上仅仅是表面现象。贬谪在唐宋词发展过程中最重要的作用，一是促成其兴起，二是促成其诗化。就兴起而言，白居易、刘禹锡等中唐文人词的开创者，都是在贬谪之后吸收了民歌的营养，开始了词的创作。亦是在贬谪之后，完成了心态上由于事功向中隐休闲生活的转变，在很大程度上促成了文人词所需要的那种休闲享乐的文化氛围，为文人词的兴起、繁盛创造了条件。就唐宋词的诗化而言，贬谪所起到的作用更为显著。概括而言，文人们在贬谪中的畏罪与避祸的心理，促使他们将诗文中的题材转移到了词中，推动了词在题材上的拓宽；贬谪文人们行遍万水千山的旅程，开阔了他们的眼界，让他们笔下的词作在词境上由狭小变阔大，由柔媚变刚健；贬谪的客观环境使词人们失去了为歌女作词的条件和氛围，贬谪中内心的苦闷抑郁也使词人们的兴趣由歌舞女转向自身，从而改变了"男子而作闺音"的创作方式，抒情主人公由女性转为男性；由于贬谪词人们的"弃妇心理"和"畏罪意识"，词体当中更多地出现了"文外有事"的寄托，从而使词作的情感更加厚重，在很大程度上向"言志"的诗歌靠近；贬谪词人们由于在情感上的共鸣与志向上的共勉，他们用词互相酬唱，使词像诗歌一样"可以群"，开拓了词体的功能。可以说，无论在题材上、风格上，还是在功能上，贬谪都是促使唐宋词向诗歌靠近的重要原因。既然唐宋词的"兴起"与"诗化"两大命题都与贬谪密切相关，贬谪之于唐宋词的作用，可谓大矣！

在正式开始唐宋贬谪词研究之前，我们将对贬谪及贬谪文学的界定、贬谪文学研究的意义以及贬谪文学研究的现状与不足做一番简略的审视与分析。

一 贬谪文学以及贬谪词的界定

尽管贬谪文学研究已经有了一定的基础，但学界对"贬谪文学"的概念却始终没有一个明确的界定，由于这涉及贬谪文学研究对象的范围，没有明确的界定极易使研究者因为概念的不一致而形成观点上的不同，甚至出现自相矛盾的状况。因此，本书将首先对"贬谪文学"加以界定，希望此种界定不仅用之于本书，亦希望能因其合理性而通行于贬谪文学研究领域。

我们将通过对以下三个问题的回答来完成此界定，即：

1. 关于作者：贬谪文学的作者应该是什么样的人？
2. 关于时间：贬谪文学的创作应该有什么样的时间段限制？
3. 关于作品：贬谪文学的作品应该具有什么样的特征？

关于作者，笔者认为应当是亲身经历贬谪者。这其中有两点需要注意，第一，这里所说的身经贬谪者，既包括那些"无罪而贬者"，亦包括那些"罪有应得者"。第二，学术界有一种观点认为，有些人虽未经历贬谪，但在作品中表现出贬谪之感，这样的作品也应属贬谪文学。笔者认为此种观点可作为"广义"的贬谪文学概念，但因其在实际研究中缺乏可操作性和辨别性，本书不予采纳。

关于时间，笔者认为贬谪文学的创作时间一般是在贬谪期间，包括：接到谪命即将赶赴贬所之时、赶赴贬所的途中、在贬谪地生活期间。此外，贬谪者在受到赦免重返朝堂或者致仕归乡之后，回忆贬谪期间的生活和感受的作品，亦应归入贬谪文学的范围之内。贬谪之前的作品，应排除在外。

关于作品，笔者认为，对贬谪文学作品的特征不宜作过细规定，否则在研究中容易作茧自缚。如有些学者强调贬谪文学所具有的"激愤不平之气"等特征，过于狭隘。笔者认为凡是与贬谪生活和情感相关的作品，便可归入贬谪文学。

总而言之，贬谪文学是贬谪者在贬谪期间（及贬谪之后）所写的与贬谪生活和情感相关的作品。由此我们亦可以得出贬谪词的概念：在本书中，"贬谪词"指贬谪者在贬谪期间（及贬谪之后）所创作的与贬谪生活和情感相关的词作。

二 贬谪文学研究的意义

由于贬谪是中国古代士人的一种普遍遭遇，而这种遭遇对文学上的影响巨大，因此贬谪文学研究具有独特的学术意义和现实意义。

（一）贬谪是中国古代士人的普遍遭遇

惩罚，本是针对那些不法之徒的，但是在古代中国，除了那些罪有应得者之外，贬谪这种惩罚更是常常落在那些忠正耿直的士大夫头上。尚永亮先生将他们被贬的原因分为四类："志大才高，因小人的谗毁而被贬，屈原、贾谊可为代表；革新弊政，因斗争失败而被贬，柳宗元、刘禹锡可为代表；直言进谏，因触怒龙颜而被贬，阳城、韩愈等即是；

党争激烈,因本派失利而被贬,其代表人物可推李德裕、苏轼。"① 贬谪这种对士人的惩处方式在中国古代社会是如此普遍,主要是由中国古代专制制度的根本特征和中国古代士人的独特品质决定的,更确切地说,是"道统"与"政统"的依附与抗衡产生的必然结果。

  从中国封建君主专制的体制来看,君主享有独裁地位,整个官僚体制都处于他的统治之下,君王的权力至高无上不可触犯。君王的意愿和话语是所谓的"金科玉律",几乎具备法律的效力。他们手中掌握着对臣下生杀予夺的大权,更不要说"贬谪"这样罚不及死的惩处。当然,君主为了巩固统治,延长世系,扩大自己的统治基础,也希望把天下治理得富强安定,为此,他们必须依靠士人为他们出谋划策,打理事务,于是历代君王都会招揽贤才能士,给予他们爵位、官职和俸禄。但是一方面,君王权力的过大,自然会产生不合理的滥用,其出于一己的喜好与倦恶,即便只是一念之间,也有可能对一个士人终生的命运产生无法逆转的影响;另一方面,真正能够从内心深处认识到维护社会正义、维护民众利益与维护皇室长远利益相一致的君王并不多,而能够从情感、性格、道德上自觉地约束、规范自己,能够诚心实意地接受批评并纠正自己错误的君王则更为罕见。虽然从表面上来看,宰相、中书等制度也确实能够对君权产生一定的制约力,但这种制约力非常有限,当宰相、中书等机构当中亦产生意见分歧乃至权力斗争的时候,最为重要的、决定性的力量仍然在君王手中。这一点,我们审视宋代党争中随着君王的更换而导致党争局面的反复这一现象时可以清楚地看到。另外,专制制度同时滋生权力的腐败,一些善于谄媚君王、取巧钻营的小人往往能够打着君主的旗号挟私报复,

---

① 尚永亮:《贬谪文化与贬谪文学——以中唐元和五大诗人之贬及其创作为中心》,兰州大学出版社2004年版,第3页。

忠良之士打击迫害，尤其是当这些小人爬上高位把持朝政的时候，更容易形成政治上的黑暗。这也是大量贬谪者被"谗毁"的原因。

再看中国古代士人的群体品质和现实出路。儒家先师对于"士"的品质的期许和建构，深刻影响了士大夫刚直不阿、忠正耿直的性格和以天下为己任的责任感、对社会民生的深厚关怀。这种"志于道"的精神，在士人阶层兴起的先秦时期，无论在精神上还是在现实中都与"政统"有抗衡的可能性，这是由当时天下分崩的特殊历史境遇所决定的，由于君主并非唯一，士人完全有择主的条件，在"双向选择"的情况下，礼遇士人成为一种历史的必然。但在大一统政权之下天下仅此一家，别无旁主，"道统"便不得不臣服于"政统"。而儒家"学而优则仕"所体现的积极参政的精神，又使士人们在学业已成之后除了做官别无出路，所谓"学成文武艺，卖与帝王家"。特别是唐宋两朝，科举制度给了大批平民知识分子以做官的机会和希望的同时，也给了他们在现实中和精神上的巨大枷锁。因为这种"卖与帝王家"，是无法讨价还价的"卖"。而当年孔子所提倡的"志于道"的理想，孟子的傲骨和浩然正气，在一代代士人之间依然传承着。在"道"与"势"的冲突中，"士人"依然实践着"以身殉道"，这种"殉道"，正是以"贬谪"为主要的表现方式留在历史当中。

（二）贬谪对中国古代文学有深刻影响

贬谪对中国古代文学无论在数量上，还是在质量上都有着深刻的影响，由此贬谪文学也有着十分重要的地位。

从"量"的方面来看，作为中国古代士人普遍性命运之一的贬谪，必然会导致文学史上贬谪文人和贬谪文学作品的大量出现。司马迁曾说："昔西伯拘羑里，演周易；孔子厄陈蔡，作春秋；屈原放逐，著离骚;左丘失明,厥有国语;孙子膑脚,而论兵法;不韦迁蜀,世传吕览;韩非囚秦,说难、孤愤;诗三百篇,大抵贤圣发愤之所为作也。此人皆意有所郁结,不得通其道也,故述往事,思来者。"此语说明人生的种种困厄对于伟大作品的催生作用,但其中,"失明""膑脚"较为罕见;"迁蜀""囚秦"则需特殊的历史境况;"拘"而作文者,殆非寻常之人;"厄"而著述者,又太过泛泛。唯有"放逐"即"贬谪",乃是中国古代知识分子于仕途中最为常见之困厄,也是对文学的催生作用最强的一大因素。其原因,可归结为以下两点。

其一,文人贬谪后,政治前途上的挫败之感和生活条件上的困苦情形,自然会让他们心怀郁结,诉诸文学是他们发泄心灵愁绪、表现自我情怀的最好方式。元稹在贬谪中便说其将"全盛之气,注射语言"[1]。刘禹锡说:"悲斯叹,叹斯愤,愤必有泄,故见乎词。"[2] 柳宗元说:"时时举首,长吟哀歌,舒泄幽郁。"[3] 正说明了文人在贬谪中的内心欲求。这在文学理论上也有一条明晰的线索,从屈原的"发愤以抒情",到司马迁所说的"发愤之所为作",到唐代韩愈的"大凡物不得其平则鸣",到宋代欧阳修的"诗穷而后工",都表现出这一点,而其中欧阳修的阐述最为详尽:"盖遭时之士,功烈显于朝廷,名誉光于竹帛,故其常视文章为末事,而又有不暇与不能者焉。至于矢志之人,穷苦隐约,苦心危虑,而极于精思,与其有所感激发愤,惟无所施于事者,皆一寓于文辞,故曰穷者之言易工也。如唐之刘、柳无称于事业,而姚宋不见于文章。"[4]

---

[1] 元稹:《叙诗寄乐天书》,《元稹集》卷三十,中华书局1982年点校本,第351页。
[2] 刘禹锡:《上杜司徒书》,《刘禹锡集》卷十,中华书局1990年校订本,第116页。
[3] 柳宗元:《上李中丞献所著文启》,《柳宗元集》卷三十六,中华书局1979年点校本,第926页。
[4] 欧阳修:《薛简肃公文集序》,《欧阳修全集·居士集》卷四十三,中华书局2001年版,第618页。

其二，贬谪使士人从"立德、立功"转向对"立言"的关注。"三立"是儒家所倡导的人生追求的三个层次，立德最上，立功其次，立言最次。① 在贬谪之前，士人虽也关注立言，但更注重的是完善自身道德的"立德"和建立外在功业的"立功"，也正因此，"姚宋不见于文章"。然而在贬谪之后，由于被冠以"贪鄙""讪谤"等罪名，"立德"已经遭到了质疑，而"立功"的理想，更是因为被剥夺了资格而化为泡影，剩下的唯有立言。儒家是讲究进取的，"三立"正是个人将自身投之于社会进而影响社会的三种表现方式。即便是在贬谪当中，深受儒家思想影响的士人亦在内心深处有着这样的追求。"立言"尽管是儒家所倡导的人生追求之最末端，亦表现出间接参与社会之精神。同时，早在魏晋时期人们便已经认识到文学对于延长精神生命的重要作用，曹丕在《典论·论文》中说，"盖文章经国之大业，不朽之盛事。年寿有时而尽，荣乐止乎其身。二者必至之常期，未若文章之无穷"。对于贬谪文人来说，他们在文学上的创作，不仅仅是为了一般意义上的流传后世，而是自身的行为、信念在当世受到质疑的情况下，为自身辩白，寻求后世知己的希求。

从"质"的方面来看，《沧浪诗话》指出："唐人好诗，多是征戍，迁谪，行旅，离别之作，往往能感动激发人意。"② 足见贬谪对于文学作品质量上的提高作用。我们可从作品的题材广度和情感深度两个方面分析。

首先，贬谪使文学题材发生了由窄变宽的变化。一方面，文人们遭遇贬谪后，往往由政治权力的中心被驱逐至荒僻瘴疠之地，边陲大漠、

---

① "太上有立德，其次有立功，其次有立言。虽久不废，此谓之三不朽"。见杨伯峻校注《春秋左传注·襄公二十四年》，中华书局1981年版，第1088页。
② 严羽：《沧浪诗话·诗评》，吴文治主编《宋诗话全编》，江苏古籍出版社1998年版，第8735页。

湖湘海南，到处留下了贬谪文人的足迹，这会让他们的生活环境和眼界发生深刻的变化；另一方面，遭遇贬谪的文人，其生活方式和社会角色都发生了改变，导致其人生阅历也相应增加。于是吊古伤今、自然山水、民风民俗、民生疾苦等需要人生阅历和空间游历的题材便会相应地出现在贬谪文人的笔下。如唐代张说罢相后"既谪岳州，而诗益凄婉，人谓得江山之助云。"（《新唐书·张说传》）张九龄贬谪后"自内职牧始安，有瘴疠之叹，自退相守荆州，有拘囚之思。托讽禽鸟，寄辞草树，郁然与骚人同风。"（《旧唐书·张九龄传》）柳宗元"既窜逐，涉履蛮瘴，崎岖堙厄，蕴骚人之郁悼，写情叙事，动必以文。为骚文十数篇，览之者为之凄恻。"（《旧唐书·柳宗元传》）而刘禹锡作于湖湘及蜀地的诗词，无论在展现社会生活的广度上还是深度上，均较其此前之作有很大的拓展。唐宋词中贬谪使词体题材发生的变化更为明显，这将在正文第五章中论及。

其次，贬谪使文人们在情感上发生了由假而真，由浅而深的变化。在生命沉沦的苦痛中，贬谪文人们开始深切地思考人的命运、生存价值等问题，将这些情感和思索发而为文时，他们已经全然不是"为赋新词强说愁"，而是注入了全部的真性情、真感慨。《清波杂志》卷四《逐客》条有："放臣逐客，一旦弃置远外，其忧悲憔悴之叹，发于诗什，特为酸楚，极有不能自遣者。"[①] 对于文学创作来说，这种真情和深情显得尤其重要，用自身生命谱写出来的文学作品，必然有着格外令人感动、震撼的效果。虽然那些非贬谪文学同样也能够让人感受到作者的情感，但相比之下显然不及贬谪文人笔下的那些表现人生苦难和在这种苦难中挣扎、抗争的作品那样厚重深刻。在某些贬谪者如白

---

① 周辉：《清波杂志》卷四，《宋元笔记小说大观》，上海古籍出版社2001年版，第5050页。

居易、苏轼等人的笔下,常常有着平静淡泊、从容不迫的情调,似乎看不到那份挣扎和抗争,但正如尚永亮先生所说:"作为自我拯救的努力,超越本身就是一种不甘屈服的抗争形式。"① 并且,最终的平静和从容,正表现了他们经历了苦难的挣扎后对命运的胜利,而这应该是更加让我们感动、敬佩的精神。

(三)贬谪文学研究的学术价值与现实意义

贬谪对中国古代士人是一种具有普遍性的遭遇,同时又对中国古代文学产生了如此深刻的影响,贬谪文学研究的意义正建立于此。正如蒋长栋先生所说:"选择贬谪文学研究作为研究课题,不仅是找到了中国古代文学中的一个尚未认真开掘的巨矿,而且是找到了一个含金量甚高的富矿。"② 具体来说,以贬谪作为视角来考察个体作家,是孟子所说的"知人论世"的深化,将会使我们对这类作家作品的面貌有着更加全面的把握;以贬谪作为视角来考察文学史,会对文学史上的一些现象和规律产生更加明晰的认识。此外,贬谪这一现象与中国古代社会的内部党争、民族战争以及文化、学术、思想潮流都有着密切的联系,以贬谪为视角,将牵动与之相关的许多研究领域,从而使文学研究走出狭隘的以文论文的小巷,进入一个更加宽广的视域当中。

贬谪文学研究除了学术上的价值之外,还具有重要的现实意义。

首先,贬谪是中国古代专制社会中特有的现象,它是与专制独裁的统治相伴而生的,哪里有独裁,哪里就会有类似贬谪的命运。而随着专制体制的逐步瓦解,贬谪这种现象也就渐渐消失。如近现代中国社会

---

① 尚永亮:《贬谪文化与贬谪文学——以中唐元和五大诗人之贬及其创作为中心》,兰州大学出版社 2004 年版,第 12 页。
② 蒋长栋:《一个尚待开拓的文学研究领域》,《贬谪文学论集·序》,中国文联出版社 1999 年版。

中，许多知识分子或从事教育事业，或从事报业出版，或兴办民族企业，他们脱离了对统治阶级的依附而具有了自食其力的谋生手段，在精神上也摆脱了皇权的束缚，更加自由独立。然而，新中国成立之后很长一段时间内，在各种政治运动中，大批知识分子或被流放，或被降职，或被开除公职，出现了与中国古代社会中的贬谪相类似的现象。这距离我们不到半个世纪的惨痛历史，不能不让我们深刻反省。新时期以来，中国日渐走上了民主化建设的道路。回顾中国古代社会士人贬谪的历史，会让我们更加深刻地认识到民主建设对中国之重要性所在。具有良好的民主意识，为完善民主体制做出自己的积极努力，应该是每一个现代中国公民所应有的思想和行动。

其次，尽管贬谪作为一种历史现象已经一去不复返，但中国古代士人的优秀品质应当传承于今天的知识分子身上。孔子所说的"志于道"在现代社会，就应当表现在对于社会正义的追求，对弱势群体的关注，对祖国利益的维护，对自身修养的坚持，以及在权贵面前的自尊自重。鲁迅曾说："我们从古以来，就有埋头苦干的人，有拼命硬干的人，有为民请命的人，有舍身求法的人……虽是等于为帝王将相作家谱的所谓'正史'，也往往掩不住他们的光耀，这就是中国的脊梁。"① 在中国古代，尚且有如许优秀的士大夫不顾个人生死追求理想和正义，用他们的苦难祭奠了中国五千年文明，今天的知识分子又怎能谄媚求荣，背信弃义，损人利己，面对社会上的不平缄默不语？正如王岳川先生所说："在我看来，所谓知识分子指这样一类人：他们受过良好的高等教育，并在人格上达到自我觉醒，以求知为目的，不断创造、传播、使用文化，忧国忧民，对社会发展极具责任心，对现

---

① 《鲁迅文集》第四卷《且介亭杂文集·中国人失掉自信力了吗》，吉林文史出版社2006年版，第81页。

实社会不断加以反省批判，以自己的良知作为社会的良心和评判社会事物进步或退步的标准。"① 回顾中国古代社会士人的贬谪，正是要今天的知识分子唤起"社会的良心"。

最后，尽管今天的社会中已经没有贬谪这一现象，但人生的挫折和痛苦在任何时代都无法避免。在这个节奏匆忙、竞争激烈的现代社会中，很多人的心理处于"亚健康"状态。而中国古代士人在贬谪中所表现出的精神品质，可以成为我们在面临人生挫折时的一剂良药。尚永亮先生将中国古代士人面对贬谪时的态度分为执着型和超越型两种。执着型沉浸在苦难当中一蹶不振，甚至以自戕作为最后的了断；超越型则能够以旷达乐观的态度正视人生的苦难，得到心理的平衡。执着型虽能够得到后世的敬重、景仰，但未免太过激烈，刚而易折，无益于现实的人生；超越型虽然能够乐保天年，但却容易滑入圆滑混世一途。在批判地继承古人的精神遗产时，我们既要执着于理想，又要超越于苦难，面对大是大非时要坚持正义，面对个人利益得失时则要看得开，懂得放手。对贬谪文学的阅读和研究，正会使人们在感性的话语中不知不觉受到启示。

三 贬谪文学研究的现状和不足

尽管贬谪文学作为一种历史现象由来已久，但学术界对贬谪文学的研究却由于种种原因而起步极晚，确切来说，学术界开始以贬谪为视角对古代文学进行审视和探析是从 20 世纪 80 年代以后才开始的。到目前为止，已经有千余篇相关学术论文，几十篇硕、博士学位论文以此为选题，数本专著亦已出版。这其中尤其值得称道的是尚永亮先生的成果。

---

① 王岳川：《文化话语与意义踪迹》，四川人民出版社1997年版，第462页。

尚永亮先生是贬谪文学研究中一位十分重要的学者，其 2003 年出版的《贬谪文化与贬谪文学——以中唐元和五大诗人之贬谪和创作为中心》一书是由其 20 世纪 80 年代写成的博士论文《元和五大诗人与贬谪文学考论》及其后十余年在贬谪文学领域中的其他研究成果汇集而成。在对贬谪文化与贬谪文学总的把握中，通过对历代史料的精心梳理，尚永亮先生第一次系统地阐述了贬谪的概念、性质、渊源、成因及其类型；通过对贬谪文化发生发展的演进轨迹和贬谪士人的心理流程变化的分析考察，首次阐明了中国贬谪文学发展的三个重要阶段及其突出特点，这些原创性的理论阐述对该领域研究的进一步拓展和深化提供了十分有益的启示。在具体的研究内容上，尚永亮先生精心选取了中唐元和五大贬谪诗人及其创作为重点研究对象，通过全面审视元和文化精神和文化环境的形成与变迁，探析元和乃至整个唐代贬谪文学的总体走向。其对元和贬谪文学的悲剧精神和审美追求的独特见解，为这一课题的后续研究奠定了坚实的基础。《唐五代逐臣与贬谪文学研究》一书于 2007 年出版，是尚永亮先生在唐代贬谪文学研究领域的又一力作。该书首先对唐五代贬谪制度与逐臣类型进行了总体考察，其中对贬谪的基本范围和构成因素、贬官的主要类型和相关处置进行了详细的考证，对唐五代各朝贬官的时空分布加以翔实的定量分析，有着十分重要的史料价值。在全书的主体部分，分别对初唐神龙、盛唐、中唐元和以及晚唐五代四个阶段的政治状况、逐臣特点和贬谪文学进行分析。书中最后一部分还专门探讨了唐五代逐臣的别诗。该书史论结合，知识面极广，几乎将唐五代所有贬逐文人都囊括在内，可谓唐代贬谪文学研究的集大成之作。

在取得了巨大成就的同时，贬谪文学研究也存在着若干不足：其一，个案描述较多，宏观把握和理论阐述尚属不足。如对贬谪文学内涵和外延的界定，对贬谪文学自身纵向演进的轨迹和规律的探讨，对贬谪文学中各文体之间的横向联系的规律的研究，都有待进一步加深。其二，在贬谪文学研究对象上，明显偏重唐代，对宋代关注不够。唐宋是中国贬谪文学的鼎盛时期，而从论著、硕博士学位论文的数量上来看，将近三分之二的研究着眼于唐代，单篇论文对贬谪文学的研究亦是唐代压倒宋代。这首先得力于尚永亮先生在唐代贬谪文学研究中的杰出成果所起的功不可没的带动作用，但宋代由于北宋的党争和南宋的和战之争，产生过大量的贬谪文人，理应同样受到重视，后续研究者应该将目光放远，勇于开发新的研究领域。其三，在贬谪文学的具体研究对象上，明显偏重刘禹锡、柳宗元、苏轼等大家，对其他贬谪文人关注不够。文学史上一些具有重要地位的大家，在贬谪文学研究中固然有着重要的研究价值。但是对之关注过多，也极易造成千篇一律，重复研究，造成时间和人力的浪费。贬谪文学研究要由点及面，在关注大家的同时也要有全面的整体的把握，一些文学史上的"次要"作家在贬谪文学中可能有着举足轻重的意义，对他们亦要投注一定的研究精力，只有这样才能形成贬谪文学"史"之动态原貌。其四，在贬谪文学的文体研究上，明显偏重于诗文研究，对词体关注不够。固然，中国古代士人在经历贬谪这一人生和仕途上的困厄时，诗文能够更确切地表达他们在贬谪中的痛苦挣扎和自我救赎的心路历程。这一点从贬谪诗文的数量和质量上都可以看出。但一方面，词体与诗文一样负载着作者的情感，离开对贬谪词的考察和探究势必无法获得对贬谪文学全貌的把握；另一方面词体与诗文相比有着其独有的特点，如应歌而作的创作动机，娱宾遣兴的文体功能，等等，这些特点在贬谪的情况下必然发生相应的变化，造成词体自身的演变。从贬谪的角度考察词史，无疑会给词学研究带来新的收获。

综上，本书将以贬谪文学研究中相对薄弱的唐宋两代贬谪词作为研究对象,首先,通过对中唐、北宋、南宋这三个阶段的贬谪词人的贬谪经历与贬谪词风貌的描述,展现贬谪词人个体的词作特征与风采的同时形成唐宋贬谪词史的发展脉络。其次,在这个基础上通过考察宋玉、屈原、陶渊明三者的人生态度和作品风格对唐宋贬谪词的影响,进一步将唐宋贬谪词人的情感类型与词作风貌进行归纳、提升。最后,透过整个唐宋贬谪词的历史,审视贬谪这一政治现象对词史的发展进程起到的作用,从贬谪的角度回答唐宋词史上聚讼甚多的词体"诗化"这一问题。

第一章　中唐文人词的兴起与文人贬谪

　　一种文体的诞生，往往首创于民间，词也不例外，它来自"胡夷里巷"，不过，流入文人笔下之后，才算真正开启了文学意义上的"词史"。文人词的真正确立是在中唐；而中唐文人词的出场，非但伴有美女、美酒和音乐，更与凄风苦雨、蛮荒猿啼的文人贬谪密切相关。试看中唐词坛上几位对整个词史来说具有奠基作用的词人张志和、白居易、刘禹锡，他们都有过可称为人生转折点的贬谪经历。这种转折，让他们从京官、高官变成了贬官、逐臣，而与此同时，又让他们从诗人变成了词人——正是在贬谪中，他们开始注意民间的小调，并且开始用这种小调来抒发万死投荒的艰辛与愤懑；正是经历过贬谪后，他们从"兼济"转为"独善"，从"进取"转为"中隐"，从追求文学的讽喻作用转为向往休闲、享乐的生活。贬谪中的创作，迈开了文人作词的第一步；而贬谪后的思想转变，又与唐宋词发展所需要的文化风气不谋而合。从这个角度来说，正是"贬谪"，催生出文人词的兴起，并促成了它此后的繁盛。

第一节　中唐文人贬谪与中唐贬谪词的创作

一　贬谪词的开山之作——刘长卿的《谪仙怨》

贬谪题材在词中的出现以中唐刘长卿为最早。刘长卿在诗歌上曾自诩为"五言长城",但其词作数量却很少,刘长卿在曾昭岷等编著的《全唐五代词》中只有一首《谪仙怨》流传于今,但这首《谪仙怨》却在贬谪词的历史上具有开拓性的意义。

窦弘余《广谪仙怨》前小序记载,《谪仙怨》曲调源自唐玄宗所作的笛曲。当时正值安史之乱,车驾幸蜀,经马嵬驿时因六军不发而赐死杨贵妃,行至骆谷,玄宗登高下马,望秦川而遥拜宗庙,"呜咽流涕,左右皆泣……遂索长笛,吹于曲,曲成,潸然流涕,伫立久之"。此曲便是《谪仙怨》,"其音怨切,诸曲莫比"[①]。刘长卿用这个词调表现自己的贬谪感慨,无论从音乐的悲怨情调还是从词牌名称上来看都是非常恰当的。《谪仙怨》词如下:

> 晴川落日初低,惆怅孤舟解携。
> 鸟去平芜远近,人随流水东西。
> 白云千里万里,明月前溪后溪。
> 独恨长沙谪去,江潭春草萋萋。

[①] 曾昭岷、曹济平、王兆鹏、刘尊明编:《全唐五代词》,中华书局1999年版,第81页。

刘长卿在《旧唐书》与《新唐书》中皆无传记。元代辛文房《唐才子传》中说："（刘长卿）于开元二十一年徐征榜及第。至德中，历监察御史，以检校祠部员外郎出为转运使判官，知淮西岳鄂转运留后，观察史吴仲孺诬奏，非罪系姑苏狱。久之，贬潘州南巴尉。会有为辩之者，量移睦州司马。终随州刺史。"①贬潘州南巴尉，后量移为睦州司马，似乎可合作一次贬谪，然而唐代高仲武在《中兴间气集》中说："长卿有吏干，刚而犯上，两遭迁谪，皆自取之。"则刘长卿应该有两次贬谪经历。今人杨世明所著《刘长卿集编年校注》即考订为两次贬谪，一次是在唐肃宗乾元二年刘长卿摄海盐县令时，受诬下长州狱，之后贬谪为潘州南巴尉。这次贬谪所为何事？刘长卿在《罪所留系寄张十四》一诗中提到"冶长空得罪，夷甫岂言钱"，在《罪所留系，每夜闻长州军笛声》中又说："白日浮云闭不开，黄沙谁问冶长猜。"《论语·公冶长》云："子曰：公冶长，可妻也。虽在缧绁之中，非其罪也。以其子妻之。"疏云："于时冶长以枉滥被系。"②长卿引此，当然旨在说明自己也是被冤枉的；夷甫即王衍，《世说新语·规箴》载："王夷甫雅尚玄远，尝嫉其妇贪浊，口未尝言'钱'字，妇欲试之，令婢以钱绕床，不得行，夷甫晨起，见钱阂行，呼婢曰：'举却阿睹物。'"③他援用此典，似乎是为自己辩解不曾于钱货有不清之处，反言之，很可能有人以贪赃为名陷害他。第二次是在唐代宗大历九年，刘长卿在淮西岳鄂转运留后任上，"吴仲孺欲截留输送京师钱粮，长卿不与，吴仲孺诬其犯赃二十万贯。朝廷遣监察御史苗伾就推，贬长卿为睦州司马"④。吴仲孺时任岳鄂观察使，为郭子仪的女婿，得罪这样一个有权势的人，无怪刘长卿因

---

① 辛文房：《唐才子传》，中州古籍出版社1987年版，第75页。
② 何晏注，邢昺疏：《论语注疏》，上海古籍出版社1990年版，第40页。
③ 徐震堮校笺：《世说新语校笺》，中华书局1984年版，第307页。
④ 杨世明校注：《刘长卿集编年校注》，人民文学出版社1999年版，第637页。

之遭贬。这次贬谪同样为钱粮事,也许正是因此有些资料便将两次贬谪混为一谈。不过我们可以看出,刘长卿无论是贬潘州南巴尉还是贬睦州司马,都是因"刚而犯上"所致,《唐才子传》认为"长卿清才冠世,颇凌浮俗,性刚,多忤权门。"① 独孤及在《送长州刘少府贬南巴使牒留洪州序》中说:"曩子之尉是邦也,傲其迹而峻其政,能使纲不紊,吏不欺。夫迹傲则合不苟,政峻则物忤,故绩未书而谤及之,臧仓之徒得骋其媒孽,子于是竟谪为巴尉。"② 这种刚傲不阿,不取媚于权幸的性格在中国古代诸多蒙冤被贬的文人中,是相当具有典型性的。

《谪仙怨》一词作于他第二次贬谪为睦州司马之后。词作表现了他再次贬谪后惆怅、幽怨的心情:在一个晴朗春日的黄昏,词人独自一人乘坐小船离开江岸,又一次开始了贬谪的路途。他抬眼望去,一片平坦碧绿的原野之上,鸟儿自由自在远远近近地飞翔,而自己却身不由己,随着无情的流水四处漂泊(贬南巴尉后十余年间,刘禹锡足迹遍布江西、杭州、越州、淮南、长安、扬州、润州、鄂州)。遥岑远目,自己已经像天边的白云一样漂泊了千里万里,而在今宵明月光照之下,即将来到浙西贬所睦州。此刻他想到了汉代被贬到长沙的贾谊,这位令人佩服的才子在贬所抑郁而亡之后,江水依旧奔流,江边的春草依旧萋萋如翠,词人心中不禁涌起无边的惆怅之情。

俞陛云先生在《唐五代两宋词选释》中曾评道:"'白云千里',怅君门之远隔;'流水东西',感谪宦之无依,犹之昌黎南去,拥风雪于蓝关;白傅东来,泣琵琶于浔浦,同此感也。"③ 韩愈潮州之贬、白居易江州之贬,对他们的人生来说不啻晴天霹雳,但从刘长卿的词中我们可以

---

① 辛文房:《唐才子传》,中州古籍出版社1987年版,第75页。
② 杨世明校注:《刘长卿集编年校注》,人民文学出版社1999年版,第622页。
③ 俞陛云:《唐五代两宋词选释》,上海古籍出版社1985年版,第8页。

看出，他的情感仅是惆怅和幽怨，没有激愤与不平，这大概是因为当时刘长卿已经年近六十，而且加上第一次贬谪岭南的基础，对人生的沧桑变化和世间的人情反复早已司空见惯，所以剩下的只是淡淡的感慨和哀愁罢了。

二　悲怆、反思与自信——刘禹锡的贬谪词

考之《旧唐书》卷一六〇《刘禹锡传》，刘禹锡在唐顺宗永贞年间参与王叔文领导的永贞革新，由于此次革新触动了宦官、藩镇甚至当时还是太子的宪宗的利益，很快便在反对势力的联合打击下失败。刘禹锡坐贬连州刺史，"朝议谓王叔文之党或自员外郎出为刺史，贬之太轻"，在前往贬所的途中，又加贬为朗州司马。他居朗州整整十年后方被召还，但很快又因为一首诗"语涉讥刺，执政不悦，复出为播州刺史"。播州，即今天贵州遵义市，在唐朝属于西南边鄙，路途险恶，人迹罕至。当时刘禹锡上有年迈老母，如跟随前往必将死于路途。在御史中丞裴度的一再求情之下，宪宗皇帝改授禹锡为连州刺史，此后又历任夔州、和州刺史，十余年后方又回到京师。正如刘禹锡在《酬乐天扬州初逢席上见赠》一诗中所说："巴山楚水凄凉地，二十三年弃置身。"刘禹锡生性耿直激切，《新唐书》卷九三本传中说其"恃才而废，褊心不能无怨望"。《旧唐书》亦云其"终以恃才褊心，不得久处朝列"。"褊心"意为心胸狭小，由此我们也能看出他对自己的贬谪始终有着愤恨不平。他在《谒枉山会禅师》一诗中这样说："我本山东人，平生多感慨。"这份"感慨"，不仅表现在他大量的诗歌文赋当中，同时也在他的词作中有体现，如在任夔州刺史期间仿屈原《九歌》而作的《竹枝九首》中，就有四首表达了自己的贬谪之感：

白帝城头春草生，白盐山下蜀江青。
南人上来歌一曲，北人莫上动乡情。

城西门前滟滪堆，年年波浪不能摧。
懊恼人心不如石，少时东去复西来。

瞿塘嘈嘈十二滩，此中道路古来难。
长恨人心不如水，等闲平地起波澜。

巫峡苍苍烟雨时，清猿啼在最高枝。
个里愁人肠自断，由来不是此声悲。

　　第一首表现了自己作为贬谪于南方的"北人"内心的思乡之情。词人以茂密的春草和清冽的蜀江起兴，对于"南人"来说，如此风景饱含乡土气息，温暖有如亲人；而对于"北人"来说，则充满了异乡情调，虽信美而非吾土。因此，当"南人"引吭高歌，深情缱绻之时，作为"北人"的自己却低首徘徊，乡愁缭乱。第二首和第三首反映出词人在贬谪之后对世态人心所作的思索。前者以"石"作比，"滟滪堆"，在夔州西南长江中。《太平寰宇记》卷一四八中说："滟滪堆，周回二十丈，在州西南二百步蜀江中心，瞿塘峡口。冬水浅，屹然露百余尺。夏水涨，没数十丈，其状如马，舟人不敢进……谚曰：'滟滪大如襆，瞿塘不可触；滟滪大如马，瞿塘不可下；滟滪大如鳖，瞿塘行舟绝；滟滪大如龟，瞿塘不可窥。'"[1] 长江三峡之瞿塘峡，从古到今多少年都因滟滪堆这片巨石而风险浪恶，长江年复一年的波涛都无法将之摧毁，可见石

---

[1] 乐史：《太平寰宇记》卷一四八，上海古籍出版社1987年影印四库全书本。

性之坚,"万物皆流,金石独止",与此相比,人心却是那么善改易变,深险难测!第三首则以水作比,《太平寰宇记》中说:"瞿塘峡在州东一里……连崖千丈,奔流电激,舟人为之恐惧。"但瞿塘峡水流之险恶,是因两岸悬崖陡立,江面狭窄,加上滟滪巨石横拦江中所致,乃地势使之然也,与此相比,人心却更加不可捉摸,"平地起波澜",岂非无事生非、无中生有之谓乎!孟棨《本事诗·事感》曾记有:"刘尚书禹锡自屯田员外左迁朗州司马,凡十年始征还,方春,作《赠看花诸君子》诗曰:'紫陌红尘拂面来,无人不道看花回。玄都观里桃千树,尽是刘郎去后栽。'其诗一出,传于都下。有嫉其名者,白于执政,又诬其有怨愤。他日见时宰,与坐,慰问甚厚。既辞,即曰:'近有新诗,未免为累,奈何?'不数日,出为连州刺史。"① 十年的朗州贬谪生活已经让词人尝尽生命沉沦的艰辛,此刻刚被征还旋即因一首诗中"莫须有"的讥刺而再遭废弃,刘禹锡的心中怎么不感慨万千。在《谢门下武相公启》中他悲怆地说:"某一坐飞语,废锢十年。昨蒙征还,重罹不幸。诏命始下,周章失图。吞声咋舌,显白无路。"② 联系此事,更可见刘禹锡在这两首小词当中所寓感慨之深。第四首词是借巫峡猿猴之哀啼表达自己贬谪后内心的悲怆。《水经注·江水》云:"每至晴初霜旦,林寒涧肃,常有高猿长啸,属引凄异,空谷传响,哀转久绝。故渔者歌曰:'巴东三峡巫峡长,猿鸣三声泪沾裳。'"③《世说新语·黜免》中亦有关于猿啼的记载:"桓公入蜀,至三峡中,部伍中有得猿子者,其母缘岸哀号,行百余里不去,遂跳上船,至即便绝。破视其腹中,肠皆寸寸断。"④ 可见巫峡猿啼委实凄厉哀绝,然而词人却说自己悲愁肠断并不是听到巫峡

---

① 孟棨:《本事诗》,上海古籍出版社1991年版,第15页。
② 卞孝萱校订:《刘禹锡集》,中华书局1990年版,第217页。
③ 郦道元著,陈桥驿注释:《水经注》,浙江古籍出版社2001年版,第530页。
④ 徐震堮校笺:《世说新语校笺》,中华书局1984年版,第461页。

猿猴的哀鸣，而是另有原因。刘禹锡曾在《谪九年赋》中表达自己久谪边鄙而无召还之望的悲哀和困惑："伊我之谪，至于数极。长沙之悲，三倍其期……稽天道与人纪，咸一偾而一起，去无久而不还，梦无久而不理。何吾道之一穷兮，贯九年而犹尔？"① 在《上中书李相公启》中又有时光流逝老大无成的痛心："呜呼！以不驻之光阴，抱无涯之忧悔。当可封之至理，为永废之穷人！闻弦尚惊，危心不定。垂耳斯久，长鸣孔悲。"② 那么，词人在前往贬所经过巫峡时心里那份悲怆，就可想而知了。不过，刘禹锡内心虽然对贬谪有着沉痛的悲伤，对世态人心充满怀疑，但却依然坚定自己的立场，认为自己的清白终有一天会昭雪于世，《浪淘沙》一词便体现了这份坚定和自信：

莫道谗言如浪深，莫言迁客似沙沉。
千淘万漉虽辛苦，吹尽寒沙始到金。

词作充满了一种积极向上的奋争精神：奸邪小人的谗言尽管像滔天巨浪一样试图淹没、摧毁正义和忠贞，悲苦漂泊的"迁客"虽然暂时如沙石一般沉埋于水底，然而词人坚信，是真金总会有被慧眼识认的一天，就把那千淘万漉、千锤百炼的苦难过程当成对自己的考验吧。

三 "病使君"与"重富贵"的感慨——白居易的贬谪词

与刘禹锡沉沦二十多年的贬谪生涯相比，白居易遭受贬谪的时间并没有那么长，但对于他来说，却是人生的一次大转折。元和十年七月，宰相武元衡因为力主兴兵讨淮西而被藩镇"盗杀"，白居易第一个上疏，

---

① 卞孝萱校订：《刘禹锡集》，中华书局1990年版，第13页。
② 同上书，第216页。

"以为书籍以来,未有此事,国辱臣死,其此时也!"① 请急捕贼以洗刷朝廷之耻。然而有人却认为,白居易当时身为太子左赞善大夫,属于"宫官",不应当先于谏官言事,即所谓"越职言事","会有素恶居易者,掎摭居易,言浮华无行,其母因看花堕井而死,而居易作《赏花》及《新井》诗,甚伤名教,不宜置彼周行。执政方恶其言事,奏贬为江表刺史。诏出,中书舍人王涯上疏论之,言居易所犯状迹,不宜治郡,追诏授江州司马"(《旧唐书》卷一六六《白居易传》)。然而,堂堂大唐宰相居然被藩镇所派出的杀手惨杀于京都长安的大街上惊天动地的大事件发生之时,"越职言事"根本算不得什么罪过,只能说明白居易维护国家安定和中央权威的急切心理而已,退一步讲,这次"越职言事"就算是一个过错,也罪不至贬,何况贬至遥远偏僻之江州做一个小小司马。至于那几首"有伤名教"的诗篇,更是莫名其妙,白居易贬谪的真正原因是在此之前由于自己的直言极谏而得罪了权要、宦官甚至君主。

早在元和初年,白居易就因为创作讽喻诗而引起了许多权臣的反感。正如他在《与元九书》中所说,"凡闻仆《贺雨诗》,众口籍籍,以为非宜矣;闻仆《哭孔戡诗》,众面脉脉,尽不悦矣;闻《秦中吟》,则权豪贵近者,相目而变色矣;闻《登乐游园》寄足下诗,则执政柄者扼腕矣;闻《宿紫阁村》诗,则握军要者切齿矣!大率如此,不可遍举。不相与者,号为沽誉,号为诋讦,号为讪谤"②。元和四年白居易频频论奏反对宦官吐突承璀领兵征讨王承宗,则又直接与宪宗最得意的宦官结下了仇怨,同时也惹怒了宪宗。他当时切谏:"军国权柄,动关于治乱;朝廷制度,出自于祖宗;陛下宁忍徇下之情,而自隳法制?从人

---

① 白居易:《与杨虞卿书》,《白居易全集》卷四十四,中华书局1999年版,第946页。
② 白居易:《与元九书》,《白居易全集》卷四十五,中华书局1999年版,第959页。

之欲，而自损圣明？何不思于一时之间，而取笑于万代之后？"①《新唐书》卷一百十九《白居易传》中载："后对殿中，论执强鲠，帝未谕，辄进曰：'陛下误矣。'帝变色，罢，谓李绛曰：'是子我自拔擢，乃敢尔，我叵堪此，必斥之！'绛曰：'陛下启言者路，故群臣敢论得失。若黜之，是钳其口，使自为谋，非所以发扬盛德也。'"此次虽然由李绛的劝阻而免于被斥，但显然已经留下了祸根。元和五年，元稹因触怒权贵而再次获贬，白居易三上表章，极言贬元稹之不当："元稹守官正直，人所共知。自授御史以来，举奏不避权贵，故权要挟恨，宦官忌惮，方镇切齿；今无罪被贬，即是杜绝言路，即是偏袒宦官，即是方便方镇。"② 三上表章无疑又一次加剧了得罪宦官、权要的程度，因此，元和十年白居易因"越职言事"被贬江州是必然的。

　　白居易的江州之贬持续了四年，元和十三年冬，白居易量移忠州任忠州刺史。忠州，即今天重庆忠县，在唐朝属于山南东道，距离长安二千多里。忠州城在长江北岸，居民沿山势筑室而居，街道非常狭窄逼仄。诗人杜甫在唐代宗永泰元年路过忠州时，曾有诗记之："忠州三峡内，井邑聚云根；小市常争米，孤城早闭门。空看过客泪，莫觅主人恩。淹泊仍愁虎，深居赖独园。"（《题忠州所居龙兴寺院壁》）因为有老虎时常出没，所以常常天色很早就得把城门关上，其荒凉的境况可想而知。因此，白居易此番任忠州刺史虽属于"量移"，但环境同样恶劣。忠州距离刘禹锡贬所夔州不远，同为巴蜀之地。白居易亦以当地民歌《竹枝》为调，作词四首以寄寓自己的贬谪之感。词曰：

　　　　瞿塘峡口烟水低，白帝城头月向西。

---

① 白居易：《论承璀职名状》，《白居易全集》卷五十九，中华书局1999年版，第1247页。
② 白居易：《论元稹第三状》，《白居易全集》卷五十九，中华书局1999年版，第1248页。

唱到竹枝声咽处，寒猿闲鸟一时啼。

竹枝苦怨怨何人，夜尽山空歇又闻。
蛮儿巴女齐声唱，怨杀江南病使君。

巴东船舫上巴西，波面风声雨脚齐。
水蓼冷花红簇簇，江蓠湿叶碧凄凄。

江畔谁家唱竹枝，前声断咽后声迟。
怪来调苦缘词苦，多是通州司马诗。

"声咽""怨杀""凄凄""调苦""词苦"，这一系列词语让四首词充满悲凉凄怨的情调，表现了词人经三峡入忠州时的艰险不易，在忠州任上对前途的渺茫无测，以及对自己多病之身的自怜。第四首词中，"通州司马"指白居易的好友元稹。当时元稹正离通州赴虢州长史任，途中与白居易相遇。《旧唐书·白居易传》中有载："十三年冬，量移忠州刺史。自浔阳浮江上峡。十四年三月，元稹会居易于峡口，停舟夷陵三日。时季弟行简从行，三人于峡州西二十里黄牛峡口石洞中，置酒赋诗，恋恋不能诀。"[①] 此番不期而遇，对白居易来说可谓悲喜交加。元白二人同为元和时期政坛新秀，都曾怀着许身报国的热情积极参与政治与文化上的批判、改良与重建，此刻却落得"同是天涯沦落人"的可悲境遇。"怪来调苦缘词苦，多是通州司马诗。"今传元稹所作诗篇中并没有《竹枝词》，或许是当地百姓将元稹的一些诗歌直接唱入竹枝词的调中，又或许，白居易这里只是借通州司马之"调苦"来表现自己的"词苦"，

[①] 刘昫：《旧唐书》，中华书局1977年版，第4352页。

第一章 中唐文人词的兴起与文人贬谪

二人在贬谪中的体会，想来相差不多。

此外，白居易还有《浪淘沙》词九首，其中两首亦明显寓有贬谪之意：

青草湖中万里程，黄梅雨里一人行。
愁见滩头夜泊处，风翻暗浪打船声。

随波逐浪到天涯，迁客西还有几家。
却到帝都重富贵，请君莫忘浪淘沙。

考之朱金城《白居易集笺注》，《浪淘沙》大约作于大和二年（828）至开成三年（838）居洛阳时期。① 第一首是回想贬谪途中的艰险，特别是元和十三年冬从江州到忠州走水路的那一段。白居易在《初入三峡有感》中写道："上有万仞山，下有千丈水。苍苍两崖间，阔狭容一苇。瞿塘呀直泻，滟滪屹中峙。未夜黑岩昏，无风白浪起。大石如刀剑，小石如牙齿。一步不可行，况千三百里（自峡州至忠州，滩险相继，凡一千三百里）。苒蒻竹篾稔，欹危楫师趾。一跌无完舟，吾生系于此。常闻仗忠信，蛮貊可行矣。自古飘沉人，岂尽非君子？况吾时与命，蹇舛不足恃。长恐不才身，复作无名死。"《浪淘沙》词中"愁见滩头夜泊处，风翻暗浪打船声"显然暗寓自己在贬谪途中的感触。第二首词则表现了词人结束贬谪生涯回到洛阳之后的感想。白居易觉得自己还算幸运，因为那些"随波逐浪到天涯"的"迁客"们像他那样最后能够"西还"者并不多。而他又告诫自己，虽然重新得到了富贵安宁的生活，但不要忘了贬谪时期的苦闷。这也正表现了白居易经历了贬谪之后思想

---

① 朱金城笺注：《白居易集笺注》，上海古籍出版社1988年版，第1184页。

上发生的重大变化，以贬谪为戒，他由兼济天下变为独善其身，由谏诤于朝变为中隐于朝了。

　　以上我们分析了刘长卿、刘禹锡和白居易的贬谪词创作，这些词数量虽然很少，但由于中唐时期文人词刚刚兴起，词作总体数量也并不多，因此，贬谪词所占的比例还是相当大的，值得我们重视。首先，在文人词兴起之初，贬谪题材的出现具有重要的开拓意义。虽然晚唐五代词体创作走上了描写花柳闺情的狭窄道路，但在北宋却作为一个重要题材被重新捡起，并取得了巨大成就。其次，这些贬谪词都是真情实感，以我手写我心的抒情之作，并不是"男子而作闺音"式的虚情假意、逢场作戏。词作者都是当时举世公认的大诗人，从一定程度上说这些词受到诗歌的影响非常大。在贬谪词又一次兴盛的北宋，"诗化"也成为词体创作的一个倾向，这在中唐贬谪词中可以找到源头。最后，中唐贬谪词的情感以悲伤、悲怆为主，但其中也有坚定和达观，这些情感在北宋贬谪词中都可以找到继承，尤其是苏轼的贬谪词，将刘禹锡的坚定自信和白居易的闲隐自得融为一体，使贬谪词在思想深度上达到了一个更高的水平，成为世人经历人生挫折时的精神良药。

第二节　中唐文人贬谪与文人词对民歌的学习借鉴

　　词学家龙榆生先生曾说："中唐诗人，刘白并称。二人皆留意民间歌曲，因之在倚声填词方面，亦能互相切劘，以开晚唐、五代之盛，此治唐宋诗词所宜特为着眼者也。"① 然而,"留意民间歌曲"需要有能接触民间百姓的环境。倘若刘禹锡、白居易没有贬谪经历,每日立于帝都朝堂之上,恐怕是想"留意"也留意不成。因此,中唐文人词对民歌的学习和借鉴,是与中唐文人的贬谪生活有着密切关系的。

《旧唐书·刘禹锡传》载:"(刘禹锡)贬朗州司马。地居西南夷,士风僻陋,举目殊俗,无可与言者。禹锡在朗州十年,唯以文章吟咏,陶冶情性。蛮俗好巫,每淫祠鼓舞,必歌俚辞。禹锡或从事于其间,乃依骚人之作,为新辞以教巫祝。故武陵溪洞间夷歌,率多禹锡之辞也。"② 刘禹锡《竹枝词九首》的序中有更详细的记载。

> 四方之歌,异音而同乐。岁正月,余来建平,里中儿歌《竹枝》,吹短笛击鼓以赴节。歌者扬袂睢舞,以曲多为贤。聆其音,中黄钟之羽。卒章激讦如吴声,虽伧儜不可分,而含思宛转,有淇澳之艳。昔屈原居沅、湘间,其民迎神,词多鄙陋,乃为作《九歌》,到于今荆楚鼓舞之。故余亦作《竹枝词》九篇,俾善歌者扬之,附于末。后之聆巴歙,知变风之有自焉。③

中唐文人词受到民歌的影响主要表现为以下两个方面。

一 对贬谪地风景风情之描写

刘、白贬谪词中大量出现贬谪地的山川风物、历史传说、民俗人情。如刘禹锡和白居易《竹枝词》里出现的"白帝城""白盐山""蜀江""巫峡""瞿塘峡""滟滪堆""成都桥",都是巴蜀风貌。"巴山楚

---

① 龙榆生:《唐宋名家词选》,上海古籍出版社1980年版,第7页。
② 《旧唐书》卷一六〇《刘禹锡传》,中华书局1977年版,第4210页。
③ 卞孝萱校订:《刘禹锡集》,中华书局1990年版,第359页。

水"虽然是"凄凉之地",却有着丰富的历史传说、文化遗迹。如刘禹锡《竹枝九首》其五:

> 两岸山花似雪开,家家春酒满银杯。
> 昭君坊中多女伴,永安宫外踏青来。

词中提到的"昭君坊",即汉代王昭君的故乡,相传在今湖北秭归县。"永安宫",故址在今重庆市奉节县,唐代属于夔州,汉末公孙述所筑,蜀先主崩于此城中。再如刘禹锡的《潇湘神》两首:

> 湘水流。湘水流。九疑云物至今愁。
> 若问二妃何处所,零陵芳草露中秋。
>
> 斑竹枝。斑竹枝。泪痕点点寄相思。
> 楚客欲听瑶瑟怨,潇湘深夜月明时。

"潇湘神"相传为尧之二女娥皇、女英,为舜妃。《水经注·湘水》:"湖水西流,迳二妃庙南,世谓之黄陵庙也。言大舜之陟方也,二妃从征,溺于湘江,神游洞庭之渊,出入潇湘之浦。"① 九疑山,在今天湖南省宁远县南,零陵,汉郡名,在今天湖南省,太史公曰:"葬于江南九疑,是为零陵。"② 相传舜帝南游而死,二妃悲痛流涕,泪染竹叶,化作点点斑斓,从此后此竹被称为"湘妃竹"。二词咏舜妃南游寻夫之事,恰与屈原《九歌》中《湘君》、《湘夫人》相似。它本来就出自湘中民歌,白居易《夜闻筝中弹〈湘神曲〉感旧》中说:"苦调吟还出,深情咽不传。"所以其词情和声调均还保持着民歌原有的"苦""咽"的味

---

① 郦道元著,陈桥驿注释:《水经注》,浙江古籍出版社2001年版,第593页。
② 司马迁:《史记》,北京线装书局2006年版,第4页。

道。大概因其音调呜咽悲伤似竹枝曲而言,而苏轼在《竹枝歌》的序中说:"《竹枝歌》本楚声,幽怨恻怛,若有所深悲者。岂亦往者之所见有足怨者欤?夫伤二妃而哀屈原,思怀王而怜项羽,此亦楚人之意相传而然者。"①

巴蜀远离中原,其地百姓生产生活与中原亦有差别,刘禹锡在其词中生动地描写了当地人的劳动场面,如《竹枝词九首》其九:

山上层层桃李花,云间烟火是人家。
银钏金钗来负水,长刀短笠去烧畲。

词人以漫山开放的桃李和缭绕在白云间的炊烟作为劳动的自然背景。在这一背景上,点缀着劳动着的妇女和男子,妇女们头上戴着"银钏金钗",汲水为炊;男子们身佩"长刀",头戴"短笠","烧畲"耕作。陆游曾经在《入蜀记》中记载:"妇人汲水,皆背负一全木盆,长二尺,下有三足。至泉边,以杓挹水,及八分,即倒坐旁石,束盎背上而去。大抵峡中负物率着背,又多妇人,不独水也。……未嫁者,率为同心结,高二尺,插银钗至六只,后插大象牙梳,如手大。"②"畲田"是夔州百姓传统的耕作方式,范成大有《劳畲耕》一诗描写三峡地区畲田劳作,诗前有序云:"畲田,峡中刀耕火种之地也。春初斫山,众木尽蹶,至当种时,伺有雨候,则前一夕火之,藉其灰以粪。明日雨作,乘热土下种,即苗盛倍收。无雨反是。"③刘禹锡另有《畲田行》一诗,更可看到当地百姓烧畲的情景:

何处好畲田,团团缦山腹。钻龟得雨卦,上山烧卧木。

---

① 《苏轼诗集》卷一,中华书局1982年版,第24页。
② 《陆放翁全集·渭南文集》卷四十八,中国书店1986年版,第296—297页。
③ 高海夫选注:《范成大诗选注》,上海古籍出版社1989年版,第69页。

> 惊麏走且顾，群雉声咿喔。红焰远成霞，轻煤飞入郭。
> 风引上高岑，猎猎度青林。青林望靡靡，赤光低复起。
> 照潭出老蛟，爆竹惊山鬼。夜色不见山，孤明星汉间。
> 如星复如月，俱逐晓风灭。本从敲石光，遂至烘天热。
> 下种暖灰中，乘阳拆芽蘖。苍苍一雨后，苕颖如云发。
> 巴人拱手吟，耕耨不关心。由来得地势，径寸有余阴。

负水而炊，刀耕火种的生产劳动，银钏金钗、长刀短笠的装束打扮，让这首词充满了浓郁的异乡情调。

二 对民歌的抒情方式之学习

文人词受民歌影响的第二个方面是在表现手法上学习了民歌自然流畅的节奏、随物而起的比兴方式以及双关、谐音等手段。刘禹锡和白居易的词作都浅白如话，没有生僻的词语和典故，可以随时歌唱并流播于普通百姓口中。如《竹枝词九首》其三：

> 江上春来新雨晴，瀼西春水縠纹生。
> 桥东桥西好杨柳，人来人去唱歌行。

"桥东桥西""人来人去"，非常流利自然。比兴是民歌惯用的手法，民歌中的比兴往往从歌者眼前所见之景引起，贴切自然而又充满生趣。如《竹枝词九首》其二：

> 山桃红花满上头，蜀江春水拍山流。
> 花红易衰似郎意，水流无限似侬愁。

这首词中，面对鲜艳的山桃红花和奔流的蜀江春水，女主人公忽然感慨万分。她想到当初相恋时,自己的爱情犹如江水一般深沉,而他的热情也曾像山花一样奔放。然而,花有衰时,水无尽期,他的热情很快便与山花一起衰歇,让她愁满春江,不胜幽怨。这里,词人将山花和江水作为女主人公触景生情的景,睹物伤怀的物,兼具兴和比两种手法。以红花喻美女,已成为文人笔下的俗套,而词人避熟就生,以花红易衰比喻男子的负心,推陈出新,别具风貌。"侬""郎"更是民间情歌中常用的两个称呼。

再如上一节所举的《竹枝》词中,"长恨人心不如石""长恨人心不如水",将人心与眼前所见之石、之水相比,同样表现了民歌的比兴特点。

除此之外,民歌中最重要的一个特点就是用谐音来表示爱情,如用"莲"谐"怜","碑"谐"悲","篱"谐"离"等。这在刘禹锡的词作中也有所表现,如《竹枝词二首》之一:

> 杨柳青青江水平,闻郎江上唱歌声。
> 东边日出西边雨,道是无晴还有晴。

杨柳初青,江水平堤,正是一年中最好的早春时节,这充满诗情画意的季节让渴望爱情的女主人公不禁情思摇曳,这时江面之上忽然传来"郎"的歌声,这歌声到底向她表达着怎样的情意?却颇令人费解,正像天空中一边阴云密布、雨脚低垂,另一边红日高照,晴光潋滟,到底是有"晴",还是无"晴"?词中正是用"晴"字来谐"情"字,表现了她那情郎歌声的暧昧不定,让她忐忑不安,费尽思量,惊喜、疑虑、迷茫,种种复杂的心情都交融在"道是无晴还有晴"这句词当中了。这种谐音将物态与情态巧妙地融合在一起,造成了欲吐还吞、余味无穷的艺术效果。明人谢榛《四溟诗话》认为后两句"措词流丽，酷似六朝"。① 六朝引申的便是多用谐音手法的六朝民歌。

毛先舒《诗辨坻》卷三中说："诗有近俚，不必其词之闾巷也。刘梦得《竹枝》，所写皆儿女子口中语，然颇有雅味。"② 黄庭坚在《跋刘梦得竹枝歌》中说："刘梦得《竹枝》九章，词意高妙，元和间诚可独步。道风俗而不俚，追古昔而不愧，比之杜子美《夔州歌》，所谓同工而异曲也。"③ 从这些评论中都可以看出刘禹锡（及白居易）的词作与贬谪地民风民俗的密切联系。虽然这些词还处于文人词刚刚兴起的阶段，无论形式还是内容都不够成熟，与后来的文人词在意境上有很大区别，但是，这些词毕竟带动了文人词的发展。而歌咏贬谪地之风土人情的词作在后代也一直未见衰歇，如欧阳修描写颍州西湖的十二首《采桑子》、描写一年十二月风光的《渔歌子》，还有苏轼、辛弃疾贬官后所作的农村词等，单就《竹枝词》一调来说宋代就有多人仿效，这都可以看出刘白贬谪后汲取民歌营养对作词产生的影响。

第三节　中唐文人贬谪后的心态对唐宋词的影响

一　贬谪文人的"精神偶像"张志和与唐宋词渔父题材的创作

陈廷焯《词坛丛话》云："有唐一代，太白、子同，千古纲领。"④ 李白的《菩萨蛮》《忆秦娥》虽被称为"百代词曲之祖"（宋人黄昇

---

① 谢榛：《四溟诗话》卷二，丁福保《历代诗话续编》，中华书局1983年版，第1168页。
② 毛先舒：《诗辨坻》卷三，郭绍虞《清诗话续编》，上海古籍出版社1983年版，第56页。
③ 《黄庭坚全集》，四川大学出版社2001年版，第657页。
④ 陈廷焯：《词坛丛话》，唐圭璋《词话丛编》，中华书局1986年版，第3719页。

语),但因其真伪莫辨,是否具有"纲领"资格还有待考证。"子同"即张志和,作有五首《渔歌子》词。既然能被称作"千古纲领",必有其独特魅力,以致影响此后数百年词坛。笔者认为,这种独特魅力,便在于张志和能够在贬谪后以决然隐逸的姿态,逍遥于湖海烟波之间,获得了生命的大自由。由此他成为后代贬谪文人的"精神偶像",其《渔歌子》词亦开辟了词体中的渔父题材,后继者不绝如缕。

张志和往往被目为"隐士",但他曾与白居易、刘禹锡一样受过贬谪,而这很可能是其最终选择隐逸,做一个"烟波钓徒"的真正原因。唐代颜真卿《浪迹先生玄真子张志和碑铭》记载:

>……年十六,游太学,以明经擢第,献策肃宗,深蒙赏重,令翰林待诏,授左金吾卫录事参军,仍改名"志和",字子同。寻复贬南浦尉,经量移不愿之任,得还本贯,既而亲丧,无复宦情,遂扁舟垂纶浮三江泛五湖,自谓"烟波钓徒"。①

"南浦",即今天四川的万县(见《新唐书·地理志》)。张志和因为何事被远贬为南浦尉我们无法确知,但从这段记载来看,这次贬谪一定对他有很大触动,因为贬谪前很显然他的入世意识很强烈,不到二十岁便登第,能够直接"献策"给皇帝并受到赏识,官位做到翰林待诏、左金吾卫录事参军,是皇帝身边的近臣,可谓少年得志。如果不是因为某种原因遭受了这次贬谪,张志和甚至有为宰做相的希望。正如颜真卿所说:"辅明主,斯若人。岂烟波,终此身。"可以想见,接近权力中心的高官生活让他充满理想的同时也更清楚地看到了官场斗争之阴暗面,而贬谪让他的济世理想彻底破灭,因此他才在对仕途有一线转机的"量

---

① 颜真卿:《颜鲁公集》卷九,上海古籍出版社1992年版,第62页。

移"之命下达后不去赴任,并最终"无复宦情"。其《渔歌子》之五云:"青草湖中月正圆。巴陵渔父棹歌连。钓车子,橛头船。乐在风波不用仙。""青草湖""巴陵",正是其贬谪地的山水,说明他在贬谪期间已经有了泛舟于烟波的打算。某种程度上,正是贬谪促成了张志和的归隐。

归隐后的张志和并没有湮没无闻,而是以其《渔歌子》词五首,开辟了词体中的渔父题材,引出无数效仿之作。实际上,在张志和同一时代便已经有许多唱和之作产生。南唐沈汾《续仙传》中记载:"颜真卿为湖州刺史,与门客饮,乃唱和渔父词。其首唱即张志和之词'西塞山前'云云,真卿与陆鸿渐、徐士衡、李成矩共和二十五首,递相夸尚。"[①] 可惜颜、陆、徐、李所唱和的二十首词没有流传到现在,今存无名氏渔父词十五首,不知其中是否有当时唱和之作。之后有"船子和尚"释诚德《拨棹歌》三十九首,五代花间词人和凝、李洵、阎选、孙光宪、欧阳炯也都有渔父之作,甚至南唐后主李煜也有渔父词二首。随着时光的流逝,张志和《渔歌子》的曲谱一度散佚,人们曾试着用其他曲调改写其词,吴曾《能改斋漫录》卷十六记载:

> 东坡云:"玄真语极清丽,恨其曲度不传。"加数语以《浣溪沙》歌之云:"西塞山前白鹭飞,散花洲外片帆微。桃花流水鳜鱼肥。自庇一身青箬笠,相随到处绿蓑衣。斜风细雨不须归。"山谷见之,击节称赏。且曰:"惜乎,散花与桃花字重叠,又渔舟少有使帆者。"乃取张、顾二词合而为之曰:"新妇矶边眉黛愁,女儿浦口眼波秋。惊鱼错认月沉钩。青箬笠前无限事,绿蓑衣底一时休。斜风细雨转船头。"东坡云:"鲁直此词,清新婉丽。其最得意处,

---

① 沈汾:《续仙传》,上海古籍出版社1987年影印四库全书本。

以山光水色替却玉肌花貌，真得渔父家风也。然才出新妇矶，便入女儿浦，此渔父无乃太澜浪乎！"山谷晚年，亦悔前作之未工，因表弟李如篪言："渔父词，以《鹧鸪天》歌之，甚协律，恨语少声多耳。"以宪宗画像求玄真子文章，及玄真之兄松龄劝归之意，足前后数句云："西塞山前白鹭飞，桃花流水鳜鱼肥。朝廷尚觅玄真子，何处而今更有诗。青箬笠，绿蓑衣。斜风细雨不须归。人间欲避风波险，一日风波十二时。"东坡笑曰："鲁直乃欲平地起风波耶？"①

苏东坡、黄庭坚对于张志和词作的改写和互相评价，都反映了北宋人对张志和《渔歌子》的钟爱有加。除了这些唱和、改写的作品之外，还有更多的用其他曲调填制的新渔父词。如苏轼作有四首《渔父》，分别描写"渔父饮""渔父醉""渔父醒""渔父笑"：

渔父饮，谁家去。鱼蟹一时分付。酒无多少醉为期，彼此不论钱数。

渔父醉，蓑衣舞。醉里却寻归路。轻舟短棹任斜横，酒醒不知何处。

渔父醒，春江午。梦断落花飞絮。酒醒还醉醉还醒，一笑人间今古。

渔父笑，轻鸥举。漠漠一江风雨。江边骑马是官人，借我孤舟南渡。

还有《调笑令》：

---

① 吴曾：《能改斋漫录》，上海古籍出版社1980年版，第473页。

渔父。渔父。江上微风细雨。青蓑黄蒻裳衣。红酒白鱼暮归。归暮，归暮，长笛一生何处。

南宋李纲曾"作渔父四时词以道意，调寄《望江南》"四首：

云棹远，南浦绿波春。日暖风和初解冻，饵香竿褭好垂纶。一钓得金鳞。

风乍起，吹皱碧渊沦。红脍斫来龙更美，白醪酤得旨兼醇。一醉武陵人。

轻昼永，幽致夏来多。远岸参差风扬柳，平湖清浅露翻荷。移棹钓烟波。

凉一霎，飞雨洒轻蓑。满眼生涯千顷浪，放怀乐事一声歌。不醉欲如何。

烟艇稳，浦溆正清秋。风细波平宜进楫，月明江静好沉钩。横笛起汀州。

鲈鳜美，新酿蚁醅浮。休问六朝兴废事，白苹红蓼正凝愁。千古一渔舟。

江上雪，独立钓鱼翁。箬笠反问冰散响，蓑衣时振玉花空。图画若为工。

云水幕，归去远烟中。茅舍竹篱依小屿，缩鳊圆鲫入轻笼。欢笑有儿童。

南宋张元幹有《渔家傲·题玄真子图》：

钓笠披云青嶂绕,绿蓑细雨春江渺。白鸟飞来满棹。收纶了,渔童拍手樵青笑。

明月太虚同一照,浮家泛宅忘昏晓。醉眼冷看城市闹。烟波老,谁能惹得闲烦恼。

张元幹还有《水调歌头》数阕表达了自己归隐于渔的渴望,兹举三首:

平日几经过,重到更流连。黄尘乌帽,觉来眼界忽醒然。坐见如云秋稼,莫问鸡虫得失,鸿浩下翩翩。四海九洲大,何地着飞仙。

吸湖光,吞蟾影,倚天圆。胸中万顷空旷,清夜炯无眠。要识世间闲处,自有尊前深趣,且唱钓鱼船。调鼎他年事,妙手看烹鲜。

雨断翻惊浪,山暝拥归云。麦秋天气,聊翻征棹泊江村。不羡腰间金印,却爱吾庐高枕,无事闭柴门。搔首烟波上,老去任乾坤。

白纶巾,玉尘尾,一杯春。性灵陶冶,我辈犹要个中人。莫变姓名吴市,且向渔樵争席,与世共浮沉。目送飞鸿去,何用画麒麟。

放浪形骸外,憔悴山泽癯。倒冠落佩,此心不待白髭须。聊复脱身鹓鹭,未暇先寻水竹,矫首汉庭疏。长夏啖丹荔,两纪傲闲居。

忽风飘,连雨打,向西湖。藕花深处,尚能同载麹生无。听子谈天舌本，浇我书空胸次，醉卧踏冰壶。毕竟凌烟象，何似辋川图。

陆游有《渔父》词五首：

> 石帆山下雨空蒙。三扇香新翠箬篷。萍叶绿，蓼花红。回首功名一梦中。
>
> 晴山滴翠水挼蓝。聚散渔舟两复三。横埭北，断桥南。侧起船篷便作帆。
>
> 镜湖俯仰两青天。万顷玻璃一叶船。拈棹舞，拥蓑眠。不做天仙作水仙。
>
> 湘湖烟雨长莼丝。菰米新炊滑上匙。云散后，月斜时。潮落舟横醉不知。
>
> 长安拜免几公卿。渔父横眠醉未醒。烟艇小，钓车腥。遥指梅山一点青。

陆游另有一首《鹊桥仙》描写的也是自己的渔隐理想：

> 一竿风月，一蓑烟雨，家在钓台西住。卖鱼生怕近城门，况肯到，红尘深处。
>
> 潮生理棹，潮平系缆，潮落浩歌归去。时人错把比严光，我自是，无名渔父。

以上所举的还只是"渔父"类词作的一小部分，由此已经能够看出张志和《渔歌子》对后世词坛影响之大了。

值得注意的是，在唱和《渔歌子》词，或者写"渔父"类词作的词人当中，除了个别的极少数人真的忘却尘世（如"船子和尚"），大多数人都只是把渔隐生活当作自己的尘外理想和精神寄托而已。而这种精神

第一章 中唐文人词的兴起与文人贬谪

寄托，往往在他们的济世努力受挫，仕途道路遭遇贬谪之后才出现，或者说更加强烈。如苏轼、黄庭坚曾经在北宋新旧党争中数次被贬往蛮荒之地。苏轼那四首《渔父》词作于元丰八年，正是遭受"乌台诗案"被贬黄州之后。李纲是宋朝名相，力主抗金，受到排挤一再遭受贬斥。《望江南》四首作于宣和二年冬，宣和元年六月李纲因上书言事，授承务郎，谪监南剑州沙县税，二年冬方蒙恩北归。《望江南》词序云："予在沙阳，尝做满庭芳一阕，寄陆惇礼。末句云：'何时得，恩来日下，蓑笠老江湖。'今蒙恩北归，当践斯言，因作渔父四时词以道意，调寄望江南。"张元幹则在绍兴中，因作《贺新郎》词送主张抗金而被贬的胡铨而被除名，《水调歌头》几首正是在除名之后所作。陆游多次被罢官赋闲，居家乡山阴达数十年之久。《渔父》词五首前小序中说："灯下读玄真子《渔歌》，因怀山阴故隐，追拟。"《鹊桥仙》中所写也是闲废于山阴时的生活。他们一方面对自己的贬谪充满了愤懑，因此十分向往张志和那样潇洒自由的生活；另一方面却又尘念未绝，期待自己的前程会有一线转机，希望能够为济世理想再努力一些，因此无法抛开世事像张志和那样遨游于江湖。这种矛盾的思想在李德裕的《玄真子渔歌记》中也能够看出来：

> 德裕顷在内庭，伏睹宪宗皇帝写真，求访玄真子《渔歌》，叹不能致。余世与玄真子有旧，早闻其名，又感明主赏异爱才，见思如此，每梦想遗迹，今乃获之，如遇良宾。于戏！渔父贤而名隐，鸱夷智而功高，未若玄真隐而名彰，显而无事，不穷不达，其严光之比欤？[①]

[①] 李德裕：《玄真子渔歌记》，金启华等编《唐宋词集序跋汇编》，江苏教育出版社1990年版，第3页。

张志和隐逸后声名远扬,甚至连皇帝都"赏异其才"到了"魂牵梦萦"的程度,专门画了他的画像来求访其词。李德裕由此认为张志和的隐逸达到了隐者最恰到好处的境地,因为普通的"渔父"虽"贤",但却无名,只能默默无闻地生活于世间;而范蠡功成身退后携西子"泛游于五湖",虽有名,但却为此付出了很大的操劳和代价。唯有张志和,虽隐居于江湖,但却声名远扬;虽声名远扬,却又无俗事缠身。李德裕无疑欲"鱼与熊掌"兼得,而他心目中的张志和,就是这样一位名望与洒脱兼有的典范。当然这也许并非张志和的本意,但在中国古代,有这种理想的人不在少数。

中国文化向来儒道兼容,即使再进取于世,力求建功立业"兼济天下"者,内心也不免时而生出尘外之念。特别是宋代,入世思想占主导地位的文人士大夫将兼济天下、独善其身合而为一,欲真正逃避社会现实并不可能,只好诉诸文学以求得暂时的解脱。苏轼与黄庭坚在北宋党争中几起几落,却始终没有真正去做一个渔父。叶梦得《避暑录话》卷二中记载:

> 苏轼在黄州……与数客饮江上。夜归,江面际天,风露浩然,有当其意,乃作歌辞,所谓"夜阑风静縠文平,小舟从此逝,江海寄余生"者,与客大歌数过而散。翌日,喧传子瞻夜作此辞,挂冠服江边,拏舟长啸而去矣。郡守徐君猷闻之,惊且惧,以为州失罪人,急命驾往谒,则子瞻鼻鼾如雷,犹未兴也。①

可见,所谓"江海寄余生"的想法,其实不过是说说而已,真正欲"忘却营营"是难以做到的。李纲"调寄望江南"的四首渔父词则更是

---

① 叶梦得:《避暑录话》卷二,《宋元笔记小说大观》,上海古籍出版社2001年版,第2610页。

自欺欺人，从小序中可见，他被贬谪于福建沙阳时出于一时愤懑，说自己即使有一天得到朝廷的赦免和重新重用，也不会赴命了，要做一个渔父直到老朽。可是当"蒙恩北归，当践斯言"的时候，却不过作了四首渔父词应付了事，仿佛孙悟空用了分身术一样，一个假身做渔父去了，真身还要继续到朝廷做官，因为他毕竟放不下处于衰落危险中的国家，也放不下自己的志向。张元幹虽时时想要"老去一蓑烟雨里，钓沧浪""搔首烟波上，老去任乾坤"，但同时又常常"梦中原，挥老泪，遍南州"（《水调歌头》），"欲挽天河，一洗中原膏血"（《石州慢》）。陆游闲废山阴时，对隐而有名的严光都表示不屑，表明自己要做"无名渔父"，但一旦有机会获得起用，还是欣然上任，因为他心里一直有着"但悲不见九州同"（《示儿》）的遗憾……

对于众多的贬谪文人来说，张志和可以称为他们的"精神偶像"。因为敬佩他诀别于尘世功名的果断，向往他逍遥于烟雨江湖的自由，他们写了许多渔父词，用假想的渔父生活让贬谪中的自己得到暂时的精神解脱，但这之后，却仍旧要在营营世间奋斗打拼。

二 贬谪文人的"现实榜样"白居易与唐宋贬谪词之旷达词风

如果把张志和称为唐宋贬谪文人的"精神偶像"，那么白居易则是他们的"现实榜样"。毕竟，像张志和那样决绝地抛却尘念者并不多，大多数人没有这份决心和勇气，而像白居易那样做一个从容的贬谪者却是可行的。江州之贬对白居易来说是一场人生灾难，但他既没有因此怨天尤人、痛不欲生，也没有抛却尘世、心如槁木，而是凭借自己的学识襟抱做到了在贬谪中旷达自适，成为后世贬谪文人的现实榜样。而这种贬谪态度，也深深影响了宋代贬谪词中的"旷达"词风。

白居易贬谪后心态之从容平静，可与同时期被贬的韩愈做一个比较。同样在元和年间，韩愈因上书劝阻唐宪宗迎佛骨一事而被贬为潮州刺史，途中作《左迁至蓝关示侄孙湘》，诗中有"知汝远来应有意，好收吾骨瘴江边"之句。到贬所之后在《潮州刺史谢上表》中又说："自拘海岛，戚戚嗟嗟，日与死迫……怀痛穷天，死不闭目。瞻望宸极，魂神飞去。伏惟皇帝陛下，天地父母，哀而怜之……"① 全然失去了在上《论佛骨表》中的慷慨激昂之态，换上一副自哀且乞怜的面孔。胡仔说："凡人能处忧患，盖在其平日胸中所养。韩退之，唐之文士也，正色立朝，抗疏《谏佛骨》，疑若杀身成仁者；一经窜谪，则忧愁无聊，盖见于诗词。由此论之，则东坡所养，过退之远矣。"② 欧阳修甚至用韩愈作为反面例子来告诫他人"勿做戚戚之文"："每见前世有名人，当论事时，感激不避诛死，真若知义者。及到贬所，则戚戚怨嗟，有不堪之穷愁形于文字，其心欢戚无异庸人，虽韩文公不免此累，用此戒安道慎勿作戚戚之文。"（《与尹师鲁第一书》）

白居易并不赞同屈原那样激烈的悲怨，如他的《咏怀》一诗中说："自从委顺任浮沉，渐觉年多功用深……长笑灵均不知命，江蓠丛畔苦悲吟。"《咏家酝十韵》："独醒从古笑灵均，长醉如今学伯伦。"《效陶潜体诗十六首之十三》："楚王疑忠臣，江南放屈平。晋朝轻高士，林下弃刘伶。一人常独醉，一人常独醒。醒者多苦志，醉者多欢情。欢情信独善，苦志竟何成？兀傲瓮间卧，憔悴泽畔行。彼忧而此乐，道理甚分明。愿君且饮酒，勿思身后名！"他在元和十年自长安至江州途中作《舟行》一诗：

　　　　帆影渐日高，闲眠犹未起。起问鼓枻人，已行三十里。

---

① 《韩愈全集校注》，四川大学出版社1996年版，第2308页。
② 胡仔：《苕溪渔隐丛话前集》卷四十一，《笔记小说大观》三十五编，台北新兴书局1983年版，第283页。

第一章 中唐文人词的兴起与文人贬谪

　　船头有行灶，炊稻烹红鲤。饱食起婆娑，盥漱秋江水。
　　平生沧浪意，一旦来游此。何况不失家，舟中载妻子。

　　诗中那份闲适悠然的心态，简直让人难以相信这就是作者拖家带口奔赴贬所时的情况。《唐宋诗醇》中评价此诗曰："迁谪远行，绝不作牢骚语，非实有见地者不能。"① 再如元和十二年作于江州司马任上的《香炉峰下，新卜山居，草堂初成，偶题东壁五首》之二：

　　……
　　日高睡足犹慵起，小阁重衾不怕寒。
　　遗爱寺钟欹枕听，香炉峰雪拨帘看。
　　匡庐便是逃名地，司马仍为送老官。
　　心泰身宁是归处，故乡可独在长安？②

　　诗人在新建的山中居舍日高慵起，听钟声之幽远，看雪峰之高洁，觉得以闲而无事的司马之官终老于香炉峰下没有什么不好，只要身心安泰，无论是帝都长安，还是荒僻贬地，都可以当作身在故乡一样自然。该诗被评为"触景怡情，及时行乐，迁谪之感毫不挂怀，全是一团真趣流露笔墨间"③。这种随遇而安的思想，在作于忠州的一首《种桃杏》中表达得更为清楚：

　　无论海角与天涯，大抵心安即是家。
　　路远谁能念乡曲，年深兼欲忘京华。

　　尚永亮先生这样评价："白居易完全打破了贬谪诗人与荒远环境间

---

① 乾隆御选《唐宋诗醇》卷二十一，上海古籍出版社1987年影印四库全书本。
② 《白居易集》卷一六，中华书局1979年版，第343页。
③ 乾隆御选《唐宋诗醇》卷二十三，上海古籍出版社1987年影印四库全书本。

的森然界限,将主体与客体有机地融合在一起,甚而至于连历代文人那根深蒂固反复陈说的思乡情怀也抛在了脑后。当然,不念乡曲,欲忘京华,在很大程度上不过是说说而已,从他的其他诗文的表述来看,乡曲和京华在他心中的地位还是很重的;可是白氏的独特之处在于他能尽力地淡化并超拔于对乡曲、京华的怀思,使身心自觉不自觉地在逆境中安顿下来,从而获得对他来说乃是最大限度的心安理得、自足自适。"[①] 无怪两唐书在述及白居易的江州之贬时,都曾特意指出白居易对此番政治上的挫折其实并不特别介意:"居易入学之外,尤通释典。常以忘怀处顺为事,都不以迁谪为意。"(《旧唐书》)"(居易)既失意,能顺适所遇,托浮图生死说,若忘形骸者。"(《新唐书》)

  白居易的这份旷达自适的态度对宋代贬谪词中的"旷达"词风有很大影响,其中又尤以苏轼为最。苏轼一生先后两次遭受贬谪,第一次是元丰二年因"乌台诗案"被贬为黄州团练副使,元丰七年量移汝州,八年五月改知登州,这年十二月才回朝就起居舍人任;第二次贬谪是绍圣元年四月,因"讥斥先朝"的罪名贬知英州,接着一月之内三次降官,最后贬为宁远军节度副使惠州安置,绍圣四年四月继贬海南儋州,直到元符三年才遇赦内迁,而次年七月于常州去世。在贬谪十余年的经历中,苏东坡始终能够从容面对挫折,保持平和旷达的心态。虽然与白居易生活的年代相隔数百年,但他却对白居易怀有很深的敬慕之情。宋人周必大《二老堂诗话》中说:"本朝苏文忠公不轻许可,独敬爱乐天,屡形诗篇。"[②] 如:

    定似香山老居士,世缘终浅道根深。

        ——《轼以去岁春夏侍立迩英……各述所怀》其四

---

 ① 尚永亮:《贬谪文化与贬谪文学——以中唐元和五大诗人之贬及其创作为中心》,兰州大学出版社2004年版,第206页。

 ② 周必大:《二老堂诗话》,何文焕《历代诗话》,中华书局2004年版,第656页。

第一章 中唐文人词的兴起与文人贬谪

我甚似乐天,但无素与蛮。挂冠及未耋,当获一纪闲。

——《次京师韵送表弟程懿叔赴夔州运判》

它时要指集贤人,知是香山老居士。

——《赠李道士》

出处依稀似乐天,敢将衰朽较前贤。

——《予去杭十六年……作三绝句》其二

他谪居黄州之后自号"东坡居士",正取义于白居易在忠州刺史任上所作《东坡种花》《步东坡》《别种东坡花树两绝》等诗。"谪居黄州,始号东坡,其源必起于乐天忠州之作也。"① 受白居易影响,苏轼对屈原、贾谊愤懑、抑郁的贬谪心态亦颇不以为然,曾有"色瘁形枯应笑屈"②"愿求南宗一勺水,往与屈、贾澜余哀"之言。③ 他对白居易"心安即是家"的思想体会颇深,宋人吴开《优古堂诗话》中有这样一则:

> 东坡作《定风波序》云:"王定国歌儿曰柔奴,姓宇文氏。定国南迁归,予问柔广南风土应是不好?柔对曰:'此心安处,便是吾乡。'因用其语缀词云:'试问岭南应不好?却道,此心安处是吾乡。'"予尝以此语本出于白乐天,东坡偶忘之耶!乐天《吾土》诗云:"身心安处为吾土,岂限长安与洛阳。"又《出城留别》诗云:"我生本无乡,心安是归处。"又重题诗云:"心泰身宁是归处,故乡可独在长安?"又《种桃杏》诗云:"无论海角与天涯,大抵心安

---

① 周必大:《二老堂诗话》,何文焕《历代诗话》,中华书局2004年版,第657页。
② 苏轼:《是日偶至野人汪氏之居……仍用前韵》,《苏轼诗集》卷二一,中华书局1982年版,第1105页。
③ 苏轼:《西山诗和者三十余人,再用前韵为谢》,《苏轼诗集》卷二七,中华书局1982年版,第1460页。

即是家。"①

当然，从苏轼对白居易的刻意仿效乃至以白居易诗中"东坡"二字为号一事来看，忘记白居易的"名言"似乎并不可能，即使"偶忘之"，也只能说明白居易对苏东坡的影响已经深入骨髓，所以遣词造句中浑然不觉了。

贬谪黄州期间，苏轼写了一大批超尘绝俗的名篇，其中有许多表达了他不以贬谪为意的旷达心态，如《定风波》：

序：三月七日，沙湖道中遇雨。雨具先去，同行皆狼狈，余独不觉。已而遂晴，故作此词。

莫听穿林打叶声，何妨吟啸且徐行。竹杖芒鞋轻胜马，谁怕，一蓑烟雨任平生。

料峭春风吹酒醒，微冷。山头斜照却相迎。回首向来萧瑟处，归去，也无风雨也无晴。

刘永济在《唐五代两宋词简析》中评论道："中途遇雨，事极寻常，东坡却能于此寻常事故中写出其平生学养。上半阕可见作者修养有素，履险如夷，不为忧患所动摇之精神。下半阕则显示其对于人生经验之深刻体会，而表现出忧乐两忘之胸怀。……东坡一生在政治上之遭遇，极为波动，时而内召，时而外用，时而位置于清要之地，时而放逐于边远之区，然而思想行为不因此而有所改变，反而愈遭挫折，愈见刚强，挫折愈大，声誉愈高。"② 后来远谪海南，在《独觉》诗中再次说到"回首向来萧瑟处，也无风雨也无晴"，可见这种心态贯穿了苏轼贬谪生涯

---

① 吴开：《优古堂诗话》，吴文治主编《宋诗话全编》，江苏古籍出版社 1998 年版，第 2192 页。
② 刘永济：《唐五代两宋词简析》，上海古籍出版社 1981 年版，第 49 页。

的始终。

与苏轼"同升而并黜"的黄庭坚也深受白居易的影响。黄庭坚于哲宗绍圣二年被指控其主持编写的《神宗实录》诋毁先朝，被贬为涪州别驾，黔州安置。元符元年为避外兄张向之嫌，又移戎州。元符三年正月方从蜀中放还，待命荆南。崇宁元年六月，黄庭坚领太平州事，仅九天即被罢免，遂流寓鄂州。崇宁二年，黄庭坚被列入元祐党籍，因"幸灾谤国"除名，编隶宜州（今广西），直到崇宁四年病逝。黄庭坚在漫长的贬谪岁月中始终"泊然不以迁谪介意"（《宋史》卷四四四《黄庭坚传》）。他在黔州时曾摘白居易的诗句成《谪居黔南十首》，表现出对白居易旷达情怀的景仰。其《跋自书乐天三游洞序》云："元和初，盗杀武丞相于通衢，乐天以赞善大夫是日上书论天下根本，所言忤君相案剑之意，谪江州司马数年。平淮西之明年，乃迁忠州刺史。观其言行，蔼然君子也。予往来三游洞下，未尝不想见其人。"① 他孤身一人在宜州时，虽然备受困苦，却依然怡然自得，与远道而来的蜀中青年范廖"围棋诵书，对榻夜语，举酒浩歌"，范廖说他"虽迁谪处忧患而未尝戚戚也，视韩退之、柳子厚有间矣"②，并进而称他为"真谪仙人"，黄庭坚在贬谪中的这种旷然自适的心态正与白居易相似。黄庭坚贬谪蜀中期间是他词体创作的丰收期，许多词都表达了他的这种心态，试举一首《念奴娇》为例：

> 断虹霁雨，净秋空、山染修眉新绿。桂影扶疏，谁便道，今夕清辉不足？万里青天，姮娥何处？驾此一轮玉。寒光零乱，为谁偏照醽醁？

---

① 郑永晓整理：《黄庭坚全集编年辑校》，江西人民出版社2011年版，第1095页。
② 范廖：《宜州家乘·序》，《笔记小说大观》二十二编黄庭坚《宜州家乘》，台北新兴书局1978年版，第1585页。

年少从我追游，晚凉幽径，绕张园森木。共倒金荷，家万里，难得樽前相属。老子平生，江南江北，最爱临风曲。孙郎微笑，坐来声喷霜竹。

此词前有小序云："八月十八日，同诸生步自永安城楼，过张宽夫园，待月。偶有名酒，因以金荷酌众客。客有孙彦立，善吹笛。援笔作乐府长短句，文不加点。"饮酒待月，听笛写曲，可见黄庭坚意兴之浓厚。全词意象清高旷远，自有一股豪气充溢其间，展示出词人不以升沉萦怀，不以坎坷为意的傲岸个性，寓感慨于超旷之中，连黄庭坚自己也认为"可继东坡赤壁之歌"①。黄庭坚贬谪宜州时已经是五十九岁的老人，但在宜州期间犹然洒脱放旷，所作之词仍反映出这种胸襟气度，如《虞美人·宜州见梅作》：

天涯也有江南信，梅破知春近。夜阑风细得香迟，不道晓来开遍向南枝。

玉台弄粉花应妒，飘到眉心住。平生个里愿杯深，去国十年老尽，少年心。

全词以梅花为眼，统括天涯与江南、暮年与少年、去国与平生等各种对比，无消沉之感而有达观之情，俞陛云先生赞叹道："山谷受遣之日，投床酣卧，人服其德行坚定。此词殊方逐客，重见梅花，仅感叹少年，而绝无怨尤之语。诵其词，可知其人矣。"②

除苏轼、黄庭坚以外，在宋代受到白居易的影响而具有超越苦难、自得其乐的贬谪心态者还有很多，他们把这种感受写进词中，使许多贬

---

① 胡仔：《苕溪渔隐丛话后集》卷三十一，《笔记小说大观》三十五编，台北新兴书局1983年版，第231页。
② 俞陛云：《唐五代两宋词选释》，上海古籍出版社1985年版，第228页。

谪词具有旷达的风格，鉴于后两章还要对宋代贬谪词进行更加详尽的分析，此处姑且从略。

三 白居易贬谪后的"中隐"心态对文人词的创作氛围之引导

除了对后世贬谪词中的旷达词风有深远影响之外，白居易由贬谪经历而产生的"中隐"思想对唐宋词的发展亦有着不可低估的作用。

正如尚永亮先生所评价的那样："贬谪犹如一副强效应的减热剂，几乎熄灭了他在被贬前为国计民生高呼大喊勇猛精进的炽热激情，大大改变了他的人生观念和价值观念。"① 白居易在元和十年所作《与元九书》中明确地表达了他由"兼济"到"独善"的转变：

> 古人云："穷则独善其身，达则兼济天下。"仆虽不肖，常师此语。大丈夫所守者道，所待者时。时之来也，为云龙，为风鹏，勃然突然，陈力以出；时之不来也，为雾豹，为冥鸿，寂兮寥兮，奉身而退。进退出处，何往而不自得哉！②

然而"独善"有各种方式，像陶渊明那样做一个耕者，像张志和那样做一个渔者，都是"独善"的一种。白居易与他们不同，他的"独善"方式是"中隐"。"隐"原本是与"仕"对立的状态，隐而非仕，仕而非隐，然而后来随着历史和士人思想的发展，渐渐有了"仕兼隐"的观念。《史记》卷一二六《滑稽列传》中东方朔就曾经讲到这一点："如朔等，所谓避世于朝廷间者也。古之人，乃避世于深山中。"并作歌一首："陆沉于俗，避世金马门。宫殿中可以避世全身，何必深山之中，

---

① 尚永亮：《贬谪文化与贬谪文学——以中唐元和五大诗人之贬及其创作为中心》，兰州大学出版社2004年版，第193页。
② 白居易：《与元九书》，《白居易全集》卷四十五，中华书局1979年版，第959页。

蒿庐之下。"①"避世于朝廷间",即"大隐"。魏晋时期王康琚作《反招隐诗》一首,其中有"小隐隐陵薮,大隐隐朝市"之言,更明确地提出了"大隐"和"小隐"的差别。这样一来,"隐"与"仕"之间的对立和差别被隐藏了,二者变成了"隐"的两种不同方式。陶渊明与张志和的"独善"从这个意义上说,便是"小隐",而亦官亦隐便是"大隐"。但是在白居易的"中隐"思想中,"大隐"乃是专指在朝廷的权力中心为官,虽有隐逸之心却身居要位肩负重任者。"中隐"则与之相反,虽"仕"而任闲官,有高位,无重责;有名分,无操劳,正如他在诗中所说:"随缘逐处便安闲,不住朝廷不入山。"(《咏怀》)东都洛阳分司官正是这样一种"闲官",我们可以从白居易分司洛阳后写的《中隐》一诗"大隐住朝市,小隐入丘樊。丘樊太冷落,朝市太嚣喧。不如作中隐,隐在留司官"中看到他的中隐思想。

实际上,白居易的"中隐"观念并非大和三年以后分司东都洛阳之时才产生,而是经贬谪后形成。贬谪江州时,他在《江州司马厅记》中就表达了这种观点:"……苟有志于吏隐者,舍此官何求焉?……官足以庇身,食足以给家。州民康,非司马功;郡政坏,非司马罪。无言责,无事忧。"②这里的"吏隐",和后来所说的"中隐"意义相近,只不过这时他所居官职较低而已。长庆三年在杭州刺史任上作《奉和李大夫题新诗二首各六韵》之一云:"箕颍人穷独,蓬壶路阻难。何如兼吏隐?复得事跻攀。"又一次提到了"吏隐",这说明白居易的"中隐"实践是从贬谪时开始,一直到最后闲居洛阳时,中间任苏杭刺史期间也一直贯彻着这种思想。

当然,"中隐"和所有其他隐逸方式一样,都表现了隐者将注意力

---

① 司马迁:《史记》,北京线装书局2006年版,第524页。
② 白居易:《江州司马厅记》,《白居易集》卷四三,中华书局1979年版,第933页。

从外在的社会生活转向了对个体生命本身的关注,通过回避现实中的宦海风波而赢得生命的自由适意。白居易在他的诗歌中多次提到对人生苦短的感叹:

  人生讵几何?在世犹如寄。   ——《感时》
  人生百岁内,天地暂寓形。   ——《思归乐》
  人生大块间,如鸿毛在风。或飘青云上,或落泥涂中。
            ——《闻庚七左降因咏所怀》
  人生无几何,如寄天地间。心有千载忧,身无一日闲。
               ——《秋山》
  人生百年内,急速如过隙。先务身安闲,次要心欢适。
               ——《咏怀》

人生苦短又何必苦苦挣扎在官场之中?建功立业的理想虽然远大,画像于凌烟阁的荣誉虽然令人向往,然而却要经过多少磨难和不测,一脚踩空就会掉落万丈深渊,甚至连性命都难保。因此,不如放弃那无谓的功名,去寻找生命的自由和适意。

然而,"中隐"又有它的独特之处。首先,在物质上,要获得温饱乃至富足,但又不需付出过多的辛苦。

白居易内心对陶渊明非常崇敬,但同时却不肯定陶渊明"肠中食不充,身上衣不完"的生活。在晚年闲居洛阳时他曾作《咏怀》一诗:

  高人乐丘园,中人慕官职。一事尚难成,两途安可得?
  惶惶干世者,多苦时命塞。亦有爱闲人,又为穷饿逼。
  我今幸双遂,禄仕兼游息。未尝羡荣华,不省劳心力。
  妻孥与婢仆,亦免愁衣食。所以吾一家,面无忧喜色。

可见，白居易对于得到生活的保障和实惠非常在意，尽管称陶渊明是"高人"，但对自己既得到了心灵的宁静，又避免了"穷饿"的做法还是十分自矜的。另外，他同样不愿为了衣食之忧而做那种每日忙忙碌碌的小官吏。早在元和元年白居易为盩厔尉时，他就表露了对每天疲于吏事的不满：

夏闰秋候早，七月风骚骚。渭州烟景晚，骊山宫殿高。
丹殿子司谏，赤县我徒劳。相去半日程，不得同游遨。
到官来十日，览镜生二毛。可怜驱走吏，尘土满青袍！
邮传拥两驿，帛书堆六曹。为问纲纪掾，何必使铅刀！

——《权摄昭应早秋书事寄元拾遗兼呈李司录》

一为趋走吏，尘土不开颜。辜负平生眼，今朝始见山！

——《盩厔县北楼望山》

对于那种位高任重的"富贵"也同样不屑：

吾观权势者，苦以身殉物。炙手外炎炎，履冰中栗栗。
朝饥口忘味，夕惕心忧失。但有富贵名，而无富贵实！

——《出府归吾庐》

做一名闲官就可以避免上述种种之不足，既可让自己和家人在物质方面有保障有余裕，又可以不必为具体的吏事操心奔走，更不用每天如履薄冰提心吊胆地过日子，就像白居易在《闲题家池，寄王屋张道士》一诗中所言："进不趋要路，退不入深山；深山太濩落，要路多险艰。"

有了物质保障和闲暇，"中隐"者便可以充分地享受精神生活。正如白居易在《江州司马厅记》中所说："唯司马绰绰可以从容于山水诗酒间。由是郡南楼山、北楼水、溢亭、百花亭、风篁、石岩、瀑布、庐宫、源潭洞、东西二林寺、泉石松雪，司马尽有之矣。"① 出任苏、杭刺史期间，白居易更是尽情享受了江南大郡歌舞升平的风情。我们可以从白居易的《郡斋旬假命宴呈座客》中看到他当时的生活情景：

  公门日两衙，公假月三旬；衙用决薄领，旬以会亲宾。……
  既备献酬礼，亦具水陆珍。萍醅箬溪醁，水鲙松江鳞。
  侑食乐悬动，佐欢妓席陈。风流吴中客，佳丽江南人。
  歌节点随袂，舞香遗在茵。清奏凝未阕，酡颜气已春。……

  诗中描述了白居易在公事闲暇之余宴集宾客的场景，有美酒，有美食，有美乐，更有江南美人佐酒劝觞，歌清舞媚……好一番行乐人间的景象！无怪苏轼曾经说："曾把四弦娱白傅，敢将百草斗吴王。从今却笑风流守，画戟空凝宴寝香。"(《苏州闾丘江君二家雨中饮酒二首》)白居易在洛阳的生活状况可以从其《中隐》诗中略见一斑："君若好登临，城南有秋山。君若爱游荡，城东有春园。君若欲一醉，时出赴宾筵。洛中多君子，可以恣欢颜。君若欲高卧，但自深掩关。"《醉吟先生传》中清晰地为我们展示了他闲居洛阳的生活：

  洛城内外六七十里间，凡观寺、秋墅，有泉石花竹者，靡不游；人家有美酒、鸣琴者，靡不过；有图书、歌舞者，靡不观。自居守洛川洎布衣家，以宴游召者，亦时时往。每良辰美景，或雪朝月夕，好事者相过，必为之先拂酒罍，次开诗箧。酒既酣，乃自擪琴，操宫声，弄《秋思》一遍。若兴发，命家童调法部丝竹，合奏《霓裳羽衣》一曲。若欢甚，又命小妓歌《杨柳枝》新词十数章，放情自娱，酩酊而后已。往往乘兴，屦及邻，杖于乡，骑游都邑，

---

① 白居易：《江州司马厅记》，《白居易集》卷四三，中华书局1979年版，第933页。

肩舁适野。舁中置一琴,一枕,陶、谢诗数卷,舁竿左右,悬双酒壶。寻山望水,率情便去;抱琴引酌,兴尽而返。如此者凡十年。①

这种休闲享乐的生活,是促成文人词兴盛的重要条件,对美景、美酒、美乐、美女的欣赏,正是词体的重要题材。白居易的大部分词作就是在"中隐"的生活中写成的。如著名的《忆江南》:

江南好,风景旧曾谙。日出江花红胜火,春来江水绿如蓝。能不忆江南?

江南忆,最忆是杭州。山寺月中寻桂子,郡亭枕上看潮头。何日更重游。

江南忆,其次忆吴宫。吴酒一杯春竹叶,吴娃双舞醉芙蓉。早晚复相逢。

这三首词追忆了他出任杭州刺史和苏州刺史时期对江南风景风情的欣赏和留恋。白居易还写有十首《杨柳枝》词,《杨柳枝》正是所谓的"洛下新声"。在这些词中,除了咏唱杨柳描绘风景之外,还有三首提到了苏州馆娃宫和杭州名妓苏小小:

红板江桥青酒旗,馆娃宫暖日斜时。
可怜雨歇东风定,万树千条各自垂。

苏州杨柳任君夸,更有钱塘胜馆娃。
若解多情寻小小,绿杨深处是苏家。

---

① 白居易:《醉吟先生传》,《白居易全集》卷七十,中华书局1979年版,第1485页。

> 苏家小女旧知名,杨柳风前别有情。
> 拨条盘作银环样,卷叶吹为玉笛声。

另有一首提及白居易的侍妾樊素与小蛮:

> 一树春风万万枝,嫩于金色软于丝。
> 永丰南角荒原里,尽日无人属阿谁。

考之孟棨《本事诗·事感第二》:"白尚书姬人樊素,善歌,妓人小蛮,善舞。尝为诗曰:'樱桃樊素口,杨柳小蛮腰'。年既高迈,而小蛮方丰艳,因为杨柳枝词以托意。"① 在原本单纯咏唱杨柳的曲调当中加入如许对艳情的暗示,是"才子与妍词"的"妍丽"之所在,也正是此后唐宋词发展的一个主要的方向。

白居易的"中隐"思想首先影响了他的好友刘禹锡。刘禹锡在经过"巴山楚水凄凉地"的二十三年贬谪生活之后,虽然终于回到长安为官,但不久便又受排挤,出为山南东道节度使。此后又历任苏州刺史、汝州刺史、同州刺史。在任同州刺史期间,白居易曾经赠给他一首《闲卧寄刘同州》:

> 软褥短屏风,昏昏醉卧翁。鼻香茶熟后,腰暖日阳中。
> 伴老琴常在,迎春酒不空。可怜闲气味,唯欠与君同。

表示自己正在享受悠闲适意的生活,希望刘禹锡也能够与自己一同来享受这种"中隐"之乐。刘禹锡作《酬乐天闲卧见忆》诗应答,流露了自己没有早退的自惭之意,随后在这一年秋天就正式向朝廷上表辞去同州刺史的职务,以太子宾客分司东都洛阳,直到去世都一直在洛

---

① 孟棨:《本事诗》,上海古籍出版社1991年版,第6页。

阳与白居易等人过着诗酒逍遥的悠闲生活。白居易曾经在一首诗的诗题中提到，开成二年三月三日上巳节，他与刘禹锡等人"合宴于舟中……自晨及暮，簪组交映，歌笑间发，前水嬉而后妓乐，左笔砚而右壶觞。望之若仙，观者如堵。尽风光之赏，极游泛之娱"①。《赠梦得》诗中说："年颜老少与君同，眼未全昏耳未聋。放醉卧为春日伴，趁欢行入少年丛。寻花借马烦川守，弄水偷船恼令公。闻道洛城人尽怪，呼为刘白二狂翁。"刘禹锡在洛阳期间同样写了许多重要的词篇，如《忆江南》：

  春去也，多谢洛城人。弱柳从风疑举袂，丛兰挹露似沾襟。独坐亦含颦。

  这首小词表达了春天即将离去的伤感，原题中有"和乐天春词，依《忆江南》曲拍为句"之语，因此被公认为首篇明确表示依调填词的作品，在词史上具有十分重要的意义。和白居易一样，刘禹锡也作有十首《杨柳枝》词，正是白、刘这些词作与前文所述的贬谪词一道，为他们赢得了"乐天、梦得，声调渐开"（陈廷焯语）的评价。

  很显然，白居易贬谪后产生的"中隐"心态引导了一种休闲、享乐的生活风气，这种风气对后来花间、南唐词的大盛都起到了一定的推动作用。不过，晚唐五代时期整个社会都处于一种混乱无序的状态，及时行乐的心理已经向极端和畸形的方向发展，词人们也大多缺少白居易那种胸怀和雅致。直到宋代，白居易"中隐"的思想才被真正发扬开来。

  南宋罗大经在《鹤林玉露》中说："本朝士大夫多慕乐天。"② 其敬

---

① 白居易：《开成二年三月三日河南李待价以人和岁稔将禊于洛滨……居易举酒抽毫奉二十韵以献》，《白居易全集》卷三三，中华书局1979年版，第757页。
② 罗大经：《鹤林玉露》丙编卷三，《宋元笔记小说大观》，上海古籍出版社2001年版，第5346页。

慕之外，不是白居易在贬谪前的那种为家国百姓高喊疾呼的精神，而是他被贬之后诗酒逍遥的闲适生活。值得我们注意的是，宋人的"中隐"不一定是真的要做闲官，要闲居、闲退，而是在内心之中有一种休闲、享乐的思想意识。这种思想意识让那些居高位任重责的士大夫在公事之余亦不忘人生的享乐，在物质上坦然享受高官厚禄带来的富足生活；在精神上不一味刻板庄重而是丰富多彩，于私生活中尽情展露他们风流儒雅的一面。如周辉《清波杂志》卷十记载：

  韩黄门持国典藩，觞客，早食则凛然谈经史节义及政事设施；晚集则命妓劝饮，尽饮而罢。虽薄尉小官，悉令登车上马而去。①

再如彭乘《墨客挥犀》卷八载：

  程丞相性严毅，无所推下。出镇大名，每晨参见案决事，左右皆惴恐，无敢喘息。及开宴招僚佐饮酒，则笑歌欢谑，释然无间。于是人畏其刚果而乐其旷达。②

这种休闲享乐、风流儒雅的私生活正是宋代文人词产生的土壤。因为词和庄重严肃的诗文相比本来就是"小道"，某种程度上属于"休闲"文艺，是做"娱宾遣兴"之用的。抒发庙堂之忧，家国之想要用正经的诗赋文章，而表达自由洒脱的私生活中的感受，则适用小词。以晏殊为例，《宋史》卷三一一本传中评价晏殊"性刚简，奉养清俭，累典州，吏民颇畏其狷急"③。而当他回到家中，卸去官服之后，便换了另一副模样，叶梦得《避暑录话》记载，晏殊"喜宾客，未尝一日不宴饮"。每

---

① 周辉：《清波杂志》卷十，《宋元笔记小说大观》，上海古籍出版社2001年版，第5123页。
② 彭乘：《墨客挥犀》卷八，上海古籍出版社1987年影印四库全书本。
③ 叶梦得：《避暑录话》卷二，《宋元笔记小说大观》，上海古籍出版社2001年版，第2615页。

宴,"必以歌乐相佐,谈笑杂出"。而当歌伎演唱之后,他便罢遣歌伎,道:"汝曹呈艺已毕,吾当呈艺"①,然后便持笔赋词。晏殊词大都作于酒宴樽前,描写的也都是酒宴樽前的情景和感受,如《谒金门》"座有嘉宾尊有桂,莫辞终夕醉"。《破阵子》:"美酒一杯新熟,高歌数曲堪听。不向尊前同一醉,可奈光阴似水声。迢迢去未停。"《更漏子》:"宝筝调,罗袖软。拍碎画堂檀板。须尽醉,莫推辞。人生多别离。"《鹊踏枝》:"门外落花随水逝,相看莫惜尊前醉。"再如欧阳修,苏轼曾评价其"论大道似韩愈,论事似陆贽,记事似司马迁,诗赋似李白"②。而做起小词来,却处处花草芳菲,那份对大自然赏爱,仿佛一位多愁善感的女子,其《玉楼春》四首说尽了他对正值芳菲时节的洛阳城依依不舍的深情,其《采桑子》十首则从各个时间、各个角度描述了颍州西湖的美丽,正如他自己所说"清风明月,幸属于闲人",晚年退居颍州的欧阳公正是这样一位"闲人",也只有在这种闲适的心境中,才能够写出那样深情细致的小词。欧阳修还写了为数不少的"艳词",这些艳词中的内容尽管不一定是欧阳修私生活中的实际情况,但也恰恰从一定角度表现出他生活中的享乐态度。

晏、欧在宋代士大夫中是具有典型性的,他们仿佛具有双重性格和双重身份。杨海明先生把这称为"角色转换"③,是由"台前"到"台后"、"台上"到"台下"的转换,并且认为这种角色转换有力地刺激了词的创作。而这种角色转换,除了有宋代都市经济发达、宋代士大夫待遇优厚等历史原因之外,中唐白居易的榜样作用亦不可忽视。实际上,白居易在贬谪前后的生活就是一个很明显的"角

---

① 叶梦得:《避暑录话》卷二,《宋元笔记小说大观》,上海古籍出版社2001年版,第2615页。
② 苏轼:《六一居士集序》,《苏轼文集》卷十,中华书局1986年版,第316页。
③ 杨海明:《角色转换与唐宋词的人生意蕴》,《学术月刊》2002年第5期,第86—93页。

色转换"的过程。正是因为他受到贬谪的刺激,才激发了他"中隐"的生活态度。而这种态度开创了一种全新的休闲、享乐的生活模式,为正在兴起的文人词提供了恰当的氛围,促进了唐宋文人词的发展。

第二章　北宋党争背景下的贬谪词

作为中国封建专制制度和封建统治阶级内部权力之争的产物，朋党与朋党之争历代有之，但北宋的朋党之争无论在时间、范围还是影响上都非其他朝代可比。北宋党争起于宋代积贫积弱的国家危机和宋代士大夫欲改变这一现状的良苦用心，但随着党争的发展，其论争的焦点逐渐从国家的政治经济转向了人事起废并进而形成难以调和的私人恩怨。从仁宗朝开始，一直到徽钦二帝在"无容游骑无归"的激烈攻讦争斗中，几乎所有的官员都和党争产生了或大或小的瓜葛，纵使内心无所偏向，亦不免被时人贴上新党或旧党的标签。纷纷攘攘的朋党之争不仅在很大程度上加速了北宋的灭亡，也成为北宋士大夫命运的陷阱。可谓"天子无一定之衡，大臣无久安之计，或信或疑，或引或仆，旋加诸膝，旋坠深渊，以成流波无定之宇。"① 命运的沉浮无定，让北宋文人对国家政务激昂奋发的热情逐渐转向对个体生命意义和价值的追寻和拷问，贬谪中的种种感慨和思索也相应地影响了文学创作的主题和风格，作为有宋"一代之文学"的词亦不例外。这一章

---

① 王夫之：《宋论》卷四，中华书局1964年版，第87页。

里,我们将以词人在党争中命运的升降浮沉为背景,考察北宋贬谪词的风貌。

第一节 北宋党争背景下的词人贬谪情况

北宋历史上大的党争有两次,一次是由范仲淹主持的以整顿吏治为中心的革新运动而引起的庆历党争,另一次是由王安石主持的以理财增收为核心的变法运动而引起的新旧党争。庆历党争为时较短,受到贬谪的文人大都属革新一派;而新旧党争则绵延了半个世纪之久,两党轮番主政,亦轮番被贬。本节就庆历党争与新旧党争两部分分别阐述北宋党争背景下的词人贬谪情况。

一 庆历党争中的词人贬谪

庆历党争在北宋党争中虽然持续时间不长,但却在几个重要的方面都昭示出北宋党争整体上的几个特点,为之后的新旧党争埋下了伏笔。这一时期的贬谪词人主要有欧阳修、尹洙、苏舜钦等,他们的贬谪经历我们将在描述庆历党争的特点中介绍。

(一)起于革新救弊,终于救弊无效

庆历党争源于范仲淹的庆历新政,而庆历新政的施行则是因为宋代政治经济制度上固有的缺陷和弊病,即苏辙在《上皇帝书》中所说的

"冗兵""冗官"与"冗费。"①

"冗兵"的出现是由宋王朝独特的养兵政策引起的。

出于五代十国地方割据的前车之鉴,宋太祖建国后第一时间便"杯酒释兵权",将兵权收归中央并奉行以京畿为重的养兵政策。这种将兵权收至中央的办法,确实有效地限制了地方势力的扩大,司马光《涑水纪闻》中说:"诸镇皆知兵力精锐非京师之敌,莫敢有异心者。"② 但随之而来的便是"冗兵"的日渐增多,我们可以从《宋史·兵志》所记载的这些数字中看到宋初兵员增长的情况:

> 开宝之籍,总三十七万八千,而禁军马步十九万三千;至道之籍,总六十六万六千,而禁军马步三十五万八千;天禧之籍,总九十一万两千,而禁军马步四十三万两千;庆历之籍,总一百二十五万九千,而禁军马步八十二万六千,视前所募兵浸多,自是稍加裁制,以为定额。③

如此庞大的军队,必将给财政造成巨大的压力,这一点,宋太祖已经预料到,他曾不无忧虑地说:"不出百年,天下民力殚矣。"④ 庆历年间的范仲淹则感慨:"我祖宗以来,罢诸侯权,聚兵京师。衣粮赏赐,常须丰足。经八十年矣,虽已困生灵、虚府库,而难以改作者,所以重京师矣。"⑤

"冗官"的出现,是宋代施行文官政治,以士大夫治天下的结果,这种政策同样出于保护皇权安全的考虑。宋太祖在立国之初收主将兵权

---

① 苏辙:《上皇帝书》,《苏辙集·栾城集》卷二十一,中华书局1990年版,第367页。
② 司马光:《涑水纪闻》卷一,中华书局1997年点校本,第13页。
③ 《宋史》卷一八七《兵志》,中华书局1977年版。
④ 李焘:《续资治通鉴长编》卷一七,开宝九年二月癸卯条,中华书局1979年版。
⑤ 李焘:《续资治通鉴长编》卷一四三,庆历三年九月丁卯条,中华书局1979年版。

时便曾经说："五代方镇残虐，民受其祸。朕今用儒臣干事者百余人，分治大藩，纵有贪浊，亦未及武臣十之一也。"① 与冗兵一样，随着时间的推移，官员的数量不断增加，仁宗皇祐年间，时任户部副使的包拯上《论冗官财用等》云：

> 臣伏见景德、祥符中，文武官总九千七百八十五员。今内外官属，总一万七千三百余员。其未授差遣京官、使臣及守选人，不在数内。较之先朝，才四十余年，已逾一倍多矣。②

官员的迅速增多，其来源有二，一为科举，二为恩荫。由于偏重文官统治，科举考试的取士名额不断扩大。除了常规的科举之外，又有所谓的"恩科"，指举人应省试或殿试多次不第者，特赐出身，"进士五举年五十，诸科六举年六十；尝经殿试，进士三举，诸科五举；及尝预先朝御试，虽试文不合格。毋辄黜，皆以名闻"③。这种选拔方式，难以得到官员素质保障，造成滥而不精，泥沙俱下的状况。仁宗至和二年右谏议大夫李柬之便提到了这一点：

> 唐制，明经、进士及第，每岁不得过五十人，今三四年间，放四五百人，校年累举不责词艺谓之恩泽者，又四五百人；……诸科虽专记诵，责其义理，一所不知，加之生长畎亩，不习政术，临民治众能晓事者，十无一二，岁亦放五百余人。此所谓选举之路未精也。④

有此冗兵与冗官，冗费自不可避免。就军费而言，英宗治平年间三

---

① 陈邦瞻：《宋史纪事本末》卷二《收兵权》，中华书局1977年版，第7页。
② 李焘：《续资治通鉴长编》卷一六七，皇祐元年十二月"是月"条，中华书局1979年版。
③ 《宋史》卷一五五《选举一》，中华书局1977年版。
④ 李焘：《续资治通鉴长编》卷一六九，皇祐二年八月己未条，中华书局1979年版。

司使蔡襄曾经在奏章中说：

> 臣曰一岁总计，天下之人不过缗钱六千余万，而养兵之费约五千余万，是天下六分之物，五分养兵，一分给郊庙之奉，国家之费，国何得不穷？民何得不困？①

就官员俸禄而言，太宗淳化年间御史中丞王化基《澄清略》中曾经指出：

> 今以朝官、诸色使臣及县令、薄尉等所费，高卑相半，折而计之，一人月费不翅十千，以千人约之，岁计用十余万，更倍约之，万又过倍。此或皆是廉白之吏，止伤于公府之费尔。若或贪婪之吏布于天下，则兼更取于民间者，又数倍焉。②

除了正常的军费、官俸之外，包括郊祀在内的赏赐亦是一项不可忽视的费用。赵翼《廿二史札记》卷二五"宋恩赏之厚"条云：

> 宋制，禄赐以外，又时有恩赏。李沆病，赐银五千两；王旦、冯拯、王钦若之卒，皆赐银五千两，此以宰执大臣也。雷有终平蜀有功，特给廉镇公用岁钱两千贯，既没，宿负千万，官为偿之，此以功臣也。戴兴为定国军节度使，赐银万两，岁加给钱千万；王汉忠出知襄州，常俸外增岁给钱二百万，此以藩镇大臣也。若李符为三司使，赐银三千两；李沆、宋湜、王化基初入为右补阙，即各赐钱三百万；湜知制诰，又赐银五百两、钱五十万；杨徽之迁侍御史，赐钱三十万；魏廷式为转运使，赐钱五十万；宋博为国子博

---

① 蔡襄：《蔡忠惠公文集》卷一八，《国论要目·强兵》，宋集珍本丛刊第7册，北京线装书局2004年版。

② 李焘：《续资治通鉴长编》卷三二，太宗淳化二年九月庚子条，中华书局1979年版。

士，赐钱三十万。班仅庶僚，非有殊绩，亦被横赐。甚至魏震因温州进瑞木，作赋以献，遂赐银两千两，毋亦太滥矣。①

总之，"三冗"造成了兵弱、官庸、财乏、民困，成为北宋政治上的一大难题，而这个难题也极大地引起了宋代有识之士的担忧，并激发出他们欲以革新救弊的精神。早在太宗、真宗时期，便已经出现了田锡、王禹偁等人"愿更生谠议，别布新条"②、"治之维新，救之在速"③的呼声，而到了仁宗时期，随着社会弊病的不断加深，改革救弊的要求也越来越强烈。范仲淹所领导的庆历新政，便是在这种背景下应运而生的第一次革新的努力。庆历三年，参知政事范仲淹在仁宗皇帝的支持下开始着手施行革新之政。他进《答手诏条陈十事》，提出了十项改革纲领："一曰明黜陟""二曰抑侥幸""三曰精贡举""四曰择官长""五曰均公田""六曰厚农桑""七曰修武备""八曰减徭役""九曰覃恩信""十曰重命令"。④ 以整顿更治为中心对北京政治、经济、军事等各方面进行了全面革新。这次革新是北宋前期通变救弊思潮下的一次著名的变革实践，理想高远，规模宏大，然而其具体的实施过程中必然在人事上和制度上触动既得利益者，时人谓："规摩阔大，论者以为难行，及按察使多所举劾，人心不自安，任子恩薄，磨勘法密，侥幸者不便，于是谤毁浸盛，而朋党之论，滋不可解"⑤。遂不到一年便受到不断的质疑和攻击，最后以范仲淹离开朝廷，出为陕西、河东路宣抚使而宣告失败，其参与新政的同僚亦大多遭遇贬谪。

---

① 赵翼著，王树民校正：《廿二史札记校正》，中华书局1984年版，第537页。
② 《全宋文》卷八一，第3册，田锡《上太宗条奏事宜》，巴蜀书社点校本，第6页。
③ 《全宋文》卷一四八，第4册，王禹偁《东观集序》，巴蜀书社点校本，第392页。
④ 以上参见《范仲淹全集》中册《范文正公政府奏议》卷上《答手诏条陈十事》，四川大学出版社2002年版，第523—528页。
⑤ 李焘：《续资治通鉴长编》卷一五〇，庆历四年六月壬子条，中华书局1979年版。

（二）政治革新与人事恩怨相纠缠

范仲淹所领导的庆历新政的迅速失败，除了北宋政治经济上的弊病根深蒂固不易改良之外，还与朝臣中人事关系的矛盾有关，从一开始就表现出"革新"与"党争"的交错，使新政终以"朋党"之罪遭遇打击。

庆历三年范仲淹以参知政事之职实施新政，是建立在老臣吕夷简以疾请老致仕的基础上。而范、吕之间的矛盾，此前早已在明道、景祐年间结成。明道年间废皇后郭氏的事件中，吕夷简由于曾经受到郭氏的谗言而罢相，因此是支持甚至倡导仁宗废后的主要人物，而包括范仲淹在内的台谏则与其激烈论争。《宋史纪事本末》卷二十五《郭后之废》中记载道：

> ……夷简以前憾，遂主废黜之议。帝犹疑之。夷简曰："光武，汉之明主也，郭后仅以怨怼坐废。况伤陛下颈乎？"帝意遂决。夷简先敕有司不得受台谏奏章，乃诏称皇后愿入道，封净妃玉京冲妙先师，居长宁宫。台谏章奏果不得入，于是中丞孔道辅率谏官范仲淹……十人诣垂拱殿伏奏："皇后，天下之母，不当轻废。愿赐对，尽所言。"殿门阖，不为通。道辅扣环大呼曰："皇后被废，奈何不听台臣言！"寻有诏，令夷简谕以太后当废状。道辅等至中枢，语夷简曰："大臣之于帝后，犹子之事父母也。父母不和，可以谏止，奈何顺父出母乎？"夷简曰："废后有汉、唐故事。"道辅曰："人臣当道君以尧舜，岂得引汉唐失德为法耶？"夷简不能答，即奏言："伏阁请对，非太平美事。"遂出道辅知泰州，仲淹知睦州，祖德等

罚金。仍诏台谏自今毋相率请对。①

景祐年间，被贬知睦州的范仲淹回朝，随即又与吕夷简发生激烈矛盾。《宋史纪事本末》卷二十九《庆历党议》载：

> 景祐三年五月，范仲淹以吕夷简执政，进用多出其门，上《百官图》，指其次第曰："如此为序迁，如此为不次，如此则公，如此则私。况进退近臣，凡超格者，不宜全委之宰相。"夷简不悦。他日论建都之事，仲淹进曰："洛阳险固，而汴为四战之地。太平宜居汴，即有事必居洛阳。当渐广储蓄，缮官室。"帝以问夷简，夷简对曰："仲淹迂阔，务名无实。"仲淹闻之，乃为四论以献，一曰帝王好尚，二曰选贤任能，三曰近名，四曰推诿，大抵讥切时事。且曰："汉成帝信张禹，不疑舅家，故有新莽之祸。臣恐今日亦有张禹，坏陛下家法。"夷简诉范仲淹越职言事，离间君臣，引用朋党。仲淹对益切，由是罢知饶州。②

范仲淹此次被贬激起朝臣中欧阳修等人的不满，而他们支持范仲淹的言行也给自己带来了祸患。如欧阳修写信责备谏官高若讷，"仲淹以无罪逐，君不能辩，犹以面目见宰相，出入朝中，是不复知人间有羞耻事。"若讷怒，上其书，欧阳修坐贬夷陵令。尹洙则上奏自动"党附"于范仲淹："仲淹忠亮有素，臣与之义兼师友，则是仲淹之党也。今仲淹以朋党被罪，臣不可苟免。"宰相怒，落校勘，复为掌书记、监唐州酒税。苏舜钦亦上书言范仲淹无罪："……前孔道辅、范仲淹刚直不挠，致位台谏，后虽改他官，不忘献纳。二臣者非不知缄口数年，坐得卿

---

① 陈邦瞻：《宋史纪事本末》卷二五《郭后之废》，中华书局1977年版，第194页。
② 陈邦瞻：《宋史纪事本末》卷二九《庆历党议》，中华书局1977年版，第232页。

辅，盖不敢负陛下委注之意。而皆罹中伤，窜谪而去，使正臣夺气，鲠士咋舌，目睹时弊而不敢论。"① 苏舜钦虽此次并未受贬，但显然已经为新政后的"进奏院案"埋下了伏笔。

党附范仲淹的群体遭贬斥，为庆历新政中的团结合作打下了基础，同时也为新政的失败种下了祸患。考之《长编》卷一四八，庆历新政的反对者曾指使宦官蓝元震上书攻击范仲淹等新政官僚："范仲淹、欧阳修、尹洙、余靖，前日蔡襄谓之'四贤'，斥去未几，复还京师。'四贤'得时，遂引蔡襄为同列，以国家爵禄为私惠，胶固朋党，苟以报谢当时歌咏之德。今一人私党，止作十数，合五六人，门下党与已无虑五六十人。使此五六十人，递相提携，不过二三年，布满要路，则误朝迷国，谁敢有言，挟恨报仇，何施不可？九重至深，万机至重，何由察之？"② 在此压力之下，与范仲淹一起主持变法的杜衍、韩琦、富弼等人亦相继去位。欧阳修的论争则给他带来了又一次的贬谪，《宋史》卷三一九《欧阳修传》中记载其上疏曰："杜衍、韩琦、范仲淹、富弼，天下皆知其有可用之贤，而不闻其有可罢之罪，自古小人谗害忠贤，其说不远。欲广陷良善，不过指为朋党，欲动摇大臣，必须诬以颛权，其故何也？去一善人，而众善人尚在，则未为小人之利；欲尽去之，则善人少过，难为一一求瑕，唯指以为党，则可一时尽逐，至如自古大臣，已被主知而蒙信任，则难以他事动摇，唯有颛权是上之所恶，必须此说，方可倾之。正士在朝，群邪所忌，谋臣不用，敌国之福也。今此四人一旦罢去，而使群邪相贺于内，四夷相贺于外，臣为朝廷惜之。"③ 反对变法者故罗织一起"盗甥案"将欧阳修逐出朝堂，《长编》卷一五七载：

---

① 以上史料参见陈邦瞻《宋史纪事本末》卷二九《庆历党议》，中华书局1977年版，第231—233页。
② 李焘：《续资治通鉴长编》卷一四八，庆历四年戊戌条，中华书局1979年版。
③ 《宋史》卷三一九《欧阳修传》，中华书局1977年版，第10377页。

"初,修有妹适张龟正,卒而无子,有女实前妻所生,甫四岁,以无所归,其母携养于外氏,及笄,修以嫁族兄之子晟。会张氏在晟所与奴奸,事下开封府。权知府事杨日严前守益州,修尝论其贪恣,因使狱吏附致其言以及修。谏官钱明逸遂劾修私于张氏,且欺其财。诏安世及昭明杂治,卒无状,乃坐用张盦中物买田立欧阳氏券。"① 欧阳修由此落龙图阁直学士,贬知滁州,后二年,徙扬州、颍州。

从上述史实中我们可以看到,庆历党争虽然由革新而起,其实质是革新引起的利益受损者的反击,但论争的重点却并非革新之政事,而是直接针对主革新者的个人品质予以抨击,表现出朝臣当中复杂的恩怨关系。

(三) 兴文字狱以打击政敌

以文字罪人,是北宋党争中的一个重要形式。而这一点,在庆历党争中的"进奏院"案中已经显露端倪。《宋史纪事本末·庆历党议》载:

> 杜衍好荐引贤士,而抑侥幸,群小咸怨,衍婿苏舜钦,易简孙也,能文章,论议稍侵权贵,时监进奏院,循例祀神,以妓乐娱宾。集贤校理王益柔,曙之子也,于席上戏作《傲歌》。御史中丞王拱辰闻之,以二人皆仲淹所荐,而舜钦又衍婿,欲因是倾衍及仲淹,乃讽御史鱼周询、刘元瑜举劾其事,拱辰及张方平(时为权御史中丞)列状请诛益柔,盖欲因益柔以累仲淹也。②

王益柔所作的《傲歌》,今存"醉卧北极遣帝扶,周公孔子驱为奴"一联,应属酒后之辞,而台谏却借题发挥,酿成大狱,结案以后,苏舜

---

① 李焘:《续资治通鉴长编》卷一五七,庆历五年八月条,中华书局1979年版。
② 陈邦瞻:《宋史纪事本末》卷二九《庆历党议》,中华书局1977年版,第247页。

钦等十几名同席的"当世名士"均被贬斥,范仲淹新政集团遂被一网打尽。而苏舜钦贬废后寄寓吴中,一直愤懑不平,庆历八年,朝廷虽然恢复了他的官职,除湖州长史,但未及上任,苏舜钦就在疾病与愁愤交加中离开了人世。

这起文字狱,宣告了范党的彻底失败,同时表现出文人党争中特有的党同伐异的特性。此后在新旧党争中,文字狱层出不穷,成为打击政敌的重要方式。

二 新旧党争中的词人贬谪

总的来看,新旧党争延续了上文所述的庆历党争的三个特点。

首先,庆历新政虽然为时不久便夭折,范仲淹等新政官员也相继被贬逐,但并没有降低士大夫更张法制、救弊图治的热情。同时社会危机不断加剧,最高统治者亦对北宋社会存在的危机有着颇为清楚的认识,如英宗就曾经感叹道:"积弊甚重,何以救裁?"[①] 神宗即位不久,便斩钉截铁地宣布:"天下弊事甚多,不可不改!"[②] 包括后来反对变法的很多旧党人员在内,都有改革救弊的想法,如司马光在嘉祐六年所上《论财利疏》中严厉抨击了朝廷理财之弊:"今以富大之州,终岁之积,输至京师,适足以供陛下一朝恩泽之赐、贵臣一日宴饮之费。陛下何独不忍于目前之群臣而忍之于天下之百姓乎?"[③] 嘉祐五年,苏轼在《上富丞相书》[④] 中提出的诸多改良建议,亦都是针对北宋贫弱的弊病而发。其弟苏辙在熙宁二年的《上皇帝书》中将"三冗"危害国家财用的形式比

---

① 毕沅:《续资治通鉴》卷六二,治平元年五月辛亥条,中华书局1957年版。
② 毕沅:《续资治通鉴》卷六六,熙宁元年三月癸酉条,中华书局1957年版。
③ 司马光:《温国文正公文集》卷二三,上海书店1989年四部丛刊初编本。
④ 参见苏轼《上富丞相书》,《苏轼文集》卷四八,中华书局1986年版,第1375页。

喻成"弊车羸马而引山丘之载",认为造成这一弊病的祖宗格例,已经到了非破不可的时候。① 而程氏兄弟的《上仁宗皇帝书》《为家君应诏上英宗皇帝书》②《论王霸札子》《论十事札子》③ 等,都表现了强烈的变革要求。因此朱熹说:"只是当时非独荆公要如此,诸贤都有变更意。"④ 因此,新旧两党最初的矛盾并非"是否变法"。而是"如何变法"。总的看来,王安石的变法主张是大刀阔斧式的,比较激进,而以司马光为代表的旧党则希望以温和的方式进行改良:"治天下譬如居室,弊则修之,非大坏不更造也。"⑤ 然而这两种救弊的方法没有得到很好的协调,反而引起朝臣内部激烈的矛盾斗争,在斗争当中王安石变法救弊的愿望也最终成为泡影。

其次,新旧党争更加明显地体现了政治革新中的人事恩怨。可以说,是政治革新引发了人事恩怨,而人事恩怨最终又导致了政治革新的失败。新旧党争的人事恩怨首先起于神宗与王安石为摆脱变法的绊脚石、保证新法的顺利进行启用了一大批新官吏,同时贬谪、罢废了很多反对变法的老臣,"荆公欲变更祖宗法度,行新法,退故老大臣,用新进少年"⑥。待到神宗驾崩高太后执政的元祐时期,这些在熙丰年间受到贬黜的大臣重返朝堂,便开始对新党中人进行不无意气用事的报复,新法一概遭遇废除,由此又导致了元祐党人在绍圣及崇宁时期更加惨烈的命运遭际(虽建中靖国年间有短暂的两党和缓),党争态势便是这样随着最高统治者及其个人倾向的变更而反复轮回,仿佛北宋士大夫一场醒

---

① 苏辙:《苏辙集·栾城集》卷二二,中华书局1990年版,第367页。
② 参见《河南程氏文集》卷五,《二程集》,中华书局1981年版,第510、518页。
③ 参见《河南程氏文集》卷三,《二程集》,中华书局1981年版,第450、452页。
④ 黎靖德编,王星贤点校:《朱子语类》卷一三〇,中华书局1986年版,第3111页。
⑤ 司马光:《温国文正公文集》卷六〇,上海书店1989年四部丛刊初编本。
⑥ 邵伯温:《邵氏闻见前录》卷十一,《宋元笔记小说大观》,上海古籍出版社2001年版,第1765页。

不过来的梦魇，直到北宋灭亡。值得注意的是，庆历党争中，"朋党"尚是一种罪名，而随着宋代政治生态的不断变化和宋代士大夫的探究——如王禹偁、欧阳修、司马光、苏轼、秦观都写过《朋党论》，"君子亦有党"的观念被提出来，到了新旧党争时，"朋党"的内涵被分为两类，一类是以"道义"为旗帜的"君子党"，一类是以"利益"为目标的"小人党""奸党"。党争双方各自标榜自己为"君子党"，"小人""奸邪"又成为逐臣的罪名和攻击政敌的理由。"君子小人各自有党"的理论，一方面使忧患天下、志同道合的士大夫相激共勉、结交互助；另一方面却又将党争的焦点由对具体政事看法的分歧转向对个人道德的怀疑和诘问，党争逐渐陷入了非理性的毁谤、打压甚至复仇的泥淖中无法自拔。

最后，继庆历党争中的"进奏院案"之后，新旧党争中更多地使用了文字狱作为打击政敌的手段。元丰年间苏轼所遭遇的"乌台诗案"，是新党为钳制舆论中的异议，保证新法的顺利实行以谋划的。元祐年间针对新党蔡确的"车盖亭诗案"，则是旧党的一次报复行为，旧党借此全面根除了朝廷中新党势力的同时，明显激化了两党矛盾。哲宗亲政后的绍圣年间，新党东山再起，酿"神宗实录"案，则又是新党对旧党的致命反击，苏门四学士都在这起文字狱中受到贬谪；而"同文馆"狱则表现出两党之间你死我活的较量；至崇宁时期立"元祐党籍碑"，全面封杀元祐党人的文字，新旧党争中的文字之狱可谓达到了巅峰。在新党、旧党内部的矛盾中，文字狱也是排挤仇家的重要方式。元祐时期苏轼的策题之谤与扬州题诗之谤，便是元祐党人内部蜀、洛两党纷争的结果。而绍圣年间张商英所遭遇的"嘉禾篇"案，则表现出新党内部的互相倾轧，张商英由此甚至被打入旧党之中，列入了"元祐党籍碑"，党争中的荒谬甚至疯狂由此可见一斑。以文字罪人，对贬谪词人的词作产生了深远影响,贬谪者出于畏罪心理,不敢轻易作诗文,遂将诗文表达的内容转移到词中,由此使词的题材、风格都发生了变化,这一点我们将在第五章详细论述。

新旧党争使两党中人皆饱受其害,就词人而言,旧党中被贬谪者为数尤多,其中苏轼、黄庭坚二人的贬谪表现了从熙丰到崇宁之间党争的全部波折起落。下文就先介绍苏黄之贬,再分别对旧党其他词人的贬谪、新党词人的贬谪加以论述。

(一) 熙丰到绍圣间的苏轼之贬

熙丰年间苏轼之贬起于"乌台诗案"。自熙宁二年王安石推行新法以来,苏轼因议论不合而自请外任,先后通判杭州,知密州、徐州。"公既补外,见事有不便于民者,不敢言,亦不敢默视也。缘诗人之意,托事以讽,庶几有补于国。"① 但这种做法却最终引来了讪谤之罪。元丰二年苏轼移知湖州,进《湖州谢上表》,表中有"愚不识时,难以追陪新进;老不生事,或能牧养小民"之言,监察御史何大正上奏,言其"愚弄朝廷,妄自尊大,宣传中外,孰不惊叹。夫小人为邪,治世所不能免,大明旁烛,则其类自消。固未有如轼为恶不悛,怙终自若,谤讪讥骂,无所不为,道路之人,则又以为一有水旱之灾,盗贼之变,轼必倡言,归咎新法,喜动颜色,唯恐不甚"②。随后御史中丞李定上疏续弹苏轼,舒亶则在其劾文中具体罗列了苏轼讥刺新法的诗歌:

> 轼近上《谢表》,有讥切时事之言,流俗翕然,争相传诵,忠义之士,无不愤惋。且陛下自新美法度以来,异论之人,固为不

---

① 苏辙:《亡兄子瞻端明墓志铭》,《苏辙集·栾城后集》卷二十二,中华书局1990年版,第1115页。
② 朋九万:《东坡乌台诗案》,商务印书馆1937年版,第1页。

少。然其大,不过文乱事实,造作谗说,以为摇夺沮坏之计;其次,又不过腹诽背毁,行察坐伺,以幸天下之无成功而已。至于包藏祸心,怨望其上,讪讪谩骂,而无复人臣之节者,未有如轼也。盖陛下发钱以本业贫民,则曰:"赢得儿童语音好,一年强半在城中。"陛下明法以课试郡吏,则曰:"读书万卷不读律,致君尧舜知无术。"陛下兴水利,则曰:"东海若知明主意,应教斥卤变桑田。"陛下谨盐禁,则曰:"岂是闻韶妄解味,迩来三月食无盐。"其他触物即事,应口所言,无一不以讥谤为主。小则镂板,大则刻石,传播中外,自以为能。……

奏上之后,神宗立刻诏命知谏院立案推治。八月十八日,苏轼自湖州下御史台狱。经过四个多月的勘治方结案,责授检校水部员外郎,黄州团练副使,本州安置,不得签书公事。①

"乌台诗案"是新旧党争中第一起文字狱,表现出神宗与新政诸人欲扫清变法障碍之用心。乌台诗案之后,一些大臣也曾上书反对以文字贬逐大臣。张方平言:"诗人之作,其甚者以致指斥当世之事,语涉谤黩不恭,亦未闻见收而下狱也。"② 王安礼亦谓:"自古大度之主,不以言语罪人。按轼文士,本以才自奋,谓爵位可立取,顾碌碌如此,其心不能无觖望。今一旦致于理,恐后世谓陛下不能容才。"③ 而神宗的回应则是:"朕固不深谴,特欲申言者路耳。"④ 说明神宗内心也知苏轼无罪,而且也赏爱其才,但为了能让新法更好地实行并提高新党中台谏之人的地位,只能选择贬谪苏轼。苏轼此番黄州之贬持续了四年有余,直到元

---

① 参见孔凡礼《苏轼年谱》卷十八元丰二年条,中华书局1998年版,第446—449页。
② 张方平著,沈斐辑:《乐全集》卷二十六《论苏内翰》,上海古籍出版社1987年四库全书影印本。
③ 李焘:《续资治通鉴长编》卷三百一,元丰三年十二月庚申条,中华书局1979年版。
④ 《宋史》卷三二七《王安礼传》,中华书局1977年版,第10554页。

丰七年方量移汝州。

神宗驾崩之后，由于即位的哲宗尚年幼，暂由高太后执政。高太后全面起用旧党，同时大量贬黜新党成员，是为"元祐更化"时期。而在排挤、倾轧熙丰新党的同时，元祐党人内部也各分党羽，形成了蜀、洛、朔三党。作为蜀党领袖的苏轼尽管被召回朝任礼部郎中，迁起居舍人，然未多久便因旧党内部之纷争而被迫两次离京外任。蜀、洛、朔三党之争是一个复杂的问题，这里仅简要介绍与苏轼相关的一些史实。

蜀党和朔党之间的矛盾起于苏轼与司马光之间关于是否废除免役法的分歧，《宋史》卷三三八《苏轼传》中有详细的记载，简而言之，司马光为相之后欲全面废除王安石新政措施，包括一些于民有利的举措如"免役法"，而苏轼则从实际出发据理论争，引起了司马光的不满。苏轼在《与杨元素》书中曾经说："昔之君子，惟荆（王安石）是师；今之君子，惟温（司马光）是随。所随不同，其为随一也。老弟与温相知甚深，然多不随耳。"① 表现出苏轼在党争中的坚持原则和头脑清醒。

蜀党和洛党之间的交恶，由为司马光办理丧事时苏轼和程颐失合引起。《长编》卷三九三元祐元年十二月壬寅条载：

> 明堂降赦，臣僚称贺讫，两省欲往奠司马光。是时，程颐言曰："子于是日，哭则不歌。岂克贺赦才了，却往吊丧？"坐客有难之曰："孔子言哭则不歌，既不言歌则不哭。今贺赦了却，当往吊丧，于礼无害。"苏轼遂戏程曰："此乃枉死士叔孙通所制礼也。"众皆大笑。结怨之端，盖自此始。②

这一事件其实无关政治，仅是苏轼通脱随意之个性与程颐相对保守

---

① 苏轼：《与杨元素书》，《苏轼文集》卷五五，中华书局1986年版，第1655—1665页。
② 李焘：《续资治通鉴长编》卷三九三，元祐元年十二月壬寅条，中华书局1979年版。

死板的性格之间的矛盾，但却由此激怒了程门中人。于是洛党与朔党的若干成员先后对苏轼进行了诽谤和攻击，究其要者，主要是两番"策题"之谤与"扬州题诗"之谤。

第一次策题之谤是在元祐元年十二月，程门中人朱光庭弹劾苏轼所出策题《师仁祖之忠厚，法神考之励精》有"欲师仁宗之忠厚而患百官有司不举其职，或至于偷；欲法神考之励精，而恐监司守臣不识其意，流入于刻"之言，奏曰："臣以为仁宗之深仁厚德，如天之大，汉文不足以过也；神考之雄材大略，如神之不测，宣帝不足以过也。……伏望圣慈察臣之言，特奋睿断，正考试官之罪，以戒人臣之不忠者。"① 朱光庭弹劾苏轼之后，与程颐相善的傅尧俞、王岩叟等言官交章论列，"必欲论罪乃已"。这次策题之谤虽然以朝廷降诏平息而告终，但紧接着元祐二年十二月苏轼著试馆职策问《两汉之政治》，又遭到了杨康国、赵挺之、王觌等洛、朔两党中人的弹奏。"臣昨于朝堂见百官聚首共议学士院著到廖正一馆职策题，问王莽、曹操所以攘夺天下难易，莫不惊骇相视。"② "轼设心不忠不正，辜负圣恩，使轼得志将无所为矣。"③ "轼习为轻浮，贪好权力，不通先王性命道德之意，专慕战国纵横捭阖之术。……臣见轼胸中颇僻，学术不正，长于辞华，而暗于义理，若使久在朝廷，则必立异妄作，以为进取之资，巧谋害物，以快喜怒之气。朝廷或未欲深罪轼，即宣且与一郡，稍为轻浮躁竞之戒。"④ 在内部党争的压力之下，苏轼不得已作《乞郡札子》，请求外任，遂出外知杭州。

---

① 杨仲良：《皇宋通鉴长编纪事本末》卷一百三，江苏古籍出版社1988年影印宛委别藏本。
② 同上。
③ 李焘：《续资治通鉴长编》卷四百八，元祐二年十二月丙午条，中华书局1979年版。
④ 李焘：《续资治通鉴长编》卷四百八，元祐三年正月丁卯条，中华书局1979年版。

第二章　北宋党争背景下的贬谪词

"扬州题诗"之谤发生在元祐六年八月。之前苏轼于二月还朝为翰林学士承旨，其弟御史中丞苏辙为中散大夫，守尚书右丞。这一人事安排引起了洛、朔两党人员的反感，朔党人员、左司谏兼权给事中杨康国首先论奏，认为苏辙有嫌隙于群臣，"欲安静则不宜用苏辙"，建议追寝苏辙中散大夫、守尚书右丞的成命，进而又力请罢免苏辙，一面用了几乎谩骂的字眼，一面又力表自己的忠心："今豺狼当路，奸恶在朝，臣若持禄取容，畏惮缄默，不为陛下言之，臣何面目复见陛下乎？"① 程颐门人、侍御史贾易奏弹苏轼竹西寺题诗事："及先帝厌代，轼则作诗自庆曰'山寺归来闻好语，野花啼鸟亦欣然。''此生已觉都无事，今岁仍逢大有年。'书于扬州上方僧寺，自后博于四方。……原轼、辙之心，必欲兄弟专国、尽纳蜀人，分参见要路，复聚群小，俾害忠良，不亦怀险诐，覆邦家之渐乎？"② 面对这种攻击，苏轼只好上札自辩："若少有不善之意，岂敢复书壁上以示人乎？又其时先帝上仙，已及两月，决非山寺归来始闻之语。事理明白，无人不知。"③ 随即又一次离京外任，出守颍州。

元祐年间的这场内部党争虽未给苏轼酿成大祸，却在新党执政的绍圣年间成为被攻击的口实。绍圣元年四月，殿中侍御史来之邵奏："轼在先朝，久以废罢。至元祐，擢为中书舍人、翰林学士。轼凡作文字，讥斥先朝，援古况今，多引衰世之事，以快忿怨之私。……当原其所犯，明正典刑。"④ 随即贬知英州。绍圣元年六月，御史来之邵复言苏轼自元祐以来多托文字讥斥先朝，虽已责降，未厌舆论，责授宁远军节度

---

① 李焘:《续资治通鉴长编》卷四六三，元祐六年二月丁未条，中华书局1979年版。
② 李焘:《续资治通鉴长编》卷四六三，元祐六年八月乙丑条，中华书局1979年版。
③ 苏轼:《题辩诗札子》,《苏轼文集》卷三三，中华书局1986年版，第937—938页。
④ 秦缃业、黄以周:《续资治通鉴长编拾补》卷九，绍圣元年四月壬子条，上海古籍出版社1995年影印续修四库全书本。

副使,惠州安置。绍圣四年二月甲辰,更责授琼州别驾,移昌化军安置,至此苏轼可谓万死投荒到天涯海角。直到徽宗建中靖国元年,方移廉州,改舒州团练副使,徙永州,逢大赦,遂提举玉局观,复朝奉郎,然而内徙途中便因病卒于常州,享年六十六岁。①

（二）绍圣到崇宁间的黄庭坚之贬

黄庭坚在绍圣年间的贬谪因"神宗实录案"而起。"神宗实录案"是继"乌台诗案"之后新党针对旧党的又一次大规模的文字狱。所不同的是,"乌台诗案"主要针对苏轼个人,而"神宗实录案"则打击了旧党的数位主要成员;"乌台诗案"中苏轼之获罪,主要因其"缘诗人之意,托事以讽,庶几有补于国"的忠正耿直之心,而"神宗实录案"则反映出新旧两党在矛盾之中共有的学术理性与个人原则的丧失。

《神宗实录》从元祐二年开始编修,元祐六年成书。名为"实录",实际上却并未完全依照史实,而是元祐更化时期在全盘否定新政这一政治目标之下旧党对神宗朝历史别有用意的阐发,其宗旨是"尽书王安石过失,以明非神宗之意"②。当时修《实录》的人员里有王安石的学生陆佃,他数次与范祖禹、黄庭坚争辩,"庭坚曰:'如公言,盖佞史也。'佃曰:'尽用君意,非谤书乎？'"③ 陆佃虽然曾经为王门中人,但在政治上与王安石的很多看法不尽相同,因此在熙丰年间并未得到重用。他的这些话,虽然一定程度上出于对王安石的维护,但更多的还是作为一

---

① 以上苏轼贬谪事迹参见《宋史》卷三三八《苏轼传》,中华书局1977年版;王水照、崔铭《苏轼传:智者在苦难中的超越》,天津人民出版社2000年版;孔凡礼《苏轼年谱》,中华书局1998年版。

② 李心传:《建炎以来系年要录》卷七九,绍兴四年八月戊寅条,中华书局1956年版,第1289页。

③ 《宋史》卷三四三《陆佃传》,中华书局1977年版。

个学者对《实录》失实的质疑。绍圣元年哲宗亲政后重新起用新党,随即对《神宗实录》的修撰兴狱治案,当时台谏翟思上疏指出:"元祐间,吕大防提举《实录》,祖禹、庭坚等编修,刊落事迹,变乱美实,外应奸人诋诬之辞。"① 结案之后,元祐史官均遭到了贬逐,黄庭坚原本已经出知宣州,又改鄂州,此时又贬涪州别驾、黔州安置;绍圣末年,又改移戎州安置。苏门中人秦观、晁补之、张耒亦因参与编修而分别被贬。此外,其他旧党成员如吕大防、范祖禹等均遭贬斥,甚至连曾经对《实录》提出异议的陆佃都受到了贬逐。

元祐年间的《神宗实录》失实,绍圣年间重修《神宗实录》亦失实,前者"多取司马文正公《涑水纪闻》",后者则"尽取王荆公《日录》无遗"②。甚至南宋高宗绍兴年间再次重修的《神宗实录》依然不尽合史实。李心传曾指出,在三次编修《神宗实录》中,"史官各以私意去取,指为报复之资"③。《续资治通鉴长编》的作者李焘云:"臣尝尽力史学,于本朝故事,尤切欣慕。每恨士大夫各信所传,不考诸实录、正史,纷错难信。……熙宁之更新、元祐之图旧,此最大事,家自为说。"④ 当然,黄庭坚等人在元祐时修《神宗实录》失实而被贬,倒并不代表其本人在道德上有缺陷,也并不能说明其被贬之罪有应得,而是充分表现出北宋新旧党争中的非理性状态。

徽宗建中靖国时期曾经欲缓解两党恩怨,遭遇贬黜的旧党中人曾一度被赦返或量移。黄庭坚亦复宣义郎,自戎州安置添差监鄂州税,签书

---

① 晁公武:《郡斋读书志》卷二"史部实录类",上海书店出版社 1935 年影印版。
② 王明清:《玉照新志》卷一,《宋元笔记小说大观》,上海古籍出版社 2001 年版,第 3898 页。
③ 李心传:《建炎以来系年要录》卷一百十一,绍兴七年六月己未条,中华书局 1956 年版,第 1804 页。
④ 马端临:《文献通考》卷一九三《经籍考》引李焘《进〈长编〉状》,中华书局 1986 年版,第 1637 页。

宁国军判官，知舒州，以吏部员外郎召，皆辞不行。后丐郡，得知太平州，然而至之九日罢，主管玉隆观。此时短暂的建中靖国时期已经过去，随之而来的是全面恢复熙宁之政的"崇宁"时期。其间蔡京擅国，对元祐党人进行了更加残酷的打压迫害，其标志便是"元祐党人碑"和"元祐党籍碑"之立。前者事在崇宁元年九月，中书省开列司马光、苏轼等"系元祐责籍并元符末叙复过当之人"一百二十名，随即御书刻石于端礼门，是为"元祐党人碑"之初立。后者事在崇宁三年六月，重定元祐党籍，共三百〇九人亦刻石朝堂，是为"元祐党籍碑"。这三百多人，并不完全是元祐旧党，其中还有"元符末上疏人"以及与蔡京不和的新党中人如曾布、张商英等。《梁溪漫志》卷三"元祐党人"条记刘安世语云："元祐党人只是七十八人，后来附益者不是。"又云："至崇宁间，（蔡）京悉举不附己者籍为元祐奸党者，至三百九人之多。于是邪正混淆，其非正人而入元祐党者，盖十六七也。"① 由此可见，"元祐党籍碑"一方面表现出政治环境的严酷，另一方面也表现出新旧党争的后期性质所发生的变化。与此同时，对元祐党人的学术著作、史论著作甚至诗赋之类的文字都实行了全面的禁毁，至此，北宋新旧党争已经达到了一种癫狂状态，贬逐之人接踵于途，人人自危。就黄庭坚而言，他于崇宁元年九月入"元祐党人碑"，崇宁二年三月，因黄庭坚在河北与赵挺之有微隙，挺之执政，转运判官陈举承风旨，上其所作《荆南承天院记》，指为幸灾，复除名、羁管宜州。三年，重入《元祐党籍碑》，徙永州，未闻命而卒，年六十一。②

---

① 费衮：《梁溪漫志》卷三，《宋元笔记小说大观》，上海古籍出版社2001年版，第3370页。
② 以上黄庭坚贬谪事迹参见《宋史》卷四四四《黄庭坚传》，中华书局1977年版；郑永晓《黄庭坚年谱新编》，社科文献出版社1997年版。

（三）旧党其他词人贬谪

1. 晁补之

晁补之在元祐年间先后曾任太学正、秘书省正字、校书郎、著作佐郎。绍圣初章惇当国时，出知齐州。绍圣二年，与黄庭坚一同坐修《神宗实录》失实，降通判应天府，因避亲嫌，改通判亳州。绍圣四年，朝廷重治元祐旧臣，晁补之遂又贬监处、信二州盐酒税。徽宗即位后，复召为著作佐郎。至京师后，又拜为吏部员外郎、礼部郎中，兼国史编修、实录检讨官。随即在崇宁党争之中，为谏官管师仁所论，列入党籍，出知河中府，徙湖州、密州、果州。崇宁三年，官勾江州太平观，遂还金乡家园闲居。大观二年，改提举西京崇福宫。大观三年，得出党籍，改提举南京鸿庆宫，遂主管鸿庆宫直到大观四年。①

2. 秦观

秦观元祐六年始在京供职秘书省，绍圣初出通判杭州。以御史刘拯论其增损实录，贬监处州酒税。绍圣三年，使者承风望指，候伺过失，既而无所得，则以谒告写佛书为罪，削秩徙郴州。绍圣四年又编管横州。元符元年，复除名，徙雷州。《续资治通鉴长编》卷五百二："元符元年九月庚戌，追官勒停，横州编管秦观特除名，永不收叙，移送雷州编管。"元符三年徽宗立，秦观复宣德郎，放还。八月至藤州卒。②

---

① 以上晁补之贬谪事迹参见《宋史》卷四四四《晁补之传》，中华书局1977年版；乔力《晁补之词编年笺注·晁补之年谱简编》，齐鲁书社1993年版，第233—267页；刘乃昌、杨庆存《晁补之年谱》，收于《晁氏琴趣外篇·晁叔用词》附录三，上海古籍出版社1991年版，第308—322页。

② 以上秦观贬谪事迹参见《宋史》卷四四四《秦观传》，中华书局1977年版；徐培均《秦少游年谱长编》，中华书局2002年版。

3. 张耒

张耒于元祐元年由范纯仁推荐入馆阁，历迁秘书省正字、著作佐郎、秘书丞、著作郎、史馆检讨。绍圣二年，自请外任，遂以直龙图阁知润州，随即于是年秋天被削去润州职务，守宣州，从此开始了长达近二十年的贬窜迁谪、幽居流落的生活。绍圣三年，张耒被罢宣城守职，入京除管勾明道宫，秋天寓居宛丘南门灵通寺之西堂。绍圣四年，谪监黄州酒税。元符二年秋，张耒罢监黄州酒税，贬复州（湖北天门）监酒。元符三年，徽宗立，起为通判黄州，知兖州，建中靖国元年召为太常少卿，甫数月，复出知颍州、汝州。崇宁元年，复坐党籍落职，主管勾明道宫。七月，言者劾张耒在颍州时为祭奠苏轼曾饭僧缟素而哭，于是又被治罪，责授房州别驾，安置于黄州。直到崇宁四年九月，朝廷大赦，张耒方得内徙，从这年开始直到徽宗政和四年病逝，张耒一直过着闲居生活。①

4. 李之仪

李之仪是范纯仁的门人，而范纯仁是元祐旧党的主要人物之一，同时李之仪又与苏轼及其门生来往密切，在政治上无疑倾向于元祐党人。正因此，元符年间李之仪受到了御史石豫的弹劾，"言其尝从苏轼辟，不可以任京官，诏勒停"。徽宗初，提举河东常平，但又很快"坐为范纯仁遗表，作行状，编管太平"。② 此事被后世称为"遗表"案。《宋史》卷三一四《范纯仁传》中载："（范纯仁）疾革，以宣仁后诬谤未明为恨，呼诸子口占遗表，命门生李之仪次第之。"王明清《挥麈录·后录》卷六载："值范忠宣公纯仁疾笃，口授其旨，令（李之仪）作遗

---

① 以上张耒贬谪事迹参见《宋史》卷四四四《张耒传》，中华书局 1977 年版；邵祖寿《张文潜先生年谱》，北京图书馆珍藏年谱丛刊第 21 册。
② 《宋史》卷三四四《李之仪传》，中华书局 1977 年版，第 10941 页。

表，上（徽宗）读之，悲怆之余，称赏不已，欲招用。而蔡元长（蔡京）入相……兴狱治遗表中语，端叔（李之仪）除名编管太平州。"①李之仪《代范忠宣公遗表》见《姑溪居士文集》卷一二，表中有"若宣仁之诬谤未明，致保佑之忧勤不显。本权臣务快其私忿，非泰陵（哲宗）实谓之当然"②诸语，因此遭到权臣蔡京的忌恨。

5. 张舜民

张舜民在政治立场上亦反对新法。《宋史》卷三四七《张舜民传》载：

> 王安石倡新法，舜民上书言："便民所以穷民，强内所以弱内，辟国所以蹙国。以堂堂之天下，而与小民争利，可耻也。"时人壮之。

但他在熙丰年间的贬谪，却并不是因为反对新法。《宋史·张舜民传》中记有：

> 元丰中，朝廷讨西夏，陈留县五路出兵，环庆帅高遵裕辟掌机密文字。王师无功，舜民在灵武诗有"白骨似沙沙似雪"，及官军"斫受降城柳为薪"之句，坐谪监郢州盐米仓；又追赴鄜延诏狱，改监郴州酒税。

此事《苕溪渔隐丛话》前集卷五十二和《诗人玉屑》卷十八中都有记载。上引张舜民两首诗题为《西征途中二绝》，其一"灵州城下千株柳，总被官军斫作薪。他日玉关归去路，将何攀折赠行人？"其二"青

---

① 王明清：《挥麈录·后录》卷六，《宋元笔记小说大观》，上海古籍出版社 2001 年版，第 3700 页。
② 李之仪：《姑溪居士集》卷十二，上海古籍出版社 1987 年影印四库全书本。

铜峡里韦州路，十去从军九不回。白骨似沙沙似雪，将军莫上望乡台"。考之《宋史》卷四六四《高遵裕传》可知，元丰四年高遵裕由于骄傲和妒忌，最终兵溃而归，兵败后又放纵部下乱斫树木。不过触发张舜民这次贬谪可能还有其他原因。《道山清话》记载："张舜民郴州之贬也，坐进《兵论》，世言'白骨似山沙似雪'一诗，此特一事也。"① 《兵论》现今不传，故无法深究。

徽宗即位后，张舜民被擢为右谏议大夫。但其"居职才七日，所上事已六十章"。皆针砭时弊，"言多剀峭"，如陈陕西之弊曰："以庸将而御老师，役饥民而争旷土。"（《宋史本传》）遂徙吏部侍郎，旋以龙图阁待制知定州，改同州。崇宁初坐元祐党，谪楚州团练副使，商州安置。②

6. 孔平仲

孔平仲与其兄孔文仲、孔武仲被时人称作"三孔"，与苏轼、苏辙兄弟同属旧党阵营，私交甚笃。黄庭坚曾说"二苏联璧，三孔分鼎"。孔平仲在元祐年间仕途较为顺利，哲宗亲政以后，由于批评过王安石的变法措施，孔平仲被削去原职，改知衡州。不久，董必弹劾其不推行常平法，陷失官米之值六十万，下狱潭州，后徙韶州。《宋史》卷三五五《董必传》记有此事："绍圣中，（董必）提举湖南常平。时相章惇方置众君子于罪。孔平仲在衡州，以仓粟腐恶，乘饥岁，稍损价发之。必即劾其戾常平法，置鞠长沙，以承惇意，无辜系讯多死者。平仲坐徙韶州。"③

---

① 佚名：《道山清话》，《宋元笔记小说大观》，上海古籍出版社 2001 年版，第 2941 页。
② 参见《宋史》卷三四七《张舜民传》，中华书局 1977 年版。
③ 参见韩梅《孔平仲评传》，《明清小说研究》2000 年第 4 期。

7. 陈瓘

陈瓘的派别很难用旧党或新党来划分，在许多事件上他都表现出中正持平的态度，但由于其在崇宁中坐元祐党籍，姑将其贬谪事迹系于此。陈瓘原本对王安石的学术非常倾慕，但元丰时期，他洞察到熙、丰后期变法动向上的变化，认为"元丰之政，多异熙宁，则先志固已变而行之"①。对元祐旧党几乎尽废熙丰之政，"行之太遽"的做法，陈瓘也不完全赞同，而是主张"熙宁未必全是，元祐未必全非"②。哲宗亲政以后，重新执政的新党开始对旧党肆意报复，在这种紧张的政治形势之下，陈瓘则是尽力提倡"消朋党，持中道"③，企图以此来缓和新旧两党间的斗争。他在章惇蓄意罚治司马光时给予过劝诫，亦对哲宗提出要公正持平的建议，但因此为执政者所忌恨，于绍圣四年出京通判沧州，知卫州。徽宗即位以后召为右正言，迁左司谏。极论蔡卞、章惇、安惇邢恕之罪，又批评皇太后预政之事，由是罢监扬州粮料院。崇宁中坐元祐党籍，除名窜袁州、廉州，移郴州，稍复宣德郎。后因其子正汇在杭州闻蔡京有动摇东宫的迹象，欲上书而先为蔡京所拿，下开封府狱，结案后正汇流海上，陈瓘亦安置通州。又因作《尊尧集》指绍圣间所修《神宗实录》失实，徙台州，居台五年，卜居江州，随即又被命居南康，又移楚。最后于宣和六年卒，年六十五。《宋史》卷三四五《陈瓘传》中说："瓘平生论京、卞，皆披擿其处心，发露其情慝，最所忌恨，故得祸最酷，不使一日少安。"④

---

① 毕沅：《续资治通鉴》卷八三，绍圣元年四月壬戌条，中华书局1957年版，第11531页。
② 富大用：《古今事文类聚新集》卷七《乘舟偏重》，台湾商务印书馆1986年影印文渊阁四库全书本。
③ 《宋史》卷三四五《陈瓘传》，中华书局1977年版，第10961页。
④ 以上陈瓘贬谪事迹参见《宋史》卷三四五《陈瓘传》，中华书局1977年版。

（四）以王安石、周邦彦为代表的新党词人贬谪

新党成员的被贬主要是在元祐年间，大多没有旧党贬谪者反复无常的命运。但元祐年间对新党的贬谪亦十分残酷，甚至有惨至贬死者，如"车盖亭诗案"中的蔡确。不过，新党中词人不多，熙丰年间被罢相的王安石和元祐年间被贬的周邦彦是其主要代表。

1. 王安石

新政主持者王安石在熙宁、元丰期间两次罢相，一是因新法实行中所产生的弊端招致了过多攻击和质疑，二是因新党内部成员之间的矛盾。

王安石第一次罢相在熙宁七年。当时新政各项措施都已实行，而随着新法自身存在的弊端和实施过程中的用人不当，出现了一些扰民害民的现象，再加上水旱天灾，新政遂不断受到旧党中人甚至皇太后的攻击。《宋史》卷三二七《王安石传》载：

> 七年春，天下久旱，饥民流离，帝忧形于色，对朝嗟叹，欲尽罢法度之不善者。安石曰："水旱常数，尧、汤所不免，此不足招圣虑，但当修人事以应之。"帝曰："此岂细事，朕所以恐惧者，正为人事之未修尔。今取免行钱太重，人情咨怨，至出不逊语。自近臣以至后族，无不言其害。两宫泣下，忧京师乱起，以为天旱，更失人心。"安石曰："近臣不知为谁，若两宫有言，乃向经、曹佾所为尔。"冯京曰："臣亦闻之。"安石曰："士大夫不逞者以京为归，故京独闻其言，臣未之闻也。"监安上门郑侠上疏，绘所见流民扶老携幼困苦之状，为图以献，曰："旱由安石所致。去安石，天必雨。"侠又坐窜岭南。慈圣、宣仁二太后流涕谓帝曰："安石乱天

下。"帝亦疑之,遂罢为观文殿大学士、知江宁府,自礼部侍郎超九转为吏部尚书。

第二次罢相是在熙宁九年冬,这次罢相主要是由与吕惠卿之间的矛盾而起。"法之初行,异论纷纷,始终以为可行者,吕惠卿,曾布也"①。王安石对他非常器重,第一次罢相时将新政诸事完全托付给吕惠卿和韩绛,而两人亦没有辜负王安石的重托,"守其成规不少失"②,乃至时人将他们称之为"传法沙门"和"护法善神"。然而吕惠卿为相以后私心日盛,史载"吕惠卿既得志,有射羿之意,忌安石复用,遂欲闭其途,凡可以害安石者,无所不用其智"③。在王安石复相之前,吕惠卿对其施以陷害的事件有二——"因郑侠狱陷其弟安国,又起李士宁狱以倾安石"④。具体来讲,事件一中的郑侠乃是王安石第一次罢相以前上"正直君子、邪曲小人事业图迹"以攻击新政者,王安国本来就对新法不以为然,又素与郑侠相善,在郑侠上书前曾看过他的奏章,颇有奖成赏爱之言,于是在郑侠被流放岭南之后,王安国亦放归田里,出京知亳州。事件二中的李士宁则是一个江湖术士,自称"得道气养生之术",已经三百多岁,王安石和他来往颇为密切。不巧山东李逢、刘育之造反,有劾者言李士宁也参与了此事,结案以后,李士宁决杖流永州,史家认为"吕惠卿始兴此狱,引士宁,意欲有所污蔑"。除此之外,王安石复相之后,吕惠卿又因与其子王雱之间的矛盾,"讼安石曰:'安石尽弃所学,隆尚纵横之末数,方命矫令,罔上要君。此数恶力行于年岁之间,虽古之失志倒行而逆施者,殆不如此。'又发安石私书曰:'无使上知'

---

① 王偁:《东都事略》卷七〇,上海古籍出版社 1987 年影印四库全书本。
② 陈邦瞻:《宋史纪事本末》卷三七《王安石变法》,中华书局 1977 年版,第 360 页。
③ 同上书,第 364 页。
④ 《宋史》卷三二七《王安石传》,中华书局 1977 年版,第 10545 页。

者"①。由此神宗对王安石有不满之意。这件事又直接导致了爱子王雱的死亡,王安石"悲伤不堪,力请解几务。上益厌之,罢为镇南军节度使、同平章事、判江宁府"②。王安石与吕惠卿之间的矛盾在魏泰《东轩笔录》卷五、《邵氏闻见录》卷九以及元祐年间苏辙和刘挚对吕惠卿的弹章当中均有所记载,大体相似。《宋史纪事本末》中说:"安石既退处金陵,往往写'福建子'三字,盖深悔为吕惠卿所误也。"③ 王安石自己也曾说"智不足以知人,而险诐常出于交游之厚"④,亦可见其对吕惠卿怨恨之深。⑤

王安石在历史上是一个伟大的政治家,其欲救天下之弊而推行的新政充分表现了其胆识与韬略,然而由于为快速实现其革新救弊的目的而用人不精,以致为小人乘隙,不仅导致新政的失败,亦导致北宋中后期党争的变质。王安石虽于罢相之后退享天年,但一生的理想与夙愿都在这场纷争之中化为泡影,成为其永远的憾恨。

2. 周邦彦

王国维在《清真先生遗事》中曾说周邦彦"于熙宁、元祐两党均无所依附"⑥。确实,周邦彦并没有关于拥护新法或者拥护新党人物的言论,但其感情上无疑是倾向于新党的。一方面,他受神宗皇帝知遇之恩甚深。从元丰二年到元丰六年,周邦彦一直是一个默默无名的京师太学生,元丰七年三月宋神宗对他所作《汴都赋》之赏识,使他破格从太学

---

① 参见《宋史》卷三二七《王安石传》,中华书局1977年版。
② 同上。
③ 陈邦瞻:《宋史纪事本末》卷三七《王安石变法》,中华书局1977年版,第366页。
④ 王安石:《临川文集》卷七三《与参政王禹玉书》,上海古籍出版社1987年影印四库全书本。
⑤ 关于王安石与吕惠卿之间的关系,学术界亦有其他的看法,认为吕惠卿并不像史书中所记载的那样是一个奸佞小人,王安石与他之间的矛盾只因国事而并没有私人恩怨。详见高纪春《关于吕惠卿与王安石关系的几点考辨》,《河北大学学报》1997年第9期。
⑥ 孙虹校注:《清真集校注·附录》,中华书局2002年版,第444页。

生一跃而升为太学正。《宋史》卷四四四《周邦彦传》载:"(周邦彦)献《汴都赋》余万言,神宗异之,命侍臣读于迩英阁,召赴政事堂,自太学诸生一命为正。"《续资治通鉴长编》卷三百四十四"元丰七年三月壬戌"条:"诏太学外舍生周邦彦为试太学正,寄理县主簿、尉。邦彦献《汴都赋》,上以太学生献赋者以百数,独邦彦文采可取,故擢之。"① 另一方面,旧党中人苏轼以及苏门子弟和周邦彦之间实际上是具备互相交往之客观条件的,但他们之间却毫无交流,不相知闻。首先,周邦彦的叔父周颁与苏轼是非常好的朋友,在熙宁五年至七年苏轼通判杭州时,周颁任钱塘令。二人泛湖游山诗酒酬唱,友情颇笃,因此在"乌台诗案"中,周颁受到了牵连,改任乐清令、管城令、溧水令。元丰八年以后,改知吉州,这期间一直与苏轼有诗信往来。这就与秦观、黄庭坚受知于苏轼首先得力于孙觉、李常一样,使周邦彦入苏门具备了中介和桥梁,但是周邦彦未曾出现在周颁与苏轼的交往当中。其次,元丰八年,苏轼还朝,元祐元年,在苏轼的举荐下,黄庭坚、张耒、晁补之分别为集贤校理、太学录、太学正。元祐二年,秦观也因苏轼举荐贤良方正入京,苏门诸子一时汇聚京师,而周邦彦自从元丰二年以来,一直身居太学,元祐二年才离京任庐州教授。因此,在元丰八年至元祐二年的三年时间里,苏轼及号称"今代词手,秦七黄九"的秦观、黄庭坚与在词学上功底深厚且潜力甚大的周邦彦有着大量的交往时间和机遇,但却依然形同陌路。这正如黄庭坚在《上子瞻书》中所指出的:"盖心亲则千里晤对,情异则连屋不相往来,是理之必然者也。"② 而这个必然实际上就是由党争所引起的文人之分野。

也正因为周邦彦的新党倾向,元祐更化时期旧党执政时,周邦彦才

---

① 李焘:《续资治通鉴长编》卷三百四十四,元丰七年三月壬戌条,中华书局1979年版。
② 《黄庭坚全集》,四川大学出版社2001年版,第457页。

被迫离京外任。元祐二年,周邦彦外任庐州教授;元祐五年秋天,周邦彦赴荆州任,王国维认为亦当任教授等职;元祐八年,周邦彦到溧水县令任。而在新党执政的绍圣年间,周邦彦又还京为国子主簿,元符元年,哲宗又命其重进《汴都赋》,由国子监主簿迁为秘书省正字;徽宗时又得到了重用,至政和六年,入为秘书监,进徽猷阁待制,提举大晟府。其一生仕履正表明其与新旧两党升降沉浮的密切关系,也表现出一个本无政治立场的文人在党争中的身不由己。①

第二节 北宋贬谪词的风貌

一 质量的提升与对个体命运的思索——北宋贬谪词概说

北宋党争中产生的众多贬谪词人,必然会将他们贬谪中的各种思索和感慨写入词中,这就将贬谪词的创作从数量和质量上推上了一个高潮。

从数量上来说,贬谪期间往往是词人创作的高峰期。如苏轼,"自元丰三年庚申(1080)东坡被贬黄州至元丰八年(1085)流寓辗转于江淮间,是东坡词创作的高峰期。这六年间共得可编年词或约可编年词111首,年平均18首有奇,其创作密度几于倅杭时等"②。又如黄庭坚,存词178首,从嘉祐五年(1060)起至绍圣元年(1094)共34年作词104首,年平均3首,而从绍圣元年(1094)至崇宁四年(1105)共11

---

① 以上周邦彦贬谪事迹参见《宋史》卷四四四《周邦彦传》;孙虹《清真集校注》,中华书局2002年版。
② 薛瑞生:《东坡词编年笺证·论苏东轼及其词》,三秦出版社1998年版,第44页。

年的贬谪时间中，作词 74 首，年平均数超过非贬谪期的一倍还多。又如秦观词，可编年词共 82 首，其中从熙宁元年（1068）到绍圣元年（1094）26 年共有词作 61 首，而从绍圣元年（1094）到元符三年（1110）7 年贬谪时间作词 21 首，在年平均数量上同样表现出贬谪期词作较非贬谪期的增多①。晁补之词可编年部分共 122 首，绍圣前词作仅 11 首，而绍圣元年贬谪后 16 年中作词 111 首，数量之多居于"四学士"之首。② 可见，词人在贬谪期间往往将更多的热情投入到词体创作中来。

  从质量上来说，历数北宋词坛上的大家，大多都在贬谪词人的行列中，他们生平最被人欣赏、传诵的名篇，也往往作于贬谪期间。提到苏东坡，我们首先能吟咏出的是"大江东去、浪淘尽，千古风流人物"（《念奴娇》）——这首几乎成了苏东坡标签的词正作于他贬谪黄州期间。黄庭坚的"老子平生，江南江北，最爱临风曲"（《念奴娇》）；"万里投荒，一身吊影，成何欢意"（《醉蓬莱》）。秦观的"飞红万点愁如海"（《千秋岁》）；"雾失楼台，月迷津渡"（《踏莎行》）。张舜民的"木叶下君山，空水漫漫"（《卖花声》）。这些我们非常熟悉的词篇，都作于他们贬谪期间。这些成就的取得，正印证了欧阳修所说的"诗穷而后工"之论，只不过贬谪文人用词代替了诗歌的一部分抒情功能，使词体"诗化"，从而取得了"词穷而后工"的成就。"诗化"也正是北宋词坛的一大革新，是词体发展过程中的一个重要变化，文人贬谪与词体"诗化"之间的关系，我们将在第五章详细阐述。

  从北宋贬谪词的主题和风格上来看，面对由宠臣到罪者的角色转换，由繁华帝京到荒僻穷乡的地域转换，由歌舞酒宴到衣食不济的物质生活的转换，由亲朋环绕到孑然一身的心理转换，更重要的是，由青春

---

① 参见周义敢编校《秦观集编年校注》，人民文学出版社 2001 年版。
② 参见乔力编校《晁补之词编年校注》，齐鲁书社 1992 年版。

年少到老迈病衰的生命本体的转换，由前程远大到黯然无光的生命价值的转换，北宋贬谪词人早已经无暇顾及闺情花柳的旖旎风光，而是深深陷入了彷徨、落寞、思索、感喟当中。北宋党争虽由国事而起，但很快陷入了意气相争、人事倾轧的泥淖里，在这场混乱的党争中，孰是孰非，孰为君子孰为小人，在我们这些千百年后的旁观者眼里都已经无法明辨。但有一点是可以确定的，在北宋这些贬谪者中，没有人认为自己真的罪有应得而该当受到远谪他乡的处罚，相反，他们无不以"君子"自居，无不怀着一腔真挚的热情，上为报国报君，下为出人头地，也正因此，他们无不在贬谪中愤懑不平，衔冤饮泣，但又似乎找不到一个实实在在的对象去批判，也找不到一个慰藉去依靠并借以镇定。因此，北宋贬谪词的主题便是个体生命在坎坷和苦难中的感性承受与理性挣扎。不过，虽然这种"去国怀乡，忧谗畏讥"之凄凉悲苦是每个贬谪词人都曾经历和感受到的，但由于这些词人性格上的不同，以及贬谪程度和时间上的不同，他们于贬谪中的反应也各有特点，有的人悲苦不振，在生命的沉沦中耗尽心力；有的人愤激不平，始终保持着不屈不畏的姿态；有的人颓废萎靡，从此哑然无声，不问世事；也有的人经过磨炼之后以更加乐观的态度积极生活，以自己的学问和修养达到了"不以物喜，不以己悲""宠辱皆忘"的境界。和贬谪中的不同反应相对应，他们的贬谪词也呈现出了不同的风格。下面我们将选择几位重要的贬谪词人对他们的作品进行详细的探讨。

二　在悲苦不振中沉沦自灭——秦观贬谪词

从绍圣元年到元符三年的七年时间是秦观的贬谪期。由于敏感脆弱的性格，贬谪中的秦观一直处于悲苦不振的状态，直到最后在生命的沉沦中去世。他所作的二十多首贬谪词真实地表现了他在贬谪中的心路历程。悲苦不振是他贬谪词的总基调，而随着其贬谪地的愈加荒远，其贬谪词的悲苦意绪也愈加浓厚。我们大体可以将这些贬谪词分为三个层次。

（一）今昔对比中的失落之情

元祐八年，支持旧党的高太后去世。亲政后的哲宗并未认真评价新旧两党政见优劣，仅出于对曾把持朝政的祖母高氏之不满，以"绍圣"为年号，着意任用新党，废黜旧党。旧党成员吕大防、范纯仁、刘挚、苏辙先后被贬，苏轼自定州徙英州，再贬惠州安置，黄庭坚贬黔州安置，张耒徙宣州，晁补之谪监信州酒税。作为苏门中人的秦观自然也在劫难逃，先是由京官出为杭州通判，继而以"增损实录"的罪名贬谪处州监酒税。在贬谪初期的词作中，经常出现将往昔师友共聚京师的繁华与今日各贬一方的清冷相对比的句子，今昔对比之中流露出浓郁的失落之感，词风以凄婉为主。如《望海潮》：

梅英疏淡，冰澌溶泄，东风暗换年华。金谷俊游，铜驼巷陌，新晴细履平沙。长记误随车。正絮翻蝶舞，芳思交加。柳下桃蹊，乱分春色到人家。

西园夜饮鸣笳。有华灯碍月，飞盖妨花。兰苑未空，行人渐老，重来是事堪嗟。烟暝酒旗斜。但倚楼极目，时见栖鸦。无奈归心。暗随流水到天涯。

此词作于绍圣元年春，是秦观在离京城前重游西园有感而作。西园为驸马都尉王诜园，是元祐年间苏轼和苏门诸学士屡游之地。"夜饮鸣笳、华灯碍月、飞盖妨花"，当时的热闹场面还历历在目，而今重游故地，尽管正是"絮翻蝶舞"的可人时节，精美的园囿屋宇依然如故，往昔的繁华却荡然无存。人去楼空，物是人非，在命运捉弄之下的聚散离合、兴衰荣辱是何等惊人的无常无理，无法把握，等待词人的命运又将如何？在傍晚冥冥的烟霭之中，词人极目远望，鸦雀尚且有家可恋，而词人的归心却无处安放。唐圭璋先生曾评价这一词的结尾说："末以思归之意作结，颇有四顾茫然之感。读此词令人怅惘无家。"①

再如《江城子》：

> 西城杨柳弄春柔。动离忧。泪难收。犹记多情，曾为系归舟。碧野朱桥当日事，人不见，水空流。
>
> 韶华不为少年留。恨悠悠。几时休。飞絮落花时候、一登楼。便做春江都是泪，流不尽、许多愁。

这首词亦是词人在贬谪离京之前重游故地之作。"西池"，即汴京城西的金明池。《东京梦华录》曾记载，金明池"临水近墙皆垂杨"，暮春三月之时，正是柳条轻拂，无限妩媚之际。然而轻柔飘摆的柳枝却触动了他即将离去的幽思。眼前的"碧野朱桥"，正是昔日与朋友曾经一同游赏欢乐过的地方。《淮海集》卷七载有诗《西城宴集元祐七年三月上巳，诏赐馆阁官花酒，以中浣日游金明池、琼林苑，又会于国夫人园，会者二十有六人二首》。这一次盛大的集会，不仅有苏门诸学士，还有其他的元祐旧臣。当时他们饮酒赋诗，极尽风流儒雅之事，正如诗中所描写的那样"风过忽闻花外笑，日长时奏水中嬉。太平谁谓全无象，寓在群仙把酒时"②。而此刻诗人重来，却"人不见，水空流"，更何况词人又想到自己韶华已逝，白首无成，眼前飘飞的柳絮和落花似乎都在昭示着时间不可回转、盛年无法重现这一事实，种种惆怅悲苦一齐涌上心间，他登楼远眺，觉得这滔滔的江水都化作眼泪，亦表达不尽此刻心中

---

① 唐圭璋：《唐宋词简释》，上海古籍出版社1981年版，第101页。
② 周义敢等编校：《秦观集编年校注》卷十一，人民文学出版社2001年版，第233页。

的愁情。俞陛云曾经说"便做春江都是泪,流不尽,许多愁"这一句与李后主"问君能有几多愁,恰似一江春水向东流",以及徐师川之"门外重重叠叠山,遮不断愁来路"几句,"皆言愁之极致"。①

著名的《千秋岁》也是这一类风格:

> 水边沙外。城郭春寒退。花影乱,莺声碎。飘零疏酒盏,离别宽衣带。人不见,碧云暮合空相对。
>
> 忆昔西池会。鹓鹭同飞盖。携手处,今谁在。日边清梦断,镜里朱颜改。春去也,飞红万点愁如海。

《千秋岁》作于绍圣二年的春天,为贬处州监酒税的次年。② 这首词流传甚广,也向来为人称道,甚至有人以此词为谶,言少游不久于人世,如曾敏行《独醒杂志》卷五"秦少游千秋岁词谶":"秦少游谪古藤,意忽忽不乐。过衡阳,孔毅甫为守,与之厚,延留待遇有加。一日,饮于郡斋,少游作《千秋岁》词,毅甫览至'镜里朱颜改'之句,遽惊曰:'少游盛年,何为言语悲怆如此?'遂赓其韵以解之。居数日别去,毅甫送之于郊,复相语终日。归谓其所亲曰:'秦少游气貌,大不类平时,殆不久于世矣。'未几果卒。"③ 曾季狸《艇斋诗话》:"秦少游词云:'春去也,飞红万点愁如海。'方少游作此词时,传至予家丞相(曾布),丞相曰:'秦七必不久于世,岂有愁如海而可存乎?'已而少游果下世。"④ 实际上,绍圣二年距离秦观去世的元符三年还有五年之久,

---

① 俞陛云:《唐五代两宋词选释》,上海古籍出版社1985年版,第239页。
② 关于这首词的写作时间和地点学界颇有争议,笔者赞同王水照先生先作于处州,后在衡阳赠孔平仲一说,见《王水照自选集·元祐党人贬谪心态的缩影——论秦观〈千秋岁〉及苏轼等和韵词》,上海教育出版社2005年版,第628—645页。
③ 曾敏行:《独醒杂志》卷五,《宋元笔记小说大观》,上海古籍出版社2001年版,第3242页。
④ 曾季貍:《艇斋诗话》,丁福保《历代诗话续编》,中华书局1983年版,第302页。

算不上"未几""已而",人们将此词附会于秦观的去世,主要是因为这首词结尾一句"飞红万点愁如海"言愁太过深刻,以致叶嘉莹先生说"这真是斩尽杀绝的一句话"①。观此词的全貌,与前两首相似,都是通过今昔对比的感叹表达自己离京贬谪的愁苦之情。当然,从以"江"作比到以"海"作比来言愁,其间亦可看出词人由贬通判杭州到再贬处州之间情绪的差别,但总的来看,这一阶段的词尚属于"凄婉"之作,虽然从心头径直迸发出愁思如江如海的呼喊,但至少还有着对往昔欢乐生活的美好回忆,还有着对春天美好景物的关注(三首词都作于春天)。等到无暇顾及这些的时候,少游的贬谪词才进入了"凄厉"的状态。

(二)险恶现实中的凄厉悲鸣

绍圣三年,秦观削秩贬郴州。这对他来说是一次意外而又更加沉重的打击。绍圣元年秦观之贬杭州通判,继贬处州监酒税多少是他意料之中的,一方面哲宗亲政后明确打出"绍述"之旗号,秦观已经感觉到了在政治上将会"东风暗换年华"(《望海潮》);另一方面包括苏门子弟在内的元祐旧臣纷纷遭贬,在很大程度上也给了秦观心理上接受贬谪命运的准备。但他没有料到的是,自己的贬谪生涯远远没有终止在处州,《宋史》卷四四四《秦观传》中记载:"使者承风望旨,候伺过失,既而无所得,则以谒告写佛书为罪,削秩徙郴州。""写佛书"本来是秦观在处州期间企图以佛禅思想自我安慰的举动,没想到这却让那些希风承旨的小人抓住了把柄,不仅将他贬谪到更远的郴州,而且还削去了他所有的官衔,形同流放,秦观内心的悲苦屈抑可想而知。这一阶段的词中已经很少有春天的温暖意象,取而代之的是秋天的凄冷;旧日的繁华欢

---

① 叶嘉莹:《唐宋名家词论稿·论秦少游词》,河北教育出版社1997年版,第165页。

乐亦无心回念，荒寒孤寂的现实已经让他不堪承受。如《临江仙》：

> 千里潇湘挼蓝浦，兰桡昔日曾经。月高风定露华清。微波澄不动，冷浸一天星。
> 独倚危樯情悄悄，遥闻妃瑟泠泠。新声含尽古今情。曲终人不见，江上数峰青。

这首词是词人贬谪郴州途中夜泊湘江而作，词境幽冷苍凉。关于这首词，吴炯的《五总志》记有一段故事："潭州守宴客江亭，时张才叔在坐，令官妓悉唱《临江仙》。有一妓独唱两句云：'曲终人不见，江上数峰青。'才叔称叹，索其全篇。妓以实语告之：'贱妾夜居商人船中，邻舟一男子，遇一月色明朗，即倚樯而歌，声极凄怨。但以苦乏性灵，不能尽记。但助以一二同列，共往记之。'太守许焉。至夕，乃与同列饮酒以待。果一男子，三叹而歌。有赵琼者，倾耳堕泪曰：'此秦七声度也。'赵善讴，少游南迁，经从一见而悦之。商人乃遣人闻讯，即少游灵舟也。"① 这段记载虽仅属传说，然亦可见秦观这首词颇带有幽冷之"鬼气"，而这种"鬼气"，正是他贬谪郴州途中对未来命运忧惧的表现。

《如梦令》同样是一篇写于前往郴州途中的词作：

> 遥夜沉沉如水。风紧驿亭深闭。梦破鼠窥灯，霜送晓寒侵被。无寐。无寐。门外马嘶人起。

这首词仅写其夜晚于驿亭之中所见、所闻、所感，虽然并未直言愁苦，而愁苦之情却毕现于笔端：如水的暗夜，凄紧的秋风，烘托出一片悲凉的气氛，词人刚刚进入梦乡，却又被老鼠惊醒，秋天的黎明是那样

---

① 吴炯：《五总志》，《笔记小说大观》二十二编，台北新兴书局1978年版，第1312页。

寒冷，他已经无法再次入睡，而门外又传来了马儿的嘶鸣之声，又是一天到来了，贬谪的路途似乎遥遥没有尽期。白昼的劳苦奔波与夜晚的凄冷无眠，让人感到无法喘息。

《阮郎归》则作于词人到达郴州贬所之后的除夕：

  湘天风雨破寒初。深沉庭院虚。丽谯吹罢小单于。迢迢清夜徂。

  乡梦断，旅魂孤。峥嵘岁又除。衡阳犹有雁传书。郴阳和雁无。

除夕本来应该是合家团圆共享欢乐的日子，然而词人在这个除夕之夜却只能孤身一人蛰居在简陋的贬所，耳边只有潇湘之地的风声雨声，和远处高楼上传来的凄怨的笛声。"迢迢"一词暗示词人似乎一夜未眠，而这未眠的一夜又是如此的凄清，守候着新年的到来，却又看不到新年里的一丝希望。漂泊了三年之久的词人无时不思念着自己的家乡和亲人，然而"乡梦断，旅魂孤"，不仅回乡无念，而且连亲朋的音信都已经断绝。结尾一句词人运用了层层叠加的抒情，相传衡阳北有回雁峰，北雁南飞到此而止。陆佃《埤雅·释鸟》中说："鸿雁南翔，不过衡山。盖南地极燠，人罕识雪者，故雁望衡山而止。"① 衡阳已经离乡千里，然犹有飞雁可传递家乡的书信，慰藉漂泊的灵魂，而此时所在的郴州却连大雁都不肯到此，亲人自然音信无凭。

当然，"凄厉"之感表现得最为极致的，便是那首著名的《踏莎行》：

  雾失楼台，月迷津渡。桃源望断无寻处。可堪孤馆闭春寒，杜鹃声里斜阳暮。

---

① 陆佃：《埤雅》卷六，上海古籍出版社 1987 年影印四库全书本。

驿寄梅花，鱼传尺素。砌成此恨无重数。郴江幸自绕郴山，为谁流下潇湘去。

这首词作于绍圣四年春。考之《续资治通鉴长编拾补》卷一四："郴州编管秦观，移横州编管，其吴安诗、秦观所在州，差得力职员押伴前去，经过州军交割，仍仰所差人常切照管，不得别致疏虞！"① 由此可见，秦观当时的处境已经形同罪犯，而此词则应该作于移送横州之前。起首"雾失楼台，月迷津渡"二句，充分表现出词人此刻内心的迷茫。叶嘉莹认为，这是词人内心中的深悲极苦所化成的一片幻景的象喻。②"楼台"，令人联想到的是崇高远大的形象，而加上了"雾失"二字，则是这种崇高远大的境界，已经被茫茫的重雾所完全掩盖无存；次句的"津渡"，令人联想到的是可以指引和济度的出路，而加以"月迷"二字，则是此一可以指引和济度的出路，也已经在蒙蒙的月色中完全迷失而不可得见。由此引出第三句，那个在陶渊明心中代表着安定自得的桃源乐土，似乎无论怎样追寻也寻找不到。"可堪孤馆闭春寒，杜鹃声里斜阳暮"乃是词人眼前所见，王国维认为这两句很典型地表现了"有我之境"——以我观物，故物皆着我之色彩，他对这两句还有一个著名的评价："少游词境最为凄婉，至'可堪孤馆闭春寒，杜鹃声里斜阳暮'，则变而为凄厉也。"③ 确实如此，在春寒未散的傍晚斜阳之下，杜鹃鸟声声泣血般"不如归去"之声，让漂泊数年的词人不堪听闻，而亲朋音书之难寄又形成了深深的怅恨，一个"砌"字，形象地表现了愁苦的力度：就仿佛砖石砌成的墙一样，其内心累积的悲苦亦沉重得不可铲

---

① 秦缃业、黄以周：《续资治通鉴长编拾补》卷一四，上海古籍出版社 1995 年影印续修四库全书本。
② 叶嘉莹：《唐宋词名家论稿·论秦观词》，河北教育出版社 1997 年版，第 171 页。
③ 王国维：《人间词话》，上海古籍出版社 1998 年版，第 7 页。

除。词作结尾无理问天之句,则把人生的疑惑推向了无从解答的境地。郴州之水源于湖南省郴县之黄岑山,也就是"郴江绕郴山"者也,出山以后,乃北入耒水,又北经耒阳县,至衡阳而东入于潇湘之中,即所谓"流下潇湘去"。这本来是天地自然之山川形貌,没有"为谁",甚至没有"为什么",是莫可解释的,而词人自己的命运,也正如郴江一般为造化所弄,漂泊不定,循理不得。秦观此时觉得自己的命运无从怨恨,无从悔改,亦无从把握,一切都是迷茫而困惑的,只有心中那堆积已久的沉重愁苦,对于词人来说是那样真实而无法放下。

(三) 借酒浇愁背后的绝望之情

秦观词中写"酒"的并不多,但在贬谪后期却出现了好几首"借酒浇愁"之作,如《满庭芳》:

> 碧水惊秋,黄云凝暮,败叶零乱空阶。洞房人静,斜月照徘徊。又是重阳近也,几处处、砧杵声催。西窗下,风摇翠竹,疑是故人来。
> 伤怀。增怅望,新欢易失,往事难猜。问篱边黄菊,知为谁开。谩道愁须殢酒,酒未醒、愁已先回。凭栏久,金波渐转,白露点苍苔。

此词作于绍圣末年编管横州以后。词中又是以秋天为背景,几乎每一句中都有秋天带有悲哀愁苦意味的意象,情调凄苦欲绝。虽然词中点明此愁是为感怀故人,但从中我们不难看出在怀友的表面之下浓厚的身世之悲。对于这种愁苦,词人试图用酒精来麻醉自己,然而"酒未醒,愁已先回",尽管如此,词人还是宁愿沉醉在酒中不愿醒来。《醉乡春》词中又一次提到了酒,但与《满庭芳》有所不同:

第二章　北宋党争背景下的贬谪词

唤起一声人悄。衾冷梦寒窗晓。瘴雨过，海棠晴，春色又添多少。

社瓮酿成微笑。半缺瘦瓢共舀。觉顷倒，急投床，醉乡广大人间小。

《冷斋夜话》云："少游在横州，饮于海棠桥。桥南北多海棠，有老书生家于海棠丛间。少游醉宿于此，明日题其柱云：'唤起一声人悄……'东坡爱其句，恨不得腔。"[1] 结合笔记中记载的本事来看，这首词属于纪实之作，并采用了倒叙的写法：词人在老书生家醉宿一夜之后，忽然被人轻轻唤醒，看看窗外天色已经大亮，海棠花在夜雨过后悄然绽放，为春天平添了几许亮丽。词人此时也许还有点不解：我这是在哪里？过了一会儿才想起，昨夜路过此地，这位老书生热情地招待了他，用刚酿成的春社祭酒邀请词人共饮，直到最后醉倒投床，大睡一场。从表面上看，此词一扫秦观其他贬谪词中的凄苦之言，几乎具备苏东坡贬谪词中的旷达意味，也正因此，东坡亦对这首词赏爱有加。然而笔者认为，这首词实际上表达了秦观在贬谪生活中几经迁徙辗转过后的绝望态度，结尾一句"醉乡广大人间小"，在两相对比之间已经透露了个中消息，此刻的秦观只有在麻醉自己之后才能够获得自由的快乐。王绩《醉乡记》中说："醉之乡去中国，不知其几千里也。其土旷然无涯，无丘陵阪险，其气和平一揆，无晦朔寒暑。其俗大同，无邑居聚落。其人甚清。"[2] 在现实中"桃源望断无寻处"的秦观只能在酒醉之后进入这个如同桃花源一般的"醉乡"寻找安慰。至于此词前半片中看似春光明媚的感觉，不过是词人从醉梦中醒来一时还未确认自己罪人身份时以

---

[1] 胡仔：《苕溪渔隐丛话前集》卷五十，《笔记小说大观》第三十五编，台北新兴书局1983年版，第340页。

[2] 王绩：《东皋子集》卷下，《醉乡记》，上海古籍出版社1992年版，第110页。

平凡人的眼光去看的结果。另外,秦观的贬谪词一般都以最后一句推出全词的情感高潮,如上述所引的"便做春江都是泪,流不尽,许多愁""飞红万点愁如海""人人尽道断肠初。那堪肠已无""郴州幸自绕郴山,为谁留下潇湘去",都置于词作的结尾,这首词也不例外,其倒叙的目的也正在于突出"人间小"而"醉乡大"这个主题。从另一个角度来说,这首词既然是词人题在老书生家之"柱上",在一定意义上是赠给书生的作品,以表达其款待之情的感激。既如此绝不能作过于悲切之语,故而词人在作品中有强作欢颜的应景味道,海棠春色不过是其绝望之情的掩盖而已。

《江城子》"南来飞燕北归鸿"一词中亦有酒。这场酒本该是欢喜之酒,秦观却仍旧将它写得那样悲哀无望:

南来飞燕北归鸿。偶相逢。惨愁容。绿鬓朱颜,重见两衰翁。别后悠悠君莫问,无限事,不言中。

小槽春酒滴珠红。莫匆匆。满金钟。饮散落花流水、各西东。后会不知何处是,烟浪远,暮云重。

这首词作于元符三年六月,秦观当时贬谪雷州。这年正月哲宗卒,徽宗即位,五月下赦令,贬谪之臣多内移,苏轼自海南移廉州,秦观复宣德郎,放还衡州。六月,苏轼和秦观相逢于海康。词中所写的便是当时相会时的场面和感受。本来,政治大气候又发生了变化,原本无望的贬谪生涯有了一线转机,相别数年的师友重新相聚,应该充满欢欣展望未来,然而相逢之时却没有一丝欣喜,相反却愁容凄惨,相对无言,将这些年所经历过的愁苦都融化在酒杯当中,沉醉中的无言,远远比痛哭更沉重。而短暂的酒宴过后,又是各奔东西的分别。重新相聚更在何时?"烟浪远,暮云重",结尾的景物描写充分表现出秦观对于未来的迷茫。这份迷茫,一方面来自这些年来从处州到郴州再到横州最后到雷州的荒远谪路,从贬官到削秩直到被除名的屈辱遭遇,早已将他心中建功立业的追求消磨殆尽,更使他对生活中原本应该存在的美好产生无限怀疑和否定,即使复官内徙,亦不敢对前途抱有任何希望;另一方面在贬谪的困顿孤寂当中,词人青春已逝,往昔的红颜黑发早已经被苍颜白发所取代,生命的终点已经一天一天逼临,在对自己生命的本身都已经失去信心的时候,又如何能够对身外之事存有希望?秦观在此前所作的挽歌便已经表达了对死亡的恐惧,因此,尽管复官内徙,他依然充满绝望,而两个月后他的去世,也正验证了他此刻的绝望之情。

清人冯煦曾经将秦观称为"古之伤心人也"①,这份"伤心",在他的贬谪词中表现得最为明显。"人言多技亦多穷,随意文章要底工。淮海秦郎天下士,一生怀抱百忧中。"(芮烨《题莺花亭》)对于这位才气俊逸却又命运多舛的词人,千百年后的我们,只能报以一声叹息。

三 从泛梗漂萍到归老田园——晁补之贬谪词

文学作品都有一个或几个"关键词",这些关键词代表了作者在某个阶段情感的中心。如果说秦观贬谪词中的关键词是"愁"和"泪"的话,那么晁补之贬谪词的关键词便是"归"。与晁补之仕履情况相对应,其贬谪词也自然分成两个阶段,第一阶段是从绍圣元年到元符三年,晁补之在朝廷的谪命之下四处漂泊,其贬谪词中的"归"表现为对漂泊的厌倦和对归去的渴望,风格上以"沉咽"为主;第二阶段是从崇宁二年到大观三年,晁补之提举江州太平观,继而管勾西京鸿福宫,并在家乡金乡东皋闲居。这一时期贬谪词中的"归"

---

① 冯煦:《蒿庵论词》,唐圭璋《词话丛编》,中华书局1986年版,第3587页。

则表现为在归老田园生活中的自得其乐,风格变而为"坦易"。

(一) 泛梗漂萍的无依之感与"沉咽"词风

绍圣元年到元符三年这八年的时间里,晁补之坐元祐党籍,先后出知齐州,通判应天府,通判亳州,又贬监处州酒税,监信州盐酒税。考之乔力先生的《晁补之词编年笺注》①,这一阶段共有词作40篇,去掉其中7首咏梅花词,剩下的33首词中,用"萍""蓬""无根""飘荡""泛梗"之类的词语表现漂泊无依之感的就有8首:

无穷官柳,无情画舸,无根行客。　　　　——《忆少年》
萍梗孤踪,梦魂浮世。　　　　　　　　　——《水龙吟》
萍蓬行路。来不多时还遣去。　　　　　　——《减字木兰花》
未叹此、浮生飘荡,但伤佳会。　　　　　——《满江红》
暗自想、朱颜并游同醉,官名缰锁,世路蓬萍。——《八六子》
人生,萍梗迹,谁非乐土,何处吾州。　　——《满庭芳》
鹏翼敛,人间泛梗无由歇。　　　　　　　——《千秋岁》
怜君羁旅处。见我飘蓬际。　　　　　　　——《千秋岁》

在上述八首之外,明确用到"归"字的又有四首:

此身应似去来鸿。江湖春水阔,归梦故园中。　——《临江仙》
新词好,他年认取,天际片帆归。　　　　　　——《满庭芳》
暗想平生,自悔儒冠误。觉阮途穷,归心阻。　——《迷神引》
青山无限好,犹道不如归。　　　　　　　　　——《临江仙》

---

① 乔力:《晁补之词编年笺注》,齐鲁书社1992年版。

此外，词中透露出客居的凄凉与对家乡的留恋更不可计数。可以说，这一时期晁补之贬谪词的主题就是抒发漂泊无依的感受和对归去的渴望。美国著名的心理学家马斯洛将人一生的需求分为五个层次：生存需求、安全需求、社交需求、尊重需求、自我实现需求。这五种需求层层递进，只有满足了前一个，才能够对后面的需求产生兴趣。在贬谪的漂泊之中，晁补之对安全需求——包括对人身安全、生活稳定以及免遭痛苦、威胁或疾病的需求——变得十分突出，因此他已经无暇顾及其他，尤其是对以追求功名为中心的自我实现失去了兴趣。《满庭芳》一词十分典型地表现了这一点：

乡物牵情，家山回首，浩然归兴难收。报恩心事，投老拚悠悠。却笑当年牛下，轻自许、激烈寒讴。成何事，夷犹桂楫，兰芷咏芳洲。

人生，萍梗迹，谁非乐土，何处吾州。算不须，临歧惝恍迟留。要看香炉瀑布，丹枫乱、江色凝秋。真堪与，潇湘暮雨，图上画扁舟。

这首词作于元符二年赴信州监督酒税时。起首三句开门见山地表达了自己对家乡的眷恋，对归去的渴望。接着用了宁戚为齐桓公所用的典故，屈原《离骚》中有"宁戚之讴歌兮，齐桓闻以该辅"。洪兴祖《楚辞补注》引《淮南子》曰："宁戚欲干齐桓公，困穷无以自达，于是为商旅，将任车以商于齐，暮宿于郭门之外饭牛车下，望见桓公，乃击牛角而歌。公闻之曰：'异哉！歌之者非常人也。'命后车载之。"《三齐记》中载有宁戚之歌："南山石干，白石烂，生不逢尧与舜禅。短布单衣适至骨干,从昏饭牛薄夜半,长夜漫漫何时旦。"①晁补之回想自己也曾像宁戚一样,自以为得遇明主,将要有所作为,而到如今年迈漂泊,"报恩"之事如同浮云悠悠,才发现自己少年时未知世事艰辛,轻易自许,而更让人感到辛酸的是,功业未成,反而如同屈原那样横遭贬谪。想到此,词人不禁发出深沉的慨叹:人生就如同泛梗漂萍一样居无定处,究竟哪里是能让我安定的家园?我不应该再犹豫了,看那大自然中,飞湍而下的香炉瀑布,尽染层林的红色枫叶,还有澄波凝碧的一江秋水,江山美好如画,我应该抛弃宦海当中的种种欲望与烦恼,乘一叶轻舟在暮雨飘洒的潇湘水上追求那份自由和安乐。

我们可以看到,晁补之的贬谪词中有漂泊谪迁之恨,但并不像秦观那样凄苦不堪,在苏门四学士当中,他与黄庭坚的词作是比较接近苏东坡的,王灼在《碧鸡漫志》卷二中说:"晁无咎、黄鲁直皆学东坡,韵制得七八。"②所谓"得七八",笔者认为,指的是晁补之的词与苏东坡的词一样,都有一些壮阔豪迈的语言,但晁补之在性格上没有苏东坡那种通体的旷达,在居无定所的贬谪生涯中他时时有"去国怀乡"之哀痛,正如清人冯煦在《六十一家词选例言》所说:"晁无咎为苏门四士之一,所为诗余,无子瞻之高华,而沉咽则过之。"③"沉咽"正是晁补之此一阶段贬谪词的主要风格。这种风格表现为:虽然总的情感基调是沉痛的,但有壮语,有悲语,交错呈现在词作当中,使词作有着抑扬顿挫,欲吐还吞的情感效果。如上述《满庭芳》词中,上片思乡念远,以及下片开头三句对于人生飘零无所依傍的感慨,都悲哀莫解,而后面数句勾画出一副美丽如画的潇湘秋景,并构思着自己扁舟归去的自得自

---

① 洪兴祖:《楚辞补注》,中华书局1983年版,第39页。
② 王灼:《碧鸡漫志》卷二,唐圭璋《词话丛编》,中华书局1986年版,第83页。
③ 冯煦:《蒿庵论词》,唐圭璋《词话丛编》,中华书局1986年版,第3587页。

乐，却又似乎找到了解脱的途径，类似的词篇再如《八六子》：

> 喜秋晴。淡云萦缕，天高群雁南征。正露冷初减兰红，风紧潜雕柳翠，愁人漏长梦惊。重阳景物凄清。渐老何时无事，当歌好在多情。
>
> 暗自想、朱颜并游同醉，官名缰锁，世路蓬萍。难相见，赖有黄花满把，从教渌酒深倾。醉休醒。醒来旧愁旋生。

这首词于词牌后有题为"重九即事呈徐倅祖禹十六叔"，"祖禹十六叔"为晁端智，曾任朝散郎通判徐州。该词为元符二年九月赴信州监税南下途中经过徐州时所作。上片开头数语皆极为明朗清丽，一个"喜"字表现了词人在秋高气爽的重阳佳节自然而然产生的愉悦心情，然而接着转而以"凄清"为调，并流露出"渐老"的悲哀。下片回忆年轻时与祖禹二人同游并醉的欢乐，接着又感慨在名缰利锁的束缚之下，两人皆如同"世路漂萍"一般难得相见。不过幸好此番相会有花有酒，亦值得一乐，然而等到醒来之际，无限愁苦却又萦回于胸，无法摆脱。这首词在情感上真可谓一波三折，才露笑颜，又生愁绪，充分表现了晁补之贬谪词"沉咽"的特色。再如《迷神引》：

> 黯黯青山红日暮。浩浩大江东注。余霞散绮，向烟波路。使人愁，长安远，在何处。几点渔灯小，迷近坞。一片客帆低，傍前浦。
>
> 暗想平生，自悔儒冠误。觉阮途穷，归心阻。断魂素月，一千里、伤平楚。怪竹枝歌，声声怨，为谁苦。猿鸟一时啼，惊岛屿。烛暗不成眠，听津鼓。

这首词亦是元符二年贬信州时作。词境沉郁苍凉，然而景象阔大，为词作增添了雄浑之气。如上片起首两句描写傍晚时夕阳落山,夕阳下江水带着霞光奔流,几乎有苏东坡《念奴娇·赤壁怀古》中"大江东去浪淘尽,千古风流人物"的气势。下片中"断魂素月,一千里,伤平楚",亦把天上人间的距离之感豁然拉开,使词情的"悲"亦以"壮"的面目出现。

晁补之贬谪词"沉咽"风格的另一特征是常常用典,使情感的表达通过典故的缓冲减少了一泻而尽的凌厉,同时,典故的运用也将自身的情感同古往今来命运仿佛者相连,增加了词作的厚重之感。如在上面所举的《迷神引》中便运用了数个典故:"余霞散绮",化用了谢朓《晚登三山还望京邑》中"余霞散成绮,澄江静如练";"向烟波路",化用了崔颢《题黄鹤楼》中"日暮乡关何处是,烟波江上使人愁";"使人愁,长安远,在何处",化用了李白《登金陵凤凰台》"总为浮云能蔽日,长安不见使人愁";"暗悔平生,自悔儒冠误",化用了杜甫《奉赠韦左丞丈二十二韵》中"纨绔不饿死,儒冠多误身";"觉阮途穷"一句则用了阮籍穷途而哭之典,《晋书》卷四九《阮籍传》"本有济世志,属魏晋之际,天下多故,名士少有全者。籍由是不与世事,遂酣饮为常。……时率意独驾,不由径路,车迹所穷,则恸哭而返";"怪竹枝歌,声声怨,为谁苦"本自白居易《竹枝》中"竹枝苦怨怨何人?夜静山空歇又闻";"猿鸟一时啼",化用白居易另一首《竹枝》:"唱到竹枝声咽处,寒猿晴鸟一时啼。"我们可以看到,其所化用诗句的原作者和所用典故中的人物,无不是同自己一样在仕途上遭遇坎坷的不幸者。再如《满庭芳》:

> 鸥起萍中,鱼惊荷底,画船天上来时。翠湾红渚,宛似武陵迷。更晚青山更好,孤云带、远雨丝垂。清歌里,金尊未掩,谁使动分携。

竹林、高晋阮，阿咸潇散，犹愧风期。便弃官终隐，钓叟苔矶。纵是鸣鸿云外，应念我、垂翼低飞。新词好，他年认取，天际片帆归。

词中有三个主要的典故，一个是"宛似武陵迷"，用陶渊明《桃花源记》之典；第二个是"竹林、高晋阮，阿咸潇散，犹愧风期"，用的是竹林七贤之典，以阮瑀、阮咸叔侄两个代指自己与叔父晁次膺；第三个是"弃官终隐，钓叟苔矶"，用的是中唐张志和弃官隐遁江湖之典。很显然，三个典故都含有浓厚的归隐意味，将词中厌倦漂泊不如归去的主题用曲折而厚重的方式表现了出来。

(二) 归老田园的自得之乐与"坦易"词风

建中靖国时期晁补之曾重新回京任职，但时日未久党论再起，崇宁元年，晁补之出知河中府，又徙湖州、密州、果州，崇宁二年，得提举江州太平观，于是回家乡金乡闲居。提举太平观乃是极其卑微的虚衔，无权无事，只不过有一些微薄的俸禄可糊口而已。在晁补之的贬谪生涯当中，这一次得到的官职可以说是最为低下的，不过对于多年来一心想跳离宦海归老田园的晁补之来说，却是正合心意。从崇宁二年到大观三年再次出仕，这七年的时间里，虽然中途改管勾西京鸿福宫，但一直都在家闲居。这一时期所作的词篇大多坦易流畅，抒发了归老田园后的自得其乐之情。作于崇宁二年的《摸鱼儿·东皋寓居》，是一首类似归隐"宣言"一样的著名词篇：

买陂塘、旋栽杨柳，依稀淮岸江浦。东皋嘉雨新痕涨，沙觜鸥来鹭聚。堪爱处。最好是、一川夜月光流渚。无人独舞。任翠幄张天，柔茵藉地，酒尽未能去。

青绫被，莫忆金闺故步。儒冠曾把身误。弓刀千骑成何事，荒了邵平瓜圃。君试觑。满青镜、星星鬓影今如许。功名浪语。便似得班超，封侯万里，归计恐迟暮。

晁补之《鸡肋集》卷三十一《归来子名缗城所居记》中说："读陶潜《归去来辞》，觉已不似而愿师之。买田故缗城，自谓归来子。庐舍登览游息之地，一户一牖，皆欲致《归去来》之意。"① 这首词正抒发了回乡后无限欢喜之情。上片描写其亲手经营建造的东皋归来园之美景，首句中一个"旋"字，十分生动地表现了作者梦想多年的归隐生活即将开始时的急切、激动的心情。家园是那样美丽、安宁，各种鸟儿都来到这里相聚，而词人最喜爱的则是夜晚月色如洗的时候，他会情不自禁得跳起舞来，将深碧的夜空当作帐幕，将柔软的草地当成褥垫，在这自由的天地之间尽情沉醉，流连忘返。下片则饱含沧桑之感，"青绫被"指尚书郎值夜时提供的青缣白绫被，"金闺"指汉代金马门，为文学侍从的聚集地，词人以此代指自己昔年供职于朝廷的时光，"莫忆"二字，则流露出不堪回首的意味，正是儒冠误身，才让自己在宦海风波中蹉跎了年华，到如今落得鬓发苍苍才意识到，功名利禄本是虚名浪语。就算像班超一样建立功业，封侯万里，等归来时节已是衰朽残年，又有什么意义？这首词将田园的美好和归来的庆幸之情写得淋漓酣畅，历来为词评家赞赏，陈廷焯《词则·放歌集》卷一说其"溜漓顿挫"②。刘熙载《艺概》卷四中称赞其"堂庑颇大"，并认为南宋辛弃疾那首著名的《摸鱼儿》"更能消、几番风雨"一阕，乃是晁补之这首词"之波澜也"③。

---

① 晁补之：《鸡肋集》卷三十一，上海古籍出版社1987年影印四库全书本。
② 陈廷焯：《词则·放歌集》卷一，上海古籍出版社1984年版，第302页。
③ 刘熙载：《艺概·词曲概》，唐圭璋《词话丛编》，中华书局1986年版，第3692页。

第二章 北宋党争背景下的贬谪词

如果说这首作于还乡之初的作品在词风上还有"沉咽"和"顿挫"的一面,那么晁补之在此后的七年时间里所作的四十多首词,则将漂泊中的苦闷渐渐淡忘,取而代之的是如陶渊明一般的悠然自得的"坦易"之情。如《行香子》:

前岁栽桃,今岁成蹊。更黄鹂、久住相知。微行清露,细履斜晖。对林中侣,闲中我,醉中谁。

何妨到老,常闲常醉,任功名、生事俱非。衰颜难强,拙语多迟。但酒同行,月同坐,影同嬉。

词人已经习惯居家闲居的生活,归来园中所栽的桃李繁茂成蹊,住在园中的鸟儿也与词人彼此相熟。早晨的清露,傍晚的斜晖,词人朝夕徘徊于园中,就这样"常闲常醉"何妨到老?与酒同行,与月同坐,与影同嬉,是那样逍遥。词篇于坦易闲适之外,还有着淡淡的寂寞之情,作为已近衰年的词人,亦是情理之中。再如《黄莺儿》:

南园佳枝偏宜暑。两两三三修篁,新篁新出初齐,猗猗过檐侵户。听乱飐芰荷风,细洒梧桐雨。午余帘影参差,远林蝉声,幽梦残处。

凝伫。既往尽成空,暂遇何曾住。算人间事、岂足追思,依依梦中情绪。观数点茗浮花,一缕香萦炷。怪来人道陶潜,作得羲皇侣。

值得注意的是,晁补之归乡后创作的作品中,除了《摸鱼儿》之外,已经很少有得到叹赏的名篇,一方面,这大概是因为词人在田园生活的舒适中,将旧日的烦恼苦闷抛开的同时,也使作品中的沉咽激荡之美消失殆尽。另一方面,闲居时期晁补之很多词篇都千篇一律,有面面相似之感，也削减了打动人心的艺术效果。

晁补之的贬谪词，前后两个阶段在风格上差别较大。前一阶段贬谪词中的沉雄壮阔，除了向苏东坡学习的原因之外，也与他本身是山东人有关。后一阶段变而为坦易流畅，则是其生活状态的改变起了很大的作用。词人一生虽然也数遭贬谪，漂流四方，但最后终由贬谪而在晚年过了一段闲适安定的生活，亦可谓不幸中之大幸了。

四 "于倔强中见姿态"——黄庭坚贬谪词

从绍圣元年贬知鄂州到崇宁四年卒于宜州贬所，黄庭坚在贬谪中受到的打击极为沉重，但其对待贬谪的态度却似"泊然不以迁谪为意"（《宋史》本传）。《豫章先生传》云："……责授涪州别驾，黔州安置。命下，左右或泣，公色自若，投床大鼾，即日上道。君子是以知公不以得丧休戚芥蒂其中也。"① 《冷斋夜话》中记载："山谷南迁，与余会于长沙，留碧湘门一月。李子光以官舟借之，为憎疾者腹诽，因携十六口买小舟。余以舟迫窄为言。山谷笑曰：'烟波万顷，水宿小舟，与大厦千楹，醉眠一榻何异？'"② 可见由于性格和修养，黄庭坚贬谪中能够超越患得患失的悲戚，但这种超越与苏东坡的平和旷达又不尽相同。清人陈廷焯对山谷词颇不以为然，因为其中有大量"鄙俚者"，而"即以其高者而论，亦不过于倔强中见姿态耳"③。虽是贬语，但"于倔强中见姿态"用在黄庭坚的贬谪词上却是十分恰当。下文我们将从两个方面对黄庭坚贬谪词的这一风格加以阐述。

---

① 《黄庭坚全集》，四川大学出版社2001年版，第2360页。
② 胡仔：《苕溪渔隐丛话》前集卷四十八，《笔记小说大观》第三十五编，台北新兴书局1983年版，第328页。
③ 陈廷焯：《白雨斋词话》卷一，唐圭璋《词话丛编》，中华书局1986年版，第3784页。

（一）临寒傲霜的"菊花"意象

在黄庭坚的贬谪词中，多次出现了"菊花"意象，而且常常是"白发"与"菊花"相映成趣，如：

  莫笑老翁犹气岸。君看。几人黄菊上华颠。　　——《定风波》
  千骑插花秋色暮。归去。翠娥扶入醉时肩。　　——《定风波》
  黄菊枝头生晓寒。人生莫放酒杯干。　　　　——《鹧鸪天》
  黄花白发相牵挽，付与时人洗眼看。　　　　——《鹧鸪天》
  白发又扶红袖醉，戎州。乱折黄花插满头。　——《南乡子》
  莫笑插花和事老，摧颓。却向人间耐盛衰。　——《南乡子》
  浊酒黄花，画檐十日无秋燕。　　　　　　　——《点绛唇》
  遇酒逢花须一笑。长年少。俗人不用嗔贫道。——《渔家傲》
  兰委佩，菊堪餐。人情时事半悲欢。　　　　——《鹧鸪天》
  菊花须插满头归。宜将酩酊酬佳节，不用登临送落晖。

              ——《鹧鸪天》

  花向老人头上笑，羞羞。白发簪花不解愁。　——《南乡子》
  黄菊满东篱。与客携壶上翠微。　　　　　　——《南乡子》
  落帽晚风回，又报黄花一番开。　　　　　　——《南乡子》
  万水千山还么去，游哉，酒向黄花欲醉谁。——《南乡子》

菊花开于秋季，向来被赋予一种傲霜开放的倔强品格。而黄庭坚遭贬之时，亦是已进入人生之秋的白发衰翁，他在词中反复歌咏菊花与白发，其比拟象征意味十分明显。坎坷多艰的命运就像秋天残酷的寒霜一样企图熄灭生命之火，但词人却不甘屈服，以临霜盛开的姿态报以冷笑，正所谓"于倔强中见姿态"。如《定风波·次高左藏守君韵》：

　　　　万里黔中一漏天。屋居终日似乘船。及至重阳天也霁。催醉。鬼门关外蜀江前。

　　　　莫笑老翁犹气岸。君看。几人黄菊上华颠。戏马台南追两谢。驰射。风流犹拍古人肩。

这首词作于绍圣四年，时在黔州。高左藏，指新为黔守的高羽，他于重阳日携吏宴会，黄庭坚亦被邀参加。该词上阕描绘了贬地黔中的恶劣环境。"一漏天"指常常下雨不止，仿佛天都漏了一般，同时"漏天"也是蜀中的一个地名，这里指代黔中。因为久雨不晴，每天住在房子里就仿佛待在船上一样。可是重阳节这一天老天居然开眼，晴了起来，这难得的好天气里怎能不摆酒欢乐呢！"鬼门关"指石门关，在今天四川奉节县东，两山夹峙如门，所以称为石门关。陆游在《入蜀记》中记载："舟中望石门关，仅通一人行，天下至险也。"[①] 将石门关称为"鬼门关"，内里自然包含着黄庭坚的感慨，结合黄庭坚其他词中的语句"万里投荒，一身吊影，成何欢意"。"尽道黔南，去天尺五，望极神州，万里烟水。"（《醉蓬莱》）"投荒万里无归路，雪点鬓繁。度鬼门关。已拼儿童作楚蛮。"（《采桑子》）我们对他所处之环境会有一个更清楚的了解。下片酣畅淋漓，尽情展现了黄庭坚倔强豪纵的一面：不要笑我这个衰朽老翁还那样高傲不驯，你们看，有几人像我一样把菊花戴到了白发之上？言外之意，几人能如我像菊花一样在命运面前不屈服、不妥协？"戏马台"在彭城，即今天的徐州，"两谢"，指南朝著名的诗人谢灵运、谢瞻。晋安帝义熙十二年，刘裕北征至彭城，九月九日会将佐群僚于戏马台赋诗宴乐，谢灵运、谢瞻均有所赋。黄庭坚表示，自己虽然头白年衰，却仍旧是风流才子，可堪与前辈文学大家相游共论，其昂然

[①] 《陆放翁全集·渭南文集》卷四十八，中国书店1986年版，第297页。

自得的神情跃然纸上。

再如《鹧鸪天》：

> 黄菊枝头破晓寒。人生莫放酒杯干。风前横笛斜吹雨，醉里簪花倒着冠。
>
> 身健在，且加餐。舞裙歌板尽清欢。黄花白发相牵挽，付与时人洗眼看。

这首词是元符二年在戎州作，此时黄庭坚被贬已有五年之久，但仍丝毫没有颓废之气。上片首句一个"破"字，将菊花冲破秋寒傲然绽放的情景生动地刻画出来，黄苏《蓼园词选》中赞叹道："菊称其耐寒则有之，曰'破寒'，更写得菊精神出。"① 而词人自己饮酒、吹笛、簪花、倒冠，一副放诞不羁、傲傲不平的魏晋风度。"倒着冠"本自刘义庆《世说新语·任诞篇》中的山简的形象，山简在守荆州时，常出去酣饮达旦，人们为之作歌曰："山公醉一时，径造高阳池。日暮倒载归，酩酊无所知。复能乘骏马，倒着白接篱"。② 下片首句化用古诗十九首中"弃捐勿复道，努力加餐饭"，劝诫自己越是处于困境当中，越要保养身体，努力生活。无论生活怎样艰辛，都还有可资快乐的一面，因为尚有"舞裙歌板尽清欢"；更重要的是，黄庭坚心中沉潜着一股倔强之气，"黄花白发相牵挽，付与时人洗眼看。"想置我于不幸、于死地的人，我偏不让你们得逞，我偏要像破寒绽放的菊花一样活得健康有味，让你们的打算落空！黄苏评这首词最后的两句时说："末二句，尤有牢骚，然自清迥独出，骨力不凡。"③

---

① 黄苏：《蓼园词评》，唐圭璋《词话丛编》，中华书局1986年版，第3041页。
② 刘义庆著，徐震堮校笺：《世说新语校笺》，中华书局1984年版，第396页。
③ 黄苏：《蓼园词评》，唐圭璋《词话丛编》，中华书局1986年版，第3041页。

《南乡子》亦是一首通过菊花表现黄庭坚词"倔强"之姿的作品：

> 未报贾船回。三径荒锄菊卧开。想得邻船霜笛罢，沾衣。不为涪翁更为谁。
> 风力裹英枝。酒面红鳞愜细吹。莫笑插花和事老，摧颓。却向人间耐盛衰。

词亦作于黔中期间。"三径荒锄菊卧开"，本自陶渊明《归去来兮辞》中"三径就荒，松菊犹存"。陶渊明在这句话中赋予了菊花同松树一样坚强执着的精神，正像这首词结尾所说"却向人间耐盛衰"，而这种精神亦是将菊花戴到头上的涪翁老人所有，并引以为自豪的倔强品格。

（二）自我主体精神的突出

黄庭坚的贬谪词中十分强调自我形象和自我主体精神，这突出地表现在词中有大量第一人称"我"，另外"老子""老翁""涪翁""平生"等词也属于词人通过称呼自己而突出自我形象的表现，如：

> 年少从我追游，晚凉幽径，绕张园森木。　　——《念奴娇》
> 龙山落帽千年事，我对西风犹整冠。　　——《鹧鸪天》
> 拂我眉头。无处重寻庾信愁。　　——《减字木兰花》
> 杯中三万六千日。闷损旁观，自我解落魄。　　——《醉落魄》
> 我欲忧民，渠有二千石。　　——《醉落魄》
> 忆我当年醉时句。渡水穿云心已许。　　——《青玉案》
> 君似成蹊桃李。入我草堂松桂。　　——《谒金门》
> 老子平生，江南江北，最爱临风曲。　　——《念奴娇》
> 扶杖老人心未老，眙哉，漫有才情赋与谁。　　——《南乡子》

白发老人心自会。何处歌楼。贪看冰轮不转头。
　　　　　　　　　　　　　　　　——《减字木兰花》
　　自断此生休问天。白头波上泛孤船。　　——《定风波》
　　喜欢为地醉为乡，饮客不来但自酌。　　——《木兰花令》
　　想得邻船霜笛罢，沾衣。不为涪翁更为谁。——《南乡子》
　　平生个里愿杯深。去国十年老尽、少年心。——《虞美人》
　　平王本爱江湖住。鸥鹭无人处。　　　　——《虞美人》

　　词体兴起之初，主要描写深闺女子的体态衣着和抒发她们在爱情中的苦闷，所运用的往往是第三人称也就是客观的角度，这一点在温庭筠的词中表现得非常明显，这种写法使词风含蓄蕴藉，但作者和词作主人公之间隔得很远，缺乏感动人心的力量。随着词体的发展，词境的不断扩大，更重要的是，随着北宋词人在贬谪中命运遭际和处境的改变，词由原来的在酒宴歌席中娱宾遣兴的俗曲小道转变为另一种抒发自我情感的诗歌，词人采取主观的视角抒发主体感受，使词作中的抒情主人公与词人自己的形象合而为一，这在我们上面所谈到的秦观、晁补之的贬谪词中都可以看出来（关于贬谪在词体"诗化"过程中的巨大作用，之后将专章谈及）。而黄庭坚的贬谪词中大量直接使用第一人称的方法，尤其是当这个第一人称作为施动者出现的时候，在抒发自我情感的同时更加突出了自我的形象，高扬了词人的主体精神，从而彰显了其"倔强中见姿态"的特点，以《念奴娇》为例：

　　断虹霁雨，净秋空，山染修眉新绿。桂影扶疏，谁便道，今夕清辉不足。万里青天，姮娥何处，驾此一轮玉。寒光零乱，为谁遍照醽醁。
　　年少从我追游，晚凉幽径，绕张园森木。共倒金荷家万里，难得尊前相属。老子平生,江南江北,最爱临风曲。孙郎微笑,坐来声喷霜竹。

这首词写于元符元年,当时黄庭坚在戎州贬所,永安城楼为戎州南北城楼。词中下片出现了两个第一人称"我"和"老子",这两者可谓整首词的统领,使上片中所写的秋天夜晚之景色皆涂上一层浓厚的自我情感色彩:雨过天晴,彩虹斜挂于明净的秋空,远处的山峦因雨水的清洗亦似新染修眉的女子一般妩媚可人。一轮明月朗朗升起,清亮明丽,其中枝叶扶疏的桂影都仿佛清晰可见,升仙的女子嫦娥在这深蓝色的寥廓天空中是否就乘坐着如玉般皎洁的月亮?那寒冷洁白的月光是如此零乱地飘洒在我樽前的酒杯之中。词境空阔幽静,杳无纤尘,是词人自己以超尘拔俗之心境去观照外物的结果。下片描写与年少诸生共游张园之情形,一句"年少从我追游",顿时将词人自我形象凸显出来,在这群游赏的人中间,"我"虽然已非年少,但显然是中心,是领率,正是在"我"的引领之下,方可共享这秋夜之清凉优美。"金荷"指酒杯,尽管乡关万里,难得一聚,然对此一轮明月亦当一醉方休。而下句"老子平生,江南江北,最爱临风曲",则更是把黄庭坚昂首傲物的倔强姿态表现得痛快淋漓,"老子"一词意味"老夫""老翁",然而更具匪气,很是有笑骂自得的意味。"江南江北",指无论身处何方,亦无论身遭何境,都没有失去临风听笛的雅兴,更没有失去信心、执着和力量!最后一句描写孙郎含笑吹笛之潇洒亦映衬了词人自己的潇洒自乐之情。这首词,胡仔在《苕溪渔隐丛话》中称为"可继东坡赤壁之歌"①,而作"赤壁之歌"的苏东坡则称黄庭坚"超轶绝尘,独立万物之表,驭风骑

---

① 胡仔:《苕溪渔隐丛话后集》卷三十一,《笔记小说大观》三十五编,台北新兴书局1983年版,第231页。

气,以与造物者游"①。第一人称"我""老子"等词的运用,正是突出了其"驭风骑气"之主体风姿。②

当然,在黄庭坚将近五十首贬谪词当中,并不是每一首都有倔强、顽强的姿态。作为"投荒万里""雪点鬓繁"的年迈贬谪文人,他心中深重的痛苦之情和悲凉的感喟亦不可避免,他有着对远隔千里的儿女缠绵的思念:"想见牵衣。月到愁边总不知"(《减字木兰花》);有对好友秦少游英年早逝的痛惜:"洒泪谁能会。醉卧藤阴盖。人已去,词空在"(《千秋岁》);有因弟弟黄叔达去世而产生的悲痛:"春水茫茫。欲度南陵更断肠"(《减字木兰花》);更有对仕途风险的忧虑和畏避:"人间底是无波处,一日风波十二时"(《鹧鸪天》)、"功名富贵久寒灰,翰墨文章新讳却"(《木兰花》);有对年貌衰颓的无奈:"镜里朱颜,又减年时半"(《点绛唇》)、"去国十年老尽、少年心"(《虞美人》)……但这些,都不足以代表其特色,一方面,黄庭坚的特色是在上述种种痛苦袭来之时,心底仍有着不甘心、不示弱的精神。"姿态",往往是做给别人看的,黄庭坚词中的倔强亦有这种意味,"为报时人洗眼看","付与时人洗眼看"两句便已说明了这一点;另一方面,这种姿态亦是给自己看,以激励自己要坚强。正是这种姿态使看起来同样旷达但更平和自然的苏东坡贬谪词与之区别开来。

五 "如梦"与"归心"深处的旷达——苏东坡贬谪词

以"旷达"言东坡词风已成定论,然"旷达"一词的含义究竟为何?司空图的《二十四诗品》中第一次以"旷达"一词作为文学风格的

---

① 《答黄鲁直五首》之一,《苏轼文集》卷五十二,中华书局1986年版,第1532页。
② 以上"自我主体精神的突出"这一部分参见宋先红《"苏门四学士"的贬谪词研究》"词人自我形象的突出",硕士学位论文,华中科技大学,2005年,第25页。

一种类型，他将之描述为："生者百岁，相去几何。欢乐苦短，忧愁实多。何如尊酒，日往烟萝。花覆茅檐，疏雨相过。倒酒既尽，杖藜行歌。孰不有古，南山峨峨。"① 一方面，"旷达"乃是建立在对生命短促和欢少愁多之认识的基础上，更确切地说，是建立在对人生种种苦难的体味之上，因此，东坡词中那些作于贬谪之后的作品更能体现出其词风"旷达"的特点。另一方面，"旷达"虽有天性的成分，如吴梅《词学通论》中说："公天性豁达，襟抱开朗，虽境遇迍遭，而处之坦然。"② 然而却并未"即去国离乡，初无羁客迁人之感"③，相反，"羁客迁人之感"在东坡贬谪词中处处可见，正如苏轼自己所说："处患难不戚戚，只是愚人无心肝尔，与鹿豕木石何异！"④ 只不过，他最终能够超越这种常人的愁苦之情，进入另一种随缘自适的境界。因此，东坡的贬谪词并非每一首都体现着其旷达的情怀，他亦有着在人生的磨炼中逐渐发展的过程。

东坡贬谪词数量众多，精品亦比比皆是，限于篇幅无法详论，下面将仅从其贬谪词中对"人生如梦"的体悟和其从"归乡情结"向"处处为乡"的转变这两个方面切入，探讨东坡贬谪词的特点。

（一）"人生如梦"：寓豁达于颓靡当中

宋人周必大在《二老堂诗话》中说"苏文忠公诗文，少重复者，惟人生如寄耳，十数处用，虽和陶诗亦及之。"⑤ 实际上不仅是诗文，东坡词尤其是贬谪词中亦出现了很多"人生如梦""人生如寄""人生如逆

---

① 司空图著，杜黎均译评：《二十四诗品译注评析》，北京出版社1988年版，第177页。
② 吴梅：《词学通论》，复旦大学出版社2005年版，第55页。
③ 同上。
④ 《与赵晦之四首》之三，《苏轼文集》卷五十七，中华书局1986年版，第1711页。
⑤ 周必大：《二老堂诗话》，何文焕《历代诗话》，中华书局2004年版，第661页。

旅"这类的句子。"博及群书,无不用之事,波澜浩渺,千变万化,复语绝少"①的苏轼,对"人生如梦"如此不厌其烦的重复,正是其一生坎坷经历使然。黄苏《蓼园词选》载沈际飞云:"东坡升沉去住,一生莫定,故开口说梦。"②"梦"有什么特点?它来而无端,去而无理,变幻莫测,捉摸不定,不可拥有,亦不堪追求,因为醒来时一切成空,诸象皆无。"如梦"的人生观看似颓靡,因为它将人生中的一切,包括种种美好和值得追求和留恋的东西都化为虚无,但是,如果用在经受挫折的时候,却又会成为战胜苦难,自我镇定的一剂良药,因为它舍弃了对身外名利的追逐,以豁达的态度去看待人生,寻求生命中真正的自我。

东坡词中"人生如梦"的思想并不始于黄州之贬。熙宁年间苏轼因与王安石政见不合而自请外放任杭州通判之时,便已有"君臣一梦,今古空名"之语(《行香子》);元丰元年守徐州时登燕子楼作《永遇乐》,中有"古今一梦,何曾梦觉,但有旧欢新怨"这样的感慨;元丰二年赴湖州任,途经扬州平山堂作《西江月》,又叹及"休言万事转头空,未转头时是梦"。这些"如梦"之语固然也反映出离开朝廷出守外郡的苏轼心中的失意之情,语言也不可谓不警策,陈廷焯便评其"休言万事转头空,未转头时是梦"这一句"追进一层,唤醒痴愚不少"③,但细看来,这些"如梦"的感慨都因他人而发——或因隐士严光,或因名妓盼盼,或因恩师欧阳修,其中融入的个人身世之感并不多,更多的是文人凭古吊今时自然而然生发出的感慨,以及苏轼敏锐的感悟力和文学才华使然。待到遭遇黄州之贬后,经过从肉体到内心的磨砺,"人生如梦"才真正成为其发自肺腑

---

① 周必大:《平园续稿》,台湾商务印书馆1986年影印文渊阁四库全书本。
② 黄苏:《蓼园词评》,唐圭璋《词话丛编》,中华书局1986年版,第3046页。
③ 陈廷焯:《白雨斋词话》卷六,唐圭璋《词话丛编》,中华书局1986年版,第3912页。

的喟叹。这里我们先谈谈苏轼初到黄州时所作的《卜算子》：

> 缺月挂疏桐，漏断人初静。时见幽人独往来，缥缈孤鸿影。
> 惊起却回头，有恨无人省。拣尽寒枝不肯栖，寂寞沙洲冷。

这首词享誉甚高，薛瑞生《东坡词编年笺证》在词后"集评"中附有 20 条历代评语，其中以黄庭坚在《跋东坡乐府》中所说"……语意高妙，似非吃烟火食人语。非胸中有万卷书，笔下无一点尘俗气，孰能至此！"①最为著名，但该评语同样过于"高妙"，只言境界，未触及东坡真实情感。倒是俞文豹《吹剑录》中所说较为实在贴切："杜工部流离兵革中，更尝患苦，诗亦凄怆，《忆舍弟》《孤雁》诗，其思深，其情苦，读之使人忧思感伤。东坡《卜算子》亦然。"②"凄怆"正是这首词的特点，虽然俞文豹在之后的"妄为之释"与鲖阳居士《复雅歌词》中的逐句阐发以及张惠言《词选》中的解释都有牵强附会、深文罗织之嫌，但他们所说的"不得志、不安"（鲖阳居士语）、"进退无处、悄然孤立、犹恐谗匿、谁其知我"（俞文豹语），还是非常确切地表现了苏东坡当时孤寂无助、迷茫失措的凄怆之情。这份"凄怆"，不仅仅来自济世理想受挫的痛苦，更有着"乌台诗案"中大难不死的后怕。元丰二年八月到十二月这四个月里，苏轼一直在狱中，苏辙为其兄所写的墓志铭中记有"既付狱吏，必欲置之死，锻炼久之，不决"③，说明当时苏轼被陷害致死的可能性很大，而他在狱中亦必经受了肉体上的折磨，故当时有诗《予以事下御史台狱，狱吏稍见侵，自度不能堪，死狱中，不得一别子由，故作二诗授狱卒梁成，以遗子由》，诗中有"梦绕云

---

① 薛瑞生笺证：《东坡词编年笺证》，三秦出版社 1998 年版，第 244 页。
② 俞文豹著，张宗祥校订：《吹剑录全编》，古典文学出版社 1957 年版，第 32 页。
③ 《亡兄子瞻端明墓志铭》，《苏辙集·栾城后集》卷二十二，中华书局 1990 年版，第 1115 页。

山心似鹿，魂惊汤火命如鸡"之语，充满了对死亡的恐惧。若不是后来神宗"独怜之"，苏东坡性命几乎不保。认识到这一点，苏轼初到黄州时所作的这首《卜算子》词中的忧惧凄怆之情便不难理解。

不过，类似这首词的境界在此后的词中却很少出现。经历了如同"孤鸿"一般的寂寞和在寂寞中的思索后，苏东坡开始真正感叹自己的"人生如梦"了。元丰三年作于中秋时节的《西江月》，起首便是"世事一场大梦，人生几度秋凉"胡仔《苕溪渔隐丛话》后集卷三中曾怀疑这首词是在通判杭州时所作，而《词林纪事》卷五引楼敬思语则反驳道："公仕杭时……亦未知乌台诗案之患难也，何至有'一场大梦'等语？"① 确为得论，正是乌台诗案以及其所导致的黄州之贬才使得苏轼有了如此深刻的感喟。这首词仍然弥漫着凄怆之情，然把酒念远，已并非如《卜算子》那般幽冷得"不食人间烟火"。到元丰四年重九时所作的《南乡子》词，凄怆之情固未完全消退，但苏轼豁达的一面已然明显流露出来，起首"霜降水痕收，浅碧鳞鳞露远洲"，景色描写清远疏淡，词人心境也已平和自然。结尾"万事到头都是梦，休休。明日黄花蝶也愁"，则分明因人生如梦的思想而引发出珍惜今日欢乐之潇洒态度。而至元丰五年《念奴娇·赤壁怀古》，则以酣畅之笔墨、雄浑之气势将东坡的"如梦"词推向了高潮，遂成千古绝唱：

> 大江东去，浪淘尽、千古风流人物。故垒西边人道是，三国周郎赤壁。乱石穿空，惊涛拍岸，卷起千堆雪。江山如画，一时多少豪杰。
>
> 遥想公瑾当年，小乔初嫁了，雄姿英发。羽扇纶巾谈笑间，樯橹灰飞烟灭。故国神游，多情应笑我，早生华发。人间如梦，一尊

---

① 张宗橚：《词林纪事》卷五，成都古籍出版社1982年版，第130页。

还酹江月。

这首词已成为苏东坡的标签,在过去"豪放"与"婉约"两分法的词学语境之下,《念奴娇》绝对是"豪放词"的典型代表,提到东坡词,必言其豪放;提到豪放,必言其"大江东去",东坡、豪放、大江东去几成三位一体。这种观点固有其一刀切之弊病,但亦深可理解,在北宋词坛一片莺莺燕燕之中,突然冒出关西大汉"大江东去"这粗犷悲壮的一声吼,真的是令天下人耳目为之一新!但是,许多人太沉醉于这振奋人心的一声吼了,只顾鼓掌欢呼,忘记了细细看后面"浪淘尽、千古风流人物"这扫荡古今归之虚空的词句。倒是清人黄苏在《蓼园词选》所作的评价颇为中肯:"题是怀古,意谓自己消磨壮心殆尽也。开口'大江东去'二句叹浪淘尽人物,是自己与周郎俱在内也。'故垒'句至次阕'灰飞烟灭'句,俱就赤壁写周郎之事。'故国'三句,是就周郎拍到自己,'人生如梦'二句,总结以应起二句。总而言之,题是赤壁,心实为己而发。周郎是宾,自己是主。借宾定主,寓主于宾。是主是宾,离奇变幻,细思方得其主意处。不可但诵其词,而不知其命意所在也。"① 自幼"奋励有当世志"的苏东坡,此时"消磨壮心殆尽",神游赤壁之时,虽依然对雄姿英发、羽扇纶巾,家有绝代娇妻,外有惊世功业的风流人物周瑜追慕不已,然而"滚滚长江东逝水,浪花淘尽英雄",无论是少年得志的周郎,还是"早生华发"的自己,亦都不免湮灭其中,既然"人生如梦",何必苛求自己?这首词是苏东坡对自己"当世之志"放开手去的告白,这种"放手"不可能是彻底的——后来得从黄州量移汝州时,词中还有"老去君恩未报"之语(《满庭芳》),但却能够给此刻贬谪黄州的东坡以心理上莫大的安慰,从而更能够以随缘自适

---

① 黄苏:《蓼园词评》,唐圭璋《词话丛编》,中华书局1986年版,第3077页。

的态度面对困境中的生活。

《念奴娇》之后词中的"如梦",凄怆情调已不复出现,取而代之的是一片豁达开朗之情,如作于元丰五年重九的《醉蓬莱》:

> 笑劳生一梦,羁旅三年,又还重九。华发萧萧,对荒园搔首。赖有多情,好饮无事,似古人贤守。岁岁登高,年年落帽,物华依旧。
>
> 此会应须烂醉,仍把紫菊茱萸,细看重嗅。摇落霜风,有手栽双柳。来岁今朝,为我西顾,酹羽觞江口。会与州人,饮公遗爱,一江醇酎。

起首一个"笑"字,生动地表现出苏轼对自己命运的自嘲及不以为意的态度。这首词是送黄州太守徐君猷离任所作,在黄州三年的时间,苏轼已经同他成为很好的朋友,经常在一起饮酒为乐,贬谪中的寂寞之情自然也消失了许多。再如作于元丰六年暮秋的《十拍子》:

> 白酒新开九酿,黄花已过重阳。身外傥来都似梦,醉里无何即是乡。东坡日月长。
>
> 玉粉旋烹茶乳,金齑新捣橙香。强染霜髭扶翠袖,莫道狂夫不解狂。狂夫老更狂。

饮酒赏花,烹茶捣橙,更有"翠袖"相扶,一派士大夫无事居家时的疏荡与雅致,几乎看不出贬谪中应有的悲伤之情,而这正是东坡不屑追求身外之"梦",唯以当下欢乐为怀的自乐精神使然。元祐年间,苏东坡被重新起用,但旧党内部的种种纷争又使他无法自安于朝,屡屡外任。这时候的东坡,因为有过贬谪黄州的心理基础,无复当初的迷茫无措,淡定自若地面对仕途上的起伏。元祐六年出知颍州时,作《渔家傲》词，中有"腰跨金鱼旌旆拥。将何用。只堪妆点浮生梦"之语，元祐八年哲宗即位前夕苏轼又出知定州，有《行香子》词："清夜无尘。月色如银。酒斟时、须满十分。浮名浮利，虚苦劳神。叹隙中驹，石中火，梦中身。虽抱文章，开口谁亲。且陶陶、乐尽天真。几时归去，作个闲人。对一张琴，一壶酒，一溪云。"陈廷焯《词则·别调集》卷一中评价这首词云："看得破，说得透。恬淡中别具热肠，是真名士。"①"看得破"，是苏东坡"人生如梦"思想的中心所在，他看破的是那些"蜗角虚名，蝇头微利"，将之视为不值得为之烦恼的身外之物。看破以后的苏东坡并不颓靡无为，他爱惜自己的生命，珍惜当下的美好，将"如梦"的人生过得更加有滋有味，表现在词中，正是"旷达"风格的一个方面。

（二）"归去来兮"：设吾乡于心安之处

苏东坡是一个有着很强的"思乡情结"的人，家乡的岷江水、峨眉山，无时无刻不让他魂牵梦萦。他很早就对倾向隐退的老庄思想深感兴趣，《宋史·苏轼传》中载其"既而读《庄子》，叹曰：'吾昔有见，口未能言，今见是书，得吾心矣。'"② 在苏轼心中，功成身退回乡闲居是他毕生的一大愿望。苏辙《栾城集》卷七《逍遥堂会宿二首》序云："及壮，将宦游四方，读韦苏州诗，至'安知风雨夜，复此对床眠'，恻然感之，乃相约早退，为闲居之乐。"③ 因此，东坡的词中经常出现对家乡的思念，对归去的渴望。早在嘉祐八年二十八岁任凤翔府签判之时，便有"老去才都尽，归来计未成，求田问舍笑豪英"之语（《南歌

---

① 陈廷焯：《词则·别调集》卷一，上海古籍出版社1984年版，第584页。
② 《宋史》卷三三八《苏轼传》，中华书局1977年版，第10801页。
③ 《苏辙集·栾城集》卷七，中华书局1990年版，第128页。

子》）；熙宁四年通判杭州路过苏州，写有《减字木兰花》"一舸姑苏，便逐鸱夷去得无"；熙宁六年，又有《蝶恋花》"问我何年，真个成归计"，《醉落魄》"此生飘荡何时歇，家在西南，常作东南别"，《卜算子》"吴蜀风流自古同，归去应须早"，《浣溪沙》"卖剑买牛真欲老，乞浆得酒更何求"，《南乡子》"搔首赋归欤，自觉功名懒更疏"；赴密州途中作《醉落魄》"苍颜华发，故山归计何时决"，《醉落魄》"故山犹负平生约，西望峨嵋，长羡归飞鹤"；密州任上作《减字木兰花》"不如归去，二顷良田无觅处。归去来兮，待有良田是几时"，《水调歌头·和子由》"一旦功成名遂，准拟东还海道，扶病入西州"，《临江仙》"此身如传舍，何处是吾乡"；徐州任上作《永遇乐》"天涯倦客，山中归路，望断故园心眼"；在黄州时，则将陶渊明的《归去来兮辞》改为《哨遍》一词，《满庭芳》二首则又反复咏叹"归去来兮，吾归何处，万里家在岷峨""归去来兮，清溪无底，上有千仞嵯峨"；元祐五年出知杭州时作《鹊桥仙》"乘槎归去，成都何在，万里江涛汉漾"；元祐七年在颍州任上，作《满江红》怀子由："宦游处，青山白浪，万重千叠。孤负当年林下意，对床夜语听萧瑟。恨此生、长向离别中，添华发"……可以说，东坡词中的"归心"比比皆是。

然而，东坡一生几起几落，身不由己地辗转于各处，最终也未能实现其归乡之梦。他曾在《题金山寺自画像》中说："心似已灰之木，身如不系之舟。问汝平生功业，黄州惠州儋州。"在漂泊异乡常为客的境遇之下，苏东坡却能够旷达乐观地战胜种种物质上和精神上的窘境，处处为乡，正如其《定风波》词中借柔奴之口所说的一样："此心安处是吾乡。"

在黄州期间，苏轼饱受贫穷、饥寒困扰。《送沈逵赴广南》诗中说"我谪黄冈四五年，孤舟出没烟波里。故人不复通问讯，疾病饥寒疑死矣。"在《答秦太虚》中他向秦观讲述了在黄州生活的真实情形:"初到黄,廪如既绝,人口不少,私甚忧之。但痛自节俭,日用不得过百五十,每月朔便取四千五百钱,断为三十块,挂屋梁上,平旦用画叉挑取一块,既藏去叉。仍以大竹筒别贮用不尽者,以待宾客。"① 因为物质上的贫乏,苏东坡不得不亲自躬耕,饱尝垦荒之艰辛。《东坡八首》自序中说:"余至黄州二年,日以困匮。故人马正卿哀余乏食,为余郡中请故地数十亩,使得躬耕于其中。地既久荒为茨棘瓦砾之场,而岁又大旱,垦辟之劳,筋力殆尽。"但就在这种困境之下,苏轼却又很快与黄州百姓打成一片,在与秦观的书信中不厌其烦地将黄州的风光、物产、人情娓娓道来:"所居对岸武昌,山水佳绝。有蜀人王生在邑中,往往为风涛所隔,不能即归,则王生能为杀鸡炊黍,至数日不厌。又有潘生者,作酒店樊口,棹小舟径至店下。村酒亦自醇酽,柑橘椑柿极多。大芋长尺徐,不减蜀中,外县米斗二十,有水路可致。羊肉如北方,猪牛獐鹿如土,鱼蟹不论钱。岐亭监酒胡定之,载书万卷随行,喜借人看。曹州曹官数人,皆家善庖馔,喜作会……"② 还作《猪肉颂》《东坡羹颂》等大谈食物的做法吃法,在寻常琐碎的叙述中,洋溢着词人对生活的热爱,仕途挫折给他心中带来的创伤就在这种"入乡随俗"中渐渐平复了。《答李寺丞二首》中他曾说:"仆虽遭忧患狼狈,然譬如当初不及第,即诸事易了。"③ 在《与赵晦之四首》中,苏轼更进一步把自己干脆当成了黄州人:"……某谪居既久,安土忘怀,一如本是黄州人,元不出仕而已。"④ 其对故乡的思念也在他随遇而安的精神中得到了缓和:"临皋亭下不数十步,便是大江,其半是峨嵋雪水,吾饮食沐浴皆取焉,

---

① 《答秦太虚》,《苏轼文集》卷五十二,中华书局1986年版,第1536页。
② 同上。
③ 《答李寺丞二首》之二,《苏轼文集》卷六十,中华书局1986年版,第1826页。
④ 《与赵晦之四首》之三,《苏轼文集》卷五十七,中华书局1986年版,第1711页。

何必归乡哉!"① 贬谪惠州时,客观的实际情况是"瘴疫横流,僵仆者不可胜计""旬浃之间,丧两女使""况味牢落"②。然而苏轼却又很快将自己当成了惠州人,《与程正辅书》中说:"某睹近事,已绝北归之望。然心中甚安之。未说妙理达观,但譬如是惠州秀才,累举不第,有何不可!"③《记游松风亭》文中苏轼还记叙了这样一件事:"余尝寓居惠州嘉祐寺,纵步松风亭下,足力疲乏,思欲就林止息。仰望亭宇尚在木末。意谓如何得到。良久忽曰:'此间有什么歇不得处。'由是心若挂钩之鱼,忽得解脱。若人悟此,虽两阵相接,鼓声如雷霆,进则死敌,退则死法,当恁么时,也不妨熟歇。"④ 有了这种思想,苏轼真的是"无处不可安歇"了。最后贬谪儋州,地处天涯海角,环境之恶劣,生活之艰苦,又远胜黄州、惠州。"此间食无肉,病无药,居无室,出无友,冬无炭,夏无寒泉,然亦未易悉,大率皆无耳。"⑤ 初贬至此时,苏轼亦有惶惑之情,但又很快释然,"吾始至南海,环视天水无际。凄然伤之。曰:何时得出此岛耶?已而思之:天地在积水中,九州在大瀛海中,中国在小海中,有生孰不在岛者?覆盆水于地,芥浮于水,蚁附于芥,茫然不知所济。少焉,水涸,蚁即径去,见其泪出涕曰:几不复与子相见!岂知俯仰之间,有方轨八达之路乎?念此可为一笑"⑥。三年的贬谪海岛生活过后,苏轼侥幸遇赦北归,居然已经对海南恋恋不舍,《别海南黎民表》中说:"我本海南民,寄生西蜀州。忽然跨海去,譬如事远游。"⑦ 仿佛贬谪海南是叶落归根,而遇赦北归,倒是忽然远游了。

---

① 《与范子丰八首》之八,《苏轼文集》卷五十,中华书局1986年版,第1453页。
② 《与林天和二十四首》之十五,《苏轼文集》卷五十五,中华书局1986年版,第1633页。
③ 《与程正辅七十一首》之十三,《苏轼文集》卷五十四,中华书局1986年版,第1593页。
④ 《记游松风亭》,《苏轼文集》卷七十一,中华书局1986年版,第2271页。
⑤ 《与程秀才三首》之二,《苏轼文集》卷五十五,中华书局1986年版,第1628页。
⑥ 《在儋耳书》,刘乃昌选注《苏轼选集》,齐鲁书社2005年版,第271页。
⑦ 《别海南黎民表》,《苏轼诗集》卷四十三,中华书局1982年版,第2362页。

东坡词中的"归乡""归隐"之心，固然表现出苏东坡不以名利萦怀的超逸之情，而他贬谪词中处处为乡、"无处不可安歇"的精神则更表现出东坡的旷达之气。苏轼在黄州开垦东坡之后，作《江神子》词：

> 梦中了了醉中醒。只渊明。是前生。走遍人间，依旧却躬耕。昨夜东坡春雨足，乌鹊喜，报新晴。
> 雪堂西畔暗泉鸣。北山倾。小溪横。南望亭丘，孤秀耸曾城。都是斜川当日境，吾老矣，寄余龄。

词中以耕隐的陶渊明为榜样，将东坡垦荒之地比作陶渊明笔下的斜川，虽然不是自己的家乡，亦非功成身退，但苏轼对终老此地却没有任何苦恼，相反，东坡的晴雨变换，雪堂周围的溪山胜景，都让他心中充满了欢欣。再如著名的《西江月》一词：

> 照野弥弥浅浪，横空暧暧微霄。障泥未解玉骢骄，我欲醉眠芳草。
> 可惜一溪风月，莫教踏碎琼瑶。解鞍欹枕绿杨桥，杜宇一声春晓。

据词前小序，苏轼醉酒之后乘着月色来到溪桥，枕着马鞍一觉睡到天亮，醒来看见"乱山攒拥，流水锵然，疑非人世也"，于是作了这首词。在负罪被贬的情况下，能够有如此良好的睡眠，足以看出其开阔旷达的心胸，而其对黄州山川风月的赏爱，处于人生低谷而毫不失却的雅兴，尤其让我们赞叹和敬佩。

苏轼在黄州曾为同样贬谪于此地的张梦得所建造的亭子命名为"快哉亭"，并作《水调歌头》赠之：

> 落日绣帘卷，亭下水连空。知君为我，新作窗户湿青红。长记平

山堂上，敧枕江南烟雨，渺渺没孤鸿。认得醉翁语，山色有无中。

一千顷，都镜净，倒碧峰。忽然浪起，掀舞一叶白头翁。堪笑兰台公子，未解庄生天籁，刚道有雌雄。一点浩然气，千里快哉风。

上片由快哉亭所见之景色引出欧阳修在扬州所造平山堂之事。苏轼对欧阳修向来十分敬重，不仅因为他是苏轼的引荐人与恩师，更因为欧阳修处穷不变，无论身在何处都有着遣玩的豪兴，给苏轼做出了榜样。苏轼在贬谪词中提到欧阳修处很多，如同样作于黄州的《醉翁操》，便是以欧阳修贬谪滁州时建醉翁亭与滁州百姓共乐之事为题材而作。这首词中提到的欧阳修所造平山堂，亦是他贬谪滁州后量移扬州时所为，认识到这一点，苏轼在黄州的"快哉亭"中所寄予的深意便可想而知。下片前半景色描写明净畅快，词人的心灵境界亦由此可见。后半运用了宋玉之典，苏辙在《黄州快哉亭记》中有详细阐发："昔楚襄王从宋玉、景差于兰台之宫，有风飒然至者，王披襟当之，曰：'快哉此风！寡人所与庶人共者耶？'宋玉曰：'此独大王之雄风耳，庶人安得共之！'玉之言，盖有讽焉。夫风无雄雌之异，而人有遇不遇之变。楚王之所以为乐，与庶人之所以为忧，此则人之变也，而风何与焉！士生于世，使其中不自得，将何往而非病？使其中坦然不以物伤性，将何适而非快？"① 这番话正可以作为苏轼此词的注脚，亦是"快哉"亭名字的由来。结尾一联，将词人心中的"浩然之气"表现得淋漓尽致，警策人心。

在黄州生活了四年后，苏轼终于迎来了朝廷的量移之命，即将前往汝州的苏轼却已经对黄州恋恋不舍，《满庭芳》便是一首"留别雪堂邻里二三子"之词：

---

① 《苏辙集·栾城集》卷二十四，中华书局1990年版，第409页。

归去来兮，吾归何处，万里家在岷峨。百年强半，来日苦无多。坐见黄州再闰，儿童尽、楚语吴歌。山中友，鸡豚社酒，相劝老东坡。

云何。当此去，人生底事，来往如梭。待闲看，秋风洛水清波。好在堂前细柳，应念我、莫翦柔柯。仍传语，江南父老，时与晒渔蓑。

虽仍然念念不忘远在万里的岷峨之乡，但在黄州住了这么久，家里的小孩子都已经习惯了当地的方言歌谣，自己更是在此交了无数诚挚纯朴的好朋友，怎能忍心与之相别？曾经在雪堂之下种植的柳树，想来自己走后乡亲们会因此念及东坡我，亦会不忍修剪它柔弱的枝条吧！临行时，苏轼还频频嘱咐乡亲要时不时为他翻晒一下自己打鱼用的蓑衣，在他心中，这仿佛已经成为他的家乡，说不定什么时候，自己还会"归来"呢！

苏东坡在惠州所作词并不多，值得注意的是两首"荔枝"词：

减字木兰花·西湖食荔枝

闽溪珍献，过海云帆来似箭。玉坐金盘，不贡奇葩四百年。
轻红酽白，雅称佳人纤手臂。骨细肌香，恰似当年十八娘。

南乡子·双荔枝

天与化工知。赐得衣裳总是绯。每向华堂深处见，怜伊。两个心肠一片儿。

自小便相随。绮席歌筵不暂离。苦恨人人平拆破，东西。怎的成双似旧时。

荔枝是岭南之特产，白居易《荔枝图序》中说其"若离本枝，一日而色变，二日而香变，三日而味变，四日五日外色香味尽去矣"①。因此杨贵妃为了吃到鲜荔枝不惜累死驿站马匹，所谓"长安回望绣城堆，山顶千门次第开。一骑红尘妃子笑，无人知是荔枝来"，可见荔枝在中原十分珍贵。苏轼被贬岭南后对这种热带水果大感兴趣，上述两首词虽然在内容和艺术上都平平，但却正表现出苏轼的满足与自乐。除了这两首荔枝词以外，苏轼在惠州所作的诗文中更是频频谈及荔枝，如《四月十一日初食荔枝》："……垂黄缀紫烟雨里，特与荔枝为先驱。海山仙人绛罗襦，红纱中单白玉肤。不须更待妃子笑，风骨自是倾城姝……"《新年五首》："荔子几时熟，花头今已繁。"《赠昙秀》："留师笋蕨不足道，怅望荔枝何时丹。"《和陶归园田居》其五："愿同荔枝社，长作鸡黍局。"此外还有我们最熟悉的一句诗："日啖荔枝三百颗，不辞长作岭南人。"（《食荔枝二首》其二）只因这荔枝的美味，苏轼便将贬谪于此的愁苦一并消去，不惜永远留在岭南，真是个天真可爱的老者！

这份安土忘怀之心同样表现在他在儋州所作的词中。如作于元符二年的《减字木兰花·乙卯儋耳春词》：

> 春牛春杖，无限春风来海上。便丐春工。染得桃红似肉红。
> 春幡春胜，一阵春风吹酒醒。不似天涯，卷起杨花似雪花。

全词用了七个"春"字，语句虽平淡，但却透露着对春天来临的无限欢欣。无论是海北天南，春天的到来都是一样地让人充满信心和希望！

再如《减字木兰花·以大琉璃杯劝王仲翁》：

> 海南奇宝，铸出团团如栲栳。曾到昆仑，乞得山头玉女盆。

---

① 《白居易全集》卷四十五，中华书局1979年版，第973页。

> 绛州王老。百岁痴玩推不倒。海口如门，一派黄流已电奔。

词人对作为"海南奇宝"的大琉璃杯之好奇心，以及两位老人相对酌饮时的痴顽之态，跃然于纸上。此时经历过无数沧桑的东坡老人，已然返璞归真，用一种孩童般的玩兴看待身边的一切，亦如孩童般容易满足。

以上我们从两个方面分析了苏东坡贬谪词的特点，当然，作为后世文人心目中的偶像，苏东坡的魅力是说不尽的，尤其是他在贬谪生涯中创作的文学作品，永远激励着我们珍惜生活，正视苦难。可以说，没有贬谪，就没有历史上这个光芒四射的苏东坡；没有贬谪，就没有今天文学史上嬉笑怒骂皆成文章的泰斗，更没有词史上"使人登高望远，举首高歌，逸怀浩气超然乎尘垢之外"① 的东坡词。

六 其他贬谪词人作品评点

（一）欧阳修贬谪词

王国维在《人间词话》中评价欧阳修词："于豪放之中，有沉着之致，所以尤高。"② 这一评语特为恰当。盖词体本是游戏酒宴之小道，尤其是欧阳公所处之北宋初年词体方兴之时，而"沉着之致"，非有坎坷磨砺于心内，不会倾吐于词篇之中。另外，欧阳修贬谪词虽然不多，但却脱颖于其全部词作之外，为历代选者所钟爱，亦代表了其最高成就，因此王国维对其之赞誉，亦理当着重于此。

---

① 胡寅：《酒边词序》，金启华等编《唐宋词集序跋汇编》，江苏教育出版社1990年版，第117页。

② 王国维：《人间词话》，上海古籍出版社1998年版，第7页。

所谓"豪放",表现为其词篇中有着"遣玩的豪兴"(叶嘉莹语),身处逆境,却依旧爱花爱酒爱山水,将他人眼中的穷僻之地变作一片乐土。如贬谪滁州时,于琅琊山建醉翁亭,于丰山建丰乐亭,《醉翁亭记》与《丰乐亭记》中都有详细的记载,此亦是奠定"意在乎山水之间也"的"醉翁"形象之关键。有《渔家傲》词记曰:

> 一派潺湲流碧涨。新亭四面山相向。翠竹岭头明月上。迷俯仰。月轮正在泉中漾。
> 更待高秋天气爽。菊花香里开新酿。酒美宾嘉真胜赏。红粉唱。山深分外歌声响。

秋高气爽之际新亭落成,嘉宾团作饮酒赏菊,更有红粉佳人清歌助兴,一派其乐融融。难怪富弼在《寄欧阳公》一诗中这样形容欧阳修:"滁州太守文章公,谪官来此称醉翁。醉翁醉道不醉酒,陶然岂有迁客容?公年四十号翁早,有德亦与耆年同。意古直出茫昧始,气豪一吐阊阖风。"庆历八年,欧阳修由滁州徙知扬州,建平山堂,叶梦得《避暑录话》卷一记载:"欧阳文忠公在扬州作平山堂,壮丽为淮南第一,上参见蜀冈,下临江南数百里,真、润、金陵三州,隐隐若可见。公每暑时,辄凌晨携客往游,遣人走邵伯,取荷花千余朵,插百许盆,与客相间。遇酒行,即遣妓取一花传客,以次摘其叶尽处以饮酒,往往侵夜,戴月而归。"[①] 后来欧阳修送友人刘贡父守维扬时,曾作《朝中措》词追忆当时情景:"平山栏槛倚晴空。山色有无中。手种堂前垂柳,别来几度春风。文章太守,挥毫万字,一饮千锺。行乐直须年少,尊前看取衰翁。"这首词传诵甚广,"挥毫万字、一饮千钟"的潇洒豪迈之"文章

---

① 叶梦得:《避暑录话》卷一,《宋元笔记小说大观》,上海古籍出版社2001年版,第2582页。

太守",与前面所说的"醉翁"一并成为欧阳修留给世人不灭的形象。皇祐元年,欧阳修又移知颍州,"西湖之胜概,擅东颍之佳名",自然成为他经常游赏之地,"并游或结于良朋,乘兴有时而独往",著名的《采桑子》十首便是歌咏西湖之作,除最后一首外,前九首完全描绘景色,从各个季节各个角度对西湖的美景进行赞咏——小舟轻辑,微波荡漾的西湖;雨过春深,百花争艳的西湖;画船载酒,管弦相竞的西湖;群芳过后,笙歌散尽的西湖;闲倚栏杆,烟水微茫的西湖;清明上巳,游人络绎的西湖;荷花开后,香飘满塘的西湖;天光水色,月白风清的西湖;残霞夕照,十顷波平的西湖,词人对颍州山水由衷的赏爱之情洋溢其中。虽然这组词亦可能是作于欧阳修致仕后隐居颍州期间,但其最终选择颍州作为自己的终老之地,正是贬谪于此地留下的美好印象使然。

所谓"沉着之致",是指其贬谪词中流露出的深沉感慨。如《临江仙》:

> 记得金銮同唱第,春风上国繁华。如今薄宦老天涯。十年歧路,空负曲江花。
>
> 闻说阆山通阆苑,楼高不见君家。孤城寒日等闲斜。离愁难尽,红树远连霞。

释文莹《湘山野录》卷上载:"欧阳公顷谪滁州,一同年将赴阆倅,因访之,即席为一曲歌以送,曰记得金銮同唱第……"这首词虽被评为"飘逸清远,皆(李)白之品流"①,但实际上情调沉郁,在感慨今昔和离愁别恨之中寄寓了自己贬谪中的愁情。不过,欧阳修贬谪词中情调如此沉重的亦仅此一首,更多的则是将感慨蕴藉于豪兴之内的作品。如

---

① 释文莹:《湘山野录》卷上,《宋元笔记小说大观》,上海古籍出版社2001年版,第1395页。

《圣无忧》:

> 世路风波险,十年一别须臾。人生聚散长如此,相见且欢娱。
> 好酒能消光景,春风不染髭须。为公一醉花前倒,红袖莫来扶。

《居士集》卷十二有皇祐元年《秀才欧世英惠然见访,于其还也,聊以赠之》一诗,中有"相逢十年旧,暂喜一尊同。昔日青衫令,今为白发翁"①诸句,与此词意思相近,或作于同时,欧阳修时知颍州。这首词中对阔别十载的重逢悲喜交集,一面感慨世间路途之险恶,人生聚散之无常,年华老去之不再,另一面又沉醉于今日难得之相见,故须于花前放浪形骸,一醉方休。如果说这首词中的感慨尚嫌显露,那么同样作于颍州的《浣溪沙》,则将那种隐然的沉着体现得更加圆融:"堤上游人逐画船。拍堤春水四垂天。绿杨楼外出秋千。白发戴花君莫笑,六幺催拍盏频传。人生何处似尊前。"清人黄苏在《蓼园词选》中的评价甚为中的:"按第一阕,写世上儿女多少欢娱。第二阕'白发'句,写老成意趣,自在众人喧嚣之外。末句写得无限凄怆沉郁,妙在含蓄不尽。"②

欧阳修在贬谪中的人生态度,直接影响了后来的苏东坡,也为苏东坡贬谪词中的旷达之气起到了引导作用。

(二) 苏舜钦、尹洙贬谪词

苏舜钦于庆历四年因"进奏院"案被除名,寓居于吴中,以四万钱购郡学旁弃地,即吴越时钱氏近戚中吴节度使孙承佑之旧馆,修葺为园,名之为"沧浪亭"。居吴中期间,作《水调歌头》一首:

---

① 《欧阳修全集·居士集》卷十二,中华书局2001年版,第192页。
② 黄苏:《蓼园词评》,唐圭璋《词话丛编》,中华书局1986年版,第3028页。

潇洒太湖岸，淡伫洞庭山。鱼龙隐处，烟雾深锁渺弥间。方念陶朱张翰，忽有扁舟急桨，撇浪载鲈还。落日暴风雨，归路绕汀湾。

丈夫志，当景盛，耻疏闲。壮年何事憔悴，华发改朱颜。拟借寒潭垂钓，又恐鸥鸟相猜，不肯傍青纶。刺棹穿芦荻，无语看波澜。

上片写太湖景色及归隐之情，情致潇洒，然下片却用极直白的语言感叹自己壮志消磨，老之将至，情调凄苦。"拟借"三句含义隐晦，魏泰《东轩笔录》卷十五载："苏子美谪居吴中，欲游丹阳，潘师旦深不欲其来，宣言于人，欲拒之。子美作《水调歌头》，有'拟借寒潭垂钓，又恐鸥鸟相猜，不肯傍青纶。'之句为是也。"[①] 苏舜钦既然有欲游丹阳依附潘师旦之念，则彼此必曾为故人。潘师旦"深不欲其来"，很可能是苏舜钦遭遇放废，既无权势可以利用，又易为自己惹上麻烦，人情冷暖由此可见一斑。结句"无语"，其内心的悲怆不平可想而知。由这首词的下片我们可以看出，上片中所谓潇洒的归隐之情，不过是苏舜钦故作洒脱之姿态而已。联系苏舜钦在《与欧阳公书》中的一段话我们会更清楚地把握这首词的情感："舜钦年将四十矣，齿摇发苍，才为大理评事。廪禄所入，不足充衣食。性复不能与凶邪之人相就，近来得脱去仕籍，非不幸也。自以所学教后生，作商贾于世，必未至饿死。故当缄口远遁，不复更云。但以遭此构陷，累及他人，故愤懑之气，不能自平，时复嵘岈于胸中，一夕三起，茫然天地间无所赴诉。天子仁圣，必不容

[①] 魏泰：《东轩笔录》卷十五，《宋元笔记小说大观》，上海古籍出版社2001年版，第2783页。

奸吏之如此，但举朝无一言以辨之，此可悲也。"① 从这里我们也可以看到北宋党派倾轧的残酷及其对文人身心造成的巨大摧残。

景祐三年遭遇贬谪的尹洙也作有一首《水调歌头》，是和苏舜钦之词：

> 万顷太湖上，朝暮浸寒光。吴王去后，台榭千古锁悲凉。谁信蓬山仙子，天与经纶才器，等闲厌名缰。敛翼下霄汉，雅意在沧浪。
>
> 晚秋里，烟寂静，雨微凉。危亭好景，佳树修竹绕回塘。不用移舟酌酒，自有青山绿水，掩映似潇湘。莫问平生意，别有好思量。

全词盛赞苏舜钦吴中生活之超逸潇洒及其厌倦名利的高洁情操。虽有应酬之意，但其中亦寄寓了尹洙自己的道德判断和人生理想，这种遭受贬谪而声气不馁，进不得意遂退而修身的精神，亦是中国古代文人共有的情怀。

（三）王安石贬谪词

王安石的罢相，是他在新政受挫，政敌攻击，甚至新党内部同志反目，神宗对他亦产生怀疑的情况下发生的。虽然有主动退避的意味，但更多的还是迫不得已，因此罢相后所作词篇我们亦将之归入贬谪词内。王安石一生作词很少，现存仅29首，在这些词中，闲适词和佛理词从内容上来看大多作于晚年罢相归金陵后。

王安石的闲适词，包括《渔家傲》二首，《浣溪沙》一首，《菩萨蛮》二首，《清平乐》二首，《千秋岁引》一首共八首。这些词的内容

---

① 苏舜钦著，傅平骧、胡问陶校注：《苏舜钦集编年校注》，巴蜀书社1991年版，第610—611页。

大多是对自然山水的描绘以及对闲适生活的体验，意象多是竹篱茅舍，小院回廊，这时的王安石如同一个隐者，展示了他对生命的体悟，气格悠闲舒缓。在王安石的诗歌中也有这样一类闲适之作，且享誉甚高，被称为"荆公体"。关于荆公体的形成沈松勤先生曾有这样一段话：

> "荆公体"的形成，则与王安石在熙宁新旧党争中的心理历程密切相关，或者说，王安石晚年诗风的变化，是以其实践理性为主要内涵的参政主体之淡化和以生命为本质的个体主体之张扬的结果。①

这种由参政主体到个体主体的转变，在王安石的《初到金陵二首》中有所描述："乞得胶胶扰扰身，五湖烟水替风尘。只将凫雁同为侣，不与龟鱼作主人。""胶胶扰扰身"，便是因变法和党争所带来的种种困扰，而放弃名利，选择"五湖烟水"，个体生命便回归了大自然，获得了淡定从容的心态。王安石的闲适词也正是作于这种心态之下。如《千秋岁引·秋景》：

> 别馆寒砧，孤城画角。一派秋声入寥廓。东归燕从海上去，南来雁向沙头落。楚台风，庾楼月，宛如昨。
>
> 无奈被些名利缚。无奈被他情耽搁。可惜风流总闲却。当初漫留华表语，而今误我秦楼约。梦阑时，酒醒后，思量着。

上片状景，李攀龙言："不着一愁语，而寂寂景色，隐隐在目，洵一幅秋光图，最堪把玩。"② 下片"无奈"三句，非常通俗直白地表明对自己为名利所缚的厌倦，"华表语""秦楼约"，俱为神仙之典故，透

---

① 沈松勤：《北宋文人与党争》，人民文学出版社 2004 年版，第 258 页。
② 参见高克勤《王荆公诗文评选》，复旦大学出版社 2006 年版，第 195 页。

露出词人的出尘之想,虽题为"秋景",却充满了反思之意。

再如《菩萨蛮》:

> 数家茅屋闲临水。单衫短帽垂杨里。今日是何朝。看予度石桥。
> 梢梢新月偃。午醉醒来晚。何物最关情。黄鹂三两声。

《能改斋漫录》卷十七载:"王荆公筑草堂于半山,引八功德水作小港,其上叠石作桥。"① 其后,王安石又将此"草堂"命名为"半山园",晚年更号为"半山老人"。这首词中所写的正是王安石于半山园的生活景象,往日的冠带蟒服换成了如今的"窄衫短帽",往日所居的堂堂官衙变成了如今的水边茅屋,面对生活的转变,王安石看起来安然自适,尽情享受着村野闲居的快乐。《浣溪沙》的意境与之相似,但却多了一点淡淡的悲意:

> 百亩中庭半是苔。门前白道水萦回。爱闲能有几人来。
> 小院回廊春寂寂,山桃溪杏两三栽。为谁零落为谁开。

"爱闲能有几人来""为谁零落为谁开",虽然"爱闲",然而寂寞之悲却从中透出。张舜民曾在王安石去世以后作《哀王荆公》四首:

> 门前无爵罢张罗,玄酒生刍亦不多。
> 恸哭一声唯有弟,故时宾客合如何。
>
> 乡间匍匐苟相哀,得路青云更肯来。
> 若使风光解流转,莫将桃李等闲栽。
>
> 去来夫子本无情,奇字新经志不成。

---

① 吴曾:《能改斋漫录》卷十七,上海古籍出版社1980年版,第491页。

> 今日江湖从学者，人人讳道是门生。
>
> 江水悠悠去不还，长悲事业典刑间。
> 浮云却是坚牢物，千古依栖在蒋山。

曾为宰相的王安石，一旦罢相为民便门前冷落车马稀，那些曾经受过荆公恩惠而青云直上的显宦再也不肯前来拜访，等王安石死后，就连致祭的酒食亦不丰盛，痛哭于地的只有他的弟弟。在如此的世态炎凉之下，王安石心中的寂寞之心可想而知。

王安石的佛理词有十一首，占他词中各种类型中的比例最大。这些词是《诉衷情》和俞秀老词五首，《望江南·皈依三宝赞》四首，《南乡子》一首，《雨霖铃》一首。王安石对于佛教思想的认识，也经历了一个变化。他早年极富政治热情，一切为了其新政理想，佛教在他心目中是辅助儒教的。王安石与神宗之间曾有这样一段对话：

> 安石曰："……臣观佛书，乃与经合，盖理如此，则虽相去远，其由合符节也。"上曰："佛，西域人，言语即异，道理何缘异？"安石曰："臣愚以为苟合于理，虽鬼神异趣，要无以异。"上曰："诚如此。"①

罢相之后，王安石开始在佛理中寻求精神解脱，以排遣其内心深处的寂寞与悲哀。他经常与朋友、僧人一起游览山水，诵经谈佛，同时还以自己对佛的体悟抚慰思家的女儿，《冷斋夜话》卷四载：

> 舒王女，吴安持之妻蓬莱县君，工诗多佳句。有诗寄舒王曰："西风不入小窗纱，秋气应怜我忆家。极目江山千里恨，依前和泪

---

① 李焘：《续资治通鉴长编》卷二三三，熙宁五年五月甲午条，中华书局1979年版。

看黄花。"舒王以《楞严经新释》付之，又和诗曰："青灯一点映窗纱，好读《楞严》莫忆家。能了诸缘如幻梦，其间唯有妙莲花。"①

元丰七年，王安石大病一场，病好以后，上《乞以所居园屋为僧寺并请赐额札子》请求将自己的住宅改建寺院。不仅如此，还将自己在江宁府上元县的三千四百余亩连同长媳萧氏的一千亩良田施舍佛寺，作为寺产。所有这些都说明王安石晚年幻灭心理和耽佛习禅之甚，佛在荆公心中，由"以佛济儒"的功用演变成了一种内心真切的体认和归宿。

王安石的佛理词中涉及佛语佛典较多，要细细寻求这些典故的出处实为不易，但概而言之，词中主要是借佛理反映了王安石对人生空幻的体悟和对名利的抛弃。如《雨霖铃》词中的"浮名浮利何济，看留恋处，轮回仓猝"。《望江南》中"愿我六根常寂静，心如宝月映琉璃"。从艺术角度上来看，王安石的这些词确实是"令人绝倒"，他只是借用了词体这一形式宣扬佛家教理，并无词体应有的意境和韵味，但是毕竟也为词体增添了新颖之处。

（四）张舜民贬谪词

张舜民词作很少，《全宋词》仅收四首，但值得注意的是这四首词全部都属贬谪之作，而且首首都可谓精品。

元丰年间，张舜民因作诗讽刺兵败的高遵裕而贬谪郴州。周辉《清波杂志》卷四曰："芸叟迁流远适，历时三，涉水六，过州十有五。自汴抵郴，所至流连。"②《江神子》一词便是其途经金陵时登赏心亭所作：

　　七朝文物旧江山。水如天。莫凭栏。千古斜阳，无处问长安。

---

① 惠洪：《冷斋夜话》卷四，《宋元笔记小说大观》，上海古籍出版社2001年版，第2191页。
② 周辉：《清波杂志》卷四，《宋元笔记小说大观》，上海古籍出版社2001年版，第5050页。

更隔秦淮闻旧曲,秋已半,夜将阑。

　　争教潘鬓不生斑。敛芳颜。抹么弦。须记琵琶,子细说因缘。待得鸾胶肠已断,重别日,是何年。

上片凭栏远望,在历史兴亡之中感怀帝都长安;下片借男女离情抒发自己远谪之恨,词风苍劲沉郁。《朝中措·清遏台饯别》同样是一首贬谪途中之作,"清遏台"未考何处,然参见词篇起首言"三湘迁客思悠哉",应该是在两湖一带,词中的迁谪之意甚浓。元丰六年秋冬,张舜民到湖南岳阳楼,写下了著名的《卖花声》二首:

　　木叶下君山。空水漫漫。十分斟酒敛芳颜。不是渭城西去客,休唱阳关。

　　醉袖抚危栏。天淡云闲。何人此路得生还。回首夕阳红尽处,应是长安。

　　楼上久踟躇。地远身孤。拟将憔悴吊三闾。自是长安日下影,流落江湖。

　　烂醉且消除。不醉何如。又看暝色满平芜。试问寒沙新到雁,应有来书。

范仲淹在《岳阳楼记》中曾说洞庭湖"南通巫峡,北极潇湘。迁客骚人,多会于此"。岳阳楼很久以来便是贬逐之人经常登临抒怀之处,张舜民也不例外,面对这"浩浩荡荡,横无际涯"的洞庭之水,他不禁感慨万千,"何人此路得生还",是对自己的身世之忧虑,"回首夕阳红尽处,应是长安",又是对帝都的无限眷恋,忠君之情跃然于纸上。湘楚之地是屈原的故乡,千载以前"行吟泽畔"的三闾大夫憔悴的身影与如今"地远身孤、流落江湖"的自己何等相似!

周辉《清波杂志》卷四中说:"放臣逐客,一旦弃置远外,其忧悲憔悴之叹,发于诗什,特为酸楚,极有不能自遣者。滕子京守巴陵,修岳阳楼,或赞其落成,答以'落甚成,只待凭栏大恸数场!'闵已伤志,故君子所不免,亦岂至是哉!张芸叟元丰间从高遵裕辟,环庆出师失律,且为转运使李察讦其诗语,谪监郴州酒。舟行,以二小词题岳阳楼'木叶下君山……'亦岂无去国流离之思,殊觉婉而不伤也。"① "婉而不伤",是与滕子京之语相比而言,指张舜民的词虽亦酸楚,但尚能"自遣",然从其总体风貌上来看,却是"声可裂石"般苍凉遒劲,杨海明先生在《张舜民和他的词作》一文中认为张舜民词风受到了苏轼的影响,而第一首《卖花声》中以美人的柔情来反衬志士的失意这种写法,后来被辛弃疾所继承,如《水龙吟·登建康赏心亭》中的"倩何人唤取,红巾翠袖,揾英雄泪"②。而从这里,也足可见张舜民贬谪词的价值所在。

(五) 周邦彦贬谪词

考之孙虹《清真集校注》中的《清真编年词一览表》,周邦彦元祐三年至绍圣三年贬谪离京出任庐州教授和溧水县令期间共写有词作10首。③ 周邦彦为北宋晚期词坛大家,其词长于勾勒铺叙,浑厚和雅,下笔用字缜密典丽,被王国维奉为"词中老杜"。其贬谪期间所作之词亦然,风格上没有太大的变化。尽管如此,我们亦可以从其中某些词作上看出其明显的贬谪之情。如在庐州教授任上所作之《宴清都》:

---

① 周辉:《清波杂志》卷四,《宋元笔记小说大观》,上海古籍出版社2001年版,第5050页。
② 杨海明:《唐宋词论稿·张舜民和他的词作》,浙江古籍出版社1988年版,第144页。
③ 孙虹校注:《清真集校注》,中华书局2002年版,第437页。

地僻无钟鼓。残灯灭,夜长人倦难度。寒吹断梗,风翻暗雪,洒窗填户。宾鸿谩说传书,算过尽、千俦万侣。始信得、庾信愁多,江淹恨极须赋。

凄凉病损文园,徽弦乍拂,音韵先苦。淮山夜月,金城暮草,梦魂飞去。秋霜半入清镜,叹带眼、都移旧处。更久长、不见文君,归时认否。

上片首句"地僻无钟鼓",让我们想到白居易贬谪江州时所作之《琵琶行》中"浔阳地僻无音乐,终岁不闻丝竹声""岂无山歌与村笛,呕哑嘲哳难为听"。习惯帝都歌酒繁华的词人忽然被贬至无钟鼓之声的偏僻之乡,心中的寂寞可想而知。之后写冬夜漫漫,音书不至,体弱身病,怀乡念旧,情调凄苦。黄苏《蓼园词选》中说"词旨自尔凄然欲绝"①。俞陛云先生在《宋词选释》中说其"通首情与景融为一片,合为凄异之音"②。

任溧水县令期间所作的几首词,如《隔浦莲近拍》中的"屏里吴山梦自到。惊觉。依然身在江表"。《红林禽近》中的"冷落词赋客,萧索水云乡"。另一首《红林禽近》中的"对前山横素,愁云变色,放杯同觅高处看"都寄寓了明显的迁谪之感。而《满庭芳》一词,则最为闻名:

风老莺雏,雨肥梅子,午阴嘉树清圆。地卑山近,衣润费炉烟。人静乌鸢自乐,小桥外、新绿溅溅。凭栏久,黄芦苦竹,拟泛九江船。

年年。如社燕,飘流瀚海,来寄修椽。且莫思身外,长近尊

---

① 黄苏:《蓼园词评》,唐圭璋《词话丛编》,中华书局 1986 年版,第 3084 页。
② 俞陛云:《唐五代两宋词选释》,上海古籍出版社 1985 年版,第 308 页。

前。憔悴江南倦客，不堪听、急管繁弦。歌筵畔，先安簟枕，容我醉时眠。

起首三句写夏天景致，迟暮之感隐然而出。"地卑"二句，用白居易《琵琶行》中"住近湓江地低湿"之意。"乌鸢"句，用杜甫"人静乌鸢乐"，言其"自乐"，正反衬词人心内之愁苦。"黄芦苦竹"，又本自白诗"黄芦苦竹绕宅生"。"九江船"，言此地无可留恋，欲乘船归去，然前加一"拟"字，又示绝无可能，可谓进退失据。下片自叹身世，如社燕般飘流不定，"且莫思"二句看似豁达，欲以及时行乐忘怀身外之忧，本自杜甫"莫思身外无穷事，且尽尊前有限杯"。然"憔悴"三句忽又急转直下，虽强作欢乐之颜，但歌筵上的"急管繁弦"又激起他无限愁情。结尾化用李白"我醉欲眠君且去"，言愁思无穷，唯有一醉方可解脱。这首词化用了唐代李白、杜甫、白居易三大诗人的诗句，意境沉雄，音调圆浑，顿挫蕴藉，在全部清真词中亦为上乘佳篇。

南宋时同样任过溧水县令的强焕，在其《片玉词序》中这样写道：

溧水为负山之邑，官赋浩穰，民讼纷沓，似不可以弦歌为政。而待制周公，元祐癸酉春中为邑长于斯，其政敬简，民到于今称之者，固有余爱。而其尤可称者，于拨繁治剧之中，不妨舒啸，一觞一咏，句中有眼，脍炙人口者，又有余声，声洋洋乎在耳侧，其政有不亡者存。余慕周公之才名有年于兹，不谓于八十余载之后，踵公旧踪，既喜而且愧，故自到任以来，访其政事，于所治后圃，得其遗政，有亭曰"姑射"，有堂曰"萧闲"，皆取神仙中事，揭而名之，可以想象其襟抱之不凡；而又睹其"新绿"之地，"隔浦"之莲，依然在目，抑又思公之词，其摹写物态，曲尽其妙。方思有以发扬其声之不可忘者,而未能及乎?夏日从容式燕嘉宾,歌者在上,果以公之词为首唱,复然后知邑人爱其词,乃所以不忘其政也。余欲广邑人爱之之意,故哀公之词,旁搜远绍,仅得百八十有二章,厘为上下卷,乃辍俸余,鸠工锓木,以寿其传……①

可以看出,周邦彦虽然在任溧水县令期间作词不多,但后来的强焕却因此为他的词整理刊印。周邦彦词集今日得以流传于世,不得不感谢他贬谪于此地的生活经历。

(六) 张耒贬谪词

张耒在苏门四学士当中,作词最少,全宋词中仅辑得六首。其中《满庭芳》《风流子》二首,似为贬谪时所作。《满庭芳》词如下:

> 裂楮裁筠,虚明潇洒,制成方丈屠苏。草团蒲坐,中置一山炉。拙似春林鸠宿,易于□、秋野鹑居。谁相对,时烦孟妇,石鼎煮寒蔬。
>
> 嗟吁。人生随分足,风云际会,漫付伸舒。且偷取闲时,向此踌躇。谩取黄金建厦,繁华梦、毕竟空虚。争如且、寒村厨火,汤饼一斋盂。

崇宁二年,张耒因"闻苏轼讣,为举哀行服"(《宋史》卷四四四《张耒传》)而被贬房州别驾,黄州安置,遂第三次来到黄州,就舍于黄冈县东定惠院南之柯山何氏第,有《自干明移居柯山何氏第令秬秸先茸所居》一诗:"吾居最易足,容膝便有余。平生一亩宫,游宦乖所图。

---

① 强焕:《片玉词序》,金启华等编《唐宋词集序跋汇编》,江苏教育出版社 1990 年版,第 68 页。

第二章　北宋党争背景下的贬谪词

谪官求便安,僦舍柯山隅。洒扫勤汝力,真成野人居。栖鸿媚夜渚,待旦志在涂。栖迟聊复尔,本不计忧娱。惟此东窗下,可以陈图书。三酌便陶然,何者为吾庐。"《满庭芳》词或题为"岁暮柯山作",从词意来看,与此诗亦有相合之处,应作于同时。词上片描写其谪居生活情景,"裂楮"三句,言其建屋之事,"方丈",一丈见方,"屠苏",本为草名,代指房屋,一示词人所建之屋狭小简陋,可谓斗室。"草团"二句,可见其静修养神之态。"拙似"二句,以鸟巢比屋宇,形容其简陋,但亦含有将自己比作林鸟之意,所谓"久在樊笼里,复得返自然"也。"谁相对"三句,有齐眉举案之贤妻相伴,虽无佳肴美味,亦安心自足。下片感慨人生际会,直以"嗟吁"之叹息声出之,由"人生"领至"空虚",无限惆怅与空幻之情,结尾返璞归真,"繁华落尽见真淳"。虽有感叹,但哀而不伤,随缘处分之心于全词必见,从中亦可以看出其受到苏轼词风影响的痕迹。

《风流子》词如下:

> 木叶亭皋下,重阳近,又是捣衣秋。奈愁入庾肠,老侵潘鬓,谩簪黄菊,花也应羞。楚天晚,白蘋烟尽处,红蓼水边头。芳草有情,夕阳无语,雁横南浦,人倚西楼。
>
> 玉容,知安否,香笺共锦字,两处悠悠。空恨碧云离合,青鸟沉浮。向风前懊恼,芳心一点,寸眉两叶,禁甚闲愁。情到不堪言处,分付东流。

黄苏《蓼园词选》中有"楚天晚"一句,称其必"监南狱时作也"①。张耒于绍圣四年贬监黄州酒税,后又贬监复州酒税,复州亦属荆

---

① 黄苏:《蓼园词评》,唐圭璋《词话丛编》,中华书局1986年版,第3089页。

楚之地,"监南狱"或指此时。然张耒一生在荆楚为官之时甚多,除绍圣四年外,崇宁二年黄州安置与元符末通判黄州,都是在楚地,《风流子》未必作于监酒税之时。这首词从表面上来看全写离情。上片"捣衣""南浦",都关合相送与离别,下篇更直接抒发对女子之思念,或为暂与妻子分别时所作。黄苏言"'玉容、知安否',忧主之心也",判定其为典型的香草美人之比附,似颇为牵强。不过词中于离愁别恨之外确有感慨身世之深意在,词调亦于凄怨之余别具沉郁之气。

(七) 李之仪贬谪词

崇宁三年,李之仪坐为范纯仁草遗表,被编管于太平州,即今天的安徽省当涂县。《太平寰宇记》卷一百五十江南西道"太平州"云:"黄山在县西北五里,上有宋凌歊台,周回五里一百步,高四十丈,石碑见存。"① 陆游在《入蜀记》卷二中详细描绘了凌歊台景致:"凌歊台正如凤凰、雨花之类,特因山颠名之。宋高祖所营,面势虚旷,高出氛埃之表,南望青山、龙山、九井诸峰,如在几席。"② 李之仪在太平州期间经常登凌歊台赏玩,他的许多贬谪词亦作于游赏之后,如《临江仙·登凌歊台感怀》:

偶向凌歊台上望,春光已过三分。江山重叠倍销魂。风花飞有态,烟絮醉无痕。

已是年来伤感甚,那堪旧恨仍存。清愁满眼共谁论。却应台下草,不解忆王孙。

词中上片以春光之老烘托人生之老去,下片直接抒发贬谪中的伤感

---

① 乐史:《太平寰宇记》卷一百五十,上海古籍出版社1987年影印四库全书本。
② 《陆放翁全集·渭南文集》卷四十四,中国书店1986年版,第297页。

与怅恨。结尾"却应台下草,不解忆王孙"本自《楚辞·招隐士》:"王孙游兮不归,春草生兮萋萋。"不遇之情溢于言表。同样作于凌歊台的还有著名的用太白韵之《忆秦娥》:

清溪咽,霜风洗出山头月。山头月,迎得云归,还送云别。

不知今是何时节,凌歊望断音尘绝。音尘绝,帆来帆去,天际双阙。

与李白原词的苍凉阔大相比,李之仪的这首词无疑多了一份清寂情味,无穷的牵念、失意的迷茫都融化在一片凄清的景色当中。李之仪与苏轼来往甚密,一些贬谪词也受到苏东坡的影响而具有旷达意味,如《鹧鸪天》:

收尽微风不见江。分明天水共澄光。由来好处偷闲地,堪叹人生有底忙。

心既远,味偏长。须知粗布胜无裳。从今认得归田乐,何必桃源是故乡。

上片前两句描绘出一片天水澄清的景象,也正是词人此时平静旷达之心胸的反映,后二句感慨忙忙碌碌的人生倒不如偷闲享乐。下片首句化用陶渊明"心远地自偏"之句,表达自己甘心远离名利之场,倾心体味人生真谛的态度,"粗布"与"无裳"之对比,恰如王梵志那首大白话诗:"他人跨大马,我独骑驴子。回顾担柴汉,心下较些子。"以此来调节受挫失衡的心理,颇有些阿Q精神,但这对处于贬谪中的词人来说却是一种积极的生活态度。结尾两句再次强调了归田之乐,并有将贬谪之地当作自己家乡的意味。这首词除前两句描摹景色之外,余下各句都是散文化的议论语言,这种风格在《减字木兰花·次韵陈莹中题韦深道独乐堂》《减字木兰花·次韵陈莹中题韦深道寄傲轩》中表现得更加明显：

> 触涂是碍。一任浮沈何必改。有个人人。自说居尘不染尘。
> 谩夸千手。千物执持都是有。气候融怡。还取青天白日时。
> 莫非魔境。强向中间谈独醒。一叶才飞。便觉年华太半归。
> 醉云可矣。认着依前还不是。虚过今春。有愧斜川得意人。

　　值得注意的是，在李之仪现存94首词作当中，如上述具有清俊苍茫之境和旷达自乐之意以及议论化语言的词篇并不能代表其主体风格，他的大多数词篇延续了传统的花间风习，以男女恋情、离愁别恨为主，加之自己独特的清淡俊秀，属于地道的婉约之作，清人冯煦云："姑溪词长调近柳，短调近秦……"①《四库全书总目·姑溪词题要》云："之仪以尺牍擅名，而其词尤工。小令尤清婉俏秀，殆不减秦观。"② 毛晋也说："姑溪词多次韵，小令更长于淡语，景语，情语。"③ 而在他的词论当中可以看出他的词学思想，他在《跋吴思道小词》中说："长短句于遣词中，最为难工，自有一种风格，稍不如格，便觉龃龉。"并推崇妙语见于卒章"语尽而意不尽，意尽而情不尽"④ 的婉约之作。由此我们可以看出，李之仪的贬谪对其词作产生了影响，使其在主体风格的清秀婉约之外，别具士大夫的身世之感慨。

---

① 冯煦：《蒿庵论词》，唐圭璋《词话丛编》，中华书局1986年版，第3588页。
② 永瑢等：《四库全书总目提要》卷一九八《姑溪词提要》，中华书局1965年版，第1810页。
③ 毛晋：《姑溪词跋》，金启华等编《唐宋词集序跋汇编》，江苏教育出版社1990年版，第34页。
④ 李之仪：《跋吴思道小词》，金启华等编《唐宋词集序跋汇编》，江苏教育出版社1990年版，第36页。

（八）陈瓘贬谪词

陈瓘词在北宋词坛上并不起眼，现存词仅 23 首，但却都比较特殊。他的词中多用白话俗语，以至戏谑之词、佛道中语无所不用，直接议论处更比比皆是。这种特殊风格自然也引起一些人的批评，如李慈铭《越缦堂读书记》："……陈了斋尤为庸恶，皆以重名参会南北之际，正声日替，群妖毕至。"① 陈匪石《声执》卷下亦评其"不雅"②。然而细品了斋词，虽然不甚符合词学传统以及人们的欣赏口味，但却是口从心出，真实地表达了他的人生感悟，尤其对士人贬谪的通脱态度。如《满庭芳》：

> 槁木形骸，浮云身世，一年两到京华。又还乘兴，闲看洛阳花。闻道鞓红最好，春归后、终委泥沙。忘言处，花开花谢，不似我生涯。
>
> 年华。留不住，饥飡困寝，触处为家。这一轮明月，本自无瑕。随分冬裘夏葛，都不会、赤水黄芽。谁知我，春风一拐，谈笑有丹砂。

《冷斋夜话》卷八载：

> 初，张丞相召自荆湖。跛子（刘山老）与客饮市桥，客闻车骑过其都，起观之，跛子挽其衣，使且饮，作诗曰："迁客湖湘召赴京，车归迎迓一何荣。争如与子市桥饮，且免人间宠辱惊。"陈莹中甚爱之，作长短句赠之，其略云："槁木形骸……"③

---

① 李慈铭著，由云龙辑：《越缦堂读书记》，中华书局1963年版，第913页。
② 陈匪石：《宋词举（外三种）》，江苏古籍出版社2002年版，第194页。
③ 惠洪：《冷斋夜话》卷八，《宋元笔记小说大观》，上海古籍出版社2001年版，第2208页。

这里所说的刘山老，是一个颇有异行的传奇人物，常挂一拐，每岁必至洛中看花，人传其有道数并寿有一百四十五，从其诗可以看出，他也是一位"宠辱皆忘"的狂士，而陈瓘对其"甚爱之"，可见是很欣赏刘山老的脱俗言行。这首《满庭芳》以刘山老的口吻描写了其"浮云"一般"触处为家"、自由自在的生活，显然其中寄予了陈瓘自己的人生理想，"这一轮明月，本自无瑕"高度赞扬了刘山老高洁的人格，同时也是对自己人生态度的肯定。同"张丞相"一样，陈瓘也经历过贬谪，甚至漂泊流离，由于被蔡京、蔡卞等人所忌恨，晚年不断流徙各地。《宋史》本传中说："瓘平生论京、卞，皆披摘其处心，发露其情慝，最所忌恨，故得祸最酷，不使一日少安。"① 虽然身在官场，不能像刘山老那样逍遥自在，"且免人间宠辱惊"，但却在贬谪流徙之中做到了宠辱不惊。观其词中，极少有愁苦之语，相反，他总有理性的化解办法。如《卜算子》：

　　身如一叶舟，万事潮头起。水涨船高一任伊，来往洪涛里。
　　潮落又潮生，今古长如此。后夜开尊独酌时，月满人千里。

这首词颇似一篇寓言，"身如一叶舟"，言个人之渺小无力，漂泊不定。"万事潮头起"，言世事艰难，险象环生。而"水涨船高一任伊，往来洪涛里"，却完全化解了前两句中的危机四伏之感，悠然自得，游刃有余。下片"潮落又潮生，古今长如此"，则将人生险恶置于古今长河的大背景之下，结尾一句又与苏东坡的《念奴娇》中结尾"人生如梦，一尊还酹江月"颇为相似，不过情调更加明朗乐观。

这种贬谪中的乐观之情更表现在一些谐谑词上，如《卜算子》

---

① 《宋史》卷三百四十五《陈瓘传》，中华书局1977年版，第10964页。

"咄咄汝何人"、《蝶恋花》"有个胡儿模样别"、《减字木兰花·赠广陵马推官》等。胡仔《苕溪渔隐丛话》后集卷三十九中载《复斋漫录》云:"邹志全徙昭,陈莹中贬廉,兼以长短句相谑乐。'有个胡儿模样别……'此莹中语,谓志全之长髭也。'有个头陀苦修行……'此志全语,谓莹中之多欲也。广陵马推官,往来二公间,亦尝以诗词赠之……"[①] 贬谪之中作谐谑之词,实为不易,令人想起论语中"一箪食,一瓢饮,在陋巷,人不堪其忧,回也不改其乐"。此时的陈瓘远远比当年的颜回苦得多,却依然不改其乐。

陈瓘的词,虽然总体来看艺术性并不高,但其中却有很多警策之语,如"莫负青春,即是升平寄傲人"(《减字木兰花》);"大江北去,未到沧溟终不住"(《减字木兰花》);"多少纷纷陌上人,不听春鹃语"(《卜算子》);"要识世间平坦路,当使人人,各有安心处"(《蝶恋花》);等等。这些人生感悟,千百年后仍然能够给我们以深刻的启示。

[①] 胡仔:《苕溪渔隐丛话后集》卷三十九,《笔记小说大观》三十五编,台北新兴书局 1983 年版,第 324 页。

第三章 南宋和战斗争背景下的贬谪词

北宋末年，君主昏庸，奸臣当政，金兵铁骑突袭而下，踏碎了汴京的繁华之梦。"二帝北狩"之名，在荒唐可笑的背后是何等令人心酸扼腕；"南渡中兴"之业，却又在南宋君王与权相的掌控之下显得那样曲折缥缈，最终无望。整个一部南宋史，几乎就是汉民族在异族的暴力威胁与攻击之下步步退却、被动挨打的屈辱史，读来令人愤恨、叹息。然而在这一团黑暗当中，却仍然闪耀着一些令人振奋的光芒，这光芒虽然最终未能照亮南宋的前途，扭转民族的命运，但却永远闪耀在历史的天空中，成为温暖人心、鼓舞民气、指引方向的星斗。他们就是那些甘心以生命为代价"留取丹心照汗青"的抗金英雄们。这些英雄，有岳飞、韩世忠那样亲临沙场、冲锋陷阵，"饥餐胡虏肉、渴饮匈奴血"的将领；也有李纲、李光、胡铨、赵鼎那样坚决与委懦偷生的庸主和奸臣抗争、万死投荒终不悔的儒臣；也有如辛弃疾、陆游那样胸中充满万千激愤、万丈豪情，一心要"补天裂"，却大半生沉沦下僚，直到临终依然"但悲不见九州同"的失志者。正如鲁迅先生所说："我们从古以来，就有埋头苦干的人，有拼命硬干的人，有为民请命的人，有舍身求法的人……虽是等于为帝王将相作家谱的所谓'正史',也往往掩不住他们的光耀,这就是中国的脊梁。"①

这些抗金的仁人志士,其内心中最初的志向,绝不是去做一个文学家,更不是做一个词人。时代没有成全他们的志向,在主和派的打压排斥之下,他们被迫远离朝堂和前线,或流逐于穷僻之所,或闲废于喑哑之乡,一腔忧愤遂抒发于词篇当中,这便是我们今天所看到的南宋贬谪词。和北宋相比,由于时代背景发生了重大变化,士大夫之间的主要矛盾由党争变成了主和与主战之争,南宋词人被贬之原因也从党争中的倾轧变成了主和派对主战派的排挤。与之相对应,南宋贬谪词相比于北宋贬谪词也发生了变化。不同于北宋贬谪词单纯对个人升降沉浮的关注而引发的生命主题,南宋贬谪词中增加了由对国家命运的关注而产生的爱国主题,这个主旋律很大程度上冲淡了在思考个人价值实现与否的问题上产生的苦恼与困惑。本章将在南宋和战斗争的背景下描述南宋贬谪词人的状况并进而探讨南宋贬谪词的风貌。

第一节 南宋和战斗争背景下的词人贬谪情况

在历史上,南宋从建立到灭亡,都处于异族的威胁和攻击之下,先为金,后为蒙古。但从词人贬谪情况来看,则集中在南宋抗金时期,尤其是在高宗和孝宗两朝。下面就将以时间顺序分两部分介绍南宋贬谪词人的情况。

---

① 《鲁迅文集》第四卷《且介亭杂文集·中国人失掉自信力了吗》,吉林文史出版社2006年版,第81页。

一 以"南宋四名臣"为中心的高宗朝词人贬谪

高宗朝从建炎元年(1127)到绍兴三十二年(1162),在这将近四十年的时间里,高宗先用汪彦伯、黄潜善,后用秦桧为相,奉行逃跑主义和投降主义方针,签订绍兴和议,贬逐忠义正臣,"始惑于汪黄,终制于秦桧,恬堕猥懦,坐失事机……卒不免于来世之诮。"①"一时忠臣良将,诛锄殆尽,其顽钝无耻者,率为桧用事,以诬陷善类为功。凡无罪可状者,则立党沽名,曰讪谤,曰指斥,曰怨望,甚者有无君心。"②"南宋四名臣"李纲、赵鼎、胡铨、李光便是受诬遭陷的代表,他们都曾任职宰辅,为抗击金兵收复中原出谋划策,又因此都被贬谪到荒远的海南岛上,其中赵鼎甚至在贬谪之地被迫自杀。这一时期其他贬谪词人都与四名臣有着或多或少的关系,很多人因支持四名臣的抗金主张得罪秦桧而遭贬。因此我们将以这四名臣为中心介绍高宗朝词人的贬谪情况。

(一)忠直屡贬的李纲

四名臣中,唯李纲之贬是在绍兴和议前,与秦桧关系不大。他一生数次遭贬,前两次都在北宋。第一次在宣和元年,"京师大水,纲上疏言阴气太盛,当以盗贼外患为忧。朝廷恶其言,谪监南剑州沙县税务"③。第二次在靖康元年,金兵兵临城下,李纲力主保卫汴京、武力抗金,然而当时的钦宗与执政大臣却一心欲与金国讲和,遂"以纲专主战议,丧师费财,落职提举亳州明道宫,责授保静军节度副使,建昌军安

---

① 《宋史》卷三十二《高宗本纪》,中华书局1977年版,第612页。
② 陈邦瞻:《宋史纪事本末》卷七十二《秦桧主和》,中华书局1977年版,第763页。
③ 《宋史》卷三五九《李纲传》,中华书局1977年版,第11241页。

置；再谪宁江"①。高宗即位之后，方以李纲为相，李纲"以英哲全德勉人主，以修政攘夷为己任，抗忠数疏，中时膏肓，和守之议决而国事明，僭逆之罪正而士气作，幸都之谋定而人心安，他如修军政，变士风，定经制，改弊法，招兵买马，分布要害，遣张所招抚河北，王燮经制河东，宗泽留守京城，西顾关陕，南葺襄邓，且将益参见形便，以为必守中原之计"②。朱熹曾经称赞李纲道："李纲入来，方成朝廷。"③ 但李纲从一开始入相便引起了对高宗有拥立之功的汪伯彦、黄潜善二人嫉恨，数番在高宗前挑拨生事，高宗渐渐由开始时"朕知卿忠义智略久矣，欲使敌国畏服，四方安定，非相卿不可"的信任态度，转为"惑于黄潜善、汪伯彦之言，纲所论谏，常留中不报"④。特别是在南宋定都的问题上，高宗实欲偏安东南，并无收复中原迎还父兄之志，而李纲在为相之初上书十事，其二便是议巡幸，谓"车驾不可不一至京师，见宗庙，以慰都人之心，度未可居，则为巡幸之计。以天下形势而观，长安为上，襄阳次之，建康又次之"。之后又数请高宗亟还京师，"夫国之安危，在乎兵之强弱与将相之贤不肖，而不在乎都之迁与不迁也。诚使兵弱而将士不肖，虽渡江而南，安能自保！"这些忠正之言都没有被高宗采纳，在汪、黄二人"日谋南幸"的煽动之下，高宗几番反复，终于出手诏巡幸东南，而汪、黄则借打击李纲所安排的河东经略副使傅亮而排挤李纲，御史张浚同时劾李纲杀拥戴伪帝张邦昌的宋齐愈是出于私愤，并论李纲招兵买马之罪，高宗遂罢李纲相，为观文殿大学士，提举杭州洞霄宫。张俊后又论劾不止，李纲由是落职，随即又被诬以"与贼交通"之罪，朝廷不究其实，责其鄂州居住，次年十月又改为澧州，十一

---

① 《宋史》卷三五九《李纲传》，中华书局1977年版，第11250页。
② 陈邦瞻：《宋史纪事本末》卷六十《李纲辅政》，中华书局1977年版，第623页。
③ 同上。
④ 同上。

月责授儋州团练副使,万安军居住。建炎三年冬,李纲方抵达琼州,不久遇赦任便居住,遂从绍兴元年起以提举杭州洞霄宫之职居于长乐,此后除两次短暂出仕以外,直到绍兴十年病逝,凡奉祠闲居八年左右。李纲此番为相,仅七十五天即罢。罢相之后,高宗彻底抛弃李纲关于巡幸之地的劝谏,马上逃至扬州,而"两河郡县相继沦陷,凡纲所规划军民之政,一切废罢。金人攻京东西,残毁关辅,而中原盗贼蜂起矣。"从此中原全部落入敌军之手,宋金的南北对峙成为定局。①

(二) 绝食抗争的赵鼎

赵鼎与李纲一样,是一位金人深为忌惮的朝臣,史载:"每宋使至燕山,必问李纲、赵鼎安否,其为远人所畏服如此。"② 北宋末年金兵入侵,在请割三镇之地的朝议当中,时任开封府士曹的赵鼎表现出坚决的反对态度:"祖宗之地,不可以与人,何庸议!"京师失守之后,金人议立张邦昌,赵鼎与胡寅、张浚逃入太学之中,不书议状,免去拥立伪君之辱,表现出其忠君的气节。绍兴年间,赵鼎推荐岳飞为主帅收复襄阳,取得了南宋对金战争中的一次巨大的胜利。绍兴四年金兵卷土重来进攻两淮,南宋举朝震恐,大臣们纷纷劝宋高宗向金乞和,并准备再次逃跑避难,将赴四川督军的赵鼎受命于危难之际成为宰相,力排众议上奏言战,"累年避退,敌兵益骄",并力劝高宗亲征迎敌,任用抗金名将韩世忠,提拔被贬逐的抗战首领张浚入朝为枢密使,到江上督军,打退了金兵与伪齐的进攻,稳定了南宋的局势。直到绍兴七年,赵鼎和张浚共同辅政,将两淮、荆襄、川陕的阵地巩固下来,形成了南宋人所乐于

---

① 以上李纲贬谪之事参见《宋史》卷三五八、卷三五九《李纲传》,中华书局1977年版;陈邦瞻《宋史纪事本末》卷七十二《李纲辅政》,中华书局1977年版,第616—625页。
② 《宋史》卷三五九《李纲传》,中华书局1977年版,第11273页。

称道的"内有鼎,外有浚"的局面。① 然而,奸臣秦桧却利用赵鼎和张浚在国事看法上的一些矛盾挑拨二人的关系,并用低顺的态度骗取了赵鼎的好感,《宋史》卷四七三《秦桧传》中记载:

> 始浚、鼎……常共论人才,浚剧谈桧善,鼎曰:"此人得志,吾人无所措矣。"浚不以为然,故引桧,共政方知其暗,不复再荐也。桧因此憾浚,反谓鼎曰:"上欲召公,而张相迟留。"盖怒鼎使挤浚也。桧在枢府唯听鼎,鼎素恶桧,由是反深信之,卒为所倾。②

由于赵鼎曾经反对和议,为人"机阱深险,外和而中异"的秦桧借赵鼎与宋高宗在两件小事上的意见不合,乘机排挤赵鼎,迫使赵鼎离开了宰相之位,绍兴八年,以忠武节度使出知绍兴府。临行之前,秦桧居然假惺惺地去给赵鼎践行,而赵鼎"不为礼,一揖而去"(《宋史》卷三六〇《赵鼎传》)的态度深深激怒了秦桧,又由此导致了之后赵鼎一贬再贬的命运。赵鼎到绍兴之后,本丐祠求去,而秦桧则将其徙知泉州,又讽谢祖信论赵鼎尝受张邦昌伪命,而秦桧提拔上来的御史中丞王次翁则论鼎治郡废弛,并贪污都督府钱十七万缗,遂又谪居兴化军。秦桧意犹未尽,将赵鼎移漳州,又谪清远军节度副使,潮州安置。赵鼎在潮州共五年,出于对全身避祸的考虑,他"杜门谢客,时事不挂口,有问者,但引咎而已"(《宋史》本传)。即便如此,秦桧仍然不肯放过他,讽中丞詹大方再次诬其受贿,将赵鼎最后移至吉阳军,即今天的海南三亚。赵鼎来到海南岛后在上朝廷的谢表中说:"白首何归,怅余生之无几,丹心未泯,誓九死以不移。"③ 言语慷慨悲凉,秦桧见后不禁感

---

① 以上参见《宋史》卷三六〇《赵鼎传》,中华书局1977年版。
② 《宋史》卷四七三《秦桧传》,中华书局1977年版,第13751页。
③ 《宋史》卷三六〇《赵鼎传》,中华书局1977年版,第11294页。

叹道："此老倔强犹昔。"赵鼎在吉阳军三年，潜居深处，门人故吏皆不敢通问，惟广西帅张宗元时馈醪米。秦桧知道后，令吉阳军每月上报赵鼎的存亡消息。至此，赵鼎知秦桧必致自己于死地，遂遣人语其子汾曰："桧必欲杀我。我死，汝曹无患；不尔，祸及一家矣。"遂于绍兴十七年绝食而死。《宋史》卷三六〇《赵鼎传》评论道："惜乎一见忌于秦桧，斥逐远徙，卒赍其志而亡，君子所尤痛心也。"而其临终时自书之"身骑箕尾归天上，气作山河壮本朝"两句，正是其一生爱君忧国，虽处死生祸变之际而不渝的写照。①

（三）至老始归的李光

和赵鼎相似，李光也曾经被秦桧所蒙蔽过。李光在北宋末年反对蔡京、童贯、梁师成等"六贼"的斗争中坚强不屈，有很高的威信。南宋初年，他积极协助李纲，力主抗金，颇受当时士大夫的推崇。而秦桧正是看准了李光的这一声望，绍兴八年，引荐李光为参知政事，想借助李光的声望以压制主战派对和议的抵制。李光本意是想暂时与金兵和解而积蓄力量，赢得备战之机，然而等到秦桧撤去淮南守备，夺取三大将的兵权时，他才恍然大悟，意识到秦桧的阴险用心，因上书极言戎狄狼子野心，和不可恃，备不可撤，令秦桧由此深深嫌恶。没多久，秦桧又欲引其亲党郑亿年为资政殿学士，李光于高宗榻前面折之，又与桧语难上前，因曰："观桧之意，是欲壅蔽陛下耳目，盗弄国权，怀奸误国，不可不察。"秦桧大怒，李光遂出知绍兴府。改提举临安府洞霄宫。此后，秦桧对李光的打击不遗余力，绍兴十一年冬，中丞万俟卨论光阴怀

---

① 以上赵鼎贬谪事迹参见《宋史》卷三六〇《赵鼎传》，卷四七三《秦桧传》，中华书局1977年版；陈邦瞻《宋史纪事本末》卷七十二《秦桧主和》，中华书局1977年版，第616—625页。

怨望,责授建宁军节度副使,藤州安置;四年以后,又移琼州。居琼州八年,又以与胡铨诗赋唱和"讥讪朝政"之罪,移昌化军即今儋州中和镇。直到绍兴二十六年秦桧死后,方遇赦北归,而此时李光已经是八十岁高龄的老者。①

(四) 铁骨铮铮的胡铨

四名臣中的胡铨,直接因为他所上的一封言辞激烈的奏疏遭受贬谪。绍兴八年秦桧再次为相,决意主和,遣王伦为使,至金使以"诏谕江南"为名来朝,胡铨愤慨不已,遂上奏疏痛斥秦桧、王伦、孙近诸臣之奸邪,坚决反对与金和议:

> 臣谨案,王伦本一狎邪小人,市井无赖,顷缘宰相无识,遂举以使虏。专务诈诞,欺罔天听,骤得美官,天下之人切齿唾骂。今者无故诱致虏使,以"诏谕江南"为名,是欲臣妾我也,是欲刘豫我也。刘豫臣事丑虏,南面称王,自以为子孙帝王万世不拔之业,一旦豺狼改虑,捽而缚之,父子为虏。商鉴不远,而伦又欲陛下效之。夫天下者祖宗之天下也,陛下所居之位,祖宗之位也。奈何以祖宗之天下为金虏之天下,以祖宗之位为金虏藩臣之位!陛下一屈膝,则祖宗庙社之灵尽污夷狄,祖宗数百年之赤子尽为左衽,朝廷宰执尽为陪臣,天下士大夫皆当裂冠毁冕,变为胡服。异时豺狼无厌之求,安知不加我以无礼如刘豫也哉?
>
> 夫三尺童子至无识也,指犬豕而使之拜,则怫然怒。今丑虏则犬豕也,堂堂大国,相率而拜犬豕,曾童孺之所羞,而陛下忍为之

---

① 以上李光贬谪事迹参见《宋史》卷三六三《李光传》;陈邦瞻《宋史纪事本末》卷七十二《秦桧主和》,中华书局1977年版,第616—625页。

耶？伦之议乃曰："我一屈膝则梓官可还，太后可复，渊圣可归，中原可得。"呜呼！自变故以来，主和议者谁不以此说啖陛下哉！然而卒无一验，则虏之情伪已可知矣。而陛下尚不觉悟，竭民膏血而不恤，忘国大仇而不报，含垢忍耻，举天下而臣之甘心焉。就令虏决可和，尽如伦议，天下后世谓陛下何如主？况丑虏变诈百出，而伦又以奸邪济之，梓官决不可还，太后决不可复，渊圣决不可归，中原决不可得，而此膝一屈不可复伸，国势陵夷不可复振，可为痛哭流涕长太息矣！

向者陛下间关海道，危如累卵，当时尚不忍北面臣虏，况今国势稍张，诸将尽锐，士卒思奋。只如顷者丑虏陆梁，伪豫入寇，固尝败之于襄阳，败之于淮上，败之于涡口，败之于淮阴，校之往时蹈海之危，固已万万，倘不得已而至于用兵，则我岂遽出虏人下哉？今无故而反臣之，欲屈万乘之尊，下穹庐之拜，三军之士不战而气已索。此鲁仲连所以义不帝秦，非惜夫帝秦之虚名，惜天下大势有所不可也。今内而百官，外而军民，万口一谈，皆欲食伦之肉。谤议汹汹，陛下不闻，正恐一旦变作，祸且不测。臣窃谓不斩王伦，国之存亡未可知也。

虽然，伦不足道也，秦桧以腹心大臣而亦为之。陛下有尧、舜之资，桧不能致君如唐、虞，而欲导陛下为石晋，近者礼部侍郎曾开等引古谊以折之，桧乃厉声责曰："侍郎知故事，我独不知！"则桧之遂非愎谏，已自可见，而乃建白令台谏、侍臣佥议可否，是盖畏天下议己，而令台谏、侍臣共分谤耳。有识之士皆以为朝廷无人，吁，可惜哉！

孔子曰："微管仲，吾其被发左衽矣。"夫管仲，霸者之佐耳，尚能变左衽之区，而为衣裳之会。秦桧，大国之相也，反驱衣冠之俗，而为左衽之乡。则桧也不唯陛下之罪人，实管仲之罪人矣。孙近傅会桧议，遂得参知政事，天下望治有如饥渴，而近伴食中书，漫不敢可否事。桧曰虏可和，近亦曰可和；桧曰天子当拜，近亦曰当拜。臣尝至政事堂，三发问而近不答，但曰："已令台谏、侍从议矣。"呜呼！参赞大政，徒取充位如此。有如虏骑长驱，尚能折冲御侮耶？臣窃谓秦桧、孙近亦可斩也。

臣备员枢属，义不与桧等共戴天，区区之心，愿断三人头，竿之槁街，然后羁留虏使，责以无礼，徐兴问罪之师，则三军之士不战而气自倍。不然，臣有赴东海而死尔，宁能处小朝廷求活邪！

这封奏疏言辞慷慨激昂，字字掷地有声，在当时广为流传，宜兴进士吴师古还将其刻木印刷，金人得知以后不惜千金购买此奏疏，足见其影响力之大。秦桧则恼羞成怒，恨不得将胡斩之而后快，遂以"狂妄凶悖，鼓众劫持"为名将胡铨除名，编管昭州。由于当时朝臣多有救之，秦桧迫于舆论的压力，又改胡铨为监广州盐仓。绍兴九年，改签书威武军判官，绍兴十二年，谏官罗汝楫迎合秦桧之意又以"饰非横议"之名劾奏胡铨，遂又除名，编管新州。六年之后，胡铨再次因"与客酬唱、谤讪怨望"之名为新州守臣张棣所攻击，移谪至赵鼎曾经的贬谪之所吉阳军，直到绍兴二十六年秦桧死后，方量移衡州。绍兴三十一年，脱罪籍得自便。①

四名臣的贬谪，看似因汪伯彦、黄潜善、秦桧等奸臣们所排挤和陷害，实质上是在高宗偏安妥协思想之下主战与主和之争的必然结果。《宋史》卷三五九《李纲传》结尾曾这样发问："然纲居相位仅七十日，

---

① 以上胡铨贬谪事迹参见《宋史》卷三七四《胡铨传》，中华书局1977年版；陈邦瞻《宋史纪事本末》卷七十二《秦桧主和》，中华书局1977年版，第616—625页。

其谋数不见用,独于黄潜善、汪伯彦、秦桧之言,信而任之,恒若不及,何高宗之见,与人殊哉?"① 黄、汪、秦等奸臣之流固然可恨,而内心深处一直希望守着半壁江山苟且偷安的高宗更难辞其咎。一向为君子讳的正史在这个问题上亦表达了史家内心的感慨,《宋史》卷三十二《高宗本纪》中评论道:"然当其初立,因四方勤王之师,内相李纲,外任宗泽,天下之事宜无不可为者。顾乃播迁穷僻,重以苗、刘群盗之乱,权宜立国,确虖艰哉。其始惑于汪、黄,其终制于奸桧,恬堕猥懦,坐失事机。甚而赵鼎、张浚相继窜斥,岳飞父子竟死于大功垂成之秋。一时有志之士,为之扼腕切齿。帝方偷安忍耻,匿怨忘亲,卒不免于来世之诮,悲夫!"② 而作为在绍兴年间横遭贬谪十二年之久的李光的后人,清代人李慈铭,在四印斋本《南宋四名臣词序》中更是一针见血地指出了宋高宗对包括四名臣在内的主战忠臣的流贬对南宋汉民族的耻辱与最终的覆灭负有不可推卸的责任:

> 呜呼,天生四公于北宋之季,赵忠简、先庄简皆骎骎通显。忠定至执政,胡忠简稍后出,建炎之初,亦已登第矣。是所以大有造于宋,以爱其祖宗者,佑及子孙。使高宗能用之,举创极既亡之天下,一惟四公之所为,则今人且自守不遑,岂止还两宫复故土哉?而高宗区区于残破之半壁,唯恐失之。亡亲事仇,仅一亡秦老奸能中其欲。遂甘心于四公斥逐窜殛之不暇。虽以忠定之功业久著,再相数日,一斥不复。其所昵者,亡秦以外,为汪黄耳。是尚得谓有人心者乎?故北宋之亡,不于徽宗而于高宗。南宋之不竞,不于亡秦而于思陵也。不然,绍兴之初,其倚忠简不可谓不至矣。忠正德

---

① 《宋史》卷三五九《李纲传》,中华书局1977年版,第11214页。
② 《宋史》卷三十二《高宗本纪》,中华书局1977年版,第612页。

文之襃,诏墨犹新,而吉阳之贬遽至。既致之死,而犹逮捕子孙,欲灭其家。先庄简参政,甫棋与桧争忿,万里投荒,祸及诸子。澹庵一疏,屡濒九死。岂桧之凶焰能至是哉?盖高宗深恶恢复之说,唯恐二帝之得还,而已有窃位之惭,故与仇和议者即以为仇桧,于仇桧者即以为己不共之仇,故桧既死,而先庄简与胡公久不牵复,至遇郊恩,始稍还内地。其于忠定,至不肯加以宣抚之号。其自言畏桧逆谋者,即其称臣于金之故智,忍其大辱以欺天下,以欺父兄,然则高宗之罪,不通于天哉!不然,桧乞骸之疏甫上,罢其父子易于反掌,其能制桧可知矣。故朱子谓庄简之祸由于桧,对高宗指为无人臣礼之一语,知借赵汾之狱,欲尽诛诸正人者,高宗之隐衷而桧导之。桧既死,遂归其过于桧,而其事遂已。高宗之欲释撼于四公者,其毒至此。①

可以说,南宋四名臣的悲剧,代表了南宋无数欲抗金收复中原而不能的英雄志士的悲剧,它不仅仅是个人的,更是一个朝代、一个民族的悲剧。

(五) 高宗朝其他贬谪词人情况

高宗朝四名臣之外的贬谪词人,多少都与四名臣有些关联,有的正是因为这些关联而遭受贬谪。最典型的是词人张元幹,绍兴十二年,胡铨因罗汝楫的弹劾而除名并编管新州,当行至福州时,张元幹为胡铨作《贺新郎》一首送行,因此得罪秦桧下大理寺狱,出狱后削籍除名。王明清《挥麈录·后录》卷十载:"(胡铨)送新州编管,张仲宗元干寓

---

① 李慈铭:《南宋四名臣词序》,金启华等编《唐宋词集序跋汇编》,江苏教育出版社1990年版,第443页。

居三山，以长短句送其行云……又数年，秦（桧）始闻仲宗之词。仲宗挂冠已久，以它事追赴大理寺削籍焉。"① 参以王兆鹏先生在《张元幹年谱》中的考证，"又数年"当为绍兴二十一年。② 张元幹在未入狱之前虽然已经致仕，但尚有"右朝奉郎"之衔，并领有俸禄，削籍出狱之后便成为一个纯粹的布衣了。胡铨之"得罪权臣，窜谪岭海，平生亲党避嫌畏祸，唯恐去之不速"③，"一时士大夫畏罪钳舌，莫敢与立谈"④，当此之际，张元幹却毅然作词以壮其行，其为人之刚直不屈可以想见。

    词人向子諲在建炎元年的罢官，是因与李纲相善。《宋史》卷三七七《向子諲传》中说："以素为李纲所善，故黄潜善斥之。"罢官之前，向子諲为直龙图阁，江淮发运副使。此外，绍兴八年十一月向子諲由徽猷阁直学士、右朝议大夫知平江府而致仕，则因不肯拜金国诏命，并上书抨击议和而触忤秦桧所致。《宋史纪事本末》卷七十二《秦桧主和》中载："金以张通古、萧哲为江南诏谕使，与王伦偕来。通古至泗州，要所过州郡迎以臣礼。知平江府向子諲不肯拜，且上言和议之非，遂乞致仕。"⑤ 韩世忠绍兴八年十一月十日所上札子中详述了南宋拜金国诏谕使时的礼节："今续体探得银牌郎君立候诏谕过界，接伴于界首，望北拜奏圣宫万福。五拜讫，只在位立候。诏谕使马过，然后上马随后行。至馆中，诏谕史面南庙列作毕，令接伴使于阶下展状，躬身称诺了，上厅跪劝使入境。一州不依前约礼数，即打一州。其馆伴依接伴礼数。"⑥ 由此可见，此礼数对于南宋君臣而言可谓蒙羞披耻，赫然一副阶下之囚

---

① 王明清：《挥麈录·后录》卷十，《宋元笔记小说大观》，上海古籍出版社2001年版，第3743页。
② 王兆鹏：《张元幹年谱》，南京出版社1989年版，第182页。
③ 蔡戡：《定斋集》卷十三《芦川居士序》，上海古籍出版社1987年影印四库全书本。
④ 岳珂：《桯史》卷十二，《宋元笔记小说大观》，上海古籍出版社2001年版，第4432页。
⑤ 陈邦瞻：《宋史纪事本末》卷七十二《秦桧主和》，中华书局1977年版，第743页。
⑥ 王兆鹏：《两宋词人年谱·向子諲年谱》，台北文津出版社1994年版，第551页。

的面目。身为南宋重臣，向子諲实在难以接受这样的耻辱之行，唯一的办法就是乞致仕以避。同时他上书言道："臣窃惟御戎之道，自古忍住不惮屈己与之和亲有之，未闻手足异位者也。宜谕韩世忠却之，又闻本朝使金国者多于城外经过，自有此例，以关国信计议所讫。"① 在秦桧刚刚为相，将和议张罗得如火如荼之际，这样的疏奏自然不会被采纳。一般来说，大臣乞致仕有两种情况，一种是因年老病弱，自忖已经难以胜任官位，希望回乡养老，这是自然而正常的情况；而另一种，则往往是因为奸臣当道，不甘与奸佞同朝，又在实力上不可战胜此奸邪，遂乞致仕退避，这种致仕，是对自己人格的保全，亦是对朝廷的一种抗议。而向子諲乞致仕之余又上章表明自己反对主和的态度，在很大程度上正是以致仕的方式对主和者的抗争。这种情况的致仕往往会给君王和执政者一种压力，尤其是当这个乞致仕的人是名高望重的大臣时，朝廷一般也会考虑给予安抚并作出政治立场上的让步。然而向子諲此番乞致仕，却并没有达到这一效果，而是立刻被秦桧抓住机会，将其排除到了政坛之外，因此《宋史》本传中说其"忤秦桧，乃致仕"。

词人吕本中的贬谪，是因与赵鼎相善，且反对和议而触怒秦桧。吕本中与秦桧在靖康年间同为郎官，原本相得甚欢（靖康年间的秦桧尚是一副忠臣面目），但在绍兴八年秦桧与赵鼎为左右相之时，秦桧的擅权专政、汲用亲党以及专意主和的态度都让当时为中书舍人的吕本中不满。《宋名臣言行录》中记有："秦、赵适为左右揆，议论多不谐，秦有专擅之意，欲排不附己者，公（吕本中）为陈'同人于野亨'之意，常以大同至公图济艰难，秦不然之。又力劝其不可汲用亲党，亡几何，除目果下，公即奏还之。秦谕且令书行，卒不听，秦始怨公矣。"② 而吕本

---

① 王兆鹏：《两宋词人年谱·向子諲年谱》，台北文津出版社1994年版，第551页。
② 朱熹：《宋名臣言行录》，上海古籍出版社1987年影印四库全书本。

中为赵鼎所草的制书则被秦桧目为"破坏议和"。《建炎以来系年要录》卷一二二"绍兴八年九月丁未条"有"……赵鼎特迁近，以《哲宗实录》成书也。中书吕本中草制，有曰'谓合晋楚之成，不若尊王而贱霸；谓散牛李之党，未如明是而去非'。右仆射秦桧深恨之"①。因此，当绍兴八年十月二十一日赵鼎为秦桧所排挤而罢相之后，二十八日吕本中便以"朋比"之名被免职，提举江州太平观，直到绍兴十五年卒于江西上饶。②

黄公度同样是因与赵鼎往来而得罪秦桧的词人。他是绍兴八年进士第一，签书平海军节度判官，除秘书省正字。"初登第，以行卷忤秦相，旋为赵忠简公礼接，益衔之弗舍，坎坛摧偃，无复为天下惜人才之意。"③除秘书省正字不久，"言者迎合秦益公意，腾章于上，谓公常贻书台官，欲着私史以谤时政。盖公之在泉幕也，常有启贺李侍御文会云：'虽莫陪宾客后尘，为大厦之贺；固将续山林野史，记朝阳之鸣。'因是罢归"④。绍兴十九年，又因以诗忤秦桧，差通判肇庆府，摄知南恩州，秦桧死后方归。⑤

词人朱敦儒在绍兴十六年的罢职，是因"与李光交通"。朱敦儒早岁志行高洁，虽为布衣，而有朝野之望，但性爱丘山，不愿为官，屡征不起。直到绍兴三年才在友人的劝说之下应诏出山。高宗赐其进士出身，为秘书省正字。后兼兵部郎官，迁两浙东路提点刑狱。会右谏议大

---

① 李心传：《建炎以来系年要录》卷一二二，绍兴八年九月丁未条，中华书局1956年版，第1970页。
② 参见《宋史》卷三七六《吕本中传》，中华书局1977年版。
③ 洪迈：《黄考功知稼翁集序》，黄公度《知稼翁集》，上海古籍出版社1987年影印四库全书本。
④ 毛晋：《宋六十一家词·知稼翁词》，《好事近》"湖上送残春"黄沃注，商务印书馆1933年版。
⑤ 厉鹗：《宋诗纪事》卷四十五，上海古籍出版社1983年版，第1137页。

夫汪勃劾朱敦儒"专立异论，与李光交通"，遂罢官而提举台州崇道观。①

除上述几位之外，因触忤秦桧而贬谪的词人还有如下几位。

高登：绍兴八年迁静江府古县令，因反对帅臣胡舜陟为秦桧父建生祠于古县，被诬入静江狱，会舜陟死而免。绍兴十四年，为潮州归善令，因所出秋试题触怒秦桧，编管容州。②《东溪高先生言行录》中记载此事："其秋试潮州，公愤权相专恣，出题皆摭经史语以讽，题目出'直言不闻深可畏'。丞相赵鼎时在潮，谓公曰：'天下主试者多矣，未有如公忠诚爱君者。'留终日，郡守即驰以答桧。桧令大理寺坐以舜陟所奏，且奏云：'虽屡经赦宥，然情重法轻。'取特旨编管容州。自是天下以言为讳，南省至揭公名以为考官戒。"③

胡寅：建炎三年，以张浚荐，除驾部郎官，寻迁起居郎，上书高宗，言当纠合义师，北迎二帝，不应遽践大位，遂罢为主管江州太平观。绍兴间，历官起居郎，中书舍人，出知严州、永州，除吏部侍郎兼直学士院。绍兴十七年，忤秦桧，以徽猷阁直学士提举江州太平观，旋起致仕归横州。二十年，坐讥讪朝政，落职，责授果州团练副使，新州安置，桧死，始得北归。④

王之道：靖康初，调和州历阳丞，摄历阳令。建炎间，金人陷无为军，之道率领乡人奋力抗之。绍兴二年，以功闻于朝，进承奉郎，镇抚司参谋官。六年，知开州，八年通判滁州。以反对和议，忤秦桧，沦废

---

① 参见《宋史》卷四四五《朱敦儒传》，中华书局1977年版。
② 参见《宋史》卷三九九《高登传》，中华书局1977年版；厉鹗《宋诗纪事》卷四十四，上海古籍出版社1983年版，第1123页。
③ 高登：《东溪集》附录《东溪先生言行录》，上海古籍出版社1987年影印四库全书本。
④ 参见《宋史》卷四三五《胡寅传》，中华书局1977年版；厉鹗《宋诗纪事》卷四十，上海古籍出版社1983年版，第1025页。

二十年。绍兴二十三年始重新启用。①

李弥逊：南渡后历任淮南路转运副使，知饶州、吉州、起居郎、中书舍人。秦桧当国主议和，弥逊以力陈不可向金行君臣之礼，忤桧。绍兴九年，以徽猷阁直学士出知筠州，改知漳州。明年，归隐福建连江西山。绍兴十二年，落职，闲居十余年。②

冯时行：宣和六年进士，绍兴八年，以政优召对，力言和议之非，忤秦桧，知万州。十二年，勒停，归缙云山中。授徒讲学十余年，秦桧死后，起知蓬州，旋为侍御史王珪论罢。③

最后一位值得我们注意的词人是著名的将领韩世忠，他与岳飞同为抗金英雄，建炎四年曾以八千水师阻金兵于黄天荡，绍兴四年，金兵与刘豫分道南犯，韩世忠又大败敌兵，论者以此举为中兴武功第一。绍兴十一年，秦桧收三大将兵权，拜其为枢密使，韩世忠上疏抵秦桧误国，遂罢为醴泉观使。④

以上我们介绍了南宋四名臣等十几位词人的贬谪情况。应该说，和高宗朝诸多由触犯汪伯彦、黄潜善、秦桧奸臣而放逐流贬的大臣总数相比，这十几位贬谪词人还只是其中很少的一部分。但他们在贬谪期间所写出的词篇，却反映出高宗一朝贬谪大臣共同的情感和心态。我们在这里介绍他们的贬谪遭遇，研究他们的贬谪词作，也正表达了我们对那些虽已作古但其不屈的正气却仍旧感召民族的英雄们的膜拜与尊崇。

---

① 参见厉鹗《宋诗纪事》卷四十一，上海古籍出版社1983年版，第1043页。
② 参见《宋史》卷三八二《李弥逊传》，中华书局1977年版；厉鹗《宋诗纪事》卷三十八，上海古籍出版社1983年版，第970页。
③ 参见厉鹗《宋诗纪事》卷五十二，上海古籍出版社1983年版，第1304页。
④ 参见《宋史》卷三六四《韩世忠传》，中华书局1977年版；邓广铭《韩世忠年谱》，生活·读书·新知三联书店2007年版。

二　以"张、陆、辛"为代表的孝宗朝词人贬谪

绍兴三十一年，高宗传位给嗣子赵昚，是为孝宗。在南宋历史上，孝宗是一个较有作为的皇帝，即位之初便有志于北伐中原收复失地。遂任命抗战派将领张浚为枢密使，主持北伐。隆兴元年夏，张浚派李显忠、邵宏渊两员将领分道北伐，攻取了灵璧、虹县、宿州。遗憾的是，正值胜利在望之时，李、邵二人及其部属之间发生了矛盾和摩擦，将士不听指挥，为金兵所乘，在宿州南部的符离地区被金兵击溃，北伐即告失败。孝宗的北伐信心亦发生了动摇，主和派再次占据上风，宋、金之间再次进行和谈。隆兴二年冬天，双方签订了"隆兴和议"，和议中约定：宋不再向金称臣，每年少输银五万两，绢五万匹，恢复绍兴时期划定的边界。[①] 孝宗的励精图治和张浚主持的隆兴北伐一度燃起了人们心中的希望之火，不幸这团希望之火又很快熄灭。隆兴和议之后的孝宗朝，北伐之事再无人问津，这一时期虽无秦桧式的权臣奸相，但希望抗金作战者在消极的大气候之下备受压抑和冷落，往往沉沦下僚，但依然让当权者警惕和厌恶，被罢职和闲废是他们此一时期的主要贬谪形式。张孝祥、陆游、辛弃疾这三大词人便是这一时期贬谪词人的代表。

（一）"出入二相之门"的张孝祥

张孝祥一生经历了高宗和孝宗两朝，在短短三十八年的生命历程中两遭罢职，又数年外任于岭表、湖湘之地，其复国之志最终成为泡影，而其忠君爱国之心却又被后人所曲解为"出入二相之门，两持和战之

---

① 参见陈邦瞻《宋史纪事本末》卷七十七《隆兴和议》，中华书局1977年版，第809—826页。

说"(《宋史》卷三八九《张孝祥传》),悲夫!

张孝祥开始步入仕途,是在绍兴二十四年。在他任秘书省正字期间,对秦桧为相时的诸多恶行给予指责,如上《论总揽权纲以尽更化札子》,针对秦桧专权,结党营私,排斥异己之行而发。① 又在《乞改正迁谪士大夫罪名札子》中指出,秦桧为相"窃陛下之威福,济私心之喜怒;逮其暮景,狠态尤甚。士大夫稍自振厉,不肯阿附,或小有违忤,则罗致之狱,毛举缕析,旁逮知旧。惧其不能废锢,必以赃私罪污之。有司观望风旨,锻炼烦酷,使之诬伏"。他要求对奸相秦桧一手制造的冤假错案作出平反:"系近年取怒故相并缘文致,有司观望锻炼成罪之人,特免看详,并与改正。"② 绍兴二十八年,张孝祥拜起居舍人,提出要重新修订高宗实录,即绍兴十三年秘书监秦熺所修成的《建炎以来日历》,其《乞修日历札子》谓:"臣闻神宗皇帝相王安石,用私意作《日录》,一时政事美则归己……而故相信任之专,礼遇之隆,又非特如安石受知于神祖也。臣窃谓政事举措,号令设施一皆蔽自圣断,故相或能将顺赞襄而已。臣惧其作时政记亦如安石专用己意,掠美自归,掩陛下之圣明,私群臣之褒贬。日历之官因取其说著于简策,大非尊戴君父,传信万世之义。"③ 然而就在重修日历的过程中,绍兴二十九年,张孝祥却被意外罢职。从表面上看,这次罢职是因同修日历的汪澈与他性格不合,"澈老成重厚,而孝祥年少气锐,往往陵拂之"(《宋史》本传),而实际上却是当时南宋朝廷中主战与主和两派斗争的结果。由于张孝祥初入仕途时曾受知于丞相汤思退,而汤思退是主和派的中坚力

---

① 张孝祥:《论总揽权纲以尽更化札子》,《于湖居士文集》卷十六,上海古籍出版社1980年版,第157页。
② 张孝祥:《乞改正迁谪士大夫罪名札子》,《于湖居士文集》卷十六,上海古籍出版社1980年版,第158页。
③ 张孝祥:《乞修日历札子》,《于湖居士文集》卷十六,上海古籍出版社1980年版,第162页。

量，因此秦桧死后遭到了主战派汪澈的打击，作为汤思退门人的张孝祥因此成为被打击的对象。"澈为御史中丞，首劾孝祥奸不在卢杞下，孝祥遂罢，提举江州太平兴国宫，于是汤思退之客稍稍被逐。"（《宋史》本传）张孝祥作为汤思退名义上的门生，在主战主和等重大问题上，并没有为了仕途发达而盲从作为丞相的恩师汤思退，反而每每与之意见相左。因此，当汪澈说"蔡中郎失身于董卓，故不为君子所与"以讥讽张、汤之间的关系时，张孝祥很自信地说："顾自立如何耳。"① 从这次贬逐，我们可以看到，尽管南宋政坛上并没有类似北宋那样激烈的朋党之争，但那种意气用事的作风依然存在。

　　孝宗即位之后，张孝祥复集英殿修撰，知平江府。隆兴二年，受张浚的推荐，张孝祥被召入对，除为中书舍人，直学士院。当时汤思退与张浚分别为左右相，前者主和后者主战。面对当前国事的困境和朝臣中和战双方的矛盾，张孝祥有自己独特的见解"二相当同心戮力，以赴陛下恢复之志。靖康以来，惟和战两言，遗无穷祸。要立自治之策以应之"②。"先愿陛下益务远略，不求近功而已。夫所谓益务远略者，愿陛下尽舍构李，扫除积弊，去其所以害治者而行其所当为者，起居饮食不忘此志而已，夫所谓不求近功者，愿陛下多择将臣，激励士卒，审度盈虚，踌躇四顾，不见小利而动，图功于万全而已。"③ 张孝祥希望孝宗能够"立志欲坚而不欲锐，成功在久而不在速"。希望"大僚欲其同德比义，共济艰难之业；群臣欲其宿道乡方，不为朋党之私"④。应该说，这

---

　　① 张孝祥：《于湖居士文集》附录《宣城张氏信谱传》，上海古籍出版社1980年版，第409页。
　　② 《宋史》卷三八九《张孝祥传》，中华书局1977年版。
　　③ 张孝祥：《论先尽自治以为恢复札子》，《于湖居士文集》卷十八，上海古籍出版社1980年版，第174页。
　　④ 张孝祥：《论治体札子》，《于湖居士文集》卷十七，上海古籍出版社1980年版，第170页。

种见解是非常客观而实际的,张孝祥的恢复之志很坚定,坚决不主张与金和议,但又深深懂得恢复中原是一个艰难的过程,并不是靠意气用事就能够一举成功的。事态的发展也确如张孝祥所担心的那样,隆兴二年四月,在主和派汤思退的打击之下,张浚罢相。汤思退为保和议成功,自撤边防,将营兵遣散,为防止孝宗后悔,居然还暗地里派人"谕敌以重兵胁和"。十月底,金兵自清河口侵楚州,十一月初,破楚州、濠州。此时朝中一片慌乱,但张孝祥却很清醒地看到了问题的根源,言"金人不过欲要盟"而已,这也是揭露汤思退挟虏势以乞和的阴谋。为此,张孝祥付出了再次罢职的代价,"以侍御史尹穑论其出入张浚、汤思退之门,反复不靖故也"①。而这种说法,似乎也成了张孝祥一生的名誉污点,《宋史·张孝祥传》结尾说:"渡江初,大议惟和战,张浚主复仇,汤思退祖秦桧之说力主和,孝祥出入二人之门而两持其说,议者惜之。"而实际上,张孝祥出汤思退之门而并不赞成议和,受张浚引荐而建议先自治而后恢复,这种行为正表明他是一个不为一己私利而受党派左右,具有独立人格的士子。

张孝祥这次罢职以后,第二年虽又复集英殿修撰,但一直在桂林、潭州等偏远之地外任,再没有回到朝廷。乾道五年,张孝祥请致仕,第二年,年仅三十八岁的他便因病去世。《信谱传》中感叹道:"奈何筮仕之初,见忌于桧;继而不悦于汤,旅进旅退。……卒不能究其所施,赍志以殁。惜哉!"②

(二) 因"宴饮颓放"而贬的陆游

和张孝祥一样,陆游早年在科举中亦因名次排在秦埙之前而触怒秦

---

① 徐松:《宋会要辑稿》卷三千八百九十一,中华书局1957年影印版。
② 张孝祥:《于湖居士文集》附录《宣城张氏信谱传》,上海古籍出版社1980年版,第409页。

桧。这似乎也预示着陆游一生与主和派之间的矛盾关系。

陆游的第一次罢职，正是由于他在隆兴年间支持抗金。孝宗即位之后，抗战派将领张浚上任，陆游分外欣喜，对其也寄予了深厚的期望，"其获预执鞭，欣闻出绛，斗以南仁杰而已，知德望之素尊，陕以东周公主之，宜勋名之益大，虽不敢纪殊尤于竹帛，或尚能被一二于弦歌"①。作为朝廷的枢密院编修官，联合西夏共同抗金的《代二府与西夏国主书》和发动北方人民起义的《蜡弹省札》都是由陆游起草的。然而北伐很快失败，与金和议又成为朝政定势。隆兴二年四月张浚的罢相和八月的去世，让陆游深切感到了悲凉和痛惜，"张公遂如此，海内共悲辛。逆虏犹遗种，皇天夺老臣"②。尽管如此，陆游仍然坚持张浚生前的主张，希望孝宗能够迁都建康，以备日后有机会再次出兵收复中原"某闻江左自吴以来，未有舍建康他都者……车驾驻跸临安，出于权宜，本非定都，以形势则不固，以馈饷则不便，海道逼近，凛然常有意外之忧，至于谶纬俗语，则固所不论也"③。这个建议自然没有被孝宗所采纳，而陆游这种坚定的和抗战派站在一起的态度，也导致了他在乾道二年的第一次罢职。当时陆游任隆兴府通判，"以交结台谏，鼓唱是非，力说张浚用兵谕罢"，直到乾道五年通判夔州，他在山阴老家闲废了三年多。

陆游第二次废罢是在淳熙三年，他入蜀五年以后。乾道六年的入蜀，对于陆游来说虽然距离自己的家乡太遥远，也曾经有过"朝廷每哀

---

① 《陆放翁文集·渭南文集》卷七《贺张都督启》，中国书店1986年版，第37页。
② 陆游：《送王景文》，钱仲联校注《剑南诗稿校注》卷一，上海古籍出版社1985年版，第76页。
③ 陆游：《上二府论都邑扎子》，《陆放翁文集·渭南文集》卷三，中国书店1986年版，第18页。

矜，幕府误辟召。终然敛孤寂，万里游绝徼"①的悲哀，但同时陆游也有建功立业的夙愿，尤其是在乾道八年受四川宣抚使王炎的召请成为"宣抚使司干办公事、兼检法官"之后。由于宣抚使司设在南郑，而南郑属于宋金交兵的前线，陆游感到兴奋和光荣，亦看到收复中原的希望，"国家四纪失中原，师出江淮未易吞。会看金鼓从天下，却用关中作本根。"② 这正是他"经略中原必自长安始，取长安必自陇右始"③ 的策略，这种策略，也正是作为四川宣抚使的王炎一直在积极准备的。在"宾主相期意气中"的融洽氛围当中，陆游生活得很充实，连在为歌女所写的词中都有"灞桥烟柳，曲江池馆，应待人来"（《秋波媚》）的句子。然而重新见到灞桥与曲江的风情，却是那样不易，收复中原，要兵精粮足，要趁敌军内乱，要联合失地的起义军，更重要的是要得到孝宗与朝廷的支持。隆兴北伐已经过去将近十个年头了，孝宗是否还有收复失地的斗志？即使孝宗支持，但上有作为太上皇的高宗，下有猥懦主和的群臣，依旧困难重重。乾道八年九月王炎的突然调离，正说明了这一点，王炎在四川五六年间所苦心经营的战备，也随之化为泡影。这之后，陆游先后又在成都府安抚司参议官，摄知嘉州事，摄知荣州事，参成都戎幕，到淳熙三年夏初，被弹劾免官，主管台州桐柏山崇道观，而他被弹劾的主要原因，便是在摄嘉州事时"宴饮颓放"，陆游由此遂自嘲"放翁"。"宴饮颓放"之辞，或并非空穴来风，这在陆游的诗词中都可以看到。不过，这也许正是收复失地的梦想幻灭使然。

第三次罢职是在淳熙七年。经过将近两年的奉祠闲废生活之后，淳

---

① 陆游：《将赴官夔府书怀》，钱仲联校注《剑南诗稿校注》卷二，上海古籍出版社1985年版，第131页。

② 陆游：《山南行》，钱仲联校注《剑南诗稿校注》卷三，上海古籍出版社1985年版，第323页。

③ 《宋史》卷三九五《陆游传》，中华书局1977年版，第12058页。

熙五年孝宗召陆游去临安。在这次入对中,陆游与孝宗皇帝谈了些什么,史籍没有留下记载,但从第二年所作的《鹅湖夜坐书怀》一诗中可以看出,陆游在奏对当中必然谈到南郑的军事布置和出兵收复中原的希望:"去年忝号召,五月触瞿塘。青衫暗欲尽,入对哀涕滂。……李靖闻征辽,病愈更激昂。裴度请讨蔡,奏事犹衷创。我亦思报国,梦绕古战场。"① 然而,这次召对的结果是孝宗让他担任了提举福建常平茶盐公事。虽然孝宗对他还有所眷顾却也仅仅将他看作一个有才华的文人。另一方面,对于恢复中原,孝宗仍举棋不定。到淳熙六年,孝宗又一次欲将其召对入宫,但在陆游奔赴行在的半途之中就改了主意,转授为朝请郎提举江南西路常平茶盐公事。在江西任上一年,又一次被召赴行在,又一次半途而止,旋即为给事中赵汝愚所弹劾罢免,提举成都府玉局观,弹劾的理由,似乎仍与陆游在蜀中的"宴饮颓放"有关。

这次罢职,一直持续到淳熙十三年,方起知严州。临行陛辞的时候,孝宗和他说:"严陵,山水胜处,职事之暇,可以赋咏自适。"说到底,孝宗始终仅仅将陆游当作一个有才华的文人而未加以重用。光宗即位之后,虽迁礼部郎中兼实录院检讨官,未几,复被劾免,提举建宁府武夷山冲佑观。陆游一生凡四次罢废,三遭奉祠,其所魂牵梦萦的中兴恢复大业直到他去世之时依然未得以实现,空留下"但悲不见九州同"的深深遗憾。②

(三) 两遭罢职闲废的辛弃疾

在南宋词人中,辛弃疾也许是对金兵仇恨最深的一个,也是最想收

---

① 陆游:《鹅湖夜坐书怀》,钱仲联校注《剑南诗稿校注》卷十一,上海古籍出版社1985年版,第916页。
② 以上所述陆游贬谪事迹参见《宋史》卷三九五《陆游传》,中华书局1977年版;欧小牧《陆游年谱》,人民文学出版社1987年版。

复中原的一个，因为他的家乡是山东，到他南渡投奔朝廷之前，他的家乡在金兵的铁骑蹂躏之下已将近三十年。他从小便被祖父教导要驱逐金兵，"登高望远，指画山河，思投衅而起，以纾君父所不共戴天之愤"①。年二十一即聚众两千起义，与农民起义军领袖耿京共图恢复大计，二十二岁奉表南归，二十三岁手擒叛徒张安国献于临安斩首，一时为人交口赞叹，洪迈曾经在《稼轩记》中这样称赞道："以中州隽人，报忠仗义，彰显闻于南邦。齐虏巧负国，赤手领五十骑缚取于五万众中，如挟彘兔，束马衔枚，间关西秦淮，至通昼夜不粒食。壮声英慨，儒士为之兴起，圣天子一见三叹息。"②南宋朝廷有幸得到这样一位英雄人物，本应该重用于抗金前线，然而虽然天子"一见三叹息"，却并没有让他的抗金斗志和杰出的才干得以发挥，而是仅仅授予他一些无关痛痒的后方官位。更让人感到痛惜的是，在他回归南宋的四十多年里，两次罢职闲废的时间就将近二十年，占了差不多一半。

辛弃疾第一次罢职闲废是在淳熙八年，时任两浙西路提点刑狱。其被劾罢官的原因是"奸贪凶暴"③ "用钱如泥沙，杀人如草芥"。④这些弹劾之语听起来颇耸人听闻，而实际上却是辛弃疾作为一个抗金志士和"归正人"与主和派以及南方士大夫之间的矛盾使然。"归正人"，是南宋对于从北方失地而来的投奔者的称呼。对于"归正人"，朝廷的态度往往很矛盾，一方面想利用他们，另一方面又怕引起金国的愤怒，同时对这些"归正人"又存有歧视和戒备之心。宰相史浩就

---

① 辛弃疾著，邓广铭辑校审订，辛更儒笺注：《辛弃疾诗文笺注·美芹十论序》，上海古籍出版社1995年版，第1页。

② 洪迈：《稼轩记》，《辛稼轩诗文笺注》附录一，上海古籍出版社1995年版，第267页。

③ 徐松：《宋会要辑稿》101册，卷三千八百九十一，中华书局1957年影印版。淳熙八年十二月二日，"右文殿修撰新两浙西路提点刑狱公事辛弃疾落职罢新任，以弃疾奸贪凶暴，帅湖南日虐害田里，至是言者论列，故有是命"。

④ 《宋史》卷四〇一《辛弃疾传》台臣王蔺语，中华书局1977年版，第12163页。

曾经对宋孝宗说："陈康伯欲纳归正人，臣恐他日必为子孙忧。"① 因此，在辛弃疾南下之初，正当张浚北伐用人之际，不但没有得到前线杀敌的机会，反而被解除武装，派到江阴去做小小文官签判；他的部众万余人，原本都可以作为抗金的精兵，却被当作南下的流民而散置在淮南各个州县当中。更让诸多主和的士大夫感到不满的是，辛弃疾虽然辗转沉沦下僚，却一直不忘收复中原的大业，不顾自己官职的低微，一有机会便会呈上其关于抗金作战的策略。乾道五年，时为建康府通判的辛弃疾向孝宗进奏著名的《美芹十论》，首先便对张浚北伐的失败给予了客观公正的评价，"张浚符离之师粗有生气，虽胜不虑败，事非十全，然计其所丧，方诸既和之后，投闲蹂躏，犹未若是之酷。而不识兵者，徒见胜不可保之为害，而不悟夫和而不可恃为膏肓之大病，亟逆咋舌以为深戒。臣谓恢复自有定谋，非符离小胜负之可懲，而朝廷公卿过虑，不言兵之可惜也。古人言不以小挫而沮吾大计，正以此耳"②。接着以"审势""察情""观衅""自治""守淮""屯田""致勇""防微""久任""详战"十项，具体阐述了规复中原的策略。乾道七年，又上宰相虞允文《九议》，再次陈说恢复大业，一时在抗金志士中间交相传诵，虽孝宗也肯定他的忠心，但却"以讲和方定，议不行"。辛弃疾的这些抗战言论，必然造成朝廷中畏懦厌战的主和派的忌恨。淳熙元年末，辛弃疾受到叶衡的举荐入朝，任仓部郎官，次年六月被擢为江西提点刑狱，当年秋天在江西任上又被授予秘阁修撰，从此辛弃疾告别了贰佐小官的卑微地位，成为独守一面的监司帅臣，这种境地虽然使他多少获得了一些施展才能的机会，但仍

---

① 毕沅：《续资治通鉴》卷一百三十八，隆兴元年五月乙巳条，中华书局1957年版。
② 辛弃疾著，邓广铭辑校审订，辛更儒笺注：《辛弃疾诗文笺注·美芹十论序》，上海古籍出版社1995年版，第1页。

然是用之安内而不用之攘外，并不符合辛弃疾的本心。而作为一个来自北方的归正军人，辛弃疾被擢升高位，屡次被任实权很大的监司帅臣，更受到了南方士大夫的嫉妒与怨恨。再加上辛弃疾本身是一个雄心勃勃才气逼人的豪侠，自不满于南宋官场一贯拖沓和腐败的行政作风，在任地方帅臣期间，他雷厉风行地除积弊，兴善政，办实事，为官刚正，疾恶如仇，不避权要，这种作风更得罪人无数。以任湖南安抚使时建飞虎军为例，辛弃疾本先上报皇帝，得到了孝宗的诏准，但招兵买马筹划之际，却受到了朝臣的阻挠，《宋史》卷四〇一本传中载："时枢府有不乐之者，数沮挠之，弃疾行愈力，卒不能夺。经度费钜万计，弃疾善斡旋，事皆立办。议者以聚敛闻，降御前金字牌，俾日下住罢。弃疾受而藏之，出责监办者，期一月飞虎营栅成，违坐军制。如期落成，开陈本末，绘图缴进，上遂释然。"连御前金字牌都"受而藏之"，辛弃疾的办事作风和胆识勇气可略见一斑。虽然孝宗"释然"，但那些试图阻挠他的朝臣却绝对不会"释然"。这一点，辛弃疾也很清楚，他在《淳熙己亥论盗贼札子》中曾经对孝宗说："臣生平则刚拙自信，年来不为众人所容，顾恐言未脱口而祸不旋踵，使他日任陛下远方耳目之寄者指臣为戒……"① 正如辛弃疾所预料，淳熙八年，辛弃疾便被劾落职。

淳熙八年罢职之后，辛弃疾在江西上饶的带湖闲居了整整十年，直到光宗绍熙三年方重新起用为福建提点刑狱。光宗绍熙到宁宗庆元间，宋廷君主昏庸，奸佞逞志，朝纲紊乱，党争剧烈，南方半壁江山更趋没落，抗金北伐的大计更是没有人提起。在这样日益凶险的环境之下，辛弃疾的这次起用仅仅持续了两年多，绍熙五年七月便罢职奉祠，"以臣

---

① 杨士奇等：《历代名臣奏议》卷三一九《弭盗门·淳熙己亥论盗贼剳子》，上海古籍出版社1987年影印四库全书版。

僚言其残酷贪饕，奸赃狼藉"①。庆元元年十月，复被劾以"酷贪虐敛，掩帑藏为私家之物，席卷福州，为之一空"②。庆元二年九月又以言者论列罢宫观，"以臣僚言弃疾赃污恣横，唯嗜杀戮，累遭白简，恬不少悛。今俾奉祠，使他时得一州、持一节、帅一路，必肆故态，为国家军民之害"③。至此，辛弃疾已经完全落职，成为一介乡民，在江西瓢泉又一次闲居了八年多。

晚清词学家王鹏运曾经感慨道："多少江湖忧乐意，漫呼青兕作词人。"④ "青兕"，是辛弃疾在二十二岁时所杀的叛徒僧义端对他的称呼⑤，将其比作古代凶猛的野兽，可见其胆识与勇力。这样一位"青兕"般的勇士，怎奈壮志未酬，只得将其满腹慷慨悲愤尽化于词篇当中，以"大词人"的面目留在后人心中，惜哉。⑥

孝宗朝之后被贬谪的士大夫和文人仍然有很多，在韩侂胄、贾似道当权时，都有大批的正直文人受到了贬谪，特别是在"庆元党禁"期间。但是一方面这些被贬谪的文人当中可称为词人的很少；另一方面，南宋中后期很多词史上有名的大词人都终生未仕，尽管终生坎坷但却与贬谪没有什么关系，因此不加详论。

---

① 徐松：《宋会要辑稿》102册，卷三千八百九十二，中华书局1957年影印版。
② 同上。
③ 同上。
④ 王鹏运：《校刊稼轩词率成三绝于后》之二，金启华等编《唐宋词集序跋汇编》，江苏教育出版社1990年版，第179页。
⑤ 《宋史》卷四〇一《辛弃疾传》："义端曰：'我识君真相，乃青兕也，力能杀人，幸勿杀我。'"中华书局1977年版，第12161页。
⑥ 以上辛弃疾贬谪事迹除注明出处者外参见《宋史》卷四〇一《辛弃疾传》，中华书局1977年版；邓广铭：《辛弃疾年谱》，上海古籍出版社1978年版；蔡义江、蔡国黄：《辛弃疾年谱》，齐鲁书社1987年版。

第二节 南宋贬谪词的风貌

一 "忧国之志"与"旷达之情"——南宋贬谪词概说

在宋金对峙的背景之下，南宋贬谪词人所创作的词篇与北宋相比有很多不同之处。其中最突出的就是南宋贬谪词中出现了北宋所缺少的爱国主题。谢章铤《赌棋山庄词话》卷一引王昶言："南宋词多黍离麦秀之悲，北宋词多北风雨雪之感。"① 这对于贬谪词来说，也同样适用。"北风雨雪之感"，本自《诗经·邶风·北风》中的"北风其凉，雨雪其雱"，言行于路途的艰辛失落，正是北宋新旧党争中大量贬谪词人疲奔于谪途的写照，在他们的贬谪生涯当中，诉诸词篇的最重要的主题是个体生命在沉沦中的感受与挣扎，以及对个体生命价值和意义的思考与探寻。"黍离麦秀之悲"，本自《诗经·王风·黍离》，言东周大夫行至西周故都，见宗庙宫室尽为禾黍，感伤于周室之颠覆，彷徨不忍而去之状，正符合南宋贬谪词人抗金壮志难酬的忧愤爱国之情。这种忧愤爱国之情，一方面表现为对"神州沉陆"的哀伤，如李纲《永遇乐》"武陵萧瑟，中原杳杳，但有满襟清泪"。张元幹《贺新郎》"怅秋风、连营画角，故宫离黍。底事昆仑倾砥柱。九地黄流乱注。聚万落、千村狐兔"。张孝祥《六州歌头》"闻道中原遗老，常南望，羽葆霓旌。使行人到此，忠愤气填膺。有泪如倾"。辛弃疾《贺新郎》"夜半狂歌悲风起，听铮铮

---

① 谢章铤：《赌棋山庄词话》卷一，唐圭璋《词话丛编》，中华书局1986年版，第3321页。

阵马檐间铁。南共北，正分裂"。另一方面表现为对主和派奸臣的怒斥，如辛弃疾《水龙吟》"渡江天马南来，几人真是经纶手？长安父老，新亭风景，可怜依旧！夷甫诸人，神州沉陆，几曾回首？"胡铨《好事近》"欲驾巾车归去，有豺狼当辙"。此外，还有对抗金抱负不得实现的悲愤，如陆游《诉衷情》"胡未灭，鬓先秋。泪空流。此生谁料，心在天山，身老沧洲"。辛弃疾《清平乐》"平生塞北江南，归来华发苍颜。布被秋宵梦觉，眼前万里江山"。《鹧鸪天》"追往事，叹今吾，春风不染白髭须。却将万字平戎策，换得东家种树书"。爱国主题在贬谪词中的出现，是南宋特殊的社会背景的反映，也是整个南宋词坛爱国主题的辐射。这些贬谪词人在未遭贬黜之前所作的词篇当中，亦有着悲愤忧国的思想，而在因主张抗金、得罪权臣遭贬谪之后，个人抱负实现上的挫折与国家命运的衰颓更紧密交织在了一起，使他们在人生的低谷中超越一己的悲欢，从而写出更多铁骨铮铮的爱国词篇。

"北风雨雪之感"在南宋贬谪词当中并非没有，甚至从数量上来看依然占南宋贬谪词的大部分。但和北宋相比，南宋贬谪词中的愁苦之语已不多见，像秦观那样"飞红万点愁如海"式一蹶不振的性情，凄苦乃至凄厉的词风更是少有。相反，在南宋贬谪词中，旷达之语比比皆是，甚至比苏东坡来得更加自然，隐逸闲适之趣已经成了南宋贬谪词所表现的主要情调之一。这不仅表现在如向子諲、朱敦儒等典型的被后世目为隐逸词人的贬谪词作中，就连南宋四名臣、陆游、辛弃疾等人，他们的贬谪词也有相当大一部分属于这种类型。当然，在旷达闲适的深处，依然掩藏着他们由个人抱负不获实现生发出的对国事、世事的忧虑和无奈，但他们确实很少单纯为个体生命的沉浮而产生悲凄难解的感叹，陶渊明式的生活理念似乎更加为他们所取。如李纲在贬谪后说"念老子平生，粗令婚嫁了，超然闲适""云山深处，这回真是休息"（《念奴娇》);陆游则以做"闲人"为乐,"一句丁宁君记取。神仙须是闲人做"(《蝶恋花》),"江湖上。遮回疏放。作个闲人样"(《点绛唇》);辛弃疾对陶渊明的仰慕更在他的贬谪词中随处可见,"一尊搔首东窗里,想渊明《停云》诗就,此时风味"(《贺新郎》),"岁晚渊明,也吟草盛苗稀。风流划地,向尊前采菊题诗。悠然忽见,此山正绕东篱"(《新荷叶》),"我愧渊明久矣,犹借此翁傗洗,素壁写归来"(《水调歌头》),"今日复何日,黄菊为谁开。渊明谩爱重九,胸次更崔嵬"(《水调歌头》)。连抗金英雄韩世忠,在被剥夺兵权罢为醴泉观使之后,所作的两首歌词全部是对闲适的山林生活之体悟与享受:"荣贵非干长生药,清闲是不死门风"(《临江仙》),"人有几何般,富贵荣华总是闲……不道山林有好处,贪欢。只恐痴迷误了贤。"(《南乡子》)其他如李弥逊的《永遇乐》:"隔篱呼取,举杯对影,有唱更凭谁和。知渊明,清流临赋,得似怎么。"王以宁《满庭芳》:"先生。齐物久,蚁丘罢战,蜗角休征。趁尊前身健,有酒须倾。"冯时行《蓦山溪》:"高下与人和,且觅个、置锥之地。江村僻处,作个老渔樵,一壶酒,一声歌,一觉醺醺睡。"张元幹《水调歌头》:"要识世间闲处,自有尊前深趣,且唱钓鱼船。调鼎他年事,妙手看烹鲜。"……此类词篇不胜枚举。南宋贬谪词与北宋贬谪词在这一方面的差异,笔者认为,有以下几点原因。

  首先,南宋贬谪词人遭受的贬谪总体来说没有北宋那么残酷。北宋时期,士大夫之间的矛盾由对于国家政务处理上的矛盾很快转化为新旧两党集团的人事倾轧。而北宋中后期皇帝的接连更替,新旧两党的轮番得势与下台,更促进了两党恩怨的日益恶化。每一次当权的党派为了复仇,并且为了使敌党在将来没有翻身的机会,都不遗余力地对敌党中人进行打击迫害。宋代本来有"不杀言事者与士大夫"的祖宗遗训,因此贬谪成为打击政敌的主要手段,贬谪之时,务必将对方置于死地而后快。在那些荒远穷僻之乡饱受身心折磨，不过是死刑的另一种方式而已。同时，新旧两党的轮流当政也使那些贬谪者一生当中时而回归朝廷，时而远谪他乡，生命的荣辱沉浮之变更会使他们俯仰今昔，生出愁苦、幻灭之情。而在南宋，虽然在高宗朝绍兴和议前后的一批词人也受到了残酷的贬谪，如李纲等四名臣都曾被远贬海南岛上，特别是赵鼎，最后被迫在海南岛上自杀，但除此之外，南宋更多词人的被贬是以放废闲居、罢职奉祠的方式进行的，如张元幹绍兴二十一年被削籍；向子諲建炎元年罢官；吕本中绍兴八年免职提举太平观；朱敦儒绍兴十六年罢职提举台州崇道观；李弥逊绍兴十二年落职闲居十余年；韩世忠绍兴十一年罢为醴泉观使；张孝祥绍兴二十九年罢职提举江州太平兴国宫；陆游乾道二年罢职，淳熙三年免官主管台州桐柏山崇道观，淳熙七年提举成都府玉局观；辛弃疾淳熙八年罢职主管冲佑观，绍熙五年罢职；等等。以罢职奉祠作为贬谪的形式，与南宋的历史现状密切相关。主战与主和的争议之中，虽然主和派在南宋君主的支持之下占了绝对的上风，但主战派却往往广孚众望，在朝廷甚至百姓间有着威信，没有理由像北宋党争中那样随便被斥为奸佞小人。相反，掌握政权的主和一方在公论中却有着不太好的名声，因此，他们在贬黜不同政见者的时候不得不顾虑公众舆论。一方面，贬黜那些主战者，目的只是为了将他们逐出权力中心之外，以保证和议的顺利签署与长期保持，并非一定要置他们于死地。另一方面，将那些公认的"忠臣"在贬谪中置于死地，对于主和派以及南宋君主来说也并没有什么好处。和议达成虽然签署，但谁都不能保证和平会持续千秋万代，一旦再次发生战争，那些闲废的主战大臣就可以立即被起用，张浚在隆兴北伐中的重新起用，辛弃疾在韩侂胄开禧北伐时的复官，都是这种情况。另外，高宗与孝宗两朝，各自都御宇将近四十年，在总的对外方针政策上没有太大的变化，签订绍兴和议与隆兴和议之后，都保持了很长一段时间的和平，长期的和平也使主战派与主和派之间矛盾的激烈程度有所缓解，这也是南宋词人的贬谪经历相对于北宋词人来说并不那么严酷的原因之一。

其次，南宋贬谪词人的物质生活条件比北宋贬谪词人要优越。这一点与上文所说的贬谪程度的不同也有密切的关系。北宋贬谪者车马劳顿，行遍穷山恶水，所有花费都需要自己承担，此外，上下打点相关官吏，也是一项情理之中的不小花费。再加上一入党籍，形同罪犯，不仅失去了原来为官时正常的俸禄，如果被"削秩"的话，就等于彻底"失业"，连糊口都会成为问题。而在荒远穷僻的贬谪之地，房舍、医药、饮食等各个方面都极其恶劣粗陋，更有着中原人所畏惧的蛮烟瘴雨式的恶劣气候。因此北宋贬谪者不仅有身世抱负之悲，更有着实实在在的生存危机。如秦观在处州"老母鬓成丝，寒妻被无絮。岁暮多严风，絺绤将焉度？"（《梦伯收文公》）在削秩贬往郴州时住在破旧的古庙之中，"哀歌巫女隔祠丛，饥鼠相追坏壁中"（《题郴阳道中一古寺壁二绝》）。在编管横州时冬天饱受蚊蝇之苦，"万只黄落风如射，犹自传呼欲噬人"（《冬蚊》）。苏东坡在黄州拖家带口食不果腹，只得亲自躬耕于东坡，"地既久荒为茨棘瓦砾之场，而岁又大旱，垦辟之劳，筋力殆尽"①。在惠州"瘴疫横流，僵仆者不可胜计""旬浃之间，丧两女使"②。在海南"食无肉，病无药，居无室，出无友，冬无炭，夏无寒泉"。③ 而南宋那些罢职奉祠者一般都回乡闲居，虽然缺少俸禄，没有为官时那样富裕，但至少没有衣食之忧，更没有水土不服，和一家人团聚在一起也使他们的生活比较舒服。在南宋贬谪词人中，很多人家中修建有自己的园林别

---

① 《东坡八首》自序，《苏轼诗集》卷二十一，中华书局1982年版，第1079页。
② 《与林天和》，《苏轼文集》卷五十五，中华书局1986年版，第1633页。
③ 《与程秀才三首》之二，《苏轼文集》卷五十五，中华书局1986年版，第1628页。

墅，如向子諲在江西清江有芗林别墅；李弥逊有连江筠溪山庄、福州横山阁；王以宁亦曾"小庵初筑林坳"（《满庭芳·陈觉叟雪中见过》）；张元幹"卜筑几椽临水屋，经营数亩傍山园"（《次友人书怀》）；辛弃疾有带湖、瓢泉两处别墅，这些幽静雅致的居所无疑在一定程度上消除了他们的烦恼和愁苦之情。另外，宋政权的南渡和迁都，也更进一步使经济中心南移，岭南、海南等地，亦有不同程度的发展，和北宋相比在物质条件上亦有所提高，如李光的海南贬谪词中就曾经说"且看花经眼，休辞酒满杯。玉人低唱管弦催"（《南歌子》）。有花有酒有美人，对于贬谪于此地的人来说，所遭受的苦楚自然相对减轻了很多。

最后，南宋词人在个人出处进退的问题上比北宋词人更加洒脱。北宋虽然从一开始就积贫积弱，面临重重危机，但是毕竟结束了五代十国半个多世纪的分裂局面，建立起统一的大帝国。经过真宗时期的澶渊之盟以后，国家一直处于相对和平的状态之中，这样的环境为士大夫们实现人生理想提供了更多的机遇和希望，同时他们也有着很强的社会责任感，以兴天下为己任，王安石的推行新法与司马光反对新法的实行，都是这种社会责任感的表现。实现理想的希望和心中的社会责任感，让北宋文人的进取心很强，虽然也有着对于归隐山林的渴望，但在"居庙堂之高而忧其民"之外，还有着"处江湖之远而忧其君"的忠心。以苏轼为例，他在熙宁年间出守密州，作《水调歌头》，传至京城，神宗读到"又恐琼楼玉宇，高处不胜寒"，感慨"苏轼终是爱君"[①]；黄州之贬后，作《满庭芳》，中有"老去君恩未报，空回首，弹铗悲歌"。苏轼心中的"退"，是建立在功成名遂的前提下，所谓"一旦功成名遂，准拟东还海道，扶病入西州"（《水调歌头》）。因此，在功名未遂而又横遭贬谪，

---

① 俞彦：《爰园词话》，唐圭璋《词话丛编》，中华书局1986年版，第402页。

不得不"退"的情况下,即便是苏东坡这样心胸开阔的旷达之人心中亦充满愁闷,更不要说秦观那样个性敏感的词人了。而对于南宋贬谪词人来说,尽管他们并不缺乏对国家和社会的责任感,这从他们为宦时力主抗金的坚定立场和态度上可以看出来,不过国家并没有为他们提供太多实现个人抱负的机会。主和投降一派在南宋君王的默许之下明显占据上风并长期当政,除非违背自己的原则投靠卖国奸贼,否则便注定没有出路,这一点他们是非常清醒的。被贬出权力圈之外,在他们意料之中,因为没有太多选择的余地,因为本没有希望,所以也省去了很多愁苦彷徨,"进则尽节,退则乐天",这种面对出处进退的自然淡定,成为他们的人生信条,因此他们所写出的词能够"虽处厄穷患难,而浩然自得,无一怨尤不平之语,则非东坡所及焉"①。当然,南宋贬谪词中具有的旷达闲适的风格,从文学传承上来说亦有苏东坡贬谪词所起到的榜样作用,即"东坡范式"在南宋的巨大影响。而南宋士人特殊的出处环境,又使他们的贬谪词在东坡词旷达风格的基础之上具有更加从容自然的特色。

以上我们分析了南宋贬谪词相比北宋贬谪词的特色以及这些特色所产生的原因。当然,这仅仅是就南宋贬谪词的总体特征概括而言,具体来看,不同的贬谪词人所创作的词篇又具有自己独特的风貌。下面我们就以南宋贬谪词中的几位大家为例进行深入的分析。

二 "未尝以词名"的四名臣贬谪词

"南宋四名臣",从其一生功业上来说都属名公巨宦;从道德人格上来说又都为后人所景仰和称道,"所谓魁磊宏廓,儒者其人耶"②,但从

---

① 李慈铭:《南宋四名臣词序》,金启华等编《唐宋词集序跋汇编》,江苏教育出版社1990年版,第443页。
② 王鹏运:《南宋四名臣词集跋》,金启华等编《唐宋词集序跋汇编》,江苏教育出版社1990年版,第444页。

词史的角度来看，他们却都算不上大词人，"四公者，居南北宋之间，未尝以词名"①，只不过是"间为长短句"② 而已。然而，他们这些并非刻意为之的词作，却能够"皆曲折如志，务尽其所欲言"③，是他们自己真实情感和志向的流露。特别是在经历贬谪之后的词作，王鹏运曾经这样评价道："悲天运悯人穷，当变风之时，自托乎小雅之才，而词作焉。其思若怨悱，而情弥哀，备号幽明，剖通精诚，又不欲以为名也。于是则摧刚藏棱，蔽遏掩抑，所谓整顿缔造之意，而送之以馨香芬芳之言与激昂怨慕不能自殊之音。"④ 当然，这段评价不免有溢美之意，并且是就四公词作的整体特点而言。对比四公贬谪期间的词作，在共性之外又各有千秋。

（一）胡铨：信步天涯作小词，若比山谷更胜之⑤

胡铨的贬谪词最为倔强、豪迈，充满不屈不挠的精神，这种精神正与他上书请斩秦桧、王伦、孙进三人的气魄相一致，远谪的悲苦丝毫没有将他压倒。最能体现这种精神的是他在贬谪新州时所作的那首《好事近》：

富贵本无心，何事故乡轻别。空使猿惊鹤怨，误薜萝风月。
囊锥刚要出头来，不道甚时节。欲驾巾车归去，有豺狼当辙。

这首词虽然在艺术上比较简陋，但后半片两个比喻却将自己伸张正义的无所畏惧和奸臣当权的阴险凶恶十分形象地表达了出来，继上疏之

---

① 王鹏运：《南宋四名臣词集跋》，金启华等编《唐宋词集序跋汇编》，江苏教育出版社1990年版，第443页。
② 同上。
③ 同上。
④ 同上书，第444页。
⑤ 此两句诗是笔者对胡铨贬谪词的概括，下李光、李纲、赵鼎、张孝祥、陆游同。

后无疑又给了秦桧当头一击。这首词也由此成为胡铨再次远贬海南的根由。李心传《建炎以来系年要录》卷一五八载：

> 先是，太师秦桧尝于一德格天阁下书赵鼎、李光、胡铨三人姓名，时鼎、光皆在海南，广东经略使王鈇问右承议郎知新州张棣曰："胡铨何故未过海？"铨尝赋词曰："欲驾巾车归去，有豺狼当辙。"棣即奏铨不自省循，与见任寄居官往来唱和，毁谤当涂，语言不逊，公然怨望朝廷，鼓唱前说，犹要惑众，殊无忌惮。于是送海南编管。命下，棣选使臣游崇部送小项筒过海，铨徒步赴贬，人皆怜之。①

即使在贬谪海南之后，胡铨依然没有气馁委顿，他在那里有一个惺惺相惜的好朋友张伯麟，和他一样是一个铁骨铮铮的硬汉，《宋元学案补遗》卷三十四载："时秦桧主和议……先生因题斋壁云：'夫差，而忘勾践之杀而父乎？……'元夕都中张灯，先生出游过中贵人白谔门，见龙灯盛设，取笔题其上，如斋壁所书，桧闻，下先生于狱，搒楚无全肤，流吉阳军"②。两个人在一起"招呼诗酒颠狂伴""浩歌箕踞巾聊岸"（《醉落魄·辛未九月望和答庆符》），面对奸臣的迫害均表现出狂傲不羁的态度。

因心性的豪迈，海南岛上那些荒凉景象也变成了清朗阔大的风景："崖州何有水连空。人在浪花中。月屿一声横竹，云帆万里雄风。"（《朝中措·黄守座上用六一先生韵》）更难能可贵的是，胡铨的贬谪词中还表现了心中的自信，如《鹧鸪天》：

---

① 李心传：《建炎以来系年要录》卷一五八，绍兴十八年十一月乙亥条，中华书局 1956 年版，第 2571 页。
② 冯云濠、王梓材：《宋元学案补遗》卷三十四，张寿镛辑《四明丛书》第 17 册，广陵书社 2006 年版，第 10428 页。

梦绕松江属玉飞。秋风莼美更鲈肥。不因入海求诗句,万里投荒亦岂宜。

青箬笠,绿荷衣。斜风细雨也须归。崖州险似风波海,海里风波有定时。

这首词写在绍兴二十三年,时胡铨已经在海南岛上生活了整整五年,家乡自然让他十分想念,甚至在梦里还常常想起那代表着江南的莼菜羹、鲈鱼脍。然而身在天涯之滨,距离家乡万里之遥,何时才能归去?词人好像并不为之苦恼,他只将这万里投荒的经历当作"入海求诗句"而已。至于"归乡"的梦,迟早有一天会实现,尽管世上风波险恶如同崖州的海水一般,但既然海水有潮涨潮歇,他相信世路上的那些如同"豺狼"一般的奸恶势力也势必不能够长久,定会有被消灭的一天。这首词的题目是"癸酉吉阳用山谷韵",从词风上说胡铨贬谪词也确实具有黄庭坚式的"倔强"风格,甚至比黄庭坚原词中的"人间欲避风波险,一日风波十二时"更加乐观自信。历史的发展也正像胡铨所预料的那样,绍兴二十六年秦桧去世以后,胡铨终于迎来了北归的赦令。

(二)赵鼎:梧桐疏雨绵绵恨,独步危楼远远愁

和胡铨相比,赵鼎的贬谪词就显得相对哀伤一些。如《贺圣朝·道中闻子规》:

断霞收尽黄昏雨。滴梧桐疏树。帘栊不卷夜沉沉,锁一庭风露。

天涯人远,心期梦悄,苦长宵难度。知他窗外促织儿,有许多言语。

这首词作于绍兴九年二月赵鼎自知绍兴府移知泉州道中。开头两

句中的"黄昏雨""梧桐树"两意象，都是宋词中惯用的表现愁苦的典型意象，本自温庭筠《更漏子》中"梧桐树，三更雨，不道离情正苦"。只是赵鼎在这首词中所表现的愁苦并不是温庭筠词中为妇人所代言的离情，而是自己被贬谪以后心中真实的惆怅，这也正是"曲折如志"的表现。词人感受着窗外的沉沉暗夜与秋天风露的凄凉，想到自己远谪天涯的命运，在雨打梧桐的声音中久久无眠，而蛐蛐儿的声声鸣叫，又增添了他的惆怅之情。这首词在艺术上非常婉约细腻，用秋天特有的种种景象作烘托，既是词人真实的所见所闻之描绘，同时又有着比喻和象征的作用。如题目中的"子规"（杜鹃鸟）在"杜鹃啼血"的传说中有着凄苦之意，其叫声"不如归去"，又极易引起人们的思乡之情。"促织儿"一句，既表现了词人深夜辗转无眠的情态，同时又暗示了秋天的渐冷。《诗经·豳风·十月》中，就有"七月在野，八月在宇，九月在户，十月蟋蟀入我床下"之语。而秋天的渐冷，一方面是自然的现象，在感觉上给人凄凉思归之感；另一方面，又似乎代表了外部政治环境的愈加冷酷。第三句中暗夜沉沉的景象，同样也暗喻着这样的讯息。这些内容虽然并没有在词中明说，但读过这首词以后我们却可以感觉到许多隐藏在作者心中的情感。

再如另一首作于海南的《行香子》也表现出了哀伤愁苦之情，而且随着贬谪之地更加偏远而在程度上也加重：

    草色芊绵。雨点阑斑。糁飞花、还是春残。天涯万里，海上三年。试倚危楼，将远恨，卷帘看。
    举头见日，不见长安。谩凝睇、老泪凄然。山禽飞去，榕叶生寒。到黄昏也，独自个，尚凭栏。

虽然季节是春天，但词人却没有温暖欢欣之情，一个"还是"，透露出词人被贬谪在孤岛之上,年复一年看花开花落,始终北还无望的心情。"天涯万里,海上三年",一联简单工整的对句,却饱含厚重的愁思,词人登高远望,正所谓"日近长安远",而这里的"长安",不仅代表了北方的家乡,代表了朝廷的所在,同时也代表了中原北方被金兵占领的国土。此时此刻,词人不禁老泪纵横,凄然无语,自己身世遭际之感伤与国家命运衰颓之悲哀交织在一起,让他久久不能平静,直到倦鸟归巢、凉意渐生的黄昏,还倚靠着栏杆远望。结尾一句将一位沧桑老人孤独的剪影刻画出来,让人感慨良多,回味无尽。

赵鼎贬谪词中这种哀伤或许也同他悲观的性格有关,最后他没有等到秦桧死后的放归,而是在岛上绝食而死,虽是为其家人免于荼毒,但在一定程度上也可以看出他没能顶住压力的脆弱一面。不过这种脆弱,丝毫不会使其忠梗名臣的一生品节失色。

(三) 李纲:短褐幅巾性乐天,思量平生亦慨然

李纲的贬谪词,既无凄苦哀伤之语,也无豪迈倔强之辞,闲散适意是他被贬之后的主要生活情态,亦是他贬谪词的主要风格。如宣和二年冬天由贬谪地沙阳北归时所作的四首《望江南》,我们在第一章第二节"贬谪文人的'精神偶像'张志和与唐宋词渔父题材的创作"中曾经提到,他将自己想象成"蓑笠老江湖"的渔翁,"箬箬但闻冰散响,蓑衣时振玉花空","满眼生涯千顷浪,放怀乐事一声歌",比那个"斜风细雨不须归"的张志和更加快乐自适。再如他晚年从海南北归奉祠闲居长乐时所作的《水调歌头》三首,是与三个弟弟李维、李经、李纶,还有好友李弥逊、李骙、张鬐几个人在一起饮酒唱和时所作,从词中可以看出他对"退"的达观看法:"如意始身退,此事古难谐。中年醉饮,多病闲去正当才。"多少人都有着"功成身退"的念头,但是能够真正实

现的又有几人呢。"功成"本就是一条充满艰辛和意外的路，并非靠努力和才华就可以实现，而一旦"功成"之人，懂得抽身而退的又寥寥无几，倒不如自己趁着还未衰老离开官场是非之地，以享受大自然中青山绿水的优雅和与家人朋友相聚的快乐："长爱兰亭公子，弋钓溪山娱适，甘旨及朋侪。""幸有山林云水，造物端如有意，分付与吾侪。""坐间有客，超诣言笑可忘怀。况是清风明月，如会幽人高意，千里自飞来。"

但李纲贬谪词中偶尔也有惆怅的情绪出现，如《念奴娇·中秋独坐》：

> 暮云四卷，淡星河、天影茫茫垂碧。皓月浮空，人尽道，端的清圆如璧。丹桂扶疏，银蟾依约，千古佳今夕。寒光委照，有人独坐秋色。
>
> 怅念老子平生，粗令婚嫁了，超然闲适。误缚簪缨遭世故，空有当时胸臆。苒苒流年，春鸿秋燕，来往终何益。云山深处，这回真是休息。

词中上片描绘中秋之夜皓月浮空的景象，意境清幽雅致。"寒光委照，有人独坐秋色"一句，自然引出下片抒发的感慨。词人后悔从前"误缚簪缨"，空浪费了"苒苒流年"，结果徒劳无功，而贬谪之后终于得以"超然闲适""真是休息"。值得我们注意的是，这首词在闲适淡雅的情调之外，别有一份惆怅之心。"独坐""怅念"二词就已经透露出个中消息。试想，一位老人独自坐在秋月皎洁的寒光之中，回想起几波几折的平生经历，本身就透着寂寥和沧桑。尽管词人表面上似乎在庆幸自己能够及早抽身，享受闲适和休息，但这种"享受"，实际上却又是"不得不如此"的结果，是"遭世故"之后无奈的选择。这一生，似乎只是草草完成了儿女的婚事而已，其他功业并无成就。

如果说《念奴娇》这首词中隐隐的惆怅，还只是为自己平生功业之虚无而发的话，那么《六幺令》一词中所抒发的，则是由国家的兴亡所引起感伤：

> 长江千里，烟澹水云阔。歌沉玉树，古寺空有疏钟发。六代兴亡如梦，苒苒惊时月。兵戈凌灭。豪华销尽，几见银蟾自圆缺。
>
> 潮落潮生波渺，江树森如发。谁念迁客归来，老大伤名节。纵使岁寒途远，此志应难夺。高楼谁设。倚栏凝望，独立渔翁满江雪。

这是一首金陵怀古词，和许多怀古词的泛泛伤古悼今不同，这首词对南宋有着明显的现实针对性。上片由滚滚东去的长江引发怀古之情，词人纵目四望，江阔云低，在"逝者如斯夫，不舍昼夜"的长江面前，历史的沧桑之感油然而生。陈后主《玉树后庭花》的靡靡之音连同他所统治的朝代一同消失在历史的长河中，只剩下那古寺中传来的稀稀落落的钟声，似乎在警醒着世人。繁华一时的六朝都已经如梦如雾般散去，那流逝的岁月冷却了曾兵戈交接的战场，坍塌了豪华侈丽的宫殿墙，而见证这一切的唯有圆缺自若的无情冷月。北宋末年，侈华放荡如六朝，颠倒覆灭亦如六朝，怎能不让人痛心疾首，而当下的国事又是如何？下片直接抒发词人作为一名归来的"迁客"心中的情感，不同于李纲其他贬谪词中那个闲散自若的自我形象，这里的"迁客"不屈不悔，纵使自己年华老去，屡遭贬谪，但心中的志向依然没有改变，这里的志向，是抗金之志和与卖国奸臣斗争之志，他要像松柏一样，不畏冰雪侵凌，不畏路途遥远，坚持抗争，矢志不移。结尾一句化用柳宗元的诗句"孤舟蓑笠翁，独钓寒江雪"，柳宗元曾经被贬永州，以顶风傲雪的渔翁自喻，李纲借用这句诗，显然是要同柳宗元一样，以一种独立孤傲的抗争姿态凸显自己的人格志向。

如《六幺令》《念奴娇》这类的贬谪词不多,从这两首词中所反映的情感我们可以看出,李纲在其贬谪生活当中并非完全陶醉于闲散适意的世外情调,他心中依然保存着抗金的志向,正如《宋史》本传中所说,"纲虽屡斥,忠诚不少贬,不以用舍为语默,若赤子之慕其母,怒呵犹嗷嗷焉挽其裳裾而从之"。而四印斋本《梁溪词》附宋刘克逊跋语中说他词作的风格"进则秉钧仗钺,旋转乾坤,不足为之泰;退则短褐幅巾,徜徉邱壑,不足为之高",正把握住了李纲一生的出处进退之节。

(四)李光:闲愁散淡花月夜,谪途缥缈有仙风

《宋史》卷三六三《李光传》中说,李光闻谪命,则"青鞋布袜,即日行矣。不做儿女悲戚之态","谈笑慷慨,一如平日","目如炬,声如钟,其英伟刚毅之气,使人奋起"。和他对待贬谪的态度一样,李光在贬谪词中亦不作儿女悲戚之态,其对身世的感伤亦以平淡娴雅的面貌出现,如《南歌子·重九日宴琼台》:

  佳节多离恨,难逢笑口开。使君携客上层台。不用篱边凝望、白衣来。

  且看花经眼,休辞酒满杯。玉人低唱管弦催。归去琐窗无梦、月徘徊。

李光《庄简集》卷七有《近次韵徐念道琼台洞酌亭两绝》,诗后自注:"洞酌亭、琼台,在海南孤绝之处,限以鲸波,而风物萧然若在尘埃外,疑即三山之一也。"重阳佳节向来是思亲念远之时,词人也不例外。他用赏花饮酒,听美人弹曲来暂时消除心中的怅惘,可是归去之后,愁思却又萦绕在心头。词中的忧伤始终是淡淡的,不像是贬谪于海外之人的情感,却像是婉约词中常常见到的"闲愁",尤其是"且看花

经眼,休辞酒满杯"一句,几乎具有晏殊词的风神。

再如《渔家傲》:

> 海外无寒花发早。一枝不忍簪风帽。归插净瓶花转好。维摩老。年来却被花枝恼。
> 忽忆故乡花满道。狂歌痛饮俱年少。桃坞花开如野烧,都醉倒。花深往往眠芳草。

词前有小序云:"予顷在琼山,见桃李甚盛,但腊月已开尽,三春未尝见桃花,每以为恨。今岁寓昌江,二月三日与客游黎氏园,偶见桃花一枝。杨君荆华折以见赠,恍然如逢故人。归插净瓶中,累日不凋。予既作二小诗,同行皆属和。忽忆吾乡桃花坞之盛,每至花发,乡中人多聚会往游。醉后歌呼,今岂复得,缅怀畴昔,不无感叹,因成长短句,寄商叟、德矩二友。若悟此空花,即不复以存没介怀也。"① 由海南少见的桃花引起词人的思乡念旧之情,却只将看花、插花与少年时狂歌痛饮眠花卧草之事娓娓道来。

此外,李光在贬谪中很注重修炼养生之术,因此其贬谪词当中时常有着道家的意象,如《水调歌头·昌化郡长桥词》:

> 独步长桥上,今夕是中秋。群黎怪我何事,流转古儋州。风定潮平如练,云散月明如昼,孤兴在扁舟。笑尽一杯酒,水调杂蛮讴。
> 少年场,金兰契,尽白头。相望万里,悲我已是十年流。晚遇玉霄仙子,授我王屋奇书,归路指蓬邱。不用乘风御,八极可神游。

这首词写于绍兴二十年,距绍兴十三年李光初贬琼州已经过去了整

---

① 唐圭璋编:《全宋词》第二册,中华书局1999年版,第1019页。

整七年。在中秋佳节之际，词人仰望明月，怀念故人，遂作此词以抒怀。词前的序言中说："予自长年，粗闻养生之术。放逐以来，又得司马子微叙王屋山清虚洞所刻坐忘论一编，因得专意宴坐，心息相依。虽不敢仰希乔松之寿，度未及死，庶有会合之期。"① 这也正是这首词下片最后两句的写作背景。宋代士人往往是儒释道兼而取之，遭遇坎坷时常能在佛道思想中找到解脱的途径。相较而言，佛教思想更加虚空，讲求精神上的修炼，而道家则还关注肉身的长久。李光所取，正是道家中的长寿之术。他修此长生之术，并不是为苟活和享受，而是为能够与久别数年的故友亲朋见上一面，希望未来有一天能够再次拥有一个团圆欢聚的中秋，这种希望和努力，在某种程度上正是对贬谪命运的抗争，李光最终实现了这一愿望。他虽然在四名臣中贬谪的时间最为漫长，但却以八十岁的高龄迎来了赦免北归之命。这种奇迹，应该与其涉猎道家养生之术有着密切的关系。

三 骏发踔厉爱国志，楚尾吴头故园情——张孝祥贬谪词

和四名臣相比，张孝祥虽然在政治地位上并不显赫，但在词史上地位要高出很多。宋代周密所编的《绝妙好词》选张孝祥的词数量最多，也说明了这一点。张孝祥的词作中很多优秀的词篇都是贬谪期间所作，代表了他词作的最高成就。

（一）"骏发踔厉"的爱国词作

张孝祥贬谪词中最引人注目的是那些爱国主题的词作。这些词作在他每一个贬谪期都有出现，可以说贯穿了他贬谪词的始终。张孝祥的门

---

① 唐圭璋编：《全宋词》第二册，中华书局1999年版，第1017页。

生谢尧仁曾经说:"先生之雄略远志,其欲扫开河、洛氛浸,荡洙、泗之腥膻者,未尝一日而忘胸中。"① 这些词正表达了张孝祥毕生的志向,即使在自己仕途受到挫折的时候,依然关注着国家的生死存亡。在风格上,这些爱国主题的词作大多"骏发踔厉"② "声律宏迈,音节振拔,气雄而调雅,意缓而语峭。"③ "读之使人奋然有禽灭仇虏,扫清中原之意。"④ 如《水调歌头》:

雪洗虏尘静,风约楚云留。何人为写悲壮,吹角古城楼。湖海平生豪气,关塞如今风景,剪烛看吴钩。胜喜然犀处,骇浪与天浮。

忆当年,周与谢,富春秋。小乔初嫁,香囊未解,勋业故优游。赤壁矶头落照,肥水桥边衰草,渺渺唤人愁。我欲乘风去,击楫誓中流。

这首词作于绍兴三十一年,时张孝祥落职提举江州太平兴国宫。这年的十一月,完颜亮率军由和州渡江侵宋,虞允文与金兵战于采石矶,大败金军。张孝祥闻讯后立刻援笔写作了这首慷慨激昂的词作。上片描绘听闻捷讯的欣喜之情,虽然自己身遭贬谪,但却因国家抗金之战的胜利而感到十分欣慰。下片则回想历史上保卫国家、抗击敌军的英雄周瑜、谢安,他们在年轻之时就已经立下了绝世功业,而正当盛年的自己却被罢职免官,无法为国家的兴复大业付出一分力量,想到这里,不禁也增添了一份惆怅。他多么希望自己也能够参与到抗金战争创立一份功勋。张孝祥在同一时期有诗《辛巳冬闻德音》,诗中结尾说"小儒不得

---

① 谢尧仁:《张于湖先生集序》,《于湖居士文集》卷首,上海古籍出版社 1980 年版。
② 毛晋:《于湖词跋》,汲古阁本《宋六十一家词》,商务印书馆 1933 年版。
③ 查礼:《铜鼓书堂词话》,唐圭璋《词话丛编》,中华书局 1986 年版,第 1482 页。
④ 朱熹:《书张伯和诗词后》,《晦庵题跋》卷三,商务印书馆 1936 年影印丛书集成初编本。

参戎事,剩赋新诗续雅歌",所表达的正是同样的遗憾。

绍兴三十一年底张孝祥有一首非常著名的词作《六州歌头》①:

> 长淮望断,关塞莽然平。征尘暗,霜风劲,悄边声。黯销凝。追想当年事,殆天数,非人力,洙泗上,弦歌地,亦膻腥。隔水毡乡,落日牛羊下,区脱纵横。看名王宵猎,骑火一川明。笳鼓悲鸣。遣人惊。
>
> 念腰间箭,匣中剑,空埃蠹,竟何成。时易失,心徒壮,岁将零。渺神京。干羽方怀远,静烽燧,且休兵。冠盖使,纷驰骛,若为情。闻道中原遗老,常南望,羽葆霓旌。使行人到此,忠愤气填膺。有泪如倾。

这首词作于张浚任建康留守之时,据说,张浚读完这首词以后感慨良多,"流涕而起,掩袂而入"②,可见其感染力之大。上片描写中原沦陷地区的景象:原本处于中原腹心的淮河一带,居然变成了烽烟四起的边塞,远远望去,风起尘暗,满目凄凉。曾经的歌舞繁华之地,现在成为异族侵略者放牧牛羊的地方。而在夜里,虏兵骑马狩猎,灯火闪耀,更有悲凉的笳鼓之声,让人听来不由心惊泪落。下片首先感慨自己壮志未酬的悲哀,本该用在战场上的武器都落满了尘埃,尽管心中壮志未泯,然时光流逝,岁不待人,沦陷的都城依然那样邈远。中原父老们常常引颈南望,期待朝廷的军队早日打过来解救他们于水火当中,主议和者所派遣的使臣,却往来不绝于道。君臣泄沓如此,怎能不让人忠愤填

---

① 关于张孝祥《六州歌头》的写作时间历来争论颇多,笔者这里认同辛更儒发表于《中国典籍与文化》2003 年第 2 期的《略论张孝祥〈六州歌头〉的写作时间》一文中的说法,即作于绍兴三十一年十二月。

② 陈霆:《渚山堂词话》卷一,唐圭璋《词话丛编》,中华书局 1986 年版,第 353 页。

胸,有泪如倾!词篇节奏激烈短促,"所谓拔天倚地,句句欲活者"①。谭莹在《论词绝句》中感叹其"致使魏公缘罢酒,一腔忠愤洗《香奁》"②。表现了忠愤的精神和慷慨磊落的词风,完全不同于花月缠绵的传统词篇。

绍兴三十二年二月,朝廷又以虞允文为兵部尚书、川陕宣御史,措置召军市马及与吴璘议事。张孝祥作《木兰花》为虞允文送行:

> 拥貔貅万骑,聚千里、铁衣寒。正玉帐连云,油幢映日,飞箭天山。锦城起方面重,对筹壶、尽日雅歌闲。休遣沙场虏骑,尚余匹马空还。
> 那看。更值春残。斟绿醑、对朱颜。正宿雨催红,和风换翠,梅小香悭。牙旗渐西去也,望梁州、故垒暮云间。休使佳人敛黛,断肠低唱阳关。

送别词一般总要有惜别留恋之意,而在这首词中,词人却说"休使佳人敛黛,断肠低唱阳关",这是因为川陕之地乃宋金对峙之前线,亦是南宋欲收复中原的一块重要的根据地,任命在采石大战中立有重功的虞允文担任川陕方面的大员,并且"措置召军市马"一事,明显是人尽其用,并表现出对金用兵的意向,张孝祥对此事感到非常振奋,因此在词中淡化了惜别之意,而是预想了虞允文即将千里出征的威武景象,并表达了对虞允文的期望,希望将来能够扫平虏骑,恢复中原,"休遣沙场虏骑,尚余匹马空还"。

《水调歌头·凯歌寄湖南安抚舍人刘公》亦是一首著名的爱国词篇:

---

① 张德瀛:《词徵》卷五,唐圭璋《词话丛编》,中华书局1986年版,第4161页。
② 谭莹:《论词绝句》,《乐志堂诗集》卷六,上海古籍出版社1995年影印续修四库全书本。

猩鬼啸篁竹，玉帐夜分弓。少年荆楚剑客，突骑锦襜红。千里风飞雷厉，四校星流慧扫，萧斧锉春葱。谈笑青油幕，日奏捷书同。

　　诗书帅，黄阁老，黑头公。家传鸿宝秘略，小试不言功。闻道玺书频下，看即沙堤归去，帷幄且从容。君王自神武，一举朔庭空。

词写于乾道元年张孝祥在桂林时，"刘公"，即刘珙。乾道元年，郴州宜章县李金为乱，三月，朝廷以刘珙知潭州、湖南安抚使。刘珙迅速平乱，九月，李金投降。张孝祥遂从桂林寄词致贺，故称"凯歌"。据《宋史》卷三八六《刘珙传》的记载，刘珙主张抗金的政见与张孝祥基本一致，这首词描绘其勇武善战，运筹帷幄，肯定他平定内乱之功劳，但认为这不过是对那些啸聚猩鬼的"小试"，更希望他将来能够完成"一举朔庭空"的抗金大业。

此外，《念奴娇》（"弓刀陌上，净蛮烟瘴雨"）、《满江红·于湖怀古》（"千古凄凉、兴亡事，但悲陈迹"）、《浣溪沙》（"霜日明宵水蘸空"）、《浣溪沙·刘恭父席上》（"卷旗直入蔡州城"）等作品都反映出张孝祥的爱国精神，这些词篇也是历来为后人所称道，为诸家选本所最为青睐的部分。

（二）岭南荆湘时期的思归之情

张孝祥一生凡三次罢职，第二次罢职后即便重新起复亦远在岭南、荆湘之地外任为官，形同贬谪。在仕途上多次受挫，加上隆兴和议之后朝廷对金的屈膝取和之态，使张孝祥对为官进取亦逐渐倦怠，对收复中原也信心不足。虽然心中依然有着悲愤之情，却又深知自己没有回天之力。在这种情况下，他的思归之情逐渐浓重，特别是赴桂林任前后，词中的主题主要就是思乡。在赴任的旅途中,张孝祥就一直因为离开家乡而不愉快,"我是临川旧史君。而今欲作岭南人"(《浣溪沙·过临川席上赋此词》);"路尽湘江水,人行瘴雾间。昏昏西北度严关。天外一簪初见、岭南山"(《南歌子·过严关》)。到桂林之后,中秋时节想起去年在建康与朋友一起共度佳会,又有良多感慨,"今夕复何夕,此地过中秋。赏心亭上唤客,追忆去年游"(《水调歌头》)。此外如"老子婆娑成独冷"(《定风波》)、"思归梦,天边鹄。游宦事,蕉中鹿"(《满江红》)、"一杯莫惜留连,我亦是、天涯倦客"(《柳梢青》)等词,都描写了内心的寂寞思归之情。《念奴娇》是其中的名篇:

> 朔风吹雨,送凄凉天气,垂垂欲雪。万里南荒云雾满,弱水蓬莱相接。冻合龙冈,寒侵铜柱,碧海冰澌结。凭高一笑,问君何处炎热。
>
> 家在楚尾吴头,归期犹未,对此惊时节。忆得年时貂帽暖,铁马千群观猎。狐兔成车,笙歌震地,归踏层城月。持杯且醉,不须北望凄切。

这首词是他到达桂林之后的第一个冬天,与转运使朱元顺的唱和之作。从词篇整体上来看,似乎颇有气势,以致有人因此认为其所抒发的仍然是志士的慷慨爱国情怀。然而仔细阅读之后我们会发现并非如此。词篇的上阕描写万里南荒垂垂欲雪时的景象,"冻合龙冈,寒侵铜柱,碧海冰澌结"三句用极其夸张的笔墨将岭南冬天的寒冷描绘得宛如漠北一般,而"凭高一笑"二句,又似乎流露出词人的潇洒情怀。但下阕开头便已经极其明显地表现出思乡情绪来,"家在楚尾吴头,归期犹未,对此惊时节"。原来上阕所写的景物不过是为这种思乡情绪来服务的,节序变幻,时光流逝,而自己的归乡之梦却遥遥无期。在这里我们需要注意,张孝祥秋天到桂林上任,到写作此词之时,不过两三个月,就算从他夏天启程开始计算,也不过半年而已,时间并不是很漫长,然而在张孝祥看来却仿佛过了很久,"归期犹未"说明似乎每一天都在计算着回乡的日期一样,更突出了思乡心切之感。"忆得"几句回想年少豪兴,当时年轻气盛,春风得意,一派欢乐洒脱的姿态,而这种豪兴,却并非"击楫誓中流"的志向,而是年少时在故乡的自由、快乐的往事。结尾"持杯且醉,不须北望凄切",亦非"中原北望气如山",而是"家山北望泪沾襟"之感。结合张孝祥另一首《念奴娇·再韵呈朱丈》中的"只要东归,归心入梦,梦泛寒江月。不因莼鲙。白头亲望真切",我们更能清楚体会张孝祥此时的内心世界。

乾道二年四月张孝祥以"专事游宴"之罪又一次被罢免职务以后,反倒表现出即将归乡的无比快乐:"买得扁舟归去,此事天公付我,六月下沧浪。"(《水调歌头》)一路上心情愉快,"扁舟明日转清溪。好月相望千里"(《西江月》)。甚至有些迫不及待:"落日闲云归意促。小倚蓬窗,写作思家曲"(《蝶恋花》),并对即将南去为官的朋友予以忠告:"我已北归,君方南去。天涯客里多歧路。须君早出瘴烟来,江南山色青无数。"(《踏莎行》)

(三)超尘脱俗之美——以《念奴娇·过洞庭》为例

在张孝祥贬谪词的风格中,有两个特点是需要我们注意的,第一个特点就是出现了一些具有超尘脱俗之美的词篇,其中最为著名的就是《念奴娇·过洞庭》:

> 洞庭青草,近中秋、更无一点风色。玉鉴琼田三万顷,着我扁舟一叶。素月分辉,明河共影,表里俱澄澈。悠然心会,妙处难与君说。
>
> 应念岭海经年,孤光自照,肝胆皆冰雪。短发萧骚襟袖冷,稳

泛沧浪空阔。尽吸西江,细斟北斗,万象为宾客。扣舷独啸,不知今夕何夕。

这首词是张孝祥罢职以后路过洞庭湖时所作。在即将离开桂林时他曾说"吴山楚泽行遍,只欠到潇湘",可见对这次潇湘之行充满了期待,而潇湘之水灌注的八百里洞庭湖确实也没有辜负他,给予了他精神上无限的享受和安慰。词作上篇描写夜游洞庭湖所见的景致。起首三句以简明之笔点明地点、节令和天气,看似平常,却层层递进。洞庭湖本来就久负盛名,古往今来多少文人墨客在这里留下诗篇,因此"洞庭"二字本身就已经带有了几分诗意;更何况,当下正是最富有诗意的"近中秋"时节;今夜又如此明朗宁静,连风儿都屏住了呼吸。静静的湖水在月光的辉映之下,就像一块巨大的玉镜,又像一片无垠的玉田,三万顷汪洋之中,唯有词人乘坐一叶扁舟在湖水中荡漾。"三万顷"与"一叶",是小和大的奇妙组合,更是茫茫宇宙与渺小自我的对立与和谐。此时,天上的明月与星河倒映在湖水当中,天光水影,天上人间,相映成辉,形成一片冰清玉洁的通明世界。词人的内心也在这样的世界纤尘不染,更加明净而纯洁。陶渊明曾经说"此中有真意,欲辨已忘言"。张孝祥此时陶醉在洞庭湖的美景当中,心与自然悠然交会,同样"得义忘言",难以言说。清人宋祥凤在《乐府余论》中认为张孝祥所陈先立"自治"之策,可谓深知"恢复之本计"①,从而认为这首词中"悠然心会,妙处难与君说",是表达了"难与朝廷畅陈此理"的遗憾。将词人在洞庭所见景致之"妙"认作政论之"妙",将本来泛称读者之"君"解释为君主之"君",未免牵强附会。尽管张孝祥在早年确实曾经上《论先尽自治以为恢复札子》,但时隔多年,此时的朝政状况已非张孝祥

---

① 宋祥凤:《乐府余论》,唐圭璋《词话丛编》,中华书局1986年版,第2502页。

上书之时，而他本人亦屡遭坎坷，彼时归心似箭，完全没有必要亦没有心思在词中再次提及政事。宋祥凤的这种解释，正如王国维后来称张惠言一样，颇有固陋之嫌。词作下片开始着重描写自己的内心世界。念及自己"岭表经年"所为，词人自信于自己的人格与品行。"孤光自照，肝胆皆冰雪"二句，与其说是在任期间"治有声绩"的词人的自夸自诩之言，不如说是在岭南突然遭遇罢职的词人之自我剖白。尽管他在接受罢职免官的时候是平静而坦然的，但内心亦不能不有蒙冤之屈。虽然"短发萧疏"，老之将至，却又两袖清风，自有其恪守与节操，"稳泛沧浪空阔"，既是他身处之实景，又是其人生态度之写照，就如同苏东坡的"也无风雨也无晴"一样潇洒超脱。当此一叶轻舟荡漾于三万顷玉鉴琼田之时，词人忘却了世间的经营与烦恼，只想以西江之水为酒，以北斗之星为盏，更以自然万象为其宾客，频频举杯，细细斟酌，无所谓失落，无所谓寂寞，桨声光影之中与天地万物融为一体，他扣打着船舷，舒啸着胸臆，忘记了今夕为何夕。

对于张孝祥这首词的超尘拔俗之风格，前人好评如潮，如查礼《铜鼓书堂词话》"神来之句，非思议所能及也"①。陈应行《于湖先生雅词序》："比游荆湖间，得公所作长短句，凡数百篇，读之泠然洒然，真非烟火食人语。予虽不及识荆，然其潇散出尘之姿，自在如神之笔，迈往凌云之气，犹可以想见也。"② 有人甚至认为其超越了苏东坡的《水调歌头》"飘飘有凌云之气，觉东坡《水调》有尘心"③。笔者认为这种评价十分恰当，东坡《水调歌头》虽在后世赞誉连篇，"直觉仙气缥缈于笔

---

① 查礼：《铜鼓书堂词话》，唐圭璋《词话丛编》，中华书局1986年版，第1482页。
② 陈应行：《于湖先生雅词序》，金启华等编《唐宋词集序跋汇编》，江苏教育出版社1990年版，第164页。
③ 王闿运：《湘绮楼评词》，唐圭璋《词话丛编》，中华书局1986年版，第4293页。

端"①,"空灵蕴藉"②,"格高千古,不能以常调论也。"③ "发端从太白仙心脱化,顿成奇逸之笔。"④ 但词中的出处进退之意徘徊不定——"我欲乘风归去,又恐琼楼玉宇,高处不胜寒",王闿运所说的"尘心"正是指这一点。而张孝祥《念奴娇》当中,将自身与天光水影融为一体,超脱而干净利落,毫无关于功名的尘心俗念,甚至连犹豫和徘徊也一并抛开,只一心追求那种冰清玉洁之境。和东坡《水调》词的对比中,我们也可以看出南宋贬谪词人与北宋贬谪词人心态的不同,南宋词人对于退隐,无疑更加洒脱明快。

(四)骚雅与自得的结合——以《水调歌头·泛湘江》为例

张孝祥贬谪词的另一特点就是大量运用了楚辞中的词语,这与他罢职归乡时潇湘之游,及后来为官潭州、荆南荆北有着密切关系。韩元吉曾经说:"楚之地富于东南,其山川之清淑,草木之英秀,文人才士遇而有感,足以发其情致而动其精思,故言语辄妙,可以歌咏而流行,岂特楚人之风哉,亦山川之气或使然也。"⑤ 汤衡在《张紫薇雅词序》中也说:"出守四郡,多在三湖七泽间,何哉?衡谓兹地自屈贾题品以来,唐人所作,不过柳枝、竹枝词而已,其以物色分留我公,要与'大江东去'之词相为雄长,故建牙之地,不于此而于彼也欤?"⑥ "山川之气使然""以物色分留我公",其实只是一个方面,另一个方面,则是因张孝

---

① 李佳:《左庵词话》,唐圭璋《词话丛编》,中华书局1986年版,第3173页。
② 刘熙载:《词概》卷上,唐圭璋《词话丛编》,中华书局1986年版,第3708页。
③ 王国维:《人间词话》,上海古籍出版社1998年版,第20页。
④ 郑文焯:《大鹤山人词话》,唐圭璋《词话丛编》,中华书局1986年版,第4321页。
⑤ 韩元吉:《张安国诗集序》,《南涧甲乙稿》卷十四,上海古籍出版社1987年四库全书影印本。
⑥ 汤衡:《张紫薇雅词序》,金启华等编《唐宋词集序跋汇编》,江苏教育出版社1990年版,第164页。

祥与屈原同有贬谪经历，容易引发共鸣。这类词中最具代表性的是张孝祥在桂林任上遭罢职后北归时写作的《水调歌头·泛湘江》：

> 濯足夜滩急，晞发北风凉。吴山楚泽行遍，只欠到潇湘。买得扁舟归去，此事天公付我，六月下沧浪。蝉脱尘埃外，蝶梦水云乡。
>
> 制荷衣，纫兰佩，把琼芳。湘妃起舞一笑，抚瑟奏清商。唤起九歌忠愤，拂拭三闾文字，还与日争光。莫遣儿辈觉，此乐未渠央。

从词中我们可以看出，张孝祥虽然在词中化用《楚辞》之典，然而与屈原对待贬谪的态度却大不相同。屈原是"游于江潭，行吟泽畔，形容憔悴，颜色枯槁"，作《离骚》以抒愤，投清江以抗争，而张孝祥却想做那个避身隐世，垂钓江滨，濯足沧浪，欣然自乐的渔父。上片起首一句，便化用了《楚辞·渔父》中"沧浪之水清兮，可以濯我缨。沧浪之水浊兮，可以濯我足"。既然"濯足夜滩"，则是遭遇浊世，买舟归去之事乃是天公付我之恩赐，并非惩罚也。"只欠"二字已然透露出欣喜期待之情，而"蝉脱尘埃外，蝶梦水云乡"，更表现出超越凡俗悠然自在的心境，正如同陶渊明的"久在樊笼里，复得返自然"之乐。下片中化用《楚辞》词句更为密集。"制荷衣，纫兰佩，把琼芳"，本自屈原《离骚》中"任秋兰以为佩""制菱荷以为衣"，"朝饮木兰之坠露兮，夕餐秋菊之落英"，表现了他品德的高洁不染与屈公相似。"湘妃起舞一笑，抚瑟奏清商。"本自《楚辞·远游》"使湘灵鼓瑟兮，令海若舞冯夷"。其中包含了一个悲剧传说：舜帝死后葬在苍梧山，他的妃子追随而去，因哀伤而投水自尽，变成湘水女神。她常常在江边鼓瑟，以寄托自己的哀思。唐代钱起《省试湘灵鼓瑟》一诗中有："善鼓云和瑟，尝闻帝子灵。冯夷空自舞,楚客不堪听。"说湘妃动人的琴瑟之声吸引来河神冯夷,他不由得伴随着音乐的声音跳起舞来,然"空自舞",表示其并不理解湘妃心中的哀怨,反倒是那些贬谪到楚地的文人听到之后悲从中来不忍卒闻。无论是传说中泪洒斑竹枝的湘妃,还是楚辞中鼓瑟的湘妃,还是钱起诗歌中的湘妃,都是一个悲剧人物,有着哀怨莫解的内心,而在这首词中,湘妃却"起舞一笑",并无哀愁之感,看似反常,其实这正是张孝祥作为一个并不哀愁的"楚客"赋予湘妃的特殊情绪。换句话说,在这里"起舞一笑"的,并非是湘妃,而是词人自己。"唤起九歌忠愤,拂拭三闾文字,还与日争光。"在歌颂屈原堪与日月争光之忠愤精神的同时,再次表现出对自己人格品行的自信。在张孝祥的心中,忠愤之情是始终未能消去的,即使在遭受贬谪决意退隐之时,哀怨虽并非没有,但更多的是坦然。结尾的一句"莫遣儿辈觉,此乐未渠央"更直接表达了他贬谪后怡然自乐之情。

韩元吉在《张安国诗集序》当中说:"安国少举进士,出语已惊人,未尝习诗也。既而取高第,遂自西掖兼直北门,迫于应用之文,其诗虽间出,犹未大肆也。逮夫少憩金陵,徜徉湖阴,浮湘江,上漓水,历衡山而望九疑,泛洞庭,泊荆渚,其欢愉感慨,莫不什于诗。好事者称叹,以为殆不可及。"① 这段话同样可以用在张孝祥的词作上。一个天才型的文人加上贬谪中所受到的历练,使其更加能够"发其情致而动其精思"(同上韩元吉语),写出了灿烂的词章。可惜张孝祥三十八岁盛年就溘然辞世,若天假其年,定会有更多优秀作品出现,惜夫!

---

① 韩元吉:《张安国诗集序》,《南涧甲乙稿》卷十四,上海古籍出版社 1987 年四库全书影印本。

四 铁马冰河心不老，且喜归来身尚安——陆游贬谪词

陆游和张孝祥一样，在词史上都是被大词人辛弃疾的光芒所笼罩的词人。张孝祥被称为"辛派先驱"，陆游则被冠以"辛派中坚"之名。二人屈尊于辛弃疾羽翼之下，就张孝祥而言，或许是他盛年辞世，未及创作出更多优秀的词作；而就陆游而言，则因为他将更多的才华和精力都放在了诗歌的创作上，所谓"六十年间万首诗"，对词体则从理念上颇不以为然，认为词是"其变愈薄"之体，说他自己"少时汩于世俗，颇有所为，晚而悔之"①。不过即便如此，陆游的词作仍然是词史上不容绕过的一笔。就其贬谪词来说，陆游也自有其独特的风格和可堪流传百世的名篇。

（一）"心在天山、身老沧州"的悲叹

和从未有过军旅生活的张孝祥不同的是，陆游有过一段实实在在的戎马生涯。在陆游的一生中，这也是让他最难以忘怀的一段岁月，即乾道八年在南郑王炎幕任职的那段时间。南郑地处宋金对峙的前线，在四川宣抚使王炎的整顿和努力之下，这里渐渐成为恢复中原的一块重要的根据地，这让一直心怀恢复之志的陆游看到了希望，也充满了昂扬的斗志。虽然在王炎幕府中所任的只是文职——"宣抚使司干办公事、兼检法官"，但他也常戎装骑马，随军外出宿营，甚至参加一些战斗，这在陆游的许多诗歌中都有记载，《蒸暑思梁州述怀》中有"柳阴夜卧千驷马，沙上露宿连营兵。胡笳吹堕漾水月，烽燧传到山南城"；《秋怀》的

---

① 陆游：《长短句序》，金启华等编《唐宋词集序跋汇编》，江苏教育出版社1990年版，第154页。

"朝看十万阅武罢，暮驰三百巡边行。马蹄度陇雹声急，士甲照日波光明"；《秋夜感旧十二韵》有"我昔从戎清渭侧，散关嵯峨下临贼。铁衣上马蹴坚冰，有时三日不火食"。因此，对于陆游来说，就职于南郑是实实在在为抗金事业努力的一段日子。王炎幕府被解散之后，这段日子也就成为陆游诗词中经常出现的回忆，抚今追昔，他不仅仅为自己功业未成而感到失落，更为南宋恢复中原的大业半路夭折而备感愤慨。如果说张孝祥在词中的角色是一个旁观者，为抗金将领们的胜利而喝彩，为他们的出征送行、鼓励，为恢复大业的艰难多阻而感慨激愤；那么陆游在词中却常常是一个参与者，他是通过对自己当年戎马生涯的回忆而抒发他的爱国忧国之情。《诉衷情》便是描写这一题材的优秀词篇：

> 当年万里觅封侯。匹马戍梁州。关河梦断何处，尘暗旧貂裘。
> 胡未灭，鬓先秋。泪空流。此生谁料，心在天山，身老沧洲。

这首词作于淳熙八年以后陆游被赵汝愚弹劾罢免官职奉祠居山阴期间。"万里觅封侯、匹马戍梁州"，当年自己的英伟雄武之姿还历历在脑海中，然而这不过是一场梦，正如他在《十一月四日风雨大作》一诗中所说的"夜阑卧听风吹雨，铁马冰河入梦来"一样。这样的重返前线的梦不知做过多少次，而每当梦醒之后，便备感凄凉，曾经的戎马生涯都已经成了过去，只有当年穿过的貂裘戎装还在身边，但却落满了灰尘，失去了往日的光彩。下片几句，不用一典，明白如话，一气呵成，包含了作者满腔的悲愤和遗憾之情。"中原干戈古亦闻，岂有逆胡传子孙？"（《关山月》）可是现在入侵的金兵竟然在原本属于大宋的中原之地繁衍生息，胡虏未灭，身已先衰，怕此生再也没有机会重返疆场报效国家了，想到这里，词人不禁泪流满面，然而流泪亦只是"空流"，再多的眼泪也换不回自己流逝的年华，更换不回中原的收复。词人的心虽然时时刻刻都在抗金的前线,然而身却无法随心而往,只能在这平静的山村中空度年华,这是从前的他始料未及的结果。词中虽然没有直接指斥南宋的当权者,但对他们的不满和怨愤都已经流露于字里行间。

同一时期还有另外一首《诉衷情》也表达了类似的内容:

青衫初入九重城。结友尽豪英。蜡封夜半传檄,驰骑谕幽并。
时易失,志难成。鬓丝生。平章风月,弹压江山,别是功名。

上片同样是回忆当时在王炎幕府中的生活,陆游曾经在《怀南郑旧游》诗中说:"南山南畔昔从戎,宾主相期意气中。"幕府中的朋友都是志气相投的英雄豪杰,都有抗金恢复的理想,格外团结而亲密。"蜡封"二句则真实地表现了当时准备战斗的情况。当时属于四川的南郑即今天的陕西汉中,距离长安并不遥远,四川这边积极备战的同时,沦陷区亦有不少志士心怀抗金之志,欲与朝廷里应外合共起大事。因此,他们互相之间常常有情报往来,这两句所说的正是这种情况。陆游在《昔日》一诗中说"至今悲义士,属帛报番情"。后面的自注中则详细解释了当时传书的情况:"予在兴元日,长安将吏以申状至宣抚司,皆蜡弹方四五寸绢,虏中动息必具报。"这种情报传递实际上是冒了很大的风险的,《追忆征西幕中旧事》诗中有"关辅遗民意可伤,蜡封三寸绢书黄;亦知虏法如秦酷,列圣恩深不忍忘"。可以想象,当时也必定有因传递情报而被虏兵处以极刑者。然而他们冒了这么大的风险积极备战,在朝廷的干预之下却很快化为泡影。机不可失,时不再来。失去了收复中原的机会,建功立业的机会亦随之而去,词人为此深深感到悲哀失望。结尾一句,尤堪咀嚼,"平章"即品评,陆游两次遭弹劾罢职都以"宴饮颓放、嘲咏风月"等为罪名,回乡之后干脆将一个小轩取名为"风月轩",并有诗名曰《予十年间两坐斥,罪虽擢发莫数,而诗为首,谓之"嘲咏风月"。既还山,遂以"风月"名小轩,且作绝句》,"弹压江山",本自《淮南子·本经训》"牢笼天地,弹压山川"。苏轼曾说:"江山风月,本无常主,闲者便是主人。"① 品评风月,管领山川,原是"闲者"的事,与"功名"二字沾不上边,而结句却说"别是功名",这是幽默语,是自我解嘲,也是激愤语,是对那些强加给他"嘲咏风月"罪名的人们予以有力的反击,套用孟子的一句话就是"予岂好嘲咏风月哉,予不得已也!"② 俞陛云《唐五代两宋词选释》中说:"此调仅四十余字,而豪气霜横,逸情云上。'风月'、'江山'三语,尤峭劲有味。杨升庵评此词,谓'雄慨处似东坡',此作颇似之。"③

(二)"且喜归来无恙"的庆幸

值得注意的是,在陆游的贬谪词当中,类似以上两首"豪气霜横""峭劲有味"的词作并不多,这两首《诉衷情》虽然久负盛誉,却难以代表陆游贬谪词的主要倾向,甚至在陆游的贬谪词中显得有些另类,似乎是贬谪之前词作风格的一种残留。陆游贬谪词中最多的,是那些他所谓的"渔歌菱唱",即渔隐词,同时还包括风格相似的道家词、田园词。和非贬谪期词作相比,这些词风格上发生了很大的变化。非贬谪期词作中的感情非常深刻,其内心有一种挣扎,无法化解,这种深刻和挣扎表现在许多方面,如对故乡的思念:"东望山阴何处是。往来一万三千里。写得家书空满纸。流清泪"(《渔家傲》);"客路苦思归,愁似茧丝千绪"(《好事近》);"故山犹自不堪听,况半世、飘然羁旅"(《鹊桥仙》)。感慨个人的功业未成:"闻歌感旧,尚时时、流涕尊前"(《汉宫

---

① 苏轼:《东坡志林》卷四《临皋闲题》,三秦出版社2003年版,第205页。
② 原文为《孟子·滕文公下》中"吾岂好辩哉,吾不得已也"。
③ 俞陛云:《唐五代两宋词选释》,上海古籍出版社1985年版,第357页。

春》）；"身易老，恨难忘。尊前赢得是凄凉。君归为报京华旧，一事无成两鬓霜"（《鹧鸪天》）；"华鬓星星，惊壮志成虚，此身如寄"（《双头莲》）；对朝廷、君主的怨愤："恨君心，似危栏，难久倚"（《夜游宫》）；等等。而贬谪词中所有的情感都变得非常平和，至少从表面上看来，矛盾和挣扎几乎没有了，词人学会了放开。由于贬谪之后自己年华老去，中原收复无望，在人生和功业上的选择已经不多，词人开始珍惜甚至庆幸自己现实中的拥有，不再奢望那些很难得到的东西，平淡成为陆游贬谪词的总体特征。

不过，在不同的贬谪时期，词风亦有一些区别。陆游的贬谪词主要作于两个时期，第一个是入蜀以前在山阴闲废的三年，第二个是从蜀中归来之后从淳熙八年到淳熙十三年奉祠归乡的五年。由于入蜀这段经历对陆游一生的影响非常大，加之前后两个时期在年龄上也有很大的差距，因此在词作风格上也出现了一些区别。入蜀前的贬谪期作词数量不多，共有五首[①]：三首《鹧鸪天》、一首《大圣乐》，另有半首不完整的《采桑子》。这些词中所写的渔隐、道情，虽然也有亲身体验的成分，但更多是一种类型化的隐士生活，这种隐士生活中的平静和快乐是作者强迫自己去感受的，在颓放之中另有一种倔强不满之气，如《鹧鸪天》三首：

家住苍烟落照间。丝毫尘事不相关。斟残玉瀣行穿竹，卷罢黄庭卧看山。

贪啸傲，任衰残。不妨随处一开颜。元知造物心肠别，老却英雄似等闲。

[①] 参见夏承焘《陆游词编年笺注》，上海古籍出版社1981年版。

插脚红尘已是颠。更求平地上青天。新来有个生涯别，买断烟波不用钱。

沽酒市，采菱船。醉听风雨拥蓑眠。三山老子真堪笑，见事迟来四十年。

懒向青门学种瓜。只将渔钓送年华。双双新燕飞春岸，片片轻鸥落晚沙。

歌缥渺，舻呕哑。酒如清露鲊如花。逢人问道归何处，笑指船儿此是家。

俞陛云《唐五代两宋词选释》中说其"襟怀闲适，纵笔写来，有清空之气"①。然而正是因为其太过清空，写得太自由潇洒，所以不像生活中的真实情景。三首词中都有"笑"意，第一首中"贪啸傲，任衰残。不妨随处一开颜"是倔强的笑；第二首中"三山老子真堪笑，见事迟来四十年"是冷笑；第三首中"逢人问道归何处，笑指船儿此是家"是假笑。此种词看似闲适，实则自有牢骚不平，因此明人徐士俊评价第一首词为"天地不仁，如是如是"②，并认为这三首词"亦灵均之寓言于沧浪也"③。

淳熙八年以后的奉祠居乡期间，词人经过蜀中的希望与失望的变幻，业已将生平功业之事看破。《洞庭春色》一词是对自己一生得失的总结：

壮岁文章，暮年勋业，自昔误人。算英雄成败，轩裳得失，难

---

① 俞陛云：《唐五代两宋词选释》，上海古籍出版社1985年版，第348页。
② 张璋：《历代词话》，大象出版社2002年版，第418页。
③ 同上书，第420页。

如人意，空丧天真。请看邯郸当日梦，待炊罢黄粱徐欠伸。方知道，许多时富贵，何处关身。

人间定无可意，怎换得、玉鲙丝莼。且钓竿渔艇，笔床茶灶，闲听荷雨，一洗衣尘。洛水秦关千古后，尚棘暗铜驼空怆神。何须更，慕封侯定远，图像麒麟。

回想自己从"壮岁"到"暮年"之间的得失成败，词人感到如同一场大梦，唯有"玉鲙丝莼，钓竿渔艇，笔床茶灶，闲听荷雨"这样的简朴自然的生活才是真实的。纵观古今，铜驼荆棘，帝室且然，又何论封侯事业！还有一首《好事近》也通过对古今兴亡的感悟而想及自身：

平旦出秦关，雪色驾车双鹿。借问此行安往，赏清伊修竹。

汉家宫殿劫灰中，春草几回绿。君看变迁如许，况纷纷荣辱。

俞陛云评道："关中为古帝王之州，凡策马秦原者，黄叶汉宫，绿芜秦苑，每有怀古苍凉之慨。放翁感遗殿之消沉，思帝王之煊赫，尚结局如斯，区区一生荣辱，安足论耶？"[①]

看破之后，词人心中有了一种经过大风大浪之后余生犹存的庆幸之感。陆游在这一时期的许多词中，都提及自己年岁的老迈，然而同样是感慨岁月的流逝，词中却已经没有了因功业未成而产生的痛苦情怀，而是认识到时日无多，应珍惜当下的生活，不该再为那些身外之事操心劳碌了。《一落索》中"此身恰似弄潮儿，曾过了、千重浪。且喜归来无恙"最恰当地反映了词人这时的心态。再如《乌夜啼》"素意幽栖物外，尘缘浪走天涯。归来犹幸身强健，随分作山家"；《破阵子》"仕至千锺

---

① 俞陛云：《唐五代两宋词选释》，上海古籍出版社1985年版，第147页。

良易，年过七十常稀。眼底荣华元是梦，身后声名不自知"；《恋绣衾》"无方能驻脸上红。笑浮生、扰扰梦中。平地是、冲霄路，又何劳、千日用功"；《蝶恋花》"冉冉年华留不住。镜里朱颜，毕竟消磨去。一句丁宁君记取。神仙须是闲人做"等词句都表现了词人珍惜余生，庆幸归来的心态。而在这种心态之下，无论是渔隐词、田园词，还是道情词，其象征的意义大大减小，取而代之的是对自己真实生活的记录和描写。词人不再刻意标榜、强调自己的隐居之乐，而在平实的描绘当中，其宁静和快乐自然而然地流露出来。如：

菩萨蛮

江天淡碧云如扫。苹花零落莼丝老。细细晚波平。月从波面生。

渔家真个好。悔不归来早。经岁洛阳城。鬓丝添几茎。

生查子

还山荷主恩，聊试扶犁手。新结小茅茨，恰占清江口。

风尘不化衣，邻曲常持酒。那似宦游时，折尽长亭柳。

乌夜啼

纨扇婵娟素月，纱巾缥渺轻烟。高槐叶长阴初合，清润雨余天。

弄笔斜行小草，钩帘浅醉闲眠。更无一点尘埃到，枕上听新蝉。

可以看出，词中无论是渔家江边的景致还是田园小庐的温情，都是词人亲眼所见，亲身经历的写照，特别是第三首词，十分平实地描写了闲居生活中的天气、写作、闲眠、听蝉等事情，琐碎平淡而有情致。至于陆游在这一时期写作的很多道情词,如以《好事近》为词牌子的就有八首,亦是陆游闲居无事对道家思想分外感兴趣的结果,未必具有十分深刻的意义。明人徐士俊在评价其中的一首《好事近》"挥袖别人间"的时候,称其"英雄感慨无聊,必借神仙荒急之语以自释,此《远游》篇之意也"①。恐怕并非如此,这种解释在很大程度上受到"陆游是一个爱国志士,所以其词作必定表达爱国思想"这样一种先入为主的成见之影响,总是要努力挖掘出其词作的深刻意义,而没有注意到一个词人在不同的时期不同的境遇之下其情感倾向亦有很大不同。其实陆游在同一时期所作的一首《乌夜啼》中已经提到"投壶声断弹棋罢,闲展道书看",看道书是他闲居生活中的爱好而已,这也与陆游年寿颇高,未免有追求长生之念有关。

五 多少江湖忧乐意,漫呼青兕作词人——辛弃疾贬谪词

作为一个专以词体为"陶写之具"的词人,辛弃疾一生共作词六百多篇,居两宋词人之首。在罢职闲居带湖、瓢泉二十年左右的时间中,词作数量就达四百五十多首(据邓广铭《稼轩词编年笺注》,"带湖之什"有228首,"瓢泉之什"有225首),占总数的三分之二还要多。同时,这两个时期的词作还是确立辛词"大家风范"的关键,正是在这两段罢职闲居的时间里,辛弃疾使他的词作达到了"无意不可入,无事不可言"的境界,具有形式完备,众体兼擅的特征。辛弃疾的好友刘宰曾经这样称赞道:"田园归去,翰墨生涯,驰骋百家,搜罗万象。得其小者,风蝉碎锦襕;宏而肆之,金虀垂琳琅。落纸云烟,争光日月。"② 免

---

① 张璋:《历代词话》,大象出版社2002年版,第402页。
② 刘宰:《贺辛待制知镇江》,《漫塘文集》卷十五,吴兴刘氏嘉业堂1926年刻本,苏州大学图书馆藏。

职罢官让辛弃疾无法持弓仗剑，但却使他操起文房四宝以抒发忧愤。同时闲居生活又让他拥有了在戎马干戈的青年时期和政务缠身的中年阶段都不可能拥有的读书万卷、博学精思的机会，从而使他的词艺大增。可以说，正是这两次罢官成就了词史上的大家辛弃疾。关于辛词的研究在学术界早已经是一块熟地，各种专著和论文层出不穷，内容包括方方面面，几乎也达到了"无意不可入，无事不可言"的境地，翻新求异实为难事，而重复前人成果又并无意义。因此这里不拟面面俱到地探讨辛弃疾两次罢官闲居时期的词风，而是从两点出发，一是横向比较辛弃疾贬谪词与其他贬谪词人特别是同时代的张孝祥、陆游的词作的独特之处。二是纵向比较辛弃疾在带湖、瓢泉时期的词作与贬谪前词风的不同，从而揭示贬谪之于辛弃疾词风的影响。

（一）实干精神与领袖气质——辛弃疾贬谪词与他者的区别

南宋贬谪词人大都可以称为爱国志士，他们的贬谪基本上是由抗金主战而引起，辛弃疾也不例外，但他与南宋其他贬谪词人相比，却有着一些明显的区别。上文我们已经提到，辛弃疾完全将词体作为"陶写之具"，将一生所有的情感、文采都投入了词体写作当中，对他来说，词体具有和诗文同等的价值和意义，因而其贬谪期间的词作也比任何其他贬谪词人厚重丰富；另外，辛弃疾是一个"归正人"，他从北方沦陷的失地投奔而来，心中收复中原的抗金志向比任何一个人都要急切和坚决。这导致了其贬谪词在情感上也更加真诚、激烈；但更重要的一点是，他不是一个纸上谈兵的文人，不是一个空发感慨的墨客，而是一个真正领兵作战的英雄将领，一个胸有韬略的实干家，这最后一点特别能说明辛弃疾的贬谪词区别于他者的原因。我们可以把孝宗朝其他两位贬谪词人张孝祥、陆游与辛弃疾作一比较。

钱锺书先生曾经在《宋诗选注》的陆游小传里将南宋的爱国作家分为两类①，一类是"只表达了对国事的忧愤或希望，并没有投身在灾难里，把生命和力量都交给国家去支配的壮志和宏愿；只是束手无策的叹息或者伸手求助的呼吁，并没有说自己也要来动手……"张孝祥就属于这一类词人，他之所以束手无策和没有动手，并非不愿意，而是因为没有动手和实干的能力。他生平仅有一次参与军事活动的机会，就是在隆兴二年三月受到张浚的提拔以都督府参赞军事兼知建康，领行宫留守。但他很快便上《辞免参赞军事兼知建康府奏状》，奏状中说："臣起于诸生，叨窃名宦，军旅之事，实不谙晓……岂一身夷灭之足惜，而误国欺君之是虞。臣实何人，而当此选？又况帅藩之重，宫钥之严，虽曰摄承，亦难置参见。伏望圣慈收还误宠，更图奇杰，仰备驱驰。"② 李心传《建炎以来朝野杂记》乙集卷三中也记载了这件事："隆兴二年春，魏公行边，张安国以中枢舍人从，辟为参赞军事。魏公入辞，上皇与论事甚久，因问曰：'张孝祥想甚知兵。'盖以安国儒生晚出，未谙军旅故也。"③ 因而在不久以后便罢去了张孝祥都督府参赞军事一职，除敷文阁待制依旧知建康府。张孝祥在几次贬谪期间都写作了一些爱国词篇，但在这些词篇中他自己始终是一个旁观者而不是参与者。《水调歌头》"雪洗虏尘静"是为将士们的胜利而喝彩，《木兰花》"拥貔貅万骑"是为即将出征的将军送行，《水调歌头》"猩鬼啸篁竹"是对他人的期待和勉励。著名的《六州歌头》虽然悲愤雄壮，"忠愤填胸，有泪如倾"，但毕竟心有余而力不足，而这种"力不足"，并非只是因为他被贬谪的现实，而是他本身的能力使然，因此他在词中还流露出"殆天数，非人力"的

---

① 钱锺书：《宋诗选注》，人民文学出版社1953年版，第191页。
② 张孝祥：《于湖居士文集》卷十八，上海古籍出版社1980年版，第179页。
③ 李心传：《建炎以来朝野杂记》乙集卷三，上海古籍出版社1987年影印四库全书版。

思想。在荆州时所作的《浣溪沙》"霜日明霄水",更是只有叹息与茫茫然的悲凉了。总之,在这一场抗金复国的事业中,张孝祥并不能够实际地参与其中,他所做的只能是在大方向上鼓舞士气和批判卖国奸贼的舆论工作。

钱锺书所说的另一类是像陆游那样"不但写爱国、忧国的情绪,并且声明救国、卫国的胆量和决心"。"在这一场英雄的事业中准备有自己的份儿",要"从戎",要"上马击贼",能够"慷慨欲忘身",愿意"拥马横戈""手枭逆贼清六京"。从这一点来看,辛弃疾显然与陆游同属一类。他们的贬谪词中爱国、忧国的情绪之外总有着自己投身其中的身影以及投身而不得的焦虑。但辛弃疾与陆游不同的是,陆游虽然曾经入蜀从戎,但从根本上说还是一个文人,他在军中所从事的主要是文吏的工作,虽然也曾和军人一样戍边,甚至还曾亲身擒虎,但仍旧是幕僚或者侍从。而辛弃疾从来不认为自己只是一个普通的儒生,也从来不愿在事业中充当别人的侍从和幕僚。正如刘扬忠先生所说,"他干事业,是要大展宏图,自己来做首领"[①]。他是有一种"舍我其谁"的使命意识的。而且在实践上,他也正是这样做的。当年仅22岁的他能够支起起义的大旗,统领上万人的抗金起义军,手刃叛徒僧义端,生擒张安国南下归正,早已经显示出其非凡的胆识勇气和领袖气质。南归之后又长期担任过独当一面的监司帅臣之职,独自创建过号称"江上诸军之冠"和"虎儿军"的湖南飞虎军,远非陆游所能比。陆游和辛弃疾的贬谪词中都曾提到当年军中的往事,但陆游"当年万里觅封侯,匹马戍梁州"的豪情与辛弃疾"壮岁旌旗拥万夫,锦襜突骑渡江初""醉里挑灯看剑,梦回吹角连营。八百里分麾下炙,五十弦翻塞外声,沙场秋点兵"的大

[①] 刘扬忠:《辛弃疾词心探微》,齐鲁书社1990年版,第20页。

将风度比起来,显然是小巫见大巫。而且陆游的贬谪词中提到军中往事的也仅有两首《诉衷情》,而辛弃疾的这一主题的作品则数不胜数,几乎一有机会就要提到当年在军中"少年横槊,气凭陵"(《念奴娇》)的岁月。

假如辛弃疾没有两次罢职闲居的不幸,假如朝廷给予他领兵作战的机会,那么这种实干精神和领袖气质定会使其成为一个优秀的军事统帅和将领,就像陈廷焯《白雨斋词话》中说的那样,"正则可以为郭、李,为岳、韩,变则即桓温之流亚"。然而机会不来,反而横遭谗毁,只能将此"吞吐八荒之慨"灌注于词篇当中,"故词极豪雄,而意极悲郁"①。但即使如此,辛弃疾在其贬谪词中仍然大量以历史上那些有胆识有韬略有功绩能够力挽狂澜的王侯将相当作自己人生的楷模,如三国蜀汉的诸葛亮:"更想隆中,卧龙千尺,高吟才罢"(《水龙吟》);汉代张良:"万里勒燕然,老人书一编""他日赤松游,依然万户侯"(《菩萨蛮》);西晋的陆抗:"谁对叔子风流,直把曹刘压?更看君侯事业,不负平生学"(《六幺令》);东晋的谢安:"功业后来看,似江左风流谢安"(《太常引》);等等,甚至把隐居的陶渊明都看作好似卧龙诸葛一样的人物,认为他的隐居不过是等待出山的时机:"把酒长亭说,看渊明酷似,卧龙诸葛。"(《贺新郎》)除此以外,汉代的飞将军李广更是他心中的偶像,而功高盖世却终未封侯的命运也让贬谪中的辛弃疾十分感慨,如《八声甘州》:

> 故将军、饮罢夜归来,长亭解雕鞍。恨灞陵醉尉,匆匆未识,桃李无言。射虎山横一骑,裂石响惊弦。落托封侯事,岁晚田间。
> 谁向桑麻杜曲,要短衣匹马,移住南山。看风流慷慨,谈笑过

---

① 陈廷焯:《白雨斋词话》卷六,唐圭璋《词话丛编》,中华书局1986年版,第3925页。

残年。汉开边、功名万里，甚当时、健者也曾闲。纱窗外、斜风细雨，一障轻寒。

这首词之前的小序中有"夜读李广传，不能寐"之语，可见词人感慨之深。上片一起首便叙写李广被废闲居后受到亭尉侮辱一事，寄寓了词人心中无限的不平。《史记·李将军列传》中记载李广在闲居终南时，一次深夜饮酒归来路过灞陵亭，恰逢亭尉醉酒，不许李广通过，李广的随从但称"故将军"，亭尉则说："今将军尚不得夜行，何况故将军。"乃令广宿于亭下。一个"恨"字，不仅针对那个侮辱李广的灞陵尉，更针对所有目不识珠的势利小人。接着词人横空一笔，又将李广传奇般的神勇借射虎南山一事表现了出来。史称李广任右北平太守时，一次出猎，误认草中一巨石为猛虎，遂引弓而射，箭羽居然没入石中。在一骑独横，惊弦裂石的词句当中，词人对飞将军李广的赞颂、钦慕之情溢于言外。然而后面却又转意，写如此神勇的李广不仅无缘封侯，且竟然在年岁迟暮之际被废不得不居于田园，这种对比，一意两绾，既是感慨英雄的落魄，同时又关合了自己的失意与悲哀。下片隐括杜甫的诗《曲江三首》"自断此生休问天，杜曲幸有桑麻田，故将移住南山边。短衣匹马随李广，看射猛虎终残年"。表示不愿虚老田园，而是要像李广那样，在慷慨激昂的戎马生活中度过自己的晚年，即使是被迫罢职闲居，也要像李广那样做一个虽落魄而不失志的英雄。而这之后又深沉发问，李广有幸生于可以军功裂土封侯的汉代（不像自己生活的时代里，凡言兵者动辄得咎），为什么这个生平大小七十余战，功勋卓著的英雄，也落得如此不得意的结局呢？只有窗外的斜风细雨带来丝丝寒意，表现出词人内心中的悲凉之感。

这首词时而低沉时而高亢，时而奋发时而悲叹，表现出词人欲投身于抗金恢复大业而不得的焦虑。刘辰翁在《辛稼轩词序》中说："斯人北来，喑呜鸷悍，欲何为者，而逡摅销沮，白发横生，亦如刘越石陷绝失望，花时中酒，托之陶写，淋漓慷慨，此意何可复道，而或以流连光景，志业之终恨之，岂可向痴人说梦哉！为我楚舞，吾为若楚歌，英雄感怆，有在常情之外，其难未必区区妇人孺子间也。"① 表现这种壮志难酬之慨的再如《水调歌头》"短灯檠，长剑铗，欲生苔。雕弓挂壁无用，照影落杯清"；《鹧鸪天》"却将万字平戎策，换得东家种树书"；《沁园春》"但凄凉顾影，频悲往事，殷勤对佛，欲问前因"；《贺新郎》"汉血盐车无人顾，千里空收骏骨"。不过这种悲叹终究掩盖不住辛弃疾欲成就功业的热情，自己既然罢职免官，无法为国家的恢复事业出力，遂将一片希望寄托在自己的朋友身上，一有机会就对别人提出期望和要求，辛弃疾的实干精神和领袖气质在这一方面亦可见一斑，如赠给汤朝美的《水调歌头》"见君谏书频上，谈笑挽天回"；送信守郑舜举被召而作的《满江红》"此老子当兵十万，长安正在天西北"；《满江红·送李正之提刑入蜀》"东北看惊诸葛表，西南更草相如檄。把功名收拾付君侯，如椽笔"；《江神子·和陈仁和韵》"却笑将军三羽箭，何日去，定天山？"《水调歌头·送施枢密圣与帅江西》"贱子亲再拜：西北有神州"。而其中最真诚热切的，则是那首著名的《水龙吟》：

  渡江天马南来，几人真是经纶手。长安父老，新亭风景，可怜依旧。夷甫诸人，神州沈陆，几曾回首。算平戎万里，功名本是，真儒事、君知否。

  况有文章山斗。对桐阴、满庭清昼。当年堕地，而今试看，风云奔走。绿野风烟，平泉草木，东山歌酒。待他年，整顿乾坤事

---

① 刘辰翁：《辛稼轩词序》，金启华等编《唐宋词集序跋汇编》，江苏教育出版社1990年版，第173页。

了,为先生寿。

这首词本来是为韩元吉祝寿用的寿词,却写得慷慨激昂,豪迈奔放。词的上片与"寿"全不相关,只是借晋室南渡的史实纵论国事,起首便是振聋发聩的一问,痛斥南宋统治者的猥懦无能,偏安误国。接着深深感叹,中原沦陷之地的父老急切盼望着王师北伐收复中原,而南渡的士大夫们却只会对着残山剩水相对而泣,这种状态竟然持续了六十多年,毫无改变。神州沉陆,中原沦丧,实际上正是北宋末年那些祖尚虚浮、空谈高调不干实事的"夷甫诸人"一手造成,难辞其咎的他们在国破家亡之后却丝毫没有反省和悔改,反而重新沉浸在了东南山水、温柔乡里。词人心中充满不平和愤恨,而最后一句情调急转而上,高亢热烈,一个"算"字,将上文所抨击的所有猥懦者、无能者、误国者一下子抛开,进而将韩元吉作为可堪托付的"真儒"推上了前台:整顿国家,"平戎万里"的英雄事业,正需要像您一样有志向的爱国士人去完成!词人对理想的坚定信念,以天下为己任的磊落胸怀,全然体现在了这一热切庄重的托付当中。下片虽然转入了祝寿的主题,但在对韩尚书的文才武略加以称颂的时候,仍不忘嘱以复国大业。词中将韩尚书的文才与韩愈相比,颂扬他在南渡以前汴京的出身名位,赞美他从政以来操劳国事,身手不凡。"绿野"一韵,将他隐居于新州时的风度和志趣写得风流蕴藉,直堪与东晋那位"谈笑却胡沙"的谢安相比。这既表明了他对这位老前辈的倾倒之情,又寄托了他对韩尚书像谢安那样为苍生而起的厚望。结尾更是绾合祝寿和抒怀这两种含义,表明要与韩尚书相期于整顿乾坤事业的宏伟抱负,等这一抱负实现之后,再为其祝寿,而那时的祝寿也不仅仅是祝寿了,亦是庆功。

清代黄苏《蓼园词选》中说:"幼安忠义之气,由山东间道归来,见有同心者,即鼓其义勇。辞似颂美,实句句是规励,岂可以寻常寿词例之。"① 在这首不同寻常的寿词当中,处处都表现了辛弃疾的实干精神,一个"真儒",表明了对那些只会相对而泣,清谈高调的"假儒"的不满。宋代立国之初就轻视军人与武功,连守兵有功,被西夏人称为"小范老子,胸中自有数万甲兵"的一代名臣范仲淹,竟然也教训别人说:"儒者自有名教可乐,何事于兵?"② 在一定程度上,正是这种儒者不屑言兵的思想导致了宋代的衰颓。而辛弃疾则认为,儒者不可止于谈经论道,在国家危难之际,能够平戎万里,建立功名才是真正的儒者。辛弃疾以真儒之事嘱托朋友,自己也正是一直以"真儒"为人生的准则。

(二) 理想之光的逐渐暗沉——辛弃疾贬谪词的演变轨迹

辛弃疾南归之后,凡三仕三已,起起落落之间饱受谗摒销沮,遂将英雄感怆之情一并诉诸长短之篇章。后世之人论其风貌,多以"豪爽、豪迈"之名目之,于其大貌固然不谬,然稼轩南归四十余年之间,其词作亦随其处境与心境之变而变,论者间或言其豪迈之中亦有"妩媚",或"大声镗鞳,小声铿鍧"之余又有"秾纤绵密者",皆持其两端,而"神龙见首不见尾"之论,又近乎玄奥,唯周济言"敛雄心,抗高调,变温婉,成悲凉"③,颇切中稼轩词心之变。下文便拟"自其变者而观之",将辛弃疾带湖、瓢泉之词同江淮两湖为官之词相比较,探讨稼轩贬谪词的演变轨迹。

江淮两湖时期的为宦,在特意南下投奔朝廷以灭鞑虏、复中原的辛弃疾看来固然是不得志又不得已的经历,尤其是这一时期前半段的六七年时间里,仅在江阴、建康等处幕府作贰佐小官,即使中间"权发遣滁

---

① 黄苏:《蓼园词评》,唐圭璋《词话丛编》,中华书局1986年版,第3081页。
② 《宋史》卷四二七《张载传》,中华书局1977年版,第12723页。
③ 周济:《宋四家词选目录序论》,唐圭璋《词话丛编》,中华书局1986年版,第1643页。

州",地位、性质也无甚变化。他向朝廷进献的《美芹十论》等惊世宏文,虽然令自己声名大振,却丝毫没有得到朝廷的采纳。后一阶段经叶衡引荐入朝,之后历任江西两湖的方面大员,但依然上不得前线,仅能"攘内"而无法"安外",这令心中有着军人意识、英雄情结的辛弃疾非常不满。不过,辛弃疾这时候一来年华鼎盛,站在人生之巅向远处遥望,自有无限机遇和可能;二来尽管仕途不如人意,但毕竟可算是步步向上,随着权力的增大做起事来羁绊和束缚也渐渐变少,于其力所能及的范围之内还是可以为国家做出一些实际的成就来,在湖南建立飞虎军便是典型的一例。因此,这段时间所写的词作中,虽然牢骚不断,但时时刻刻在怨抑当中露出桀骜不驯的自许自傲之气,常常在叹息未已就已经昂起头来,满怀希望,风格上也以正面直接抒情为主,坦荡磊落。如《水调歌头》"闻道清都帝所,要挽银河仙浪,西北洗胡沙";《满江红》"鹏翼垂空,笑人世苍然无物。又还向九重深处,玉阶山立。袖里珍奇光五色,他年要补天西北";《满江红》"不念英雄江左老,用之可以尊中国";《水调歌头》"功名事,身未老,几时休?诗书万卷,置身须到古伊周"。这时候的辛弃疾心中,归隐田园的想法并非没有,但这种念头只是在心中一闪而过,马上被否定掉,"求田问舍,怕应羞见,刘郎才气"(《水龙吟》)。这一时期的词作还有一个非常明显的特点,就是应酬之词颇多,为人祝寿、唱和之词比比皆是,这也是身在官场之中所避免不了的事情,王国维将这类词看作"羔雁之具",认为这种不纯净的目的影响了词作艺术性和情感的表达。辛弃疾的应酬之作也确实有此缺陷,其中不乏奉承、吹捧之语,但另一方面在这些语句当中我们也可以看出他对自己在功名上的期望,以及对于出人头地,封侯拜相的毫不掩饰之情,如《破阵子·为范南伯寿》"千古风流在此,万里功名莫放休。君王三百州……燕雀安知鸿鹄,貂蝉元出兜鍪。却笑卢溪如斗大,肯把牛刀试手否?"《满江红·贺王帅宣子平湖南寇》"把诗书马上,笑驱锋镝。金印明年如斗大,貂蝉却自兜鍪出";《洞仙歌·寿叶丞相》"好都取山河献君王,看父子貂蝉,玉京迎驾";《西江月·为范南伯寿》"留君一醉意如何? 金印明年斗大";《八声甘州·寿建康帅胡长文给事》"看取黄金横带,是明年准拟,丞相封侯"。

然而到了闲居带湖的时期,经历了罢黜的打击,连在地方上做力所能及的工作也不可得的时候,辛弃疾深深认识到了国家恢复事业之难以完成与官场人心之险恶,所谓"少年不识愁滋味"与"别有人间行路难",对人生中的复杂也有了更深入和老练的认识。这一时期虽然正面抒情、慷慨激昂的作品依然不少,如《破阵子·为陈同甫赋壮词以记之》《水龙吟·甲辰岁寿韩南涧尚书》等,但更多的作品却将原本的"雄心"有所"收敛",表现出"欲说还休"式的曲折委婉,于"豪"之外亦有所"留",心中的苦闷、牢骚往往通过侧敲旁击的方式表达出来。如《蝶恋花》:

衰草斜阳三万顷,不算飘零,天外孤鸿影。几许凄凉须痛饮,行人自向江头醒。

会少离多看两鬓,何况新来病。不是离愁难整顿,被他引惹其他恨。

这首词本是为堂弟辛佑之送行之作,词境凄凉悲婉,看似与其他送别之作没有太大区别,然而结尾一句却道出心中实感,原来这份凄凉并非仅由离愁而起,而是被这离愁别绪引出了其他难以化解的悲哀。这"其他恨"到底是什么? 词人并不明说,这正是"而今识遍愁滋味"的词人心里那份"欲说还休"的感觉。类似的词句还有《菩萨蛮》"心事莫惊鸥,人间千万愁";《水龙吟》"谁识稼轩心事,似风乎舞雩之下。

回头落日，苍茫万里，尘埃野马";《鹧鸪天》"醉中只恨欢娱少，无奈明朝酒醒何";《鹧鸪天》"不知筋力衰多少，但觉新来懒上楼";《鹧鸪天》"有甚闲愁可皱眉？老怀无绪自伤悲。百年旋逐花阴转，万事常看鬓发知";等等。此外，辛弃疾还常常在咏物的词篇当中寄予人生的失意不平与国事颓靡衰败之感，如《贺新郎》：

> 凤尾龙香拨。自开元、霓裳曲罢，几番风月。最苦浔阳江头客，画舸亭亭待发。记出塞、黄云堆雪。马上离愁三万里，望昭阳、宫殿孤鸿没。弦解语，恨难说。
>
> 辽阳驿使音尘绝。琐窗寒、轻拢慢捻，泪珠盈睫。推手含情还却手，一抹梁州哀彻。千古事、云飞烟灭。贺老定场无消息，想沈香亭北繁华歇。弹到此，为呜咽。

这首词采用赋体手法，名为咏琵琶，实则排列关于琵琶的多种典故，在这些典故之中寄予了深沉的感慨，而这种感慨则要靠读者细心寻绎方能够体会。近人刘永济《唐五代两宋词简析》中分析道："观其起结皆用开元琵琶事，以见盛衰之感，而结以时无贺老，暗指朝中无人，国势衰微，故'弹到此，为呜咽'之句。中间历叙琵琶故事。上阕用《霓裳曲》、浔阳江上妓女及昭君三琵琶事，后半阕则虚用戍边人家室之琵琶，皆与怨思有关者，而总以'千古事、云飞烟灭'一句结束之。文家原有托物以言情之法，所托之物，虽无一定，然所托之情，为何种情，则其间大有区别。此词以琵琶能手如贺怀智者，以弹可以'定场'，以托其忧国无人之情。虽题曰《赋琵琶》，非但描写琵琶也。"① 刘永济先生的挖掘可谓深矣。同时，周济言其："（上片）谪逐正人，以至离

---

① 刘永济：《唐五代两宋词简析》，上海古籍出版社1981年版，第82页。

乱；（下片）晏安江沱，不复北望。"① 陈廷焯《云韶集》曰："此词运典最多，却是一片感慨，故不嫌堆垛。心中有泪，故下笔无一字不呜咽。哀感顽艳，笔力却高。"② 这些评论也都切中肯綮。

和这首词相似的借咏物以抒怀的还有《贺新郎·咏水仙》《鹧鸪天·徐衡仲惠琴不受》等，都比较间接隐晦地抒发了词人的幽洁之志和幽愤之情。

这种抒情方式，在很大程度上也是一种畏祸心理的表现。《水调歌头》词中有"笑年来，蕉鹿梦，画蛇杯"之语，表现了词人受到谗毁之后杯弓蛇影的后怕。《沁园春》"却怕青山，也妨贤路，休斗尊前见在身"更体现了词人在闲居生活中的隐忧。当然这种"畏祸"倒不完全是惧怕，从某种角度上来说更是一种智慧。词人对老庄思想中"以柔克刚"之术颇有心领神会之感，在词中亦屡屡表现之，如《满江红·送汤朝美司谏自便归金坛》"看依然舌在齿牙牢，心如铁"；《卜算子》"刚者不坚牢，柔底难摧挫。不信张开口角看，舌在牙先堕"；《水调歌头》"百炼都成绕指，万事直须称好，人世几舆台"。随着这种"舌在齿牙牢"的思想而来的"看破"和"放弃"的意识也开始频频在辛弃疾的词中出现，原本"羞见刘郎才气"的他开始有了"白发苍颜吾老矣，只此地，是生涯"（《江神子·博山道中书王氏壁》）的想法，对人生和世间万事的纷纷扰扰感觉到了疲倦和懈怠。如《南歌子·独坐蔗庵》"细看斜日隙中尘，始觉人间何处不纷纷"；《洞仙歌》"人生行乐耳，身后虚名，何似生前一杯酒"；《临江仙》"钟鼎山林都是梦，人间宠辱休惊。只消闲处过生平：酒杯秋吸露，诗句夜裁冰"；《水调歌头》"日月如磨

---

① 周济：《宋四家词选目录序论》附一《宋四家词选眉批》，唐圭璋《词话丛编》，中华书局1986年版，第1654页。
② 陈廷焯：《云韶集》，唐圭璋《词话丛编》，中华书局1986年版，第3715页。

蚁,万事且浮休。君看岩外江水,滚滚自东流"。

总之,带湖时期的词作与江淮两湖为官时期相比,由于罢职贬官后的忧谗畏讥之情,词风发生了很大的变化。也正因为这种变化,才改变了辛弃疾词中一味豪放的单薄,变得厚重、丰富,具有了大家的风范。可以说,这次罢职虽然是辛弃疾人生中的一次打击,却又成就了辛弃疾在词坛上的辉煌。

辛弃疾词体创作上的另一个辉煌期是第二次罢职隐居瓢泉时期。这个时期,在时间长度上和作品的数量上与带湖时期都相差无几,历来许多研究者都将这两个时期合并起来当成一个大的阶段。总的看来,瓢泉时期的确与带湖时期有诸多相似之处,在抒情方法等方面都沿袭了带湖时期的风格,与江淮两湖为官时期形成比较明显的对比,但是将这两个时期的作品相比较,我们会发现瓢泉时期的作品一方面发展了带湖时期的"看破"和"放弃"的思想,并且更加彻底,甚至具有了颓靡的一面,另一方面将悲凉失望的情绪更加深化,变得悲怆呜咽。这首先与随着时间增长、年岁的衰迈而积累起来的失望情绪有关,而更重要的一点是,两次罢职闲居期之间短暂的任职七闽,不但没有给辛弃疾带来重新起用的兴奋和满足,反而使其对朝政更加失去了信心。政坛上由权臣韩侂胄兴起的"庆元党禁"使与辛弃疾曾经志同道合的好友赵汝愚、朱熹等人先后受到打击迫害,而辛弃疾自己也又一次受到诬陷奉祠归家,并在这之后的几年内剥夺平生所得所有名衔,使其成了一个真正的乡民。迫害之频繁和猛烈远胜于带湖时期,这种政治处境必然给其心境带来变化,并进而影响到词风的变化。

刘扬忠先生在《辛弃疾词心探微》一书中以对"饮酒"题材的分析阐释这种变化:

带湖期亦多写饮酒,但那时的嗜酒,是身虽醉而心愈烈,饮得愈多而愈迸发壮志难酬之慨，酒不但没有浇灭仇恨，反而更勾起战斗的激情。那时他常常是"醉里挑灯看剑"（《破阵子》），"壮怀酒醒心惊"（《临江仙》），不管是"醉舞狂歌欲倒"（《水调歌头》）之时，或是"酒兵昨夜压愁城"（《江神子》）之际，他都意不在酒，而是在军国大事上，在这位酒醉者的脉搏中燃烧着青春的火焰与战斗的热情。但在七闽—瓢泉期，他却常常变得以狂饮来求解脱，求麻醉，醉而至于生病危身，醉而至于悲哀消沉。此时醉了似再不"挑灯看剑"，而是"只有清愁而已"（《满江红》），此时也不大在醉后"壮怀心惊"，而是常常"一饮动连宵，一醉长三日，废尽寒温不写书"（《卜算子·饮酒不写书》），感觉"而今何事最相宜，宜醉宜游宜睡"（《西江月·示儿曹以家事付之》）。宣称"总把平生入醉乡，大都三万六千场，今古悠悠多少事，莫思量"（《添字浣溪沙·简傅岩叟》）。尽管他这时仍有"以手推松曰去"（《西江月·遣兴》）的倔强姿态，但却禁不住要"仙饮千杯醉似泥"（《卜算子·饮酒成病》）。甚而达到常如"山公倒载归"（《浣溪沙》）和常常"日高犹苦圣贤中"（《玉楼春》）的地步。似乎刘伶的鬼魂已经附到这位老英雄的身上，从此他真的要长醉不起了。尽管我们不能说这一时期他完全被酒淹没而壮志成灰了，但是与带湖期相比，同一个饮酒人的形象彼激昂，此消沉；彼犹存热望，此悲凉颓放；情调与色彩几乎判若两人，这却是明显不过的事实了。①

刘扬忠先生以上所论的这种变化，便是辛弃疾将"看破"和"放弃"发展到"颓靡"的表现。瓢泉作品所带有的悲怆呜咽之感，以那首著名的《贺新郎·别茂嘉十二弟》为代表：

---

① 刘扬忠：《辛弃疾词心探微》，齐鲁书社1990年版，第188页。

绿树听鹈鴂。更那堪、鹧鸪声住，杜鹃声切。啼到春归无寻处，苦恨芳菲都歇。算未抵、人间离别。马上琵琶关塞黑，更长门、翠辇辞金阙。看燕燕，送归妾。

将军百战身名裂。向河梁、回头万里，故人长绝。易水萧萧西风冷，满座衣冠似雪。正壮士、悲歌未彻。啼鸟还知如许恨，料不啼清泪长啼血。谁共我，醉明月。

这首词与带湖时期的那首《贺新郎·赋琵琶》写法相似，同为赋体之作，词中都融入数种典故，昭君出塞的典故在两首词中都出现了，但是仔细读起来情调的激烈程度却各不相同。带湖之《贺新郎》有历史兴废之感，有迁客被弃之愁，有国中无人之忧，这些情怀所起，都因心内涌动着对个人理想志向和国家恢复事业的一片关注之情，而瓢泉之《贺新郎》，则专着眼于一个"恨"字，表面上只是由离别而起，实际上细考词中几个典故所写的离别，上片昭君辞汉宫、长门闭阿娇、庄姜送归妾，下片李陵别苏武、荆轲临易水，全都陷于人生无法挽回之悲境，"恨"之程度逐渐加深，最后乃变为死别之悲壮惨烈，犹如琴弦由缓至急，最后至于断，词人心内对人生悲感认识之深刻表达得淋漓尽致。正如王国维在评价秦观词的时候说其"可堪孤馆闭春寒，杜鹃声里斜阳暮"标志其词风由"凄婉"变而为"凄厉"，辛弃疾的这首词亦可称为其词风由带湖时期的"悲凉"变而为"悲怆"的代表。

辛弃疾在瓢泉时期的词作风格与带湖时期之差别，还非常明显地表现在其词中对陶渊明和屈原的态度的转变上。总之，辛弃疾贬谪词发展的轨迹，正是其理想之光逐渐暗沉的轨迹，是一位原本踌躇满志的英雄在不断的打压排挤中挣扎终至于无奈的轨迹。千载之后读其词作，犹如目睹其铮铮铁骨，耳闻其悲息叹念，令人感慨唏嘘。

第四章　宋玉、屈原、陶渊明与唐宋贬谪词

任何一种类型的文体，都自觉不自觉地吸收着前代文学和文化的养料。而这种吸收，则根据这种文学类型，作者境遇，以及时代背景等因素有所择汰。对于唐宋贬谪词来说，宋玉、屈原和陶渊明三个人的人生与文学创作，对词人贬谪之后的人生态度和词作风貌都产生了巨大影响。这三者中的前两人，在文学史上常常并称为"屈宋"，共同创造了楚辞的繁荣，而楚辞，正是中国文学中贬谪文学的开端和源头。但在实际上，屈、宋二人在人生和文学风格上都有着很大的区别。屈原身为贵族，而宋玉则出身庶民；屈原首先是一个政治家，而宋玉则首先是一个文人；屈原被贬乃为国事，而宋玉被贬乃因才华。因此屈原的性格和作品都是执着悲愤的，而宋玉则是缠绵而感伤的；屈原第一关注的是国家的命运，而宋玉则更加关注个体命运。以上的种种差别构成了屈原作品与宋玉作品风貌的不同，因此在谈二人对唐宋贬谪词所产生的影响时，我们将分开来论述。陶渊明本是一个隐者而并非贬谪之人，但由于贬和隐之间在穷达、贫富上的相似性，陶渊明以其不为五斗米折腰的高洁精神与固贫守穷的旷达襟怀，给了后世贬谪之人以深深的安慰和镇定。后者在人生态度上深度模仿陶渊明的同时，文学风貌也相应地发生了变

化。宋代儒学背景下，屈陶的融合是一个普遍的现象。在唐宋贬谪词中，辛弃疾作为一个典型，既是尊屈的主力军，又是崇陶的实践者，同时在宋代屈陶融合的过程当中有着重要的代表性和开创性，因此将在本章第二节和第三节最后一部分作专门论述。

第一节　文人的感伤——宋玉对唐宋贬谪词的影响

正如苏州大学李青博士在其博士学位论文《唐宋词与楚辞》中所论及的，宋玉在唐宋词当中呈现出三种不同的形象，一种是"贫士失职而志不平"的失意文人宋玉；一种是能写《高唐赋》《神女赋》的才子宋玉；还有一种是赢得东邻美女偷窥三载的多情美男子宋玉。[①] 就唐宋贬谪词而言，"失职而志不平"的贫士宋玉无疑对其影响最大。这主要表现在宋玉的悲秋情结、宋玉的感伤主义风格和宋玉对个人命运的悲叹三个方面。和屈原相比，宋玉的形象虽然没有那么光辉和崇高，但却代表了更普通、平凡的人生在挫折中的挣扎与吟唱，在唐宋贬谪词中有着普遍的共鸣。

一　宋玉的身世遭遇和《九辩》所表达的贬谪之意

宋玉的生平在史书中大都语焉不详，但根据宋玉在作品中的自述和其他各种相关的零星记载，我们可以大体知道宋玉的身世遭遇。

首先，宋玉本为一介贫士，凭借自己的才华受到楚襄王的赏识，

---

① 李青：《唐宋词与楚辞》，博士学位论文，苏州大学，2006年，第42页。

"玉识音而善文，襄王好乐而爱赋"①，从而成为襄王身边的近臣，虽然被称为楚"大夫"②，但似乎并不介入具体政事的处理③，其地位颇似汉武帝时司马相如那样的宫廷文学侍从。这可印证于宋玉作品中多次提到与襄王"游"之事，如《风赋》："楚襄王游于兰台之宫，宋玉、景差侍。"《高唐赋》："昔者楚襄王与宋玉游于云梦之台，望高唐之观。"《神女赋》："楚襄王与宋玉游于云梦之浦，使宋玉赋高唐之事。"《小言赋》："楚襄王既登阳云之台，令诸大夫景差、唐勒、宋玉等并造《大言赋》，赋毕而宋玉受赏。"

其次，宋玉曾经受到谗言和诋毁。宋玉《登徒子好色赋》中提到"登徒子"对他的诋毁："大夫登徒子侍于楚王，短宋玉曰：'玉为人体貌闲丽，口多微辞，又性好色，愿王勿与出入后宫。'"吴广平先生认为这个诋毁宋玉的"登徒子"很可能就是常与宋玉一起陪侍楚襄王的唐勒④，宋玉《讽赋》中有关于唐勒的类似的话语："楚襄王时，宋玉休归。唐勒谗之于王曰：'玉为人身体容冶，口多微词，出爱主人之女，入事大王，愿王疏之。'"唐勒向楚襄王进谗言，大约是出于对宋玉才华的嫉妒，或许还有对宋玉"闲丽""容冶"之相貌的嫉妒。

再次，宋玉自视颇高，以阳春白雪之资质自拟。在《对楚王问》中，楚王诘问宋玉："先生有遗行与？何士民众庶不誉之甚也？"宋玉回答："客有歌于郢中者，其始曰《下里》《巴人》，国中属而和者数千

---

① 习凿齿著，舒焚、张林川校注：《襄阳耆旧记校注》卷一，荆楚书社1986年版，第15页。
② 王逸《楚辞章句·九辩序》中说："《九辩》者，楚大夫宋玉之所作也。"《隋书·经籍志》中将所编宋玉作品集成为《楚大夫宋玉集》，明代张燮辑宋玉作品亦称为《宋大夫集》（《七十二家集》本，明天启、崇祯间刻本，中国国家图书馆善本书库藏）。
③ 姜书阁先生认为："较早的资料，无论《史记》《汉书》，或者《韩诗外传》《新序》，都没有说过宋玉曾为楚大夫，而从有关他的故事中也看不出他曾任有关政事的大夫之职。"见《先秦辞赋原论·宋玉及其辞赋考辨》，齐鲁书社1983年版，第409页。
④ 吴广平：《宋玉研究》，岳麓书社2004年版，第81页。

人;其为《阳阿》《薤露》,国中属而和者数百人;其为《阳春》《白雪》,国中属而和者数十人;引商刻角,杂以流徵,国中属而和者,不过数人。是其曲弥高者,其和弥寡。故鸟有凤而鱼有鲲。凤皇上击九千里,绝云霓,负苍天,翱翔乎杳冥之上。夫蕃篱之鷃,岂能与之料天地之高哉!鲲鱼朝发昆仑之墟,暴鬐于碣石,暮宿于孟诸。夫尺泽之鲵,岂能与之量江海之大哉!故非独鸟有凤而鱼有鲲也,士亦有之。夫圣人瑰意奇行,超然独处,夫世俗之民,又安知臣之所为哉?"①

最后,宋玉"口多微词",颇似屈原,令楚王不满。在宋玉的心中,他也并不甘心做一个文学小臣。虽然他因没有像屈原那样的"直谏"而受到指责,如司马迁在《史记·屈原贾生列传》中说:"屈原既死之后,楚有宋玉、唐勒、景差之徒者,皆好辞而以赋见称;然皆祖屈原之从容辞令,终莫敢直谏。"班固《汉书·艺文志·诗赋略》中说:"其后宋玉……竞为侈丽闳衍之词,没其讽喻之义。"但事实上宋玉的作品亦含有很多"曲谏"的含义在,身为文学侍从而能做到这一点亦属不易。如《风赋》中对"大王之雄风"与"庶人之雌风"之对比描写,让人感受到王公贵族生活的逍遥奢侈与下层百姓的艰辛悲惨,宋玉显然希望襄王由此能更关心百姓的生活。《文选注·〈风赋〉解题》中说:"时襄王骄奢,故宋玉做此赋以讽之。"② 再如《对楚王问》中,宋玉以音乐中的《阳春》《白雪》,鸟类的凤、鱼类的鲲自况,发泄了不被"世俗之民"理解的牢骚苦闷,暗讽世无明君,不辨贤愚。刘熙载《艺概·文概》中说此文具有"谲谏"的特点。宋玉其他的辞赋也莫不如此。这种劝谏无疑让楚襄王感到了不快。《襄阳耆旧记》卷一载:"玉识音而善文,襄王

---

① 金荣权:《宋玉辞赋笺评》,中州古籍出版社1991年版,第110—113页。
② 萧统编,李善注:《文选注》卷十三,上海古籍出版社1987年影印四库全书本。

好乐而爱赋,既美其才,而憎其似屈原也。"① 这便道破了宋玉被楚襄王疏远的根本原因。

　　了解宋玉的生平遭际之后,我们便能对《九辩》中的贬谪之意有更进一步的认识。在我们的印象当中,提到贬谪或贬谪文学的源头,就会想到屈原和他的《离骚》等作品,很少意识到宋玉的《九辩》亦属于贬谪文学。关于《九辩》的主旨,东汉的王逸认为是为屈原而作,"悯惜其师忠而放逐,故作《九辩》以述其志"②。这种说法遭到了后代许多学者的质疑。首先,由于史料的模糊我们无法确定宋玉是否真的是屈原的弟子,与屈原存在着师生之关系;其次,我们同样不能肯定宋玉作《九辩》是纯粹为了哀悼屈原。不过聂石樵先生在《楚辞新注》中说:"宋玉与屈原并非师生关系,绝无哀悼他的老师之意,《九辩》中的悯惜之情,都是宋玉自悯,是宋玉借古乐为题以书写自己的感慨和愁思,和屈原的《离骚》相似,是自序传性的长篇抒情诗。"③ 这种说法又似乎过于绝对。联系宋玉的生平,我们可以肯定的是《九辩》中一定饱含了他自己"事楚襄王而不察,意气不得,形于颜色"的切身感受。虽然我们无法得知宋玉最终贬谪的具体情况,但可以想见其"失职"的原因应该是因其才华出众、曲高和寡而被他人嫉妒,楚王听信谗言所致;同时其"口有微词",颇似屈原的作风也遭到了楚襄王的厌恶甚至贬逐。而这种"忠而被谤"的遭遇,乃是包括屈原在内的大多数贬谪文人之共同遭遇。宋玉即使不是屈原的弟子,亦应该是一位对屈原的人格道德、辞令文章都十分敬仰的后学。俗话说"物伤其类",屈原无论是不是宋玉的老师,在生活年代上距离宋玉并不遥远,甚至有重叠。屈原的贬谪遭

---

① 习凿齿著,舒焚、张林川校注:《襄阳耆旧记校注》卷一,荆楚书社1986年版,第15页。
② 王逸:《楚辞章句》,上海古籍出版社1989年版,第176页。
③ 聂石樵:《楚辞新注》,商务印书馆2004年版,第158页。

遇，无疑会给宋玉以深深的触动，《九辩》中许多句子都与屈原《离骚》非常相似也正说明宋玉在写作《九辩》时心中先有屈原赋《离骚》的影子。应该说，《九辩》既是悯惜自己，又是悯惜屈原。在对自己命运的感慨中投注了对屈原的追忆，在对屈原的哀悼中又融入了对自身的悲悯。正如杨义先生在《楚辞诗学》中所说："如果它写的是屈子，也已经是宋玉心中的屈子，又非纯粹的屈子；既非宋玉，又不排除宋玉的心灵投影。"① 从这个意义上来说，《九辩》不仅是贬谪文学，而且其所表现的并非仅是一己的遭际，而是更具包容性的，情感更加泛化的贬谪之作。

二 宋玉《九辩》中的"悲秋"情结与唐宋贬谪词

"悲哉！秋之为气也，草木摇落而变衰。"《九辩》关于秋天的悲叹，千百年来打动了多少善感的心灵。明人陈继儒曾经说："秋气可悲，想古闷如也；自玉一为指破，遂开千古怨端。"② 现代诗人、学者林庚说："古人谁不知悲秋呢？而宋玉却是第一个有意识而非偶然地把它揭示出来，它是属于整个诗坛的，也是属于宋玉个人的。"③ 从这个意义上说，宋玉不愧是文学史上的"悲秋之祖"。《九辩》中的"悲秋"沾溉后世文人可谓多矣，杜甫在《咏怀古迹》中说："摇落深知宋玉悲，风流儒雅亦吾师。怅望千秋一洒泪，萧条异代不同时。"虽然时光让我们距离宋玉越来越远，但相异的时代中总有着一些与宋玉相似的萧条惨淡的人生，他们在登山临水的羁旅中将自己孤独的身影与千年前同样落寞的宋玉投合在一起，继续着"悲秋"的吟唱。唐宋词原本是酒宴尊前应歌而

---

① 杨义：《楚辞诗学》，人民出版社1998年版，第618页。
② 转引自陆侃如《中国诗史》卷上，商务印书馆1992年版，第254页。
③ 林庚：《屈原与宋玉》，《中华学术论文集》，中华书局1981年版，第429—431页。

作,用以娱宾遣兴的工具,由于歌唱者多为年轻美貌的女性,歌唱的内容多为爱情中的相思与惆怅,所以大多充满着"春"的色彩。然而在贬谪词人的作品当中,我们却发现了浓郁的"秋意",宋玉《九辩》中以秋起"兴"的手法深深影响了唐宋贬谪词人的创作。

"赋、比、兴"是中国古代文学中常用的三种表现手法。朱熹在《诗集传》中说:"赋者,敷陈其事而直言之。""比者,以彼物比此物也。""兴者,先言他物而引起所咏之词也。"① 在这三种手法当中,"比"和"兴"由于均涉及客观事物与个人情感之间的关系,有时难以仔细区别,因此常常连在一起称为"比兴"。但是在具体的运用中,"比"与"兴"又各有所偏重。相比而言,屈原在《离骚》中所运用的"香草美人"式的寄托手法,虽然在后世统称为"比兴寄托",但更偏重于"比",王逸在《离骚序》中说:"故善鸟香草以配忠贞,恶禽臭物以比谗佞;灵修美人,以媲于君,宓妃佚女,以譬贤臣;虬龙鸾凤,以托君子,飘风云霓,以为小人。"② 这种解读虽然有些过于死板,但说明了《离骚》中以"比"为主的特点。而宋玉的《九辩》,虽然也有承袭《离骚》中"比"式的句子,如"众鸟皆有所登栖兮,凤独遑遑而无所集""何泛滥之浮云兮,猋壅蔽此明月。"但更具有特色的却是以秋天起"兴",来引发贬谪者对自身命运的悲叹。请看《九辩》的几段描写秋天的句子:

> 悲哉!秋之为气也,草木摇落而变衰。憭栗兮若在远行,登山临水兮送将归。泬寥兮天高而气清,寂寥兮收潦而水清。憯凄增欷兮薄寒之中人;怆怳懭悢兮去故而就新;坎廪兮贫士失职而志不平。廓落兮羁旅而无友生;惆怅兮私自怜。燕翩翩而南翔兮,蝉寂

---

① 朱熹:《诗集传》卷一,上海古籍出版社 1980 年版,第 134 页。
② 王逸:《楚辞章句》,上海古籍出版社 1989 年版,第 4 页。

寞而无声；雁廱廱而南游兮，鹍鸡啁哳而悲鸣。独申旦而不寐兮，哀蟋蟀之宵征。时亹亹而过中兮，蹇淹留而无成。

……

皇天平分四时兮，窃独悲此廪秋。白露既下百草兮，奄离披此梧楸。去白日之昭昭兮，袭长夜之悠悠。离芳蔼之方壮兮，余萎约而悲愁。秋既先戒以白露兮，冬又申之以严霜。收恢台之孟夏兮，然坎𪝪而沈藏。叶菸邑而无色兮，枝烦挐而交横。颜淫溢而将罢兮，柯仿佛而萎黄。梢櫹椮之可哀兮，形销铄而瘀伤。唯其纷糅而将落兮，恨其失时而无当。擥騑辔而下节兮，聊逍遥以相伴。岁忽忽以遒尽兮，恐余寿之弗将。

宋玉用细腻的笔墨描绘了秋天草木摇落、万物萧瑟的景象，这种景象与贬谪者内心中的悲凉之情两相激荡，形成了一种物我浑融的凄迷境界。他既是在哀悼大自然中季节的无情轮回，更是哀悼自己人生的衰老和沦落。这种情感，不是通过理性的"比"分析得来，而是仿佛在我们面前展开了一幅萧瑟的秋色之图，让我们自然而然地感受到了他心中涌动的悲伤——这正是"兴"的魅力所在。用秋天起兴，并非宋玉首创。在屈原的《九章·悲回风》中有"悲回风之摇蕙兮，心冤结而内伤"；《九歌·湘夫人》中有"帝子降兮北渚，目渺渺兮愁予；袅袅兮秋风，洞庭波兮木叶下"；《离骚》中有"日月忽其不淹兮，春与秋其代序。唯草木之零落兮，恐美人之迟暮"。但这些和宋玉的《九辩》相比，都太过直白简单，不若宋玉笔下的秋那般让人身临其境。宋玉不仅将"秋"与"愁"结为一体，更将"秋"与"贬谪之悲"自然而然地联系起来。朱熹在《楚辞集注》卷六中说："秋者，一岁之运，盛极而衰，肃杀寒凉，阴气用事，草木零落，百物凋悴之时，有似叔世危邦，主昏政乱，贤智屏绌，奸凶得志，民贫财匮，不复振起之象。是以忠臣志士遭谗放逐者,感时兴物尤切。"①

在唐宋贬谪词当中,以秋天起兴的词作可谓夥矣,这一点明显有着宋玉的痕迹。秋天在这些词作中,并不仅仅是一种点缀和时序的交代,更象征了被贬者心中的悲凉。如黄庭坚的《鹧鸪天》"寒雁初来秋影寒,霜林风过叶声干";晁补之《八六子》"淡云萦缕,天高群雁南征。正露冷初减兰红,风紧潜凋柳翠,愁人漏长梦惊";《浣溪沙》"江上秋高风怒号。江声不断雁嗷嗷";李之仪《玉蝴蝶》"坐久灯花开尽,暗惊风叶,初报霜寒。冉冉年华催暮,颜色非丹";秦观《满庭芳》"碧水惊秋,黄云凝暮,败叶凌乱空阶";张耒《风流子》"木叶亭皋下,重阳近,又是捣衣秋";张舜民《江神子》"秋已半,夜将阑。争教潘鬓不生斑";李纲《永遇乐》上片"秋色方浓,好天凉夜,风雨初霁。缺月如钩,微云半掩,的灿星河碎。爽来轩户,凉生枕簟,夜永悄然无寐。起徘徊,凭栏凝伫,片时万情千意";张孝祥《多丽》"景萧疏,楚江那更高秋。远连天,茫茫都是,败芦枯蓼汀洲";《满江红》"秋满漓源,瘴云净、晓山如簇。动远思、空江小艇,高丘乔木";《柳梢青》"重阳时节。满城风雨,更催行色。陇树寒轻,海山秋老,清愁如织";辛弃疾"楚天千里清秋,水随天去秋无际";《丑奴儿》"而今识尽愁滋味,欲说还休、欲说还休,却道天凉好个秋"。这些写秋的词句,恰如宋玉的《九辩》一样,往往是放置在词作的起首中,使读者未卒篇而先感其情,形成了良好的抒情效果。

三 宋玉《九辩》中的感伤主义风格与唐宋贬谪词

"感伤",与"悲愤""达观"相对。和"感伤"相比,"悲愤"过

---

① 朱熹:《楚辞集注》卷六,上海古籍出版社2001年版,第116页。

于激烈,"达观"过于潇洒,而"感伤",是执着而无奈的悲哀,它缺少抗争而显得软弱;缺少决断而显得缠绵。如果说屈原作品的风格是"悲愤"的,陶渊明作品的风格是"达观"的,那么"感伤"则独属于宋玉。刘学锴先生曾经指出:"他的《九辩》,是文人诗中感伤主义的最早源头和集中表现。屈原作品中,虽也有缠绵悱恻、哀怨感伤的一面,但其主要特征,则是雄伟瑰奇、富于阳刚之美的。只有到了宋玉的《九辩》,感伤主义才成为一种贯穿的基调,并形成作家独特的风格特征。"①

宋玉《九辩》中的感伤分为两类,一类是作为自然人的感伤,即人作为一个自然界中的生命,必将面临衰老、死亡的最终命运。而大自然中的秋天,正以种种表征不断警醒着他,让他感受生命的短暂而无法挽回。"去白日之昭昭兮,袭长夜之悠悠。离芳霭之方壮兮,余萎约而悲愁。""岁忽忽而遒尽兮,恐余寿之弗将。""霜露惨凄而交下兮,心尚幸其弗济。霰雪纷糅其增加兮,乃知遭命之将至。""春秋逴逴而日高兮,然惆怅而自悲。四时递来而卒岁兮,阴阳不可与俪偕。白日晼晚其将入兮,明月销铄而减毁。岁忽忽而遒尽兮,老冉冉而愈弛。"正如陆侃如先生所说,"在秋天的自然界里,他找到了自己,他了解了自己的命运。蟋蟀的哀鸣,鹍鸡的啁晰,变成了他的葬歌;草木的摇落,明月的销毁,变成了死神的启示"②。《九辩》中的另一类感伤是他作为社会人的感伤,这一点则表现在他"贫士失职而志不平"的心绪中。作为自然人的宋玉对人的肉体终将衰老消亡的命运无可奈何;而作为社会人的宋玉,对于理想和价值不能够得到实现,反而横遭贬谪的命运,他同样无奈。这种无奈固然源自封建社会中士大夫对于自己命运的无法掌控,但

---

① 刘学锴:《李商隐与宋玉——兼论中国文学史上的感伤主义传统》,《文学遗产》1987年第1期。
② 陆侃如:《古典文学论文集·屈原与宋玉》,上海古籍出版社1987年版,第434页。

亦源于宋玉自己的个性。和宋玉相比,屈原对于贬谪虽然也不能够做出什么实际性的举动来扭转和改变,但心里却有着抗争的态度。在《离骚》中,他多次表示"愿依彭咸之遗则",以死来表达自己的忠心与清白,以死来对抗社会中"时俗之工巧、背绳墨而改错"的黑暗与不公——在实际上他也正是这么做的——而宋玉却仅有流泪、孤独和叹息:"坎廪兮贫士失职而志不平,廓落兮羇旅而无友生。惆怅兮而私自怜。""车既驾兮朅而归,不得见兮心伤悲。倚结軨兮长太息,涕潺湲兮下沾轼。慷慨绝兮不得。中瞀乱兮迷惑。私自怜兮何极?心怦怦兮谅直。"一再出现的"私自怜"等词语,将宋玉柔弱敏感的内心情绪十分恰当地表现出来。杨义先生在《楚辞诗学》中说:"不是说屈子没有感伤,那样敏感的诗人处在那样的时代和遭遇之中,没有感伤才是不可理解的。而是说屈子的感伤是一种灌输有伟丈夫之气的感伤,即便他采用'两性喻'之时也不能掩饰此种气质。而这里的'涕沾轼'、'私自怜'的感伤,难免带点怨妇自怜的气质了。读屈子《离骚》中'长太息以掩涕兮,哀民生之多艰',其间的感伤是带有一种震撼人心的人格力量的。"① 这种"震撼人心的人格力量",正是因为屈原在悲伤之中有"愤"的情绪在。而宋玉的感伤则纯然是《理想国》中苏格拉底所说的"一味引导我们回忆受苦,只知悲叹而不能充分地得到那种帮助的那个部分,是我们的无理性的无意的部分"②。

值得注意的是,在上述两种感伤中,一方面,作为自然人的感伤往往是由作为社会人的感伤而引起。一个人在社会功业追求和人生价值实现中一帆风顺的时候,往往沉浸于俗世的得意和享受之中,很少会为生

---

① 杨义:《楚辞诗学》,人民出版社1998年版,第618页。
② [古希腊]柏拉图:《理想国》卷十,郭斌和、张竹明译,商务印书馆1986年版,第403页。

命必将逝去这一最终的宿命而感到悲伤；相反，在事业中受到挫折的不如意者，则会感受到时间的紧迫，更加关注生命本身的兴衰，"老冉冉其将至兮，恐修名之不立"，这也正是"叹老"与"嗟卑"往往连在一起的原因。另一方面，由于有了作为社会人事业上的挫折，文学中对于生命本身的感伤便显得格外沉重而非"无病呻吟"。"感伤"本来就包括"感"与"伤"两个部分，但有的感伤是单纯的"因感而伤"，正如陆机《文赋》中所说："遵四时以叹逝，瞻万物而思纷；悲落叶于劲秋，喜柔条于芳春。"有的感伤却是将自然的"感"与心内的"伤"两相激荡，"事物牵于外，情理动于内"①，"因感而伤"的同时，又因为心内的"伤"而增加了"感"的敏感度和深刻度。这两个方面是宋玉感伤主义风格的特色，也正是贬谪文学的魅力所在。唐宋贬谪词从这两种角度都继承了宋玉的感伤主义风格。

在唐宋贬谪词当中，虽然也有悲愤、达观的风格在，但感伤的情调却更为普遍、弥漫，仿佛一曲乐章中的"主音"，仿佛一幅画中的"基色"。在这弥漫的感伤中，悲愤是相对的悲愤；达观是相对的达观。贬谪词人的灵魂时而倔强地呐喊，时而欣然地解脱，但更多的时候，还是回到感伤的基调上来。这一点，我们可以从下面所举的例子中看出。中唐的刘禹锡贬谪夔州时作《竹枝》云"巫峡苍苍烟雨时，清猿啼在最高枝。个里愁人肠自断，由来不是此声悲。"白居易在贬谪忠州时所作的《竹枝》词也同样悲苦感伤，"竹枝苦怨怨何人，夜尽山空歇又闻。蛮儿巴女齐声唱，怨杀江南病使君"。苏舜钦贬官后在苏州所写的《水调歌头》虽以"潇洒"一词起首，但词意却并不潇洒："壮年何事憔悴，华发改朱颜。拟借寒潭垂钓，又恐鸥鸟相猜，不肯傍青纶。刺棹穿芦荻，

---

① 白居易：《与元九书》，《白居易全集》卷四十五，中华书局1979年版，第959页。

无语看波澜。"欧阳修贬谪滁州时所作的《临江仙》中有"如今薄宦老天涯。十年歧路，空负曲江花"的嗟叹。原本心性敏感脆弱的词人秦观，在他的贬谪词中几乎篇篇都是"奈何绵绵，此恨难休"式的愁苦、无奈、哀伤："春去也，飞红万点愁如海。"（《千秋岁》）"韶华不为少年留，恨悠悠，几时休。"（《江城子》）"谩道愁须殢酒，酒未醉，愁已先回。"（《满庭芳》）晁补之在奉祠隐居之前的贬谪中也处处都是羁旅飘零之愁苦，如"无穷官柳，无情画舸，无根行客"（《忆少年》）。"萍梗孤踪，梦魂浮世"（《水龙吟》）。"萍蓬行路。来不多时还遭去"（《减字木兰花》）。"未叹此、浮生飘荡，但伤佳会"（《满江红》）。"暗自想、朱颜并游同醉，官名缰锁，世路蓬萍"（《八六子》）。周邦彦贬为溧水县令时所作的《宴清都》中有"秋霜半入清镜，叹带眼、都移旧处"的悲秋，《满庭芳》中有"年年。如社燕，飘流瀚海，来寄修椽"的憔悴。李之仪在贬谪太平州时所作的《临江仙》中有"已是年来伤感甚，那堪旧恨仍存。清愁满眼共谁论。却应台下草，不解忆王孙"，明确道出"伤感"的情绪，就连被后人素以"旷达"目之的黄庭坚、苏东坡词中，也时时弥漫着叹老嗟卑的感伤情绪。"世事一场大梦，人生几度秋凉。夜来风叶已鸣廊，看去眉头鬓上。酒贱常愁客少，月明多被云妨。中秋谁与共孤光，把酒凄凉北望。"（苏轼《西江月·黄州中秋》）词中由秋凉感慨年命将老，感慨远离都下，正是宋玉《九辩》中对自然生命与社会价值的双重悲叹。"襄王梦里。草绿烟深何处是。宋玉台头。暮雨朝云几许愁。飞花漫漫。不管羁人肠欲断。春水茫茫。欲度南陵更断肠。"（黄庭坚《减字木兰花·登巫山县楼作》）这首词中通篇运用宋玉的典故，并突出了贬谪羁旅的断肠之苦，更可看出宋玉对词人影响之深刻。到了南宋，由于家国沦落的原因，许多词中出现了类似屈原的爱国悲愤情绪，但更多的贬谪词仍然继续着感伤的吟唱，李纲《永遇乐》中"坐叹年华空逝"之叹，赵鼎《行香子》中"天涯万里，海上三年"的感慨，张孝祥《柳梢青》中"陇树寒轻，海山秋老，清愁如织"的缠绵……这些作品中，都飘荡着宋玉感伤主义的灵魂。

　　唐宋贬谪词对宋玉感伤主义的风格的继承，主要有这样两点原因。首先，词和诗歌相比本来就更善于言情，更适合表达感伤幽怨的情绪。晚唐五代年间、南唐的词风中便已经表现出了这一点。只不过，在这些词中所感伤的多是风花雪月、相思怨慕的"闲愁"，还尚未具备对生命本体和生命的社会意义双重感伤的性质。而到了唐宋贬谪词人的手里，由于自身的遭际，"感"与"伤"相互触发，相互激荡，才让词中的感伤具有了更加深刻的内容和感染力，也更加靠近了宋玉《九辩》式的感伤风貌。其次，从中国古代士人的群体特性上来说，他们本来就具有伤感而又软弱的特点，这是具有中国文化特色的一种东西。"中国文化培养了中国人对自然的亲和力，对家与国的深厚感情，对乡土的无限眷念，同时也培养了中国文人的感伤情调和脆弱精神。连鲁迅先生也承认'多感伤情调，乃知识分子之常，我亦大有此病，感此终身不能改'①。他们在压抑中很少冲动，没有抗争，只有呻吟与叹惜，就像秋天的寒蝉，总是重复着忧郁凄凉的哀歌，像中国特产的洞箫，总是吹奏着如怨如慕、如泣如诉的旋律。"② 而就宋代士人的具体性格特征来看，他们又格外具有内敛的"弱德之美"，和盛唐士人昂扬自信的精神风貌形成了鲜明对比。这首先是与宋代内忧外患积贫积弱的国力相关，此外，宋代的中央集权的程度比以往加深，集权的手段也更加烦琐而完善。就士人的地位来说，虽然由于科举制度的实行以及宋代科举取士的人数比唐代大大增加（据统计，北宋开科69次，取士总数61000人，平均每年约

---

① 《鲁迅书信集·致曹聚仁》，人民文学出版社1976年版，第533页。
② 孟修祥：《论宋玉九辩的悲秋模式》，《中州学刊》1991年第1期。

360人）①，许多贫寒的庶人子弟通过这种选拔可以出人头地，甚至官居相位——他们的地位表面上提高了很多；而在实际上，宋代士人的命运更加不自由，他们被牢牢控制在了君主的手中。作为学识渊博的文化人，他们能够敏锐地感受到人生的悲哀；而作为封建社会的士大夫，他们不得不依附于君主，依附于这个将他们的手脚思想都牢牢困住的制度。他们在仕途生活中往往升降无常，但却没有办法摆脱和抗争，只能在文学作品中感伤——这便是唐宋贬谪词中为什么弥漫着宋玉《九辩》式的感伤主义风格的原因。

四 宋玉《九辩》对个人命运的悲叹与唐宋贬谪词

通过对比宋玉的《九辩》和屈原的《离骚》，我们会发现宋玉和屈原两个人虽然面对的是相同的国家命运与相似的个人命运，但是关注的重点却是不一样的。屈原在《离骚》中明确表明"岂余身之惮殃兮，恐皇舆之败绩"。而宋玉《九辩》中虽然也有"赖皇天之厚德兮，还及君之无恙"这样对楚王的担忧，但更多还是沉溺于对个人命运的关注。正因如此宋玉和屈原在历史上受到的评价截然不同。屈原的形象是光辉的、崇高的、令人敬仰的，而宋玉则成为屈原的对比和陪衬，人们看到的往往仅是他作为"才子"的一面，甚至将其描绘成一个花柳丛中的无行文人。到了现代，由于郭沫若先生《屈原》一剧的问世，宋玉又成为颇似背叛耶稣的犹大一样的告密叛徒。平心而论，宋玉的人格形象确实没有屈原那样高大而令人敬仰，但也不应该受到人们的鄙弃和责难。事实上，中国更多的失意文人，尽管在精神上有着对屈原顶礼膜拜的态度，但实际在感情与行为上，特别是在表现他们这些感情和行为的文学

---

① 参见张希清《北宋贡举登科人数考》，《国学研究》第二卷，北京大学出版社1994年版。

作品当中，更多的还是步武了宋玉。唐宋贬谪词人，尤其是北宋贬谪词人，在这一点上尤其如此。我们可以从他们相似的出身情况与被贬谪的具体境遇来分析这一现象产生的原因。

首先，从他们的出身来看，宋玉与大多数贬谪词人相似，都是庶民出身，通过自己的才华而进入朝廷为官。在春秋战国时期，"士"作为一个独立的阶层已经开始崛起。"士"分为两种，一种是下层的庶民升而为士，另一种是上层的贵族大夫降而为士，宋玉显然属于前者。所以，不同于屈原在《离骚》中"帝高阳之苗裔兮，朕皇考曰伯庸"这样自豪的表白，宋玉自称为"贫士"。天生具有高贵血统的屈原，在个人命运与国家命运的关系中，呈现出一种特别密切的休戚与共的状态，对于他来说，楚国的命运不仅仅是国家的命运，也是屈原家族的命运。因此，他常常"恐皇舆之败绩"，希望"来吾导夫先路"，有着强烈的责任感和主人翁意识，这也是为什么屈原受到楚王的冷遇和贬谪，却始终不肯离开楚国另觅明主的原因。司马迁在《史记》中非常惋惜地说"怪屈原以彼其材，游诸侯，何国不容，而自令若是"，是将屈原当作一般的"士"来看待，没有注意到屈原出身的特殊性。然而对于出身低微的宋玉来说，他与楚王、楚国之间的关系就没有那么密切。当然，宋玉也热爱自己的祖国，《九辩》也在一定程度上表现出与《离骚》相似的思想，希望楚王能够踵武尧舜，任用贤才。但是另一方面，由于出身的低微，他求仕的过程比较艰难，不仅要靠自己的才华，还要求别人为他推荐、延誉，"宋玉因其友以见于楚襄王"[①]；所求得的官位亦并不显赫，类似"俳优"；在失去官位之后首先遭遇的是生存危机，"无衣裘以御冬兮，恐溘死不得见乎阳春"。因此，宋玉在作品中自然主要流露对个人

[①] 刘向著，赵善诒疏证：《新序疏证·杂事第五》，华东师范大学出版社1989年版，第156页。

命运的悲叹。而自从唐代实行科举考试，废除魏晋所实行的九品中正制之后，士家大族的势力便逐渐遭到了削弱，越来越多的庶民子弟通过自己的努力得以进入统治阶层。这种情况在中唐以后表现得尤其明显。如白居易、刘禹锡，祖上都并非高官显宦，宋代贬谪词人亦大多出身于平民之家，甚至极端贫困，如欧阳修四岁而孤，由寡母抚养成人，由于家境贫寒，竟至于用草棍代笔在地上学习写字（《宋史·欧阳修传》）。他们与君主之间的关系，实在非屈原与楚王那样筋脉相连，而颇似当今企业中的经理与董事长，即便这个经理做到了"一人之下万人之上"的"老总"，但从本质上来说依然不过是一个高级打工者，随时可被辞退或降职。从常理而言，此经理在被辞退或者降职之后，第一感到惋惜的绝不是公司的利益受到损害，而是自己在事业上的挫折以及此后的出路甚至经济问题。而自己在成为经理的这条路上付出的努力越多，经受的磨难越大，得到职位的过程越不易，在受到辞退或降职的处罚之后便会越发不平。

其次，宋玉与北宋贬谪词人在具体贬谪境遇上有着相似性。尽管宋玉所处的时代与屈原一样，是一个国家即将面临外敌凌辱的危难时代，但是宋玉之被贬谪，却并非像屈原那样是政治立场的原因，而纯粹是因为才华受人嫉妒而遭到谗言以及个性上的自负狂傲。贬谪原因的不同，也直接导致了宋玉在《九辩》中所关注的焦点在于自身命运而非国家存亡。一方面是因为宋玉当时尚没有参与国家军政大事的发言权。他是一个"小臣"，职责是著写华美的辞章以供楚王赏阅，并非国家的栋梁和支柱。即便是他对于国家的政事有一些建议和看法，也只能在辞章当中婉转地表达出来，用"曲谏"而非"直谏"。而从其所"谏"的内容来看，亦不过是希望君王关心民生、不能淫逸偷安、要重视贤才等一些宏观的、普遍的道理，并未对楚国政治、外交上所面临的具体问题提出建设性意见。另一方面,即便宋玉有发言权,从才华和能力上来说,也未必具备政治家的敏锐眼光和实干精神。宋玉的才华是文学上的,而屈原的主要注意力并非在文学上——他是在政治上受到挫折之后才以文学作为"发愤"的手段,抒发自己的政治情怀。屈原是当时杰出的政治家、外交家,他"入则与王图议国事,出则接遇宾客,应对诸侯",他能够看透战国时期纷乱的政治局面,知道楚国在当时的出路、前途和责任是什么,更能够意识到楚国的危险来源于何处。他识破张仪的诡计,劝谏怀王不可入秦,事实证明他的看法都是正确的,假如楚王能够一直信任屈原,改革内政,联齐抗秦,那么最后战国之统一大业很可能由楚国而非秦国完成。作为政治家的屈原,其所关心的自然是国家的命运,国家的命运便是他自己的政治生命;而作为文学小臣的宋玉,对于国家的命运却只能发出模糊而笼统的叹惋,其最关注的也只能是自身命运在这样的时代中所必然历经的沉浮。

就北宋的贬谪词人而言,尽管从表面上来看,他们是因为在处理内政事务上发生的意见分歧而引起党争,从而导致了贬谪,但实际上在新旧党争进入白热化,产生大量贬谪文人的时候,恰恰是两党在处理国家政务上的立场变得模糊,从而进入纯粹的为个人恩怨而互相攻击、迫害的阶段。很多文人往往是稀里糊涂地被卷入了党争的旋涡当中成了牺牲品,他们所发出的只是"人在官场身不由己"的哀叹,并没有屈原式的为一个正义凛然的政治理想而遭到贬黜的崇高感和悲剧感。如周邦彦,他元祐年间被贬,并非因他如何支持新政,而是因他在元丰年间以文采受到了神宗的赏识和提拔。同样,张耒、秦观、晁补之、黄庭坚等人的被贬谪,亦并非因为他们对新政的弊病有着清醒的认识,从而反对新政的实行,而是因为他们与苏氏兄弟走得太近。不仅如此,包括他们在内的元祐党籍碑中所列出的三百多名所谓的"旧党"分子,除了几位著名的元祐老臣之外，大多数对于旧党的政见早已经没有概念，其中还包括很多原本在新党阵营之内后来被排挤出来的人。我们可以看出当时所谓的"党争"，已经进入了与政治理念的冲突脱离关系的状态。另一方面，就贬谪词人而言，除了王安石、苏轼等少数人之外，大多数词人在地位和才华上也如同宋玉一样不具备政治家的真正条件。因此这些词人在贬谪之后，自然主要关注的是个人的命运而并非国家政治走向和前途。当然，北宋没有面临南宋那样外敌入侵的险境，亦是北宋贬谪词人在词作中对国家关怀较少的一个重要原因。

第二节　志士的执着——屈原对唐宋贬谪词的影响

如果说宋玉仅能够称为"文人"的话，那么屈原则首先是一个"志士"。他作为志士的执着，一方面表现为其幽洁不屈的自身品质，另一方面表现为九死不悔的爱国精神。其"信而见疑""忠而被谤"的贬谪遭遇，与"朗丽以哀志""发愤以抒情"的《离骚》等贬谪作品，使他成为中国文学史上当之无愧的"贬谪文学之祖"①。尚永亮先生认为：

---

① 当然，也有学者提出质疑，如罗忠族先生认为在屈原之前，《诗经》当中的《小雅·四月》亦表达了贬谪之意，因为清人姚际恒说："此疑大夫之后为仕者遭小人构祸，身历南国，而叹其无所容身也。"又清人方玉润说："愚谓当时大夫必有功臣后裔，遭害被逐，远谪江滨者，故于去国之日作诗以志哀云。"（见《贬谪文学论集·迁谪文学探源》，中国文联出版社1999年版，第44页）不过这种看法终究是"疑"，是揣测之词，既无法确认其中的贬谪之意，又不能实指其人为谁。另一方面，从"祖"之意上来说，不仅有着"在时间上最早"的含义，更重要的是能够给后世相同类型的文学以巨大的影响作用，成为人们模仿、祖法的对象。屈原和他的作品无疑做到了这一点。

"中国贬谪文学的开端在屈原那里，而鼎盛期则在唐宋两代。"① 唐宋贬谪词作为唐宋贬谪文学中的一个重要的组成部分，深受屈原精神的沾溉。这种沾溉一方面表现在贬谪词人对屈原高洁的人格魅力之服膺进而自拟的现象中，这种情况贯穿于唐宋贬谪词的始终；另一方面表现在对屈原爱国精神的继承上，这在南宋表现得尤其突出。

一 屈原幽洁不屈的品质与唐宋贬谪词

贬谪是对犯罪官吏的惩处。尽管尚永亮先生将贬谪分为有罪的贬谪与无罪的贬谪，但当事人在贬谪发生之时，莫不被一视同仁冠以种种丑恶之罪名。罪有应得者自然心存畏惧，或许由此悔改；而衔屈抱恨者，在君王的威怒和冷遇、同僚的诋毁和嘲讽以及不明真相之百姓的误解和鄙弃中，往往亦自惭形秽，对所追求的志向甚至自身的人格产生怀疑。而屈原在贬谪中，以其坚定的信念，执着的表白和犀利的斥责怨怼，鼓舞了那些含冤被贬的文人，从而让贬谪词里除了宋玉《九辩》式的感伤凄怨之情以外，平添了一份幽洁不屈的精神。

屈原作品中的幽洁不屈主要表现为两个方面。首先是对自身人格美的坚定信念。尽管背负罪名，遭遇惩处，却丝毫没有所谓的忏悔和反省，反复强调自己的"内美"和"修能"，坚信自己人格的高洁和理想的正确。《离骚》乃是贬谪之后忧愁难解时的发愤之作，诗人抛开自己遭遇的悲苦，首先用骄傲、自信的口气介绍自己家世血统的高贵、名字所代表的耿直中正之意，以及后天的勤奋与修养："帝高阳之苗裔兮，朕皇考曰伯庸。摄提贞于孟陬兮，惟庚寅吾以降。皇览揆余初度兮，肇

---

① 尚永亮：《贬谪文化与贬谪文学——以中唐元和五大诗人之贬及其创作为中心》，兰州大学出版社2004年版，第13页。

锡余以嘉名：名余曰正则兮，字余曰灵均。纷吾既有此内美兮，又重之以修能。扈江离与辟芷兮，纫秋兰以为佩。""佩缤纷其繁饰兮，芳菲菲其弥张。民生各有所乐兮，余独好修以为常。"《九章·涉江》亦以同样的方式来开头："余幼好此奇服兮，年既老而不衰。带长铗之陆离兮，冠切云之崔嵬。被明月兮佩宝璐。世混浊而莫余知兮，吾方高驰而不顾。驾青虬兮骖白螭，吾与重华游兮瑶之圃。登昆仑兮食玉英，与天地兮比寿，与日月兮齐光。"《九章·橘颂》中更以橘自喻，表现那种"纷缊宜修"的品质和"受命不迁"的精神："后皇嘉树，橘徕服兮。受命不迁，生南国兮。深固难徙，更壹志兮。绿叶素荣，纷其可喜兮。曾枝剡棘，圆果抟兮。青黄杂糅，文章烂兮。精色内白，类任道兮。纷缊宜修，姱而不丑兮。"《渔父》中标举自己对世事的清醒与不从俗的高洁："举世皆浊我独清，众人皆醉我独醒"，"新沐者必弹冠，新浴者必振衣；安能以身之察察，受物之汶汶者乎！"……与此相似的对自己的品德的夸赞在屈原的作品中比比皆是。另一方面，屈原又将矛头指向了那些谗毁忠臣、危害国家的"群小"："唯党人之偷乐兮，路幽昧以险隘。""众皆竞进以贪婪兮，凭不厌乎求索。羌内恕己以量人兮，各兴心而嫉妒。""众女嫉余之蛾眉兮，谣诼谓余以善淫。固时俗之工巧兮，偭规矩而改错。背绳墨以追曲兮，竞周容以为度。"他甚至责备楚王，"荃不察余之中情兮，反信谗以齌怒"。"曰黄昏以为期兮，羌中道而改路。初既与余成言兮，后悔遁而有他。"

  如此坚定的自信与尖锐的批判，确实也让很多持儒家中正思想的人感到不满，认为屈原在情感上过于怨怼，不善处穷，特别是在宋代儒学全面复兴的背景之下，这种贬议非常广泛，本章第三节第二部分将用详细的例证对此加以阐述。这里要提出的一点是，尽管存在那么多的批评之声，但这些批评之声却都是在承认其"忠而被贬"的事实并对其幽洁精神有着高度敬仰的基础上产生的。在对屈原"不善处穷"进行贬抑的同时，屈骚精神仍然不断地作用于士大夫的内心并表现于文学作品中。这主要是基于两点，首先在政治实践中，宋代人本来便具有"开口揽时事，议论争煌煌"① 的犯颜直谏的精神，即范仲淹被贬知睦州所云："臣非不知逆龙鳞者掇齑粉之患，忤天威者负雷霆之诛，理或当言，死无所避。"② 苏轼亦云："自欧阳子出，天下争自濯磨，以通经学古为高，以救时行道为贤，以犯颜纳说为忠。"③ 这与屈骚精神原本是相通的。另外，从士大夫的人生遭遇来看，朋党之争、和战之争是两宋政治的主要表现形态，其中产生了大批贤人失志的群体。在贬谪当中，屈原自然唤起了他们的骚怨之情。因此，宋人对于屈原的贬议，并不妨碍屈原成为他们政治受挫时的精神支柱和崇仰自拟的对象。上文所述的屈原对自身幽洁不屈精神的一再表达与剖白，"发愤以抒情"的举动便为宋人所认可。如欧阳修指出："君子之学，或施之事业，或见于文章，而常患于难兼也。盖遭时之士，功烈显于朝廷，名誉光于竹帛，故其常视文章为末事，而又有不暇与不能者焉。至于失志之人，穷居隐约，苦心危虑，而极于精思，与其有所感激发愤，惟无所施于世者，皆一寓于辞。"④ 当然，在学习屈原发愤抒情的同时，宋代贬谪文人从自身的文化环境出发对屈原进行了修正，在对自身幽洁不屈精神的表达中，他们大都不再有对于君主的怨怼之情，即便对于"群小"的牢骚与愤恨，在文字狱盛行导致贬谪文人在一定程度上"失语"的状态下，亦不再是屈原"众皆竞进以贪婪兮"的直白激切，而是用一种相对隐晦婉转的方式来表现。

---

① 欧阳修：《镇阳读书》，《欧阳修全集·居士集》卷二，中华书局2001年版，第35页。
② 范仲淹：《睦州谢上表》，《范仲淹全集·范文正公文集》卷十六，四川大学出版社2002年版，第386页。
③ 苏轼：《六一居士集序》，《苏轼文集》卷十，中华书局1986年版，第316页。
④ 欧阳修：《薛简肃公文集序》，《欧阳修全集·居士集》卷四十三，中华书局2001年版，第618页。

"取其正洁耿介之义,去其谲怪怨怼之言。"① 但尽管如此,在贬谪文人的作品中,仍然时时闪耀着屈原幽洁不屈的灵魂,即便是在文学家族中排行最末的词体,亦深深受此感染。

在谈宋代贬谪词人的作品之前,中唐的贬谪词人刘禹锡是不应该被忽视的,虽然他留下的词作不多,但由于自身的个性,以及尚未受到宋代那样儒家中正思想的束缚,他的人生和作品都较为强烈地反映出屈原式的不屈抗争姿态。尽管他的抗争与屈原沉水自戕以昭告清白不同,他执着而倔强地勾画着生命,让欲使他在漫漫贬途中困顿而终的政敌们的打算落空——遭贬二十余年的"前度刘郎",依然能够重返朝廷——尽管有着如此的不同,但他那种贬谪中对自身人格的确认和对"群小"的愤斥却与屈原颇为类似。毫无疑问,在贬谪中他是想到了屈原并对之有着效仿的。在夔州所写的《竹枝》词,正是屈原《九歌》的影子,亦是唐宋贬谪词中第一次明确出现楚辞元素的开端。而《浪淘沙》词中"莫道谗言如浪深,莫言迁客似沙沉。千淘万漉虽辛苦,吹尽寒沙始到金"则更能够体现刘禹锡骨子中的坚定无悔,他无疑是将自己当作真金来看的。从刘禹锡当时所受的惩处之重、误解之深(新旧唐书本传中均有"人不敢指其名,号'二王、刘、柳'"之语,几乎引起了"道路以目"的公愤),我们可以深深体会到刘禹锡这份坚定不屈的精神是何等不易。

在北宋贬谪词当中,屈原式的幽洁不屈更多地表现在向来以"君子"自命,而在历史上有着更多支持的旧党贬谪文人笔下。苏东坡有两首词便十分明显地体现了这一点,一首是在被贬黄州之后所写的《卜算子》,在第二章中我们已经分析过,但在那里我们主要是强调词中的凄怆之感,而词的结尾"拣尽寒枝不肯栖,寂寞沙洲冷"两句,

---

① 李纲:《拟骚赋序》,《梁溪集》卷二,上海古籍出版社1987年影印四库全书本。

则又展现出词人在受到"乌台诗案"的打击后,不仅在仕途上遭遇严重挫折,甚至性命几乎不保的情况下,心中依然存留着自己的原则,不苟同,不退让,不依附,即便这种耿直高洁之性将会使其在凄冷的暗夜之中独自徘徊,而这仅仅是苏轼一生贬谪命运的开始。他晚年被贬海南所写的那首《千秋岁》中的"君命重,臣节在。新恩犹可觊。旧学终难改",更能体现苏轼贯穿一生的对自我的坚定信念,正是屈原《离骚》中"不吾知其亦已兮,苟余情其信芳""虽九死其犹未悔"的执着精神。和苏轼相比,黄庭坚的倔强更明确,他在被贬谪之后始终冷眼面对打击和迫害他的人,顽强地生存下来,使他的贬谪词于倔强中见姿态,"身健在,且加餐。舞裙歌板尽清欢。黄花白发相牵挽,付与时人洗眼看"(《鹧鸪天》),有着屈原《离骚》中对"谣诼谓余以善淫"之"众女"的不屑与讽刺;"兰委佩,菊堪餐"(《鹧鸪天》)直接化用屈原《离骚》中的语句,表明对自身高洁精神的认可。晁补之本身在楚辞学上造诣很深,《宋史》卷四四四本传中称他"尤精楚辞,论集屈宋以来赋咏为《变离骚》等三书",而在其所著的《重编楚辞》的自序当中,他提出了《离骚》的内容含有《诗经·小弁》"何辜于天,我罪伊何"之意,肯定了屈原无罪而贬的冤屈,为其贬谪后作品中的不屈精神寻找经典依据,而这样做正表现了他对屈原幽洁人格的推重和宣扬。晁补之在贬谪中所写的数首梅花词,继承了屈原香草美人的寄托手法,以梅花之幽洁象征自己品质上的高洁无暇。除此以外,张舜民在其贬谪词中明确以屈原自拟,他的四首贬谪词中就有三首词明确提到了屈原:《朝中措》"三湘迁客思悠哉"、《卖花声》"木叶下君山""楼上久踟蹰"。张舜民在词中更多地在屈原身上寄托了"怨"的情绪,而"自是长安日下影,流落江湖"一句,除了流露出离开帝都的悲愤之外,这里的长安与屈原在《离骚》开头所陈述自己的高贵身世一样,都是强调"纷吾既有此内美兮",因为"他是陕西人,对长安有着极强的荣誉感"①。在他的诗集中"我家本住长安陌"这样的句子随处可见。从这个角度来说,张舜民在其贬谪词中自拟屈原,就不仅仅有含冤被逐的哀怨味道,更有对自己"内美"品质的自信和骄傲。

南宋词人往往因为主张抗金而受到卖国奸臣的陷害而遭贬。正如我们在第三章中所说,虽然主和派在南宋君主的支持之下占了绝对的上风,但主战派却是明显的代表忠心和正义的一方,他们往往广孚众望与威信,是后世史书中的忠臣,亦是当时人心中的英雄和希望。因此他们在心中没有北宋党争中君子、小人式的论辩与惶惑。罪名虽在,但是非分明。对于自己的政治见解与人格品质没有怀疑,只有自信和悲愤,因此屈原式的幽洁不屈在南宋贬谪词人这里得到了更加顺畅的表达,而这种表达与词人心中忠君爱国的情怀往往融汇在一起。

二 屈原高尚的爱国精神与唐宋贬谪词

屈原幽洁不屈的精神反映的是他在贬谪后向内对自我品质的认定,而屈原的爱国精神则是他向外的忧世思想的展现。虽然其幽洁不屈让人们感到惊叹的同时亦会对其情感的激烈有所指摘,但对其爱国精神,千载之后仍只令人崇仰敬慕,特别是在同样遭遇国家危难的时代,这种崇仰之情便会显得格外浓烈。

尽管屈原所处的时代并未出现大一统的国家,但以爱国主义来形容屈原对于楚国的深厚感情仍然谓为恰当。"爱国主义就是千百年来巩固

---

① 李青:《唐宋词与楚辞》,博士学位论文,苏州大学,2006年,第68页。

起来的对自己祖国的一种最深厚的感情。"① 同时"祖国是个历史的概念。"② 爱国主义在不同的历史背景下各有各的表现,对于屈原来说,楚国就是他的祖国。这个祖国在战国末年政治局势风云变幻的情况之下,曾有过统一中原的希望,亦面临着被秦国消灭的危险。屈原竭尽了自己最大的努力为楚国谋求生存和发展。在外交上,他两次出使齐国,以联合抗秦;而在内政上,他起草宪令,准备为楚王"导夫先路"进行改革,实现国家的清明和富强。可是就在他兢兢业业地为国家谋利益之时,楚怀王却听信小人的谗言将其放逐。之后楚王听信张仪之言,贪图张仪所说的"商于之地六百里",与齐绝交,受到了秦国几近侮辱的耍弄。盛怒之下的怀王数次举兵罚秦,又均以失败告终。后来当秦国欲与楚国联姻,与怀王约定蓝田之会时,屈原以秦为"虎狼之国,不可信"劝之,怀王却再次不加听从,终至武关遭遇秦兵的埋伏,客死于秦国。继怀王而立的顷襄王,又听信谗言,再次放逐屈原,眼看着祖国的日渐衰落和国君的被辱,自己却遭遇贬谪无力回天,怀着一腔悲愤之情的屈原最终沉江而死,以自己的生命印证了一个爱国志士的忧世情怀。

南渡偏安的南宋,与屈原所在的楚国异常相似。徽钦二帝被掳,北土沦陷,宋室播迁。偏居一隅的南宋帝王与卖国自保的奸臣权相合成一股,在主战主和的反复斗争当中,多少爱国志士惨遭贬谪、放废甚至杀害。在这样的背景之下,屈原在南宋的被推崇远远超过了北宋,其人格精神和爱国精神得到了进一步的彰显。从学理上看,宋代的许多楚辞学者对屈骚的精神在儒学的范围内进行过修复,这种修复,不再是宋代一般意义上出于对屈原狂放激切个性有所贬抑而为,与之相反,恰恰是为了给屈骚精神找到一个合适合理的立足点,以便其能够更加顺畅地被接

---

① 《列宁全集》第二十八卷,人民出版社1985年版,第168页。
② 《列宁全集》第三十五卷,人民出版社1985年版,第238页。

受和仿效。而几位研究楚辞的重要学者，又正是在政治斗争中遭遇贬谪的人，他们的良苦用心可想而知。《楚辞补注》的作者洪兴祖亲身经历过靖康之难，而在秦桧当政期间因主战而被贬，"坐尝作故龙图阁学士程瑀《论语解序》，语涉怨望，编管昭州"①。他在书中这样说道："生不得力争而强谏，死犹冀其感发而改行，使百世之下，虽流放废斥，犹知爱其君，眷眷而不忘，臣子之义尽矣。非死为难，处死为难，屈原虽死，犹不死也。后之读其文，知其人，如贾生者亦鲜矣。然为赋以吊之，不过哀其不遇而已。余观自古忠臣义士，慨然发愤，不顾其死，特立独行，自信而不回者，其英烈之气，岂与身俱亡哉！"②对屈原的继承撇弃了偏重于个人的"哀其不遇"，而转向了偏重于国家和民族的"忠义之情"，"屈原之忧，忧国也。其乐，乐天也。《离骚》二十五篇，多忧世之语。"③ 在以圣人的中正之道、不善处穷的立身原则对屈原的贬议几乎成为共识的情况下，在秦桧奸党的和议之风笼罩政治舆论、士大夫相与颂扬的时候④，洪氏对屈骚所进行的这种全面修复的努力，无疑是极具胆识与勇气的。朱熹曾经不无感叹地说："余观洪氏之论，其所以发屈原之心者至矣！"⑤ 朱熹本人亦遭"庆元党禁"，他注《楚辞》，在洪氏的基础上，首先用道学家倡导的"诚"的范畴，给屈子的言行作了"皆出于忠君爱国之诚心"的界定。这一方面确立了屈原的"大节"，辩证地看待屈原不合中庸的言行："故君子之于人也，取其大节之纯全，而略其细行之不能无弊。则虽三人同行，犹必有可师者，况如屈子，乃千载而一人哉！孔子曰：'人之过也，各于其党。观过，斯知仁矣。'此

---

① 《宋史》卷四三三《洪兴祖传》，中华书局1977年版，第12856页。
② 洪兴祖：《楚辞补注》，中华书局1983年版，第50页。
③ 同上。
④ 参见沈松勤《从高压政治到"文丐奔竞"——论"绍兴和议"期间的文学生态》，《文学遗产》2003年第3期。
⑤ 朱熹：《楚辞集注·楚辞后语》卷二，上海古籍出版社2001年版，第240页。

观人之法也。夫屈原之忠，忠而过者也；屈原之过，过于忠者也。故论原者，论其大节，则其他可以一切置之而不问。论其细行，而必其合乎圣贤之矩度，则吾固已言其不能合于中庸矣，尚何说哉！"① 在朱熹看来，只要有仁心与诚意的"大节"，一切错过，一切细行都可置之而不问。而屈原之过属君子之过，也就是说其"忠而过者"之"过"正是他履行忠君爱国之"诚"中产生的"过"。此外，朱熹还指出屈原的作品"使世之放臣、屏子、怨妻、去妇抆泪讴唫于下，而所天者幸而听之，则于彼此之间，天性民彝之善，岂不足以交有所发，而增夫三纲五常之重！此予之所以每有味于其言，而不敢直以'词人之赋'视之也"②。在朱熹的阐释当中，屈原在历史上一直以来所受的非议得到澄清，王应麟曾经称赞道："屈平虽忠，得朱子之心而益著"。③

在这种大的政治环境和文化环境的影响之下，对屈原爱国精神的继承表现在南宋文学的方方面面。诗文作为表达爱国情怀最好的文体自然受到屈原的影响最大，而词体在这一大环境的影响之下，亦呈现出了另一种激励人心的爱国面目。就贬谪词而言，北宋贬谪词人所关注的多为个人命运，极少考虑到家国恩仇，而南宋贬谪词人则在思考个人命运的基础上增加了"黍离之悲"，增加了屈原式的爱国悲情。这里要说的是，尽管南宋贬谪词中由于种种原因流露出的淡泊情调与屈原式的悲愤已然有了很大的区别，但这仅仅表现了他们在处理个人现实生活状态的一种区别于屈原的选择，并不代表他们真的能够忘却家国忧患。在淡定从容的表面之下，隐藏着对国事的失望和对卖国求和的奸相深深的愤慨，而抗金复国的志向即便在远谪或者放废的情况

---

① 朱熹：《楚辞集注·楚辞后语》卷二，上海古籍出版社2001年版，第240页。
② 朱熹：《楚辞集注·序》，上海古籍出版社2001年版，第2页。
③ 王应麟：《通鉴答问》卷二，上海古籍出版社1987年影印四库全书本。

下依然耿耿如初，只不过多了更多的无奈。如李纲《永遇乐》"秋色方浓"：

> 秋色方浓，好天凉夜，风雨初霁。缺月如钩，微云半掩，的烁星河碎。爽来轩户，凉生枕簟，夜永悄然无寐。起徘徊，凭栏凝伫，片时万情千意。
>
> 江湖倦客，年来衰病，坐叹岁华空逝。往事成尘，新愁似锁，谁是知心底。五陵萧瑟，中原杳杳，但有满襟清泪。烛兰釭，呼童取酒，且图径醉。

这首词作于罢官之后闲居福州之时，尽管词中的开头以大篇幅描绘出一派清朗明寂的秋夜景象，但词人在这样的夜色当中却"悄然无寐。起徘徊，凭栏凝伫"，他此时此刻所感受到的"万情千意"，绝不仅仅是文人在对月之时产生的一般感慨，而是融汇了自己"岁华空逝"与国家"中原杳杳"的极为沉痛的忧虑。而曾经领导东京保卫战，任高宗朝宰相，曾经一度极有信心亦极有韬略规复中原的他，所叹息的"岁华空逝"也并非一般的在个人前途上的叹老嗟卑，而是屈原《离骚》当中"日月忽其不淹兮，春与秋其代序。唯草木之零落兮，恐美人之迟暮。不抚壮而弃秽兮，何不改乎此度。乘骐骥以驰骋兮，来吾导夫先路"这样一种未能实现自己报国志向而年岁却在闲居坐叹当中流逝的双重的深切悲哀；"五陵萧瑟，中原杳杳"，又绝不是李白《忆秦娥》中"西风残照、汉家陵阙"式的面对苍茫历史所油然而生的宏观空泛的兴亡之叹，而是有着屈原《哀郢》中"皇天之不纯命兮，何百姓之震愆？民离散而相失兮，方仲春而东迁。去故乡而就远兮，遵江夏以流亡""背夏浦而西思兮，哀故都之日远""唯郢路之遥远兮，江与夏之不可涉"这样的切肤之痛。面对这样的沉痛忧虑，被逐出朝廷，剥夺了战斗条件与资格的他,唯有"满襟清泪",唯有"且图径醉"。在看似颓靡忘忧的酒醉当中,深切地表现出一颗爱国的赤诚之心。

再如绍兴和议时上奏乞斩秦桧而遭贬斥的胡铨,曾在贬谪新州时写过一首《好事近》"富贵本无心",我们在第三章中已经分析过这首词,词中充满了不屈不挠的精神,后半片两个比喻将自己伸张正义的无所畏惧和奸臣当权的阴险凶恶十分形象地表达了出来,继上疏之后无疑又给了秦桧当头一击。这首词也由此成为胡铨再次远贬海南的根由。然而在流落海岛的二十余年当中,胡铨始终不忘君国,《经筵玉音问答》记载了自己遭贬被召回后与孝宗之间的一次交谈。在交谈中,孝宗不无感叹地说:"卿流落海岛二十余年,得不为屈原之葬鱼腹者,实祖宗天地留卿以辅朕也。"并问胡铨:"朕无事时,思卿赴贬之时,心思如何?"胡铨答曰:"只是办着一片至诚心去,自有许多好处。"① 这"一片至诚心",自是对国家、君主的忠诚之心,对自己品质和行为的无悔之心,"自有许多好处",便是那颗执着的心灵在挫折中得到的升华。

南宋贬谪词中所表现出的爱国精神,在陆游、张孝祥、张元幹等词人笔下亦有展现,这在第三章都已经介绍过,在此处不再重复。南宋贬谪词中对屈原精神继承得最为明显的便是辛弃疾,下文将详细介绍。

三 辛弃疾贬谪词与屈原

夏承焘先生在《楚辞与宋词》中说:"词家真能继承屈原的优良传统的,也并不是唐五代的温庭筠、韦庄一班人,而应该属于宋代几位有民族节操,有政治事业心的作家们;因为他们的现实生活、现实情感与

---

① 胡铨:《澹庵文集》卷二,台北商务印书馆1986年影印文渊阁四库全书本。

屈原相近似，所以才能接受屈原的文学影响而成为他的继承者。"① 在这些人当中，辛弃疾是最为突出的一个。本节将就贬谪中的辛弃疾与屈原在灵魂上的内在契合、辛弃疾贬谪词中的楚辞元素这两个方面展开详细阐述。

（一）屈原与辛弃疾灵魂上的内在契合

上文已经说过，屈原对于唐宋贬谪词人的影响，除了与宋玉相似的感伤、怨愤之外，第一在于其对自己的人格美的坚定信念，第二在于其执着的爱国精神。而对于辛弃疾来说，除了这两点之外，他与屈原的灵魂契合点，更在于他们共同的自信心和能力上的优越感，以及背负的宿命和责任。

自古"学而优则仕"，但仔细分析起来，中国古代文人求学中所接受的教育内容和他们在为官中所需要的政治才干并不能够完全接轨。因此，"学而优"未必就"仕而优"，已经是我们今天从政治史与文学史中可以明显得出的结论。天才豪纵的"诗仙"李白，曾经"仰天大笑出门去，我辈岂是蓬蒿人"，和其他所有文人一样渴望辅佐君王成就伟业，但其浓郁的诗人气质和狂傲率直的性格，使他注定不具备从事复杂政治活动的能力。呕心沥血的"诗鬼"李贺，体弱多病、未老先衰，几乎手无缚鸡之力，却梦想着"男儿何不带吴钩，收取关山五十州"，让人觉得这简直是白日做梦。中国历史上有太多的文人感叹着落魄不遇，但他们的政治才干却又往往难以令人信服。但在这些落魄文人当中，屈原和辛弃疾却是为数不多的两个毋庸置疑的异代英雄，他们留给世人的只有惊叹。

---

① 夏承焘：《楚辞与宋词》，《光明日报》1958年2月2日。

第四章　宋玉、屈原、陶渊明与唐宋贬谪词

屈原留在史料上的记载并不多，但是可以看出他在政治上超乎寻常的远见卓识与治国理政的实际才干。无论是在和平时期处理内政方面的选贤任能、修明法度，还是在战略上的联齐抗秦，在秦楚之间的矛盾交涉中认定张仪的狡诈无信，揭穿秦国企图以怀王为质的阴险用心，都可以看出他卓越的眼界和才能。而辛弃疾则是一位具有传奇经历的英雄，他自幼生活在金人统治下的北方，高宗绍兴三十一年，金主完颜亮南侵时，辛弃疾聚众两千起义，投奔耿京。带命归正后，听闻张安国叛变，仅率五十骑驰赴金营，于五万敌众中生擒叛徒献于南宋。辛弃疾年轻时这一段壮举，已经让"懦士为之兴起，圣天子一见而三叹息"①。南归后，辛弃疾屡陈治国方略，先后上《美芹十论》《九议》等一系列奏疏，皆审时度势，切中要害任滁州知州期间，他宽征薄赋，招流散，教民兵，议屯田，仅仅半年时间便使当地的"荒陋之气，一洗而空"。在湖南安抚使任上，他创建飞虎军，雄踞一方，为江上诸军之冠，金人对之颇为忌惮，号为"虎儿军"。在江西安抚使任内遇灾荒，辛弃疾贴出"闭籴者配，强籴者斩"的八字告示，以果断的措施严厉打击了富户奸商的破坏活动，接着又借支官钱外出籴粮，使境内的粮价自减，民赖之以安。由是观之，辛弃疾的确是一位上马可以杀敌，下马可以安邦，文韬武略兼备的旷世奇才。

由于辛弃疾、屈原同具超人的政治才华，他们在被贬之后也就更加感到愤懑。他们身上肩负的，他们所要完成的，和他们所能够完成的，都不仅仅是个人的抱负和个人价值的实现，而是服务于所处时代和国度的、更加高远的群体价值和群体抱负。这两者的融合，是深深嵌在他们血液当中，无论如何都不能改变的。对于屈原来说，他作为楚王的同

---

① 洪迈：《稼轩记》，《辛稼轩诗文笺注》附录一，上海古籍出版社1995年版，第267页。

宗，对楚国有着一般臣子所没有的"主人"感，因此他与楚国形成了同呼吸共命运的情态，在这种情态之下，他只能义无反顾地去热爱自己的国家，为它积极谋求一切可能的发展，躲避一切可能的灾难。归隐和叛离，都是屈原无法接受的，即便是在群奸攻讦、楚王背弃前约，将其远谪的情况下，他除了为自己和祖国抗争之外没有别的选项，自沉于水，是他所进行的抗争之最终姿态。而对于辛弃疾来说，他作为一个归正人，自幼成长于沉沦在金兵铁骑下的山东乡土，对于金兵的愤恨几乎与生俱来。南归朝廷之后，他收复失地的渴望与那些成长于南方半壁江山者或者早已安稳于南方半壁江山者有着巨大的不同。收复失地，对他来说并不是一个抽象的、大而无当的爱国口号，也并不仅仅是乱世之中成就伟业、大展宏图的良好契机，而是一个非常迫近而切肤的强烈欲求。他对北方沉沦的土地上所发生的那些凌辱和压迫有着挥之不去的记忆，对挣扎于故土之上的父老乡亲以及沉埋于其下的宗族长辈始终欠着一个沉重的交代。尽管贬谪之后与屈原所走的道路不同，但他们爱国的执着精神却异常相似。辛弃疾没有选择在当时的情境之下了无意义的自戕，而是精心存留生命和信念，寻找一切可能的契机，一旦机会来临，便义无反顾地跨马持枪，冲锋陷阵，唱起"廉颇老矣，尚能饭否"的壮士之歌，直到病死之时仍然大呼"杀贼"。一生夙梦未圆，但一生亦追求未止。

正因如此，当贬谪中的辛弃疾穿越将近一千五百年的时空，将寻找的眼光投注到屈原这位伟大的巨人身上时，他的目光是敬佩的，亦饱含着惺惺相惜的感慨和满足。在这种灵魂内在契合的基础之上，辛弃疾的贬谪词中出现的许多楚辞元素，便可以理解为一种异代知音之间跨越时空的期许与交流，这在单纯的文学艺术技巧的承继上亦表现了出来。

第四章　宋玉、屈原、陶渊明与唐宋贬谪词

（二）辛弃疾贬谪词中的楚辞元素

辛弃疾贬谪词中所出现的楚辞元素，概括起来，主要表现在以下几个方面。

首先，从词句表面来看，辛弃疾在贬谪词中多次使用了屈原作品的名字，并大量引用或者化用屈原作品中的词句。其中光是"《离骚》"便在作品中直接出现了数次："未堪收拾付熏炉，窗前且把离骚读"（《踏莎行·赋木樨》）；"夜夜入清溪，听读离骚去"（《生查子》）；"细读离骚还痛饮，饱看修竹何妨肉"（《满江红》）；"手把离骚读遍，自扫落英餐罢，杖履晓霜浓。鹧鸪天赋松菊堂"（《鹧鸪天·赋松菊堂》）；"千古离骚文字，芳至今犹未歇"（《喜迁莺》），可见辛弃疾对于《离骚》的深厚感情，他似乎夜夜都在窗前品读，体会那种与隔代知己相似的情感律动。当然，这里的《离骚》实际上代表了屈原全部的作品。《远游》《招魂》《怀沙》《山鬼》《卜居》等作品名，也一再出现于辛弃疾的贬谪词中。引用或化用屈原作品的例子不胜枚举，如《水调歌头》"我亦卜居者，岁晚望三闾。昂昂千里，泛泛不作水中凫"化用屈原《卜居》当中"宁昂昂若千里之驹乎？将泛泛若水中之凫，与波上下，偷以全吾躯乎？"《蝶恋花》中"冉冉年华吾将老"，化用屈原《离骚》中"老冉冉其降至兮，恐修名之不立"；《浣溪沙》中"空山岁晚孰华予"，化用屈原《山鬼》中"岁既晏兮孰华予"；《临江仙》中"今宵成独醉，却笑众人醒"，化用屈原《渔父》当中"举世皆浊我独清，众人皆醉我独醒"……诸如此类都表达了辛弃疾借屈原以明志甚至标榜的心情。

其次，辛弃疾贬谪词中有大量屈原式的"香草美人"寄喻手法。王逸《离骚经序》中说："《离骚》之文，依《诗》取兴，引类譬喻。故善鸟香草，以配忠贞；恶禽臭物，以比谗佞；灵修美人，以媲于君；宓

妃佚女，以譬贤臣；虬龙鸾凤，以托君子；飘风云霓，以为小人。其词温而雅，其义皎而朗，凡百君子，莫不慕其清高，嘉其文采，哀其不遇，而愍其志焉。"① 由于辛弃疾"归正人"的身份不为朝廷所信任，其抗金爱国的主张不为当政者所采纳，反而遭到谗言攻讦和迫害，因此他在相当一部分词篇中采用了这种幽隐曲折的比兴寄托方法。他借取屈原作品中的江蓠、辟芷、春兰、秋菊等十余种香草和骐骥、马、龙、鸾、凤等善鸟善兽及尧舜禹汤文武周姜等圣贤来比喻美好的事物和理想，也引用了鸩鸟等恶鸟来比喻小人和邪恶。光是取自《离骚》中的"纫秋兰以为佩"的"兰佩"意象，就有好几处：《蝶恋花》中"九畹芳菲兰佩好。空谷无人，自怨蛾眉巧"；《兰陵王》中"怅佳人何处，纫兰结佩带杜若"；《贺新郎》中"兰佩芳菲无人问，叹灵均欲向重华诉。空壹郁，共谁语"；《西江月》中"纫兰结佩有同心，唤取诗翁来饮"。辛弃疾在这种自拟芳草的比喻当中展现了与屈原相似的对自己高洁人格的认可和自信。

除了这些明显的仿效屈原作品的比兴寄托之外，辛弃疾贬谪词中还有了新的发展，如增加了类比的对象，在花草鸟兽当中，香善者有梅、桂、水仙；邪恶者有木樨、杏花、秦吉了；人物当中，正面的男性有谢安、诸葛亮、孙权、祖逖，正面的女性有浣花西施，反面有玉环飞燕；等等。此外，他还常常以那写历史上生不逢时遭遇坎坷的志士自拟，如《八声甘州·故将军饮罢夜归来》中的李广、《虞美人·赋虞美人草》中所写的项羽、《永遇乐·京口北固亭怀古》中所写的廉颇，以及马周、贾谊、荆轲、伍员、苏秦等。还有那些退隐的高士，代表了他不向权贵折腰，不与群小合作的意志。此外，辛弃疾贬谪词中还有大量的咏物

---

① 王逸：《楚辞章句》，上海古籍出版社1989年版，第4页。

词，亦明显有着寄托之意。以梅花和牡丹为例，梅花词往往寄托了他对那些不惧霜雪的志士的歌咏，而牡丹词常常蕴藏着辛弃疾对那些媚主误国的奸臣的嘲讽。前者如《鹧鸪天》"桃李漫山过眼空"、《浣溪沙》"种梅菊"，后者如《最高楼》"西园买"、《鹧鸪天》"翠盖牙签几百株"。这种以通篇对一种事物的吟咏来寄寓作者某种感情的写法，更可以见出辛弃疾比兴手法的功力。如《杏花天·嘲牡丹》："牡丹比得谁颜色，似宫中，太真第一。渔阳鼙鼓边风急，人在沉香亭北。买栽池馆多何益，莫虚把，千金抛掷。若教解语倾人国，一个西施也得。"先以牡丹之美比杨贵妃，又以杨贵妃之祸国比那些蒙君误国的当朝奸臣。这种比中见比的方法由屈子而出，又显得更加精妙。

最后，受屈原楚辞的影响，辛弃疾贬谪词中有着瑰丽、神奇的想象和浓郁的浪漫主义色彩。屈原的作品虽然反映的是当时楚国的现实，抒发的是作者自身的感情，但在作品中却有诗人驰骋着的想象境界。他糅合了神话传说、历史人物和自然现象，主人公似仙似魂，上天入地，以这种非现实的情境展现出作者为实现理想上下求索，企图摆脱现实中那些难以解决的矛盾和羁绊的心态。与屈原有着灵魂上内在默契的辛弃疾，在其贬谪作品中同样展现了一些上天入地、似梦似幻的精神苦旅，如《千年调·开山径得石壁，事出望外，意天之所赐邪，喜而赋之》"左手把青霓，右手挟明月。吾使丰隆前导，叫开阊阖。周游上下，径入寥天一。览玄圃，万斛泉，千丈石。钧天广乐，燕我瑶之席。帝饮余觞甚乐，赐汝苍壁。嶙峋突兀，正在一丘壑。余马怀，仆夫悲，下恍惚。"几乎完全套用了屈原《远游》中的程序：先描写远游之前的准备，然后是描写远游之车马装备，然后是周游的过程，其中有对幻想中的自然环境的描写，而这些环境大多是一些较为险恶的环境。在尽情欢娱的时刻却因仆夫和马儿对故土的留恋而不肯前行，终于回到现实。辛弃疾在这首词中,把青霓,挟明月,使丰隆为先导,叫开阊阖,然后周游上下,其中对县圃、万斛泉、千丈石这些险恶之境的描写都与屈原的远游如出一辙。下半阕同样如此,在酒食、音乐这样典型的神仙生活景物中,忽然道出词作的主题即"石壁"。结尾处化用了屈原《远游》中的"仆夫悲余马怀兮",和屈原一样回到了现实世界当中。再如《山鬼谣》"问何年,此山来此,西风落日无语。看君似是羲皇上,直作太初名汝。溪上路。算只有、红尘不到今犹古。一杯谁举。笑我醉呼君,崔嵬未起,山鸟覆杯去。须记取。昨夜龙湫风雨。门前石浪掀舞。四更山鬼吹灯啸,惊倒世间儿女。依约处。还问我、清游杖屦公良苦。神交心许。待万里携君,鞭笞鸾凤,诵我远游赋"。通篇用了拟人的手法,将怪石视为知音,写出了它显贵不凡的身世、超然尘垢的品行、强大超凡的潜力和远游万里的洒脱,全词气度开阔,想象神奇,有着浓郁的奇幻色彩。《水调歌头》的构思更为奇特:"我志在寥阔,畴昔梦登天。摩挲素月,人世俯仰已千年。有客骖麟并凤,云遇青山赤壁,相约上高寒。酌酒援北斗,我亦虱其间。少歌曰,神甚放,形则眠。鸿鹄一再高举,天地睹方圆。欲重歌兮梦觉,推枕惘然独念,人事底亏全。有美人可语,秋水隔娟娟。"这是一首"登天"词,写作者梦中登天的景象,在他"摩挲素月"的瞬间,"人间俯仰已千年",这时又有客(即稼轩之友人赵昌父)骖麟并凤,与李白、苏轼一起飞经他的身边,于是四人相约,登上更高的天层,在那里他们以北斗为杯,相与饮酌,放声而歌。这首词暗用了屈原的《离骚》、李白的《梦游天姥吟留别》、苏轼的《水调歌头·明月几时有》,而追根溯源,主要继承了屈原上天入地的求索幻思而成。

除了以上三点之外,辛弃疾贬谪词中的楚辞元素还包括在形式上对某些楚辞中特有的语气词、特有文体的模仿。如"些"这个句尾的语气词,是古代楚地方言中的语尾助词,仅表声而无义。屈原的《招魂》通篇就是以"些"字作为语句的结尾,而辛弃疾的《水龙吟》"听兮清佩琼瑶些。明兮镜秋毫些。君无去此,流昏涨腻,生蓬蒿些。虎豹甘人,渴而饮汝,宁猿猱些。大而流江海,覆舟如芥,君无助、狂涛些。路险兮、山高些。愧余独处无聊些。冬槽春盎,归来为我,制松醪些。其外芳芬,团龙片凤,煮云膏些。古人兮既往,嗟余之乐,乐箪瓢些"则明显是对《招魂》风格的刻意模仿。再如屈原的《天问》,向天提出了种种奇问,全篇由 170 个问题组成,表现出诗人内心对自然、人生、社会的疑惑,而辛弃疾的《木兰花慢》"可怜今夕月",在词序中就明确表明"是用《天问》体赋"。词中对月亮一口气提出了九个问题,是在词体领域中对《天问》体的继承。

英国艺术家克来夫·贝尔认为有意味的形式是一切艺术的共同本质,辛弃疾贬谪词中的楚辞元素,虽然有些看似仅仅是在形式上的模仿和继承,但实际上这些形式上的承继却是基于两者在灵魂上的内在契合而形成的,并在很大程度上又反映了这种内在的契合。

第三节　达者的睿智——陶渊明对唐宋贬谪词的影响

"隐"与"贬",同属于"处江湖之远"。一方面,从仕途上看,和"达"相对,隐者与贬者都属于"穷";另一方面,从现实生活来看,和"富"相对,隐者与贬者又往往都"贫"。当然,两者又有着不同,隐者,是自愿主动选择离开政治体制,而贬者则是无奈地被驱逐出体制之外。因此两者在精神状态上往往有着差别:贬者多感伤,多怨愤,多不平,而隐者则相对平和坦荡。于是那些被贬谪的人们,常常会在穷困的处境中以那些高洁的隐者为榜样,调整自己的心态,以助现实人生的继续和完成。陶渊明正是这样一位深深影响着贬谪文人的隐者。和宋玉、屈原相比,宋玉对个体生命沦落的感伤,会让人切近地感到"与我心有戚戚焉",被贬谪的悲戚从当下穿越时空在宋玉那里形成了共鸣,所产生的作品是哀感动人的,然而无论对于贬谪词人本身来说,还是对于读者来说,都只会更加沉溺在悲伤当中无法解脱;屈原是让人景仰的,他的作品中回荡着悲愤、痛心疾首和无路可逃的执着。要么安邦定乱,功成名就,要么身消命陨,死而不悔。他的个体生命价值与社会价值紧紧联系到了一起,形成了合而为一的关系,他是理想化的,不容易达到,因此让人敬佩。贬谪文人们模仿屈原,自拟屈原,无形中增加了自己的崇高感和人格美,但在现实中却无法步武屈原。屈宋二人,一为志向上的投入,一为情感上的沉溺,都是一去不复返式的,并没有给后世挣扎于痛苦中的贬谪者以现实出路的指引。唯有陶渊明,他的人生和他的诗歌,是一方灵魂的后花园。在里面,心灵受伤的人们可以赏菊饮酒,安贫固穷,自得其乐。可以让人休憩,可以让人镇定。

本节将从"归""淡""自然"三个角度阐述陶渊明对唐宋贬谪词的影响。

一 "田园将芜,胡不归"

"归",是人类内心一种自然的欲望。海德格尔说:"接近故乡,就是接近万乐之源。""归",又是中国人特别浓厚的心理情结。古老的农耕生活中,"日出而作,日落而息"便是一种以"屋"为出发点和归宿地的生活秩序,可以说,中国人对家园的思念远远甚于对于远方的向往,人们往往在跨出门槛之时便已经在计算着归程。"归"在中国文化中，虽然并非由陶渊明首次在人生中实践、在诗歌中吟咏，但确实是由陶渊明第一次将这种情感化作了一种诗意的生活模式，成为人们在困苦漂泊之时心底永久的温暖召唤。

陶渊明的"归"有着双重含义。一层是在空间上返回家乡、田园，"羁鸟恋旧林，池鱼思故渊。开荒南野际，守拙归园田"（《归园田居》）。一层是在心理上摆脱羁绊，回归自由的状态，"既自以心为形役，奚惆怅而独悲。悟以往之不谏，知来者之可追。实迷途其未远，觉来者之可追"（《归去来兮辞》）。这种思想，看似与老庄思想中虚静无为、否定现实进取的高蹈、超然相似，而实际上却并非这样简单。正如鲁迅所说："除了论客们所佩服的'悠然见南山'之外，也还有'精卫衔微木，将以填沧海。刑天舞干戚，猛志固常在'之类的'金刚怒目式'，在证明着他并非整天整夜飘飘然，这'猛志固常在'和'悠然见南山'的，是同一个人。"① 陶渊明的"归"，有他的选择，亦有他的无奈。他不仅像老庄一样认为人是自然的产物，同时也认为人是万物之灵，应该有一番自己的作为，但是由于社会现实等种种原因不能够实现自己的志向，因此一些有识之士才不得不归守田园，自保天年。如《感士不遇赋》中这样说："咨大块之受气，何斯人之独灵！禀神智以藏照，秉三五而垂名。……密网裁而鱼骇，宏罗制而鸟惊。彼达人之善觉，乃逃禄而归耕。"而陶渊明所处的时代，正是"真风告逝，大伪斯兴""八表同昏，平路伊阻"之时，"政出多门"，"刑网峻急"，因此陶渊明心中固有的"猛志逸四海，骞翮思远翥"才渐渐消退，最后回归田园。可以说，陶渊明的选择是在仕途险恶与自身价值、政治黑暗与抱负志向、士风颓败与自身人格的三重矛盾对立下的选择。和老庄的无为相比，陶渊

---

① 鲁迅：《题未定草（六）》，《古典文学研究资料汇编·陶渊明卷》，中华书局1962年版，第286页。

明是本欲有所为的；和儒家的"知其不可而为之"相比，陶渊明又是"知其不可而不为"。实际上，儒家思想中本也有归隐的思想，如《论语》中《公冶长篇》："道不行，乘桴浮于海。""宁武子，邦有道，则知；邦无道，则愚。其智可及也，其愚不可及也。"《泰伯篇》："子曰：'笃信善学，守死善道。危邦不入，乱邦不居。天下有道则见，无道则隐。邦有道，贫且贱焉，耻也；邦无道，富且贵焉，耻也。'"《卫灵公篇》："子曰'君子哉，蘧伯玉！邦有道则仕，邦无道可卷而怀之。'"因此，陶渊明的归，实际上是掺杂了儒道的思想，并结合自己的现实人生做出的无奈的选择。

正因为陶渊明的"归"所具有的这种有条件的无奈性和儒道兼备的包容性，后世文人才对他比对其他的隐者有着更加密切的情感接受。而这种接受，突出表现在宋代。"渊明文名，至宋而极。"① 唐代文人对陶渊明虽有景仰，但仅将陶渊明视为一个静穆飘逸的隐士，而且，对陶渊明的归隐在赞誉的同时又有着贬抑。如李白虽然欣赏陶渊明的洒脱自得，但他对陶渊明归返田园的人生选择却颇有微词，"龌龊东篱下，渊明不足群"《九日登巴陵，置酒望洞庭水军（时贼逼华容县）》；杜甫在《遣兴五首》其三中说："陶潜避俗翁，未必能达道。"这种论调与大唐昂扬奋发的时代精神是分不开的。中唐之后白居易对陶渊明的喜爱和推崇达到了一个前所未有的高度，自称为"异世陶元亮"，这在很大程度上也影响了宋代人对陶渊明的崇敬。但是白居易也并没有深入发掘陶渊明高洁隐逸之外的另一面，并且对陶渊明穷苦贫贱的生活也表示出难以苟同的态度，这在本书第一章中已经有详细阐述。然而到了宋代，对陶渊明的推崇和赞誉几乎再无贬抑，单就"归"这一层面而言，深谙儒学

---

① 钱锺书：《谈艺录》，中华书局1984年版，第88页。

的宋人不仅不再指责陶渊明的"避俗",而且看到了陶渊明济世豪放的精神内涵,将陶渊明无奈而归的心理分析得十分透彻。如黄庭坚在《宿旧彭泽怀陶令》云:"潜鱼愿深渺,渊明无由逃。彭泽当此时,沉冥一世豪。"认为他本有济世的抱负,只是在"大伪斯兴"的乱世才退而归隐、固穷守节的。陈与义《题酒务壁》中也说:"野马本不羁,无奈卯与申。当时彭泽令,定是英雄人。"辛弃疾因其身世遭际而对陶归隐时悲慨而无奈的内心矛盾深有体味,他融汇自己心灵的感悟,打破以往对陶渊明恬淡静穆的肤浅认识,看到了陶渊明胸怀壮志而又忧时伤世的一面,在《贺新郎》中说:"看渊明风流酷似,卧龙诸葛。"《水龙吟》中亦云:"问北窗高卧,东篱自醉,应别有,归来意。须信此翁未死,到如今凛然生气。"朱熹说:"隐者多是带气负性之人为之,陶欲有为而不能者也。"① 可见,陶渊明静穆超逸背后的豪放一面渐渐被越来越多的宋人所认识。除此之外,宋人还将这个"体制外"的隐者陶渊明视为忠义之士,葛立方《韵语阳秋》卷五称:"世人论渊明自永初以后,不称年号,只称甲子……观渊明《读史》九章,其间皆有深意,其尤章章者,如夷齐、箕子、鲁二儒三篇……由是观之,则渊明委身穷巷,甘黔娄之贫而不自悔者,岂非以耻事二姓而然耶!"② 黄庭坚《次韵谢子高读渊明传》中的"风流岂落正始后,甲子不数义熙前";陆游《书陶靖节桃源诗后》中的"独为桃源人作传,固应不仕义熙年",都是对其凛然介节的推崇。随着重视道德品节修养的理学思想的大发展,陶渊明为晋守节的观点也日益显豁。朱熹《向芗林文集序》中就认为陶渊明不仕异朝符合其提倡的伦理道德原则:"陶元亮自以晋世宰辅子孙,耻复屈身后代,自刘裕篡夺势成,遂不肯仕。虽其功名事业,不少概见,而其高情逸

---

① 黎靖德编,王星贤点校:《朱子语类》卷一百四十,中华书局1986年版,第3327页。
② 葛立方:《韵语阳秋》卷五,何文焕《历代诗话》,中华书局1981年版,第530页。

想,播于声诗者,后世能言之士,皆自以为莫能及也。"① 理学家真德秀在《跋黄瀛甫拟陶诗》也说:"其眷眷王室,盖有乃祖长沙公之心,独以力不得为,故肥遁以自绝,食薇饮水之言,衔木填海之喻,至深痛切,顾读者弗之察耳。"② 如此,陶渊明人生选择完全被纳入正统儒家思想所允许并推崇的行为范畴当中。

宋人对陶渊明"归"的认可和敬重,自然有着多方面的因素。而宋代文人之贬谪,不能不说是其中一个重要的原因。"任何一种既有的精神和思想资源都不能从其存在的那刻起就绵延不绝、主动地影响后世,更多的时候,它只是沉睡在川流不息的历史长河之下的沙砾,其'影响'是否能重新浮现在人们的注目之处,完全取决于当下的现实处境是否需要,并足已唤醒这部分历史记忆。"③ 宋朝从国家政治、社会状况来说,与陶渊明所处的面临刘宋篡弑之危的东晋相比,无疑是一个清平治世,因此文人们普遍有着参与政治的热情和以天下为己任的特质。但与此同时宋代又有着它所难以摆脱的危机。北宋由政治经济革新而引发的党争中,大批文人的政治命运和人生命运都反复无常,正可谓陶渊明所说的"密网裁而鱼骇,宏罗制而鸟惊"(《感士不遇赋》);而南宋遭遇国家半壁沦亡,在主战、主和的斗争当中大批爱国志士受到了权臣奸相的迫害,贬废闲居者旋不接踵。在这种情况下,宋代文人在内心深处深刻理解了陶渊明济世理想的破灭,理解了陶渊明不侍二朝的忠义。他们不仅接受了一个选择"归"的陶渊明,而且更羡慕陶渊明"归"时那份潇洒自若。因为在宦海风波中沉浮着的、在贬谪的命运中漂泊着的他

---

① 朱熹:《向芗林文集序》,《古典文学研究资料汇编·陶渊明卷》,中华书局1962年版,第77页。
② 真德秀:《跋黄瀛甫拟陶诗》,《古典文学研究资料汇编·陶渊明卷》,中华书局1962年版,第104页。
③ 丁晓、沈松勤:《北宋党争与苏轼的陶渊明情结》,《浙江大学学报》2003年第3期,第11页。

们，要么欲归而不得，要么不得不归。唐宋贬谪词人正是围绕着"归"的主题，撰写了大量的词篇。

欲归而不得者，是那些辗转各地，身如漂萍的贬谪者。在这些人的词中，往往充满了对羁旅漂泊的厌倦和对归返故乡的渴望。如我们在第二章中介绍过的晁补之的贬谪词，在他绍圣元年到元符三年四处漂泊期间所写的词篇当中，有着大量渴望"归"的语句："此身应似去来鸿。江湖春水阔，归梦故园中"（《临江仙》）；"新词好，他年认取，天际片帆归"（《满庭芳》）；"暗想平生，自悔儒冠误。觉阮途穷，归心阻"（《迷神引》）；"青山无限好，犹道不如归"（《临江仙》）。此外，用"萍""蓬""无根""飘荡""泛梗"之类的词语表现漂泊无依之感的又有很多首。黄庭坚在贬谪黔州时所作的《醉蓬莱》中，有"万里投荒，一身吊影，成何欢意"的悲叹，有"杜宇声声，催人到晓，不如归是"的渴望。再如张孝祥，为官岭南、荆湘的一段时间里，词中最重要的主题便是在寂寞中思归故园："我是临川旧史君。而今欲作岭南人"（《浣溪沙·过临川，席上赋此词》）；"路尽湘江水，人行瘴雾间。昏昏西北度严关。天外一簪初见、岭南山"（《南歌子·过严关》）；"今夕复何夕，此地过中秋。赏心亭上唤客，追忆去年游"（《水调歌头》）；"老子婆娑成独冷"（《定风波》）；"思归梦，天边鹄。游宦事，蕉中鹿"（《满江红》）；"一杯莫惜留连，我亦是、天涯倦客"（《柳梢青》）；"只要东归，归心入梦，梦泛寒江月。不因莼鲙。白头亲望真切"《念奴娇再韵呈朱丈》。在那些欲归而不得的贬谪者当中，苏轼是非常特别的一个。他虽然有着浓厚的思乡情结，但在辗转漂泊各地无法归乡的境遇之下，却能够处处为乡，将"欲归不得"变做"处处可归"，以"此心安处是吾乡"的精神，达到了心灵对于行迹的超越，这一点，在第二章第二节中我们也已经有详细的阐述，这里补充的一点是，这种"处处可归"的精神,从另一个角度来看,也可以说达到了对陶渊明的超越。这一点在苏轼贬谪黄州时为所建的雪堂而作的记中可以看出来:"……负倾筐兮,行歌而采薇。吾不知五十九年非而今日之是,又不知五十九年之是而今日之非。吾不知天地之大也,寒暑之变,吾昔日之癯而今日之肥。……是堂之作也,吾非取雪之势,而取雪之意,吾非逃世之事,而逃世之机。吾不知雪之为可观赏,吾不知世之为可依违。性之便,意之适,不在于他,在于群息已动,大明既升,吾方辗转,一观晓隙之尘飞。"①陶渊明在《归去来兮辞》中称自己"觉今是而昨非",而苏轼在这里则泯灭了自己此前的五十九年与今日的是非之别。之前的在功业上的积极进取,心中所怀有的报国之志无可厚非,而今日之遭遇贬谪而躬耕田亩亦是命中所定,无可改变亦无从指责。面对"客"对"雪堂"所提出的质疑,苏轼以"取雪之势,而取雪之意"为答。这正如,若逃离世间的冗繁之事,须寻找僻静安顿之所;而若逃离世间之机心,则只需心内纯净澄明便可。陶渊明为逃机心而逃世事,而苏轼则逃机心而不避世事。苏轼在黄州写有一篇檃栝陶渊明《归去来兮辞》的《哨遍》,结尾有"此生天命更何疑,且乘流、遇坎还止"之句。对于陶渊明来说,他只有止于故乡田园才能够"乐夫天命",而对于苏轼来说,他却如同在天命的洪流中漂泊的一叶小舟,可以止于任何所在,只要自己愿意。"从这个意义上来说,心远地偏更适合苏轼。"②另一位贬谪词人李之仪在编管太平州时所做的《鹧鸪天》"收尽微风不见江"中吟唱的"心既远,味偏长。须知粗布胜无裳。从今认得归田乐,何必桃源是故乡"同样是这种不拘形迹,处处可归之态度的表现。

不得不归者,是那些在政治的旋涡中被抛离出来,奉祠闲居或罢废

---

① 《苏轼文集》卷十二,中华书局1986年版,第410页。
② 李剑锋:《元前陶渊明接受史》,齐鲁书社2002年版,第274页。

还乡者。他们心中本有着不得不如此的无奈和怨愤，但在对陶渊明的仰慕和学习之中，却将这种心有不甘的被迫转换成为正合我意的自觉选择，从而形成了心理上相对的安稳和平衡。如晁补之在崇宁二年到大观三年提举江州太平观，继而管勾西京鸿福宫，并在家乡金乡东皋闲居八年期间，"还家，葺归来园，自号归来子，忘情仕进，慕陶潜为人"（《宋史·晁补之传》）。在修建好家园之后，晁补之写有一篇《归来子名缗城所居记》，记中详细描绘了他归家后对陶渊明几乎亦步亦趋的仿效："念身于古，无一可数，读陶潜《归去来词》，觉己不似而愿师之，买田故缗城，自谓归来子，庐舍登览游息之地，一户一牖，皆欲致归去来之意。故颇撫陶词以名之，为堂，面园之草木曰松菊，松菊犹存也；为轩，达其屏使虚以来风曰舒啸，登东皋以舒啸也……凡因其词以名者九。既榜而书之，日往来其间，则若渊明卧起与俱，仰榜而味其词，则如与渊明晤语接，踌躇自得，无往而不归来矣。"① 他的生活既然已经如此"陶渊明化"，他在这一阶段所写的词中更是处处都有着陶渊明和陶渊明诗歌的痕迹。如《永遇乐·东皋寓居》中有"松菊堂深，芰荷池小，长夏清暑""听衡宇，欣欣童稚，共说夜来初宇"；《黄莺儿》中有"怪来人道陶潜，做得羲皇侣"；《安公子》中有"记他年相访，认取斜川三径"；《凤箫吟》中有"旧游应未改，武陵花似锦，笑语相逢"；《满庭芳》中有"归去来兮，名山何处，梦中庐阜"。这些句子里的"松菊""衡宇""童稚""斜川""武陵""归去"等词，显然来自陶渊明《归去来兮辞》《桃花源记》和其他作品。晁补之的最终得以归老田园，在北宋新旧党争中被祸的词人里可以说是为数不多的幸运儿。

和北宋文人贬谪的情况不同，南宋的主战主和斗争中，产生了一大

---

① 晁补之：《鸡肋集》卷三十一，上海古籍出版社1987年影印四库全书本。

批被罢官闲居家园者。在这些人的词作中,更加明显而普遍地体现出对陶渊明式归家生活的仿效和自拟。如闲居福州的李纲所作的三首《水调歌头》:

> 律吕自相召,韶䕶不难谐。致君泽物,古来何世不须才。幸可山林高卧,袖手何妨闲处,醇酒醉朋侪。千里故人驾,不怕物情猜。
> 秋夜永,更秉烛,且衔杯。五年离索,谁谓谈笑豁幽怀。况我早衰多病,屏迹云山深处,俗客不曾来。此日扫花径,蓬户为君开。

> 律吕自相召,此事古难谐。中年醉饮,多病闲去正当才。长爱兰亭公子,弋钓溪山娱适,甘旨及朋侪。衰疾卧江海,鸥鸟莫惊猜。
> 酒初熟,招我友,共一杯。碧天云卷,高挂明月照人怀。我醉欲眠君去,醉醒君如有意,依旧抱琴来。尚有一壶酒,当复为君开。

> 物我本虚幻,世事若俳谐。功名富贵,当得须是个般才。幸有山林云水,造物端如有意,分付与吾侪。寄语旧猿鹤,不用苦相猜。
> 醉中适,一杯尽,复一杯。坐间有客,超诣言笑可忘怀。况是清风明月,如会幽人高意,千里自飞来。共笑陶彭泽,空对菊花开。

三首词所写的都是李纲在被迫罢相归家后所过的"山林高卧"

"袖手闲处"并与亲朋好友相聚共饮的休闲生活。一个"幸"字,正可以看出李纲对"归"的喜悦和庆幸之情,而这种心情,正是以陶渊明为人生楷模的结果,特别是第二首词和第三首词当中,前者明显引用了陶渊明醉酒之后"我醉欲眠,卿可去"的典故,后者则直接将"陶彭泽"的名字写入词中。李纲认为自己的生活,不仅在归意闲情上与陶渊明是相似的,而且时常有着"幽人高会",比寂寞地对菊饮酒的陶渊明更加惬意。

二 "外枯而中膏,似淡而实美"

"淡",既是一种人生的态度,又是一种文学的风格。陶渊明正是这样一个将淡泊从容的人生态度和平淡自然的文学风格结合于一身的隐者诗人。而在这两方面,宋代贬谪词都有所继承。

对于宋代人来说,"闻道见性"是他们所追求的理想人格的最高境界,而陶渊明式的淡泊自守,则又是"闻道"的一个重要内容,是他们所推崇的理想品格。这种"淡泊",当然最重要的方面表现为对身外名利的不萦怀于心,不汲汲以求。这样的思想倾向在宋代名臣对士风的期许当中已经屡有表达,如欧阳修在《送杨辟秀才》中感慨"世好竞辛咸,古味殊淡泊";范仲淹在《祭谢宾客文》中认为"士病其躁兮";韩维在《送宋钧秀才落第还乡》中赞赏宋秀才"爱君抱冲淡,荣利不可迁"。《宋史·王安石传》中载:"文彦博为相,荐安石恬退,乞不次进用,以激竞奔之风。"当他们以淡泊的品格来审视文化史上的人物时,便自然对陶渊明产生了深深的敬仰:"五柳神君气貌端,所希所向静而安。每思往行投闲地,肯逐时情慕热官。"(徐积《和石宣德五柳亭》)而南宋的理学家朱熹则将陶渊明奉为晋宋之间真正称得上清高的人物,因为"晋宋间人物,虽曰尚清高,然个个要官职。这边一面清谈,那边一面招权纳货。渊明却真个是能不要，此其所以高于晋宋人也"①。

除此之外，"淡泊"的另一重要方面则是在超脱名利的同时在情感上不流于激烈、狂放。宋人认为闻道、淡泊之士所持的人生态度和生命形式应当是恬然自适的，在面对人生患难困苦的时候，应该以淡定平和的心情去获取心理的平衡，这种情感状态才是儒家所推崇的"中和"。"喜怒哀乐之未发，谓之中；发而皆中节，谓之和。"（《中庸》）与之相反，穷愁哀叹，狂喜狂悲皆为"情之邪"，与中和的本性要求相悖，是为儒家所排斥的情感状态。基于此，宋人在将陶渊明与那些同样超脱名利但却在情感上过于激烈的士人相比较的时候，便有了褒贬取舍，这尤其表现在对屈原的态度上，宋人往往有着批评的言论。如欧阳修认为屈原"久困不得志，则多躁愤佯狂，失其常志"②。余靖批评屈原"负才矜己，一不得用于时，则忧愁圭怒，不能自裕其意，取讥通人，才最美而趣不足尚"③。徐积认为"屈原自沉于江，虽曰褊心，亦可谓不幸。然圣人亦有不幸，而有以处不幸；亦有不得已，必不至于自戕，故如屈平，孔、孟不为也"④。黄庭坚在诗中说："世事寒暑耳，四时旋斗勺。勿学怀沙赋，离魂不可招。"⑤王文诰在分析苏轼的诗和陶诗时说："儋州和陶以《拟古》之'稍喜南海州，自古无战场'二句为《海外集》的纲领。其意不肯说坏海南，即《海外集》不肯流入怨望之本旨。灵均（屈原）之贬，全以怨立，公之贬，全以乐易为言。"⑥对于那些和屈原

---

① 黎靖德编，王星贤点校：《朱子语类》卷三四，中华书局1986年版，第874页。
② 欧阳修：《与谢景山书》，《欧阳修全集·居士外集》卷十八，中华书局2001年版，第1003页。
③ 余靖：《武溪集》卷三，《太傅临川十二诗序》，上海古籍出版社1987年影印四库全书本。
④ 徐积：《节孝集》卷三一，上海古籍出版社1987年影印四库全书本。
⑤ 黄庭坚：《次韵答常甫世弼二君不利秋官郁郁初不平故予诗多及君子处得失事》。
⑥ 王文诰辑订：《苏文忠公诗编注集成总案·苏海识余》卷一，巴蜀书社1985年版。

悲愤情感类似的贬谪者，宋人也往往给予指责，如苏轼在《贾谊论》中说："（贾谊）卒以自伤哭泣，至于夭绝。是亦不善于处穷者也。"① 欧阳修评价韩愈"当论时事，感激不避诛死，真若知义者，及到贬所，则戚戚怨嗟，无异庸人"②。蔡宽夫评价柳宗元："子厚之贬，其忧悲憔悴之叹，发于诗者，特为酸楚。闵己伤志，故君子所不免，然亦何至是！卒以愤死，未为达理也。"③ 将陶渊明与他们相对比，宋人显然更倾向于陶渊明的淡定从容的胸襟怀抱："屈原、贾谊、陶渊明文辞皆喜道'孟夏'而悲乐不同。虽所遭之时异，要亦怀抱使然也。"④

和淡泊的人生态度、淡定的情感强度相对应，宋人对于陶渊明在文学风格上的"平淡"也有了新的认识和认可。陶渊明的诗歌，从情感的角度来说符合儒家温柔敦厚的诗教标准，不以"叫呼怒骂为诗"，不"以豪气为诗"⑤，在将与陶渊明时代相近的嵇康、阮籍等竹林名士与之相对比时，宋人显然更欣赏陶渊明淡泊的文学风格："嵇叔夜、阮嗣宗号称旷达，至其文辞，颇务扬己，以贬剥当世，有臭腐、裈虱之语。夫志在于脱纷世，反激而速之，则其被祸害，取雠疾，非不幸也。渊明萧然尘埃之外，初无忤物之累，故其辞平淡有太古之遗音。"⑥ 陆游在《家酿颇劲戏作》中也说："竹林嵇阮虽名胜，要是渊明最可人。"另一方面，宋人认为文学不仅仅是苦闷和悲情的载体，还是对苦闷和悲情的超越。陶渊明虽然也有苦闷悲情，但他很少对之直接书写，而是受玄学的

---

① 苏轼：《贾谊论》，《苏轼文集》卷四，中华书局1986年版，第105页。
② 欧阳修：《与谢景山书》，《欧阳修全集·居士外集》卷十八，中华书局2001年版，第1003页。
③ 蔡居厚：《蔡居厚诗话》，吴文治主编《宋诗话全编》，江苏古籍出版社1998年版，第618页。
④ 陈傅良：《和张端士初夏诗前序》，《宋诗钞》，中华书局1986年版，第2034页。
⑤ 叶适：《习学记言序目》卷四十七，中华书局1977年版，第303页。
⑥ 刘才邵：《跋李眠龙〈归去来兮图〉》，《檆溪居士集》卷十，台湾商务印书馆1986年影印文渊阁四库全书本。

影响,以一种委运乘化的理性之思淡化、超越悲情,开始以异于前人的慧眼看待苦难贫穷的生活,看待迁逝之悲、穷通生死,赋予平凡的生活以诗意的愉悦。正如张可礼先生所说,"陶渊明之前的文艺思想和文艺创作,虽然也有尚乐的内容,但相当零星,相当微弱,很少受人们的关注和倡导。那时人们推崇的主要是悲慨之音与穷苦之作,哀怨伤感成了文艺的基调。陶渊明思想对文艺愉悦作用的重视,特别是他的文艺实践,第一次打破了以悲慨伤感为基调的格局"①。

从文辞的角度来看,在宋代之前,陶诗的平淡是受到冷落和质疑的。南北朝时期,刘勰的《文心雕龙》、沈约的《宋书·谢灵运传论》和萧子显的《南齐书·文学传论》,皆论及以前及当代的重要作家,但都没有提到陶渊明。钟嵘在《诗品》中称他为"隐逸诗人之宗",但只把他的诗列为中品。北齐阳休之汇录陶诗,并在《陶集序录》中称"颇赏陶文",但却认为陶文辞采未优。尽管萧统在《陶渊明集序》中以"余素爱其文,恨不同时","其文章不群,词采精拔,跌宕昭彰,独超众类"等褒美之词高评陶渊明,但他在《文选》中却只录陶诗八首。可见陶诗的"平淡"在崇尚"骨气""悲美"和"辞采"的魏晋时期,并没有得到人们的认可。直到唐代,杜甫仍然认为"观其着诗集,颇亦恨枯槁"(《遣性》其三)。而在宋代,对平淡美的追求成为一个普遍的观念。宋初的梅尧臣开始以平淡论诗,"方闻理平淡,昏晓在渊明"(《答中道小疾见寄》);"中作渊明诗,平淡可拟伦"(《寄次道中道》);"远寄平淡辞,何报琼与环"(《和江邻几见寄》);王安石亦是一位在诗歌实践和人生实践中均大力学陶的文人。而到了苏东坡这里,对陶渊明的推崇则发展到了一个高潮,由于自身在文坛和政坛上的地位,他还带动

---

① 张可礼:《陶渊明的文艺思想》,《文学遗产》1997年第5期。

了一大批文人对陶渊明的景慕。他对陶诗"平淡"的认识,也达到了一个新的高度,"所贵乎枯淡者,谓其外枯而中膏,似淡而实美,渊明、子厚是也"①。"渊明作诗不多,然其诗质而实绮,癯而实腴。"② 在苏轼看来,陶渊明在文学上"平淡"的境界是一种历经人世沧桑之后的成熟美,并非真正缺乏情感,而是将生命中充沛的情感隐藏在了看似平淡的文辞之下,实际上"绚烂之极",而这种平淡,无论是从写作实践的角度来说,还是从读者欣赏的角度来说,都应该经历过人生的坎坷,具备一定的阅历后才能够心领神会。"凡文字,少小时须令气象峥嵘,采色绚烂。渐老渐熟,乃造平淡。其实不是平淡,绚烂之极也。"③ 黄庭坚也说:"血气方刚时,读此诗(陶诗)如嚼枯木,及绵历世事,知决定无所用智,每观此篇,如渴而饮泉,如欲寐啜茗,如饥啖汤饼。"④

宋代贬谪词人正是在思想和文学的大环境之下深深感染了陶渊明的淡定的人生态度和平淡的文学审美倾向。更确切地说,许多贬谪词人正是陶式"平淡"的发起人和主力军,比如欧阳修、苏轼、黄庭坚、王安石、晁补之等人,都曾经被贬。他们对于陶渊明"平淡"的认识,又大多由遭遇贬谪的生活经历而引起或者强化。文学是表达人的性情和思想的,而词体又是文学的一部分,特别是那些已经产生"诗化"倾向的贬谪词,更是和诗歌一样受到了陶渊明的影响。

在情感上,宋代许多贬谪词人有了淡定中和的倾向,在一定程度上能够比较理性平静地看待自己的遭遇,并不像屈原那样激切。这种人生情感相应地体现在了他们的贬谪词当中。如欧阳修能够在贬谪滁州时兴

---

① 苏轼:《评韩柳诗序》,《苏轼文集》卷六七,中华书局1986年版,第2109页。
② 苏轼:《与苏辙书》,《古典文学研究资料汇编·陶渊明卷》,中华书局1962年版,第35页。
③ 赵令畤:《侯鲭录》卷八,《宋元笔记小说大观》,上海古籍出版社2001年版,第2098页。
④ 黄庭坚:《豫章黄先生文集》卷一,《书陶渊明诗后寄王吉老》,上海书店1989年四部丛刊本。

味盎然,其《渔家傲》"一派潺湲流碧涨"中,描写自己于秋高气爽之时大宴宾朋,赏菊饮酒,听歌看舞,不但没有忧戚悲愤,反而苦中作乐,表现出词人开阔旷达的怀抱。贬谪扬州时所作的《朝中措》更是刻画了一个"一饮千钟"的文章太守形象,这种表面上的"颓放"正是胸中坦荡无芥蒂的表现。王安石在被迫罢相闲居金陵时,修建半山园,过起了陶渊明式的田园幽居的生活,这时他所作的词,大多有着陶渊明式的淡雅中和之情趣。黄庭坚在《山谷琴趣外篇》卷三中记载:"王荆公新筑草堂于半山,引八功德水作小港,其上垒石作桥。为集句云'数家茅屋闲临水。单衫短帽垂杨里。今日是何朝。看予度石桥。梢梢新月偃。午醉醒来晚。何物最关情。黄鹂三两声。'戏效荆公作:'半烟半雨溪桥畔,渔翁醉着无人唤。疏懒意何长,春风花草香。江山如有待,此意陶潜解。问我去何之,君行即自知。'"正点出了王安石悠闲自得的情趣来源于陶氏。再如张耒崇宁二年贬谪黄州时所作的《满庭芳》"裂楮裁筠",在物质和精神都极其困苦的情况下,却有着这样知足的心态:"嗟吁。人生随分足,风云际会,漫付伸舒。且偷取闲时,向此踟蹰。谩取黄金建厦,繁华梦、毕竟空虚。争如且、寒村厨火,汤饼斋盂。"

在南宋,更有大批贬谪词人具备陶氏的淡定平和。李慈铭在四印斋本《南宋四名臣词序》中说四名臣"虽处厄穷患难,而浩然自得,无一怨尤不平之语,则非东坡所及焉"①。张元幹绍兴二十一年出狱之后除名放废,作《水调歌头》一首,词中有"毕竟凌烟像,何似辋川图"这样的通脱之语。绍兴二十四年作的另一首《水调歌头》,在心态上更是轻松飘然宛若神仙:"雨断翻惊浪,山暝拥归云。麦秋天气,聊泛征棹泊江村。不羡腰间金印,却爱吾庐高枕,无事闭柴门。搔首烟波上,老去

---

① 李慈铭:《南宋四名臣词序》,金启华等编《唐宋词集序跋汇编》,江苏教育出版社 1990 年版,第 443 页。

任乾坤。白纶巾,玉麈尾,一杯春。性灵陶冶,我辈犹要个中人。莫变姓名吴市,且向渔樵争席,与世共浮沉。目送飞鸿去,何用画麒麟。"向子諲在罢官之后闲居芗林所作的词中,无一篇激愤之词,而且几乎篇篇写饮酒,饮酒又不为浇愁,只为现实的快乐。《水调歌头》"飘飘任公子"结尾的一句,恰可以概括他闲废生活中的心态:"谁似芗林老,无喜亦无忧。"这与陶渊明在《形影神》一诗中所说的"纵浪大化中,不喜亦不惧"是何等相似。此外,在词中他有多处提及陶渊明和陶渊明诗歌,如《满江红》中"老我来,懒更作渊明,闲情赋";《蝶恋花》中"寻壑经丘长是久,岁晚归来,稚子柴门候";等等。再如黄公度贬谪时所作《满庭芳》中的"且偷闲,不妨身在南州";吕本中罢官后作《满江红》"叹古今得失,是非荣辱。须信人生归去好,世间万事何时足";冯似道的《蓦山溪》中"江村僻处,做个老渔樵。一壶酒,一声歌,一觉醺醺睡";高登的《蓦山溪》中"谁道乾坤窄,百年役役,乐事真难得"。诸如此类词人和此类词篇还有很多。

　　陶渊明式的平淡从容的心态,对于贬谪词人的现实人生来说无疑是一种自我的解救,然而从贬谪词的艺术感染力的角度来看,却并不是所有的词人都能够达到"外枯而中膏,似淡而实美"的境界,因为"中膏"和"实美",需要的是文字背后充沛的情感力量,若没有这种情感力量作为支撑,那么平淡的文字便失去了张力,变成了内外皆枯槁。只有那些经过痛苦的思索后仍旧对生命有着深厚情意的人和那些在艺术上有着非凡的功力和创造力的人,才能够像陶渊明那样在平淡的文字之下,仍然保存着打动人心的灵韵。这正是苏轼的词风脱去"老夫聊发少年狂"的豪放之后,获得了"梦中了了醉中醒,只渊明,是前生。走遍人间,依旧却躬耕"式的醒悟,以"此心安处是吾乡"的睿智,仍然能够在词史上得到高度赞誉。辛弃疾也是一样,在闲居的岁月中渐渐以陶渊明的知足自乐中和了屈原式的悲愤，然而在学陶的表面之下仍然掩藏不住"青兕作词人"的不平，只是将这种悲慨蕴藏在了平淡言辞的表面之下。不过我们还可以看到，确实有一些贬谪词人的词作，由于"平淡"而失去了艺术上的感染力。最明显的一个例子便是晁补之词风的转变。在前期四处漂泊的阶段所写的悲苦沉咽之词，更能够打动人心，而奉祠归乡之后的作品，却几乎篇篇都是描写自己赏玩山园的景象，情调平淡，语言重复，正如我们在第二章中所指出的，除了《摸鱼儿》之外，已经很少有得到重赏的名篇，这大概是因为词人在田园生活的舒适当中，将旧日的烦恼苦闷抛开的同时，也磨灭了作品中的沉咽激荡之美。再如南渡时期的张元幹，其送李纲和胡铨的两首《贺新郎》是何等慷慨悲愤，直令人欲拍案而起。而在出狱放废之后所写的那些词篇，便少有名作。向子諲也是一样，闲居芗林之后写的词篇篇流连风月，忧伤是淡淡的，喜悦也是淡淡的，在获得人生的淡泊安宁的同时，也确实使艺术上的成就大为缩水了。此外，陆游贬官闲居后的词作也颇为枯淡，在这段时间所作的词中，还是那两首回忆军旅生活的《诉衷情》显得更为优秀。

三 "久在樊笼里，复得返自然"

"归"，是陶渊明在精神上对家园的皈依，在现实中对出处的抉择。"淡"是陶渊明面对困境时的人生态度和情感强度，也是其文学上的风格。而"自然"，则是吸引陶渊明"归"的源头，是形成"淡"的手段。

陶渊明生命哲学中的"自然"，首要的意义是脱去负累，回归个体生命的本真状态。庄子说："礼者，世俗之所为也。真者，所以受于天也，自然不可易也。故圣人法天贵真，不拘于俗。"（《庄子·渔父》）

任何一个人，都是社会人与自然人的结合。作为一个社会人，他有外在的社会化的功利性追求；而作为一个自然人，他则拥有与天地间万物相似的存在与自在。尽管谁都无法完全逃离社会人的角色，但从一定程度上来说，人却可以在内心由社会人的角色向自然人的角色倾斜和转变，看淡外向的功利性追求，而看重作为一个生命个体本身所具有的恬然的快乐与欢欣。陶渊明通过自己的抉择完成了这一倾斜和转变，使自己的生命尽可能达到自然本真之状态，顺应万事万物自然发展的规律，摆脱了肉体无法长久存活于世间的"形"的悲叹和功业不能够名垂千古的"影"的遗憾，从而"纵浪大化中，不喜亦不惧"。唐宋贬谪词人，虽然并未像陶渊明那样主动放弃外在的功利性追求，但贬谪正给他们形成了由社会人的角色向自然人的角色倾斜和转换的一个契机。沈松勤先生《北宋文人与党争》中谈到王安石晚年诗风的变化时说，这是"以其实践理性为主要内涵的参政主体之淡化和以生命为本质的个体主体之张扬的结果"[①]。实际上不只是王安石，大多数贬谪词人都实现了这种参政主体的淡化和生命主体的张扬。这种转变，最初尽管在外在条件上是非我所愿的，然而这些文人通过在困境中的思索，往往在内在精神上有了向生命的自然本真状态的主动皈依。这种转变中，显然留下了陶渊明这位古代士人生活模式的投影。

"自然"的另一个意义，便是大自然中的山水、田园。对山水、田园的发现和热爱，正是由于陶渊明有了回归生命本真状态的欲望，将自己当作天地间与一切生命相似的存在。在陶渊明的眼中，大自然的山山水水既是疗治心灵创伤的良药，又是弥补现实窘境的妙法。陶渊明的归隐生活并不富足，在归隐的初期，还过着"方宅十余亩，草屋八九间"

---

① 沈松勤：《北宋文人与党争》，人民文学出版社2004年版，第258页。

(《归园田居》);"园蔬有余滋,旧谷犹储今。营己良有极,过足非所钦"(《和郭主簿二首》)的自给自足的生活,但是戊申岁六月中的一场大火,使得家中"一宅无遗宇,舫舟荫门前"(《戊申岁六月中遇火》),从此他的生活状况每况愈下。尽管时常有柴水之劳,衣食之虞,他的心灵却总能够在平凡艰苦的生活中品味出一种凌厉超拔的脱俗真趣。在大自然的怀抱中,陶渊明的心灵深处听到了来自远古的朴茂之声,发现了生命与自然的熹微晨光,天地、山川、蔓草、园木、三春藁、秋莲房、游鱼、飞鸟、青松、秋菊、冬雪、斜川等风物,以及永远周而复始的自然,甚至寥廓的宇宙,都成为陶渊明体验生命的原型意象,又是他超尘脱俗的人格象征和回归自然的艺术观照。他把自我消融于自然之中,抒写心灵与自然、环境融为一体的真实感受,大自然的无限生机、意趣以及景物之间的内在和谐、物我的相融在渊明的笔下汇成一个和谐完整的无我世界。正如李泽厚先生在《美的历程》中所说:"自然景物在他的笔下,不再是作为哲理思辨或徒供观赏的对峙物,而是成为诗人生活,兴趣的一部分。"①

陶渊明生活中的率真自然和笔下的山水自然,构成了一种静谧、和谐的精神堡垒,正符合贬谪文人在面对人生的支离破碎时对理想的桃源境界的无限向往。正如钱锺书先生所说:"失志违时,遂悦山乐水。"②和宋玉在大自然中发现悲哀并与之同哀相反,陶渊明在静谧的自然中找到了平静的精神家园,而贬谪文人在恶劣的政治环境中又从陶渊明的身上找到了他们所渴望的得到心灵安宁的手段和方式。这种寻找和继承,与贬谪所造成的客观处境有着莫大的关系。一方面,对于那些远贬到穷乡僻壤之地的文人来说,他们离开了繁华都市中人事的喧嚣,背负罪名

---

① 李泽厚:《美的历程》,文物出版社1981年版,第163页。
② 《钱锺书论学文选》第三卷,花城出版社1990年版,第353页。

而远离亲友，在孤寂之中更加能够静下心来与大自然中的山水相对，在大自然的怀抱之中获得心灵的宁静。而贬谪之地虽然远离国都，贫困穷苦，但自然风光却往往或瑰丽，或雄奇，或寥廓，别具吸引人心的魅力，会格外使贬谪文人在心灵上受到震撼，将渺小的自己融入无际的宇宙之中反观，从而把一己的悲苦淡化。欧阳修在贬谪滁州时作《醉翁亭记》，明确地表示出"醉翁之意不在酒，在乎山水之间也"。滁州四季变换、晨暮更替的景致，让欧阳修在意兴盎然之中抚平了"盗甥"的诽谤在心中留下的伤痕。苏轼经历数番贬谪，但每一次都对贬谪之地的山水情有所钟，频频游赏。"苏子瞻初谪黄州，布衣芒屩，出入阡陌。多挟弹击江水，与客为娱乐。每数日必一泛舟江上，听其所往；乘兴或入旁郡界，经宿不返，为守者极病之。晚贬岭南，无一日不游山。"① 在黄州期间躬耕于东坡，本是为生计而不得不如此，但由于有了对陶渊明归田务农的行为模式之仿效，心中便油然有了辛苦之余的安宁和愉悦。他在东坡之侧造雪堂，作《雪堂记》曰："雪堂之前后兮，春草齐。雪堂之前后兮，斜径微。雪堂之上兮，有硕人之颀颀。考盘于此兮，芒鞋而葛衣。挹清泉兮，抱瓮而忘其机。"简陋的雪堂周遭的景致俨然成为苏轼忘却机心，返还宁静的精神寄托。他在黄州时曾经数次游赏赤壁，在《前赤壁赋》当中批评了同舟的客友笛声中"如怨如慕，如泣如诉""舞幽壑之潜蛟，泣孤舟之嫠妇"的悲凉哀怨，而用一种圆融通达的宇宙观去更正："客亦知夫水与月乎？逝者如斯，而未尝往也。盈虚者如彼，而卒莫消长也。盖将自其变者而观之，则天地曾不能以一瞬。自其不变者而观之，则物与我皆无尽也。而又何羡乎？"这种宇宙观的产生，正是来源于苏轼面对黄州山水风月所做出的思索："且夫天地之间，物

---

① 郑景望：《蒙斋笔谈》，《笔记小说大观》二十二编，台北新兴书局1978年版，第1631页。

各有主，苟非吾之所有，虽一毫而莫取。唯江上之清风，与山间之明月，耳得之而为声，目遇之而为色，取之不尽，用之不竭，是造物者之无尽藏也。而吾与子之所共享。"黄庭坚在贬谪中同样是"山花野草，微风动摇，以此终日。"①表现了自然山水对自处困境之人所起到的镇定作用。

另一方面，对于那些贬废闲居者来讲，被逐出权力中心之后，尽管心有不甘，但借此可以成就心中所向往的陶渊明式的归隐生活。他们往往在卜居之后精心建造家园，打造出一片如陶渊明笔下桃花源一般宁静自足的人文山水，如北宋苏舜钦的苏州沧浪亭，王安石的江宁半山园，晁补之的金乡归来园；南宋向子諲在江西清江有芗林别墅；李弥逊有连江筠溪山庄、福州横山阁；王以宁亦曾"小庵初筑林坰"(《满庭芳·陈觉叟雪中见过》)；张元幹"卜筑几椽临水屋，经营数亩傍山园"(《次友人书怀》)；辛弃疾先后有带湖、瓢泉两处别墅。这些田园中的部分亭台楼阁、山水景致命名直接以陶渊明诗文中的语句为名，如晁补之在其归来园中共有九处借用陶渊明诗中词语命名，②"张孝祥寓居芜湖，捐己田百亩汇而成池，环种芙蕖杨柳，鹭鸥出没，烟雨变态。扁堂曰归去来"③。向子諲的芗林居所有"五柳坊"；辛弃疾在瓢泉的别墅中建有"停云堂""停云竹径"，亦是来自陶渊明《停云》诗中。

客观上的不得不回归山水田园，主观上对山水田园的热爱，自然使贬谪词人笔下的词作增加了许多山水田园的元素。以那些贬居归乡的贬谪词人为例，和那些奔波者相比，贬居归乡者笔下的山水田园显得更加静谧恬然，他们不需要在肉体和精神两方面去适应陌生的环境，没有生

---

① 郑永晓：《黄庭坚全集辑校编年》，江西人民出版社2011年版，第1008页。
② 晁补之：《鸡肋集》卷三十一，上海古籍出版社1987年影印四库全书本。
③ 叶绍翁：《四朝闻见录》卷二，《宋元笔记小说大观》，上海古籍出版社2001年版，第4912页。

第四章　宋玉、屈原、陶渊明与唐宋贬谪词

活中艰苦的挣扎和视觉上强烈的冲击，在日常生活当中自然而然地与身处的田园山水融为一体，和陶渊明诗歌中的世界更加相似。如吕本中，因与赵鼎相善，触忤秦桧，罢官提举太平观，从绍兴八年到绍兴十五年去世一直贬居乡里。他的《满江红》一词，典型地表现出在清新美丽的田园山水中得到的心灵上的安静：

东里先生，家何在、山阴溪曲。对一川平野，数间茅屋。昨夜冈头新雨过，门前流水清如玉。抱小桥、回合柳参天，摇新绿。

疏篱下，丛丛菊。虚檐外，萧萧竹。叹古今得失，是非荣辱。须信人生归去好，世间万事何时足。问此春、春酝酒何如，今朝熟。

从词中我们可以看到，词人贬居之地是一个有着小桥流水的典型的江南村舍，细雨初停，流水如玉，更有水边垂柳，新绿摇摇，不胜袅娜。疏篱下有菊花绽放，屋檐外，有竹影萋萋，好一个静谧的居所，景致当中透着浓浓的安乐之意。词人在结尾发出感慨，所"叹"自是对那些古今得失的无奈，对是非荣辱的无谓，由此对自己的归去表现出知足的心理。词中明显表现出了陶渊明的风格，如茅屋、菊花、归去，结尾的酒亦带有对"爱酒陶元亮"的效仿。胡仔在《苕溪渔隐丛话》中认为这首词与晁补之的《摸鱼儿》"旋买陂塘"一样，都表现出闲退生活中的情趣："《摸鱼儿》一词，晁无咎所作也。《满江红》一词，吕居仁所作也。余性乐闲退，一丘一壑，盖将老焉。二词能具道阿堵中事，每一歌之，未尝不击节也。"① 黄苏《蓼园词评》更是将其与陶渊明的《归去来兮辞》相提并论："写村居乐趣，骨秀神清，泠泠高韵，由其天机

---

① 胡仔：《苕溪渔隐丛话前集》卷五十一，《笔记小说大观》三十五编，台北新兴书局1983年版，第347页。

胜也。朗吟一过，觉陶渊明《归去来辞》后有此杰作。"①

再如同样因触忤秦桧在绍兴十二年落职的李弥逊，其贬居期间所作词常常描写田园景致及与陶渊明相似的恬然自足的精神，如《永遇乐·初夏独坐西山钓台新亭》：

> 曲径通幽，小亭依翠，春事才过。看笋成竿，等花着果，永昼供闲坐。苍苍晚色，临渊小立，引首暮鸥飞堕。悄无人，一溪山影，可惜被渠分破。
>
> 百年似梦，一身如寄，南北去留皆可。我自知鱼，翛然濠上，不问鱼非我。隔篱呼取，举杯对影，有唱更凭谁和。知渊明，清流临赋，得似恁么。

上片仍然描写田园景致，下片抒发闲适情怀，同样明确表示出对陶渊明的相知进而仿效。值得注意的是词中"我自知鱼，翛然濠上，不问鱼非我"一句，本自《庄子·秋水》中庄子与惠子的一番辩论：

> 庄子与惠子游于濠梁之上。庄子曰："鯈鱼出游从容，是鱼之乐也。"惠子曰："子非鱼，安知鱼之乐？"庄子曰："子非我，安知我不知鱼之乐？"惠子曰："我非子，固不知子矣；子固非鱼也，子之不知鱼之乐，全矣！"庄子曰："请循其本。子曰'汝安知鱼之乐'云者，既已知吾知之而问我。我知之濠上也。"

惠子从客观角度将人与鱼分开，而庄子则从主观角度将人与鱼的感受融为一体。词人在这里借用庄子的话，正表现出与大自然融为一体的乐趣。正如王兆鹏先生在《南渡词人群体研究》中所说："词人在欣赏

---

① 黄苏：《蓼园词评》，唐圭璋《词话丛编》，中华书局1986年版，第3067页。

自然美的同时，把他们在政治上屡受挫折和失意的苦闷，外现为对山水的迷恋。他们对待山水，倾注着在现实政治生活中不能发挥的充沛的热情，为舒展受到压抑的心灵，常常是让丰富的想象力在湖光山色之间驰骋，有时会达到与自然同化的境界。"① 这种特征不仅仅表现在南渡词人当中，更是表现在大多数贬居在乡的词人笔下。如韩世忠罢为醴泉观使后，常常纵游西湖，《临江仙》词中有"冬看山林萧疏净，春来地润花浓。少年衰老与山同"。罢官隐居芗林的向子諲，所作《鹧鸪天》中有"莫问清江与洛阳，山林总是一般香"之句。这种与自然之间的"同化"，是贬谪词人继承了陶渊明精神的结果。

四　辛弃疾贬谪词与陶渊明

汪莘在《方壶诗余自序》中谈及词史"三变"时说："三变而为辛稼轩，乃写其胸中事，尤好称渊明。"② 的确，在辛弃疾的词作当中，称引陶渊明及其诗歌的次数非常之多，据邓广铭《稼轩词编年笺注》统计，辛弃疾词作中涉及陶渊明及其诗文的有92首，共142次，而这些词大部分作于贬居带湖和瓢泉两个时期，可以看出，贬谪中的辛弃疾的确对陶渊明有着非常特别的情感。在他的贬谪词中，辛弃疾一方面将陶渊明当作一个安贫乐道的隐士，以他为榜样来制造贬居生活中的情趣并镇定自己的情绪；另一方面又对陶渊明有着全面的认识，将之引为知己和同调，并对其报以彻底服膺的态度。此外，辛弃疾的一些贬谪词中同时出现屈原和陶渊明两种形象，表现出辛弃疾在志向和现实中的取舍间对屈、陶的融合。

---

①　王兆鹏：《南渡词人群体研究》，台北文津出版社1992年版，第133页。
②　汪莘：《方壶诗余自序》，金启华等编《唐宋词集序跋汇编》，江苏教育出版社1990年版，第227页。

(一) 辛弃疾贬谪词中借陶渊明以标榜和镇定

在普遍对陶渊明有着崇敬之情的宋代，辛弃疾之崇陶是自然而然的事情。而辛弃疾将近二十年的贬居经历，又使得他在生活上有与陶渊明相似的切身感受，再加上辛弃疾贬居之地也在江西，这就更使辛弃疾之接受陶渊明成为可能。和宋代的很多贬谪文人一样，辛弃疾在贬谪词中经常提到作为隐士的陶渊明，这个陶渊明在词中的形象有时并不立体生动，而是模糊的，平面的，符号式的，他代表着"归来"，代表着"菊""柳""酒""庐"等具有隐士情趣的符号，如：

过吾庐、定有幽人相问，岁晚渊明归来未。　　——《西河》
我愧渊明久矣，独借此翁湔洗，素壁写归来。——《水调歌头》
岁月何须溪上记。千古黄花，自有渊明比。　——《蝶恋花》
爱酒陶元亮，无酒正徘徊。　　　　　　　　——《水调歌头》
便此地、结吾庐，待学渊明，更手种、门前五柳。

——《洞仙歌》

这些安贫乐道、热爱自然的陶渊明式的闲情雅致以及淡泊名利的高士襟怀，无疑给贬谪中的词人以巨大的安慰。借对陶渊明的学习，辛弃疾试图在贬谪的困境中保持镇定旷达的心态。一方面，他从理性上认识到人生的短暂，功名的虚无，如《行香子》：

归去来兮。行乐休迟。命由天、富贵何时。百年光景，七十者稀。奈一番愁，一番病，一番衰。
名利奔驰。宠辱惊疑。旧家时、都有些儿。而今老矣，识破关机。算不如闲，不如醉，不如痴。

第四章 宋玉、屈原、陶渊明与唐宋贬谪词

词中俨然有着陶渊明《归去来兮辞》中"已矣乎，寓形宇内复几时，曷不委心任去留。胡为乎遑遑欲何之，富贵非吾愿，帝乡不可期"之意。"不如闲，不如醉，不如痴"前面的"算"字，表现出辛弃疾在贬居之后的理性思考。

再如《水调歌头》：

> 君莫赋幽愤，一语试相开。长安车马道上，平地起崔嵬。我愧渊明久矣，独借此翁湔洗，素壁写归来。斜日透虚隙，一线万飞埃。
>
> 断吾生，左持蟹，右持杯。买山自种云树，山下斫烟莱。百炼都成绕指，万事直须称好，人世几舆台。刘郎更堪笑，刚赋看花回。

《幽愤》是指嵇康在被诬下狱的时候所写的《幽愤诗》。词人以劝慰的口吻，劝朋友不要像嵇康那样想不开。仕宦途中无风三尺浪，平地起风波，受到谗言诬告乃司空见惯。我早就有像陶渊明一样归乡的打算，如今被诬贬居乡里，正好以陶渊明为榜样，饮酒享乐，买山种树，过平凡农夫的生活。刘禹锡式的刚直激愤落得远谪二十余年的悲惨生活，词人并不认同，"百炼都成绕指，万事直须称好"，虽然带着无奈却是词人理性思辨后所得的人生智慧。

另一方面，陶渊明对山水田园的热爱，又在感性上使辛弃疾在闲居中留意并欣赏大自然和田园生活的美好，这在一定程度上确实让辛弃疾超脱了贬居的苦闷，得到了心理的平衡。如《蓦山溪·停云竹径初成》：

> 小桥流水，欲下前溪去。唤取故人来，伴先生、风烟杖屦。行穿窈窕，时历小崎岖，斜带水，半遮山，翠竹栽成路。
>
> 一尊遐想，剩有渊明趣。山上有停云，看山下、蒙蒙细雨。野

花啼鸟，不肯入诗来，还一似，笑翁诗，句没安排处。

这首词描写瓢泉居所的景致和词人的心情。那里山路蜿蜒，流水潺潺，翠竹成行，景色优美怡人。词人一边饮酒一边欣赏着美丽的景致，仕途功名上的烦恼似乎已经一消而空，只剩下陶渊明那种热爱山林的淡泊之情。他看停云，观细雨，寻诗觅句，悠然自得。

陶渊明对贬谪中的辛弃疾所产生的镇定作用还表现在他贬谪期间所写的大量农村词当中。对农耕稼穑、民风民俗的关注，首先是源自他与陶渊明相似的对躬耕生活的重视。陶渊明归隐之后选择了亲事稼穑的人生道路，他在《庚戌岁九月中于西田获早稻》中表示愿效长沮、桀溺："遥遥沮溺心，千载乃相关。但愿长如此，躬耕非所叹。"在《劝农》诗中强调稼穑是立国的基础："舜既躬耕，禹亦稼穑，远若周典，八政始食。"《移居》诗中有"衣食当须记，力耕不吾欺"之言。在陶渊明心中，只有农耕生活才能够让人的心灵达到"傲然自足，抱朴含真"的状态。辛弃疾在贬居之时，虽然免除了像陶渊明一样亲自躬耕的劳苦，但其对农耕劳作的重视却与陶渊明不谋而合。《宋史》本传中记其言曰："人生力勤，当以力田为先。"他不仅自号"稼轩"，而且给儿子所取的名字全都带"禾"字旁。正是出于对田园生活的热爱，他在贬居中所写的农村词大多表现了乡村清新自然的环境和淳朴的民风民俗，这与陶渊明笔下的田园诗歌一脉相承。在这些词作当中，词人表现出十分恬淡平静的心境。如《鹧鸪天·戏题村舍》：

鸡鸭成群晚不收。桑麻长过屋山头。有何不可吾方羡，要底都无饱便休。

新柳树，旧沙洲。去年溪打那边流。自言此地生儿女，不嫁金家即聘周。

乡民们只盼着鸡鸭成群，桑麻茂盛，免除冻馁之苦，世世代代安居乐业，别无奢望和苛求。面对这古老平静的乡村和善良淳朴的乡民，词人不禁羡慕这种"要底都无饱便休"的简单生活。这类的词有很多，如《清平乐》"茅檐低小"、《西江月》"明月别枝惊鹊"、《鹧鸪天》"春日平原荠菜花"等，农村的耕耘劳作，丰歉甘苦，婚嫁节俗，都让词人忘却了仕途上的烦恼，沉浸在"稻花香里说丰年"的恬淡喜悦当中。

然而，以上所说的恬淡镇定，往往又只是表面的现象。更多的时候，对陶渊明这位隐士的效仿也并不能够让辛弃疾的忧愤之心平静下来。毕竟，陶渊明的归隐是主动、自愿的，他的仕隐历程是其逐步放弃建功立业而融入自然，回归朴素人生以实现自我价值的心路历程。而辛弃疾每次退居皆是被劾而罢官，他无论对国家大事还是对个人功业前途都心存不甘，其喜称陶渊明往往只是他消解愤懑的一种方式，并不代表他真的能够像陶渊明那样走入淡泊无为的精神世界。在学陶的表面之下，辛弃疾不平静的心绪依然时时流露出来，《洞仙歌》便表现了这一点：

> 婆娑欲舞，怪青山欢喜。分得清溪半篙水。记平沙鸥鹭，落日渔樵，湘江上，风景依然如此。
>
> 东篱多种菊，待学渊明，酒兴诗情不相似。十里涨春波，一棹归来，只做个、五湖范蠡。是则是、一般弄扁舟，争知道，他家有个西子。

这首词是辛弃疾初居带湖的时候所作。词人刚刚在那里开凿了一条南溪，南溪蜿蜒曲折向远方流去，好像翩翩欲舞的样子，连青山见了都十分欢喜。这情景让词人回想起自己在湖南做官时经常看到的湘江景色，那沙洲上的鸥鹭，那沐浴着夕阳余晖的渔翁与樵夫的身影，和眼前的南溪景致如此相近。这种"依然如此"的景色，似乎给予闲居的词人以心灵上的补偿。然而这种补偿，依然不能够让词人真正去做一个忘怀世事的隐者。词的下片明言"东篱多种菊，待学渊明，酒兴诗情不相似"。词人对陶渊明能够学到的也仅仅是多种些菊花，却学不到陶渊明采菊时的悠然。渊明饮酒，是为忘情返真，而稼轩饮酒，却多借以浇愁，发泄怨愤；渊明写诗，大多淡泊自然，而稼轩笔下，却常常充满牢骚、愤恨。一个"不相似"，说出了辛弃疾对自我的清醒认识。他无法做恬然自适的陶渊明，亦非功成身退的范蠡。词人虽不无幽默地称他缺少一位像陪在范蠡身边的西子那样的红颜知己相伴，实际却饱含着自己功业未成而被迫贬居的悲慨。再如《鹧鸪天》"万事纷纷一笑中"里"谁知止酒停云老，独立斜阳数过鸿"，在斜阳下孤独的剪影中，同样透露出词人心中的悲哀，《临江仙》"偶向停云堂下作"中，在"晓猿夜鹤"惊问"主人何事太尘埃"后，词人"低头还说向，被召又重来"，更将一个尘埃满面，垂首空悲的失意英雄形象刻画了出来，尽管这位英雄坐在以陶渊明《停云诗》命名的堂上，却无法如陶渊明般淡定自如。

  隐者陶渊明并不能完全让辛弃疾服膺和镇定这一点，我们还可以从辛弃疾勉励他人的词作中看出来，如《水调歌头》：

    文字觑天巧，亭榭定风流。平生丘壑，岁晚也作稻粱谋。五亩园中秀野，一水田将绿绕，□秿不胜秋。饭饱对花竹，可是便忘忧。
    吾老矣，探禹穴，欠东游。君家风月几许，白鸟去悠悠。插架牙签万轴，射虎南山一骑，容我揽须不。更欲劝君酒，百尺卧高楼。

  这首词是赠给辛弃疾的朋友李泳的。上片称赞李泳的文章才气和李家亭台楼榭之美，"五亩园中秀野，一水田将绿绕"，带有浓郁的田园风味，然后突然宕开一笔，似带责备意味地问：你就这样饭饱之后对花对竹,不再忧虑世事了吗?下片言自己年老已衰,无法像司马迁那样做一番"探禹穴"的大事业了,可是李泳仍然年轻,应该以其射猎南山的英雄先辈李广为榜样,树立大的志向,积极进取才对。这首词前的小序中有"然君才气不减流辈,岂求田问舍而独乐其身耶?"更可看出辛弃疾对独乐其身之道并不赞同,自己归居田园实属无奈。

总之,在辛弃疾的部分贬谪词中,陶渊明的形象与其他宋人心目中的形象一样,仅仅是一位淡泊的隐士。作为隐士的陶渊明,在一定程度上确实让辛弃疾受到感染,在贬居生活中镇定了他的心绪。然而这种镇定的背后又时时透露出无法平息的幽愤之情。

(二)辛弃疾贬谪词中引陶渊明为知己和同调

可以说,辛弃疾在贬谪中接受陶渊明的初衷便是欲用其委运任化的闲适精神来化解内心的矛盾和幽愤,达到旷达镇定。然而,辛弃疾对陶渊明的认识又不止于此,他看到了陶渊明心中的志向和归隐的无奈,看到了陶渊明和隐居中的诸葛亮相似的一面,并从这个意义上将其引为知己和同调,对其倍加推崇和服膺。这在陶渊明接受史上是一个具有重要意义的创举,带有辛弃疾浓厚的个人色彩。于是我们在辛弃疾的贬谪词中,看到了单纯的隐士之外的另一个陶渊明。

著名的《贺新郎》"把酒长亭说"中"看渊明,风流酷似、卧龙诸葛",最可说明辛弃疾对陶渊明隐士形象的超常解读。诸葛亮之隐居并非真的忘情世事,而是未遇明主之前的蛰伏,一旦有三顾茅庐之慧眼英雄,便会鞠躬尽瘁死而后已。辛弃疾认为陶渊明和诸葛亮一样胸有韬略和志向,只是遭逢乱世,不得不退而保身。辛弃疾自己又何尝不是如此!在词人的心中,"酷似卧龙诸葛"既是对自己崇敬的前辈陶渊明的深刻理解,又是对自我的期许和角色的认定,陶渊明和自己的形象已然重合在一起。

词人为好友傅岩叟家"悠然阁"所题的《贺新郎》中,同样将陶渊明与诸葛亮相提并论:"到君家、悠然细说,渊明重九。岁晚凄其无诸葛,唯有黄花入手。更西风、东篱依旧。"在这里陶渊明与诸葛亮之间已经不是"酷似",作者直接将两者指称为同一人了。这首词多处用陶渊明诗句典故,结尾有"欲辩忘言当年意,慨遥遥、我去羲农久。天下事,可无酒"之言,认为陶渊明《饮酒其五》当中"此中有真意,欲辩已忘言"并非真正忘言,而是心有苦衷怨愤而不得说出,其实他是在感慨自己所处的时代距离远古淳朴自然的羲农之时已然太久,所谓"道丧向千载"(《饮酒》其四),黑暗混乱的世道中无法施展自己的才华,只得隐居缄默。而当自己想起天下诸多让人担忧的大事时,怎能不饮酒浇愁!在这个意义上,陶渊明与辛弃疾的内心正是相通的。

《水调歌头》"今日复何日"中的陶渊明也同样并非静穆的隐士:

  今日复何日,黄菊为谁开。渊明漫爱重九,胸次正崔嵬。酒亦关人何事,正自不能不尔,谁遣白衣来。醉把西风扇,随处障尘埃。

  为公饮,须一日,三百杯。此山高处东望,云气见蓬莱。翳凤骖鸾公去,落佩倒冠吾事,抱病且登台。归路有明月,人影共徘徊。

这是淳熙九年重阳节,贬居带湖的辛弃疾与好友韩南涧去云洞登高游览后所写。重阳节是登高饮酒赏菊之日,词人自然想到了酷爱饮酒赏菊的陶渊明。然而词人笔下的陶渊明,于赏菊之时并不曾有"悠然见南山"的淡定,而是"胸次正崔嵬"。"崔嵬"在这里并非指高山,而是心中的块垒和抑郁不平之气。黄庭坚《次韵子瞻武昌西山》中的"平生四海苏太史,酒浇不下胸崔嵬"与之同义。在词人看来,陶渊明并非本性爱酒,而是为了浇心中之块垒而饮,"正自不能不尔"!"醉把西风扇,随处障尘埃"一句，似乎又透露出渊明对污浊世道的逃避和厌恶。这首词的上片都在写陶渊明，而这个胸次崔嵬的陶渊明，又正是词人自己的影子。如果说这两者的融合尚有着文学技法上的偷换和借代意味，那么词人作于晚年的《水龙吟》"老来曾识渊明"则明确表达了与陶渊明的异代知己之感：

  老来曾识渊明，梦中一见参差是。觉来幽恨，停觞不御，欲歌还止。白发西风，折腰五斗，不应堪此。问北窗高卧，东篱自醉，应别有、归来意。
  须信此翁未死。到如今、凛然生气。吾侪心事，古今长在，高山流水。富贵他年，直饶未免，也应无味。甚东山何事，当时也道，为苍生起。

所谓"老来曾识渊明"，难道词人在此之前不晓得陶渊明这个人？从这里我们可以看到，这时候的"识"已经并非一般意义上的知道、了解，而是一种深刻的、全面的理解。词人对陶渊明产生了深刻的惺惺相惜之感，以至于经常在梦中见到他。而醒来之后，幽恨满怀无以言说，连平时借以浇愁的酒和诗，都不再能够让自己平静下来，甚至有了手足无措之感。词人将心比心，认为陶渊明之归隐应"别有归来意"，绝非贪恋田园抛却世事，他是不堪为五斗米折腰向乡里小儿遂愤而归乡，在北窗高卧、东篱把酒之时，内心想必依然满怀忧愤，并不平静。词的下片，词人以更加笃定的态度，相信陶渊明那种高洁的精神并未消失，到如今依然"凛然生气"。词人与陶渊明之间，有着伯牙子期"高山流水"一样的知音之感，尽管相隔数代，时光幽远，相信陶渊明亦可懂得自己心中隐藏的心事。所谓的"心事"为何？正是辛弃疾心中无法熄灭的抗金报国之志，这种志向，绝非俗人眼中对富贵的汲求，而是如东晋谢安那样欲为拯救天下苍生而起的精神！这首词，已经全然不是"待学渊明，酒兴诗情不相似"了，在高洁的品格和欲救天下而不得的无奈相重叠的意义上，辛弃疾感到陶渊明与自己有着万分的相似相知。

辛弃疾的心目中会出现这样一个陶渊明的形象，首先是因为陶渊明本身便是一个多元多彩的人物，并不是一个简单的隐士。这一点，宋代已经有人认识到了，如前文提到的黄庭坚《宿旧彭泽怀陶令》云："潜鱼愿深渺，渊明无由逃。彭泽当此时，沉冥一世豪。"陈与义《题酒务壁》中也说："野马本不羁，无奈卯与申。当时彭泽令，定是英雄人。"朱熹说："隐者多是带气负性之人为之，陶欲有为而不能者也。"① 明代黄文焕云："以隐逸蔽陶，陶又不得见也。"而以"忧时念乱""经济热肠"为"陶之心胆"。② 清代龚自珍《舟中读陶诗三首》："陶潜诗喜说荆轲，想见《停云》发浩歌。吟到恩愁心事涌，江湖侠骨恐无多。""陶潜酷似卧龙豪，万古浔阳松菊高。莫信诗人竟平淡，二分《梁甫》一分骚。"所取皆陶渊明的豪、侠品性，即鲁迅所说的金刚怒目的一面。

辛弃疾在其特殊境遇之下，无疑又将陶渊明的这一方面夸大了，就像上文所举的词作中表现的那样，在陶渊明的身上，辛弃疾寄托了浓郁的个人色彩，甚至有的时候分不清他所写的是自己还是陶渊明。可以说，他一方面是以陶渊明来标榜自己，另一方面又将自己的感受加在了陶渊明身上。正如王水照先生在比较苏东坡和辛弃疾二人在退居心态上的差异时所指出的："苏轼认定的是归向自然，是个体与自然的和谐混一，以求得心灵的自由和久恒，而对陶的金刚怒目式的一面，似有意予以淡化或扬弃，辛弃疾却对后者做了别有会心的引申或发挥，多以诸

---

① 黎靖德编，王星贤点校：《朱子语类》卷一百四十，中华书局1986年版，第3327页。
② 黄文焕：《陶诗析义自序》，《古代文学研究资料汇编·陶渊明卷》，中华书局1962年版，第152页。

葛、谢安等人拟陶。苏、辛师陶,实在是各师所师,站在他们各自面前的,是坡仙化了的高士和辛老子式的节士、豪士。"①

在这个意义上,辛弃疾不仅将陶渊明引为知己和同调,并且对其有着完全彻底的服膺和赞佩。辛弃疾贬谪词中有多处用了"千载"二字,充分表现了词人穿越幽远的历史对前代文化名人审视过后于陶渊明的情有独钟,如:

一见萧然音韵古,想东篱、醉卧参差是。千载下,竟谁似。
——《贺新郎》

凄凉今古,眼中三两飞蝶。须信采菊东篱,高情千载,只有陶彭泽。
——《念奴娇》

悠然忽见,此山正绕东篱。千载襟期。高情想象当时。
——《新荷叶·再题傅岩叟悠然阁》

岁岁有黄菊,千载一东篱。悠然政须两字,长笑退之诗。
——《水调歌头·赋傅岩叟悠然阁》

《鹧鸪天·读渊明诗不能去手,戏做小词以送之》一词,更是表现出辛弃疾对陶渊明的绝高赞誉:

晚岁躬耕不怨贫,只鸡斗酒聚比邻。都无晋宋之间事,自是羲皇以上人。

千载后,百篇存。更无一字不清真。若教王谢诸郎在,未抵柴桑陌上尘。

---

① 王水照:《苏、辛退居时期的心态平议》,《王水照自选集》,上海教育出版社2000年版,第321页。

在词中，辛弃疾在生活态度、人格精神及其诗歌成就上都给予了陶渊明极高的评价。一二句赞扬陶渊明晚岁躬耕田亩而淡定自若，经常邀请邻居们聚在一起饮酒，与农民之间有着深厚的情谊，化用了陶渊明《归园田居》中"漉我新熟酒，只鸡招近局"之意；三四句化用陶渊明《与子俨等疏》中"五六月北窗下卧，自谓是羲皇上人"，赞扬他人格上的淳朴高尚。下片又赞陶渊明在千年之间流传的百余首作品，每一首都能以"清真"二字作为评语。而词的结尾则说，那些在当时备受尊崇，自以为有着贵族的高雅气质的王谢子弟，其实连陶渊明柴桑陌上的尘土都比不上。这里化用了陶渊明《杂诗》中"人生无根蒂，飘如陌上尘"，表示王谢子弟在历史上不过随土而化不留痕迹，而陶渊明却于千载之后精神永存。在对比当中词人将对陶渊明的推崇推向了极致。

此外，辛弃疾在贬谪之中还写有完全檃栝陶渊明作品的词篇，如《哨遍》"一壑自专"檃栝陶渊明的《归去来兮辞》，《声声慢》"停云霭霭"檃栝陶渊明《停云》诗，等等。这些檃栝作品的出现，同样出于对陶渊明的崇敬、服膺之心。

值得注意的是，辛弃疾在贬谪词中所刻画的两种陶渊明的形象，固然在一定程度上反映出词人随着贬居生活的推移逐渐对陶渊明认识的深入，但这并不是绝对的。作为一般隐士的陶渊明和作为心有报国之志和不平之气的陶渊明，在辛弃疾贬谪词中出现的时间是有交叉的，并非如某些学者所指出的由"酒兴诗情不相似"到"陶县令，似吾师"，再到"老来曾识渊明，梦中一见参差是"这样的完全直线式的过程。① 两种陶渊明的形象在辛弃疾贬谪词中的交叉出现，从某种意义上也正反映出贬居中的辛弃疾内心的矛盾和苦痛：既想学陶渊明的旷达，又无法忘怀世

---

① 李剑锋：《元前陶渊明接受史·辛弃疾》，齐鲁书社2002年版，第四编第一章第四节"辛弃疾爱陶的心路历程"，第362页。

事；时而故作镇定，时而又幽愤满腹。

（三）辛弃疾贬谪词中屈原与陶渊明的融合

辛弃疾在《生查子》"青山招不来"中有"夜夜入清溪，听读《离骚》去"之句，而在《鹧鸪天》"晚岁躬耕不怨贫"一词前面的序中，又有着"读渊明诗不能去手"之语。可见在辛弃疾心目当中，屈原、陶渊明二人都是其非常重要的偶像。然而屈、陶二人在人生选择上一为热衷政务的进，一为热爱自然的退；在情感态度上一为进而不得的怨愤，一为退而守拙的淡定；在最终结局上一为自沉于水，一为安享天年——二人差别如此之大，辛弃疾却在其中找到了他们之间的平衡点。用他在带湖居所初落成时所写的一首《沁园春》"三径初成"中的语句来说，辛弃疾在人生中结合了"秋菊堪栽，春兰可佩"的屈原式的高洁志向与进取精神和"惊弦雁避，骇浪船回"的陶渊明式的人生智慧。于是在辛弃疾贬谪词当中，我们看到许多词同时具有屈原和陶渊明的元素在内，这些词也最能体现辛弃疾在贬谪中对前人的思索和扬弃后独特的人生选择。《水调歌头》"我亦卜居者"便是其中最为典型的一首：

> 我亦卜居者，岁晚望三闾。昂昂千里，泛泛不作水中凫。好在书携一束，莫问家徒四壁，往日置锥无。借车载家具，家具少于车。
>
> 舞乌有，歌亡是，饮子虚。二三子者爱我，此外故人疏。幽事欲论谁共，白鸥飞来似可，忽去复何如。群鸟欣有托，吾亦爱吾庐。

辛弃疾从福建任上罢官之后在铅山县期思渡营建新居，将要搬入的时候写了这首词。词的开头显然用了屈原在《卜居》中的语句，表现了自己同屈原一样"昂昂千里，泛泛不作水中凫"的精神。然而，辛弃疾的卜居却和屈原的卜居有着很大的差别。屈原卜居，乃是既放之后"三年不得复见，竭知尽忠，而蔽鄣于谗，心烦虑乱，不知所从"，在这种情况下，他想用占卜的方式来决定自己将来的道路，他向太卜郑詹尹提出了十几个问题："吾宁悃悃款款，朴以忠乎？将送往劳来，斯无穷乎？宁诛锄草茅，以力耕乎？将游大人，以成名乎？宁正言不讳，以危身乎？将从俗富贵，以偷生乎？宁超然高举，以保真乎？将哫訾栗斯，喔咿儒儿，以事妇人乎？宁廉洁正直，以自清乎？将突梯滑稽，如脂如韦，以洁楹乎？宁昂昂若千里之驹乎？将泛泛若水中之凫，与波上下，偷以全吾躯乎？宁与骐骥亢轭乎？将随驽马之迹乎？宁与黄鹄比翼乎？将与鸡鹜争食？此孰吉孰凶？何去何从？"这些问题之间如此尖锐对立，对于屈原来说，绝对没有中和的路可走，他自身高洁的品质不容许他"送往劳来，斯无穷""从俗富贵，以偷生"，而与此同时，他被排挤到政治参与权力的边缘，"正言不讳"与"廉洁正直"都失去了现实的可能。尽管这些疑虑中的"孰吉孰凶"让人一目了然，然而"何去何从"却仍旧让人深感痛苦彷徨。太卜显然无法给予屈原一个满意的答案，只能含混其词，告诉他"用君之心，行君之意"。而屈原也确实在彷徨之后按照自己心内的抉择对生命做出了断，以此来保全自己"昂昂若千里之驹"的精神。而辛弃疾的卜居，却远远没有屈原这般麻烦，他归心已定，或者说，他的"归"已经被他人所决定，他的卜居只是要决定将在何处安身的现实问题。对于辛弃疾来说，尽管精神上要以屈原为榜样做"千里之驹"，但"我"这匹千里之驹既可以驰骋于战场，亦可以休憩于原野，这种休憩并非"水中之凫"无原则地与波上下，苟且偷生，而是修养精神，蓄势待发。在休憩之中，尽可以享受世俗生活的快乐，因此，尽管辛弃疾说自己的贬居生活贫穷而寂寞，他却能够在其中找到回归大自然的乐趣来，而这种休憩和乐趣，正是陶渊明所赋予词人的。结尾的"群鸟欣有托，吾亦爱吾庐"，便来自陶渊明《读山海经》中的诗句。

《兰陵王·赋一丘一壑》中亦可看出辛弃疾用陶渊明式的人生智慧对屈原执着精神的化解：

>　　一丘壑。老子风流占却。茅檐上、松月桂云，脉脉石泉逗山脚。寻思前事错。恼杀晨猿夜鹤。终须是、邓禹辈人，锦绣麻霞坐黄阁。
>　　长歌自深酌。看天阔鸢飞，渊静鱼跃。西风黄菊芗喷薄。怅日暮云合，佳人何处，纫兰结佩带杜若。入江海曾约。
>　　遇合。事难托。莫击磬门前，荷蒉人过，仰天大笑冠簪落。待说与穷达，不须疑着。古来贤者，进亦乐，退亦乐。

词作开头"一丘壑，老子风流占却"，出自《汉书》"渔钓于一壑，则万物不奸其志；栖迟于一丘，则天下不易其乐"，已然为全词奠定了通脱旷达的基调。一叠描绘贬居之地风物景致的可爱，"寻思前思错"，正是化用了陶渊明在《归去来兮辞》中"觉今是而昨非"之意。二叠在描绘自己闲居生活的惬意之后出现了明显的楚辞元素，"佳人何处，纫兰结佩带杜若。入江海曾约"这句话中，融合了《山鬼》中"山中人兮芳杜若""怨公子兮怅忘归"的惆怅之情和《离骚》中"约黄昏以为期，羌中道而改路"的怨愤。而接下来的第三叠，在意识到君臣遇合的难以凭依之后，又理性地化解了这种惆怅和怨愤。词人不愿做那个击磬门前的孔子，宁愿做仰天大笑的淳于髡。在穷达出处之间，本不需要疑虑，"古来贤者，进亦乐，退亦乐"，本于《庄子·让王》"古之得道者，穷亦乐，通亦乐，所乐非穷通也"。词人在安时处顺的态度中融合了儒者的"进"和道者的"退",更是陶渊明"欲仕则仕,不以求之为嫌;欲隐则隐,不以去之为高"① 的精神。

这类词作再如《水调歌头》"渊明最爱菊"中的"渊明最爱菊,三径也栽松。何人收拾,千载风味此山中。手把离骚读遍,自扫落英餐罢,杖屦晓霜浓";《沁园春》"杯汝知乎"中的"记醉眠陶令,终全至乐;独醒屈子,未免沉灾";等等。最为奇特的是《水龙吟·用些语再题瓢泉》一词,尽管全篇都在模仿屈原《招魂》的语句和形式,但所表达的却是陶渊明的"归来"之意。词的结尾"古人兮既往,嗟余之乐,乐箪瓢些",是颜回"一箪食,一瓢饮,居于陋巷,人也不堪其苦,回也不改其志"之意,亦是陶渊明"晚岁躬耕不怨贫"的写照。

总之,在辛弃疾的心目中,屈原和陶渊明的地位平分秋色,差相仿佛,两者的结合点在于他们共同具有的高洁的人格品质。辛弃疾崇敬屈原追求理想,为国忧劳时的执着,一定程度上正出于此种崇敬而赋予了陶渊明"卧龙诸葛"的精神;而对陶渊明在人生选择中表现出来的睿智的服膺,又使辛弃疾自然地抛开了屈原在理想受挫时的过激反应。屈原的精神和陶渊明的智慧一起,浇铸成了历史上独一无二的辛弃疾,说他"由陶入屈"或者"由屈入陶",实际上都是有失偏颇的。

---

① 苏轼:《书李简夫诗集后》,《苏轼文集》卷六八,中华书局1986年版,第2148页。

第五章　词人贬谪与唐宋词的"诗化"

所谓"诗化",是指词体在发展过程中在题材内容、艺术风格等方面出现的向诗歌靠近的现象。词体诗化是词学研究中的一个重要命题,从诗化现象产生伊始便引起人们的关注。本章我们将探讨的是贬谪与词体诗化的关系。笔者认为,词人贬谪,是促成词体走向诗化的一个重要动因。这个论断也许有些突兀,我们不妨先从那些典型的"诗化"作品写作的背景上来作一简略审视。

先以公认的"以诗为词"的苏东坡为例,那首"须关西大汉、铜琵琶、铁绰板"唱的"大江东去",正是作于苏东坡因"乌台诗案"下狱后贬谪黄州期间。充分体现他"也无风雨也无晴"之旷达襟怀的《定风波》"莫听穿林打叶声"也同样作于黄州。再如"莫道人生无再少,门前流水尚能西。休将白发唱黄鸡"(《浣溪沙》)、"堪笑兰台公子,未解庄生天籁,刚道有雌雄。一点浩然气,千里快哉风"(《水调歌头》)、"为米折腰,因酒弃家,口体交相累"(《哨遍》)、"老去君恩未报,空回首,弹铗悲歌"(《满庭芳》)这些我们耳熟能详的"诗化"之作,都是作于黄州贬谪期,而那首作为他一生之总结的词作《千秋岁》"岛边天外,未老身先退",则作于他贬谪海南期间。此外,"令东州壮士抵掌顿足而歌之，吹笛击鼓以为节，颇壮观"①的《江城子》"老夫聊发少年狂"，虽作于贬谪前外任密州时，但实已经有贬官之势；《八声甘州》"有情风万里卷潮来，无情送潮归"，虽作于黄州之贬以后，但明显含着贬谪中的感慨。可以说，没有贬谪，很有可能就没有苏轼词的"指出向上一路，新天下耳目"②"一洗绮罗香泽之态，摆脱绸缪宛转之度，使人登高望远，举首高歌，而逸怀浩气，超然乎尘垢之外"③。而没有苏轼，词体的"诗化"进程便不会如此大刀阔斧，也不会如此异彩纷呈。

非独苏轼如此。对黄庭坚的词风，向来有两种相反的看法，一种是"今代词手，唯秦七、黄九耳"，认为黄庭坚的词本色当行；另一种则是"黄鲁直间作小词，固高妙，然不是当行家语，直是着腔子唱好诗"④。这两种风格的差异与黄庭坚的贬谪经历有密切关系：贬谪前，他写了大量的俗词、艳词，而那些"着腔子唱好诗"的诗化之词，则大多作于贬谪之后。如《念奴娇》"断虹霁雨"、《定风波》"万里黔中一漏天"作于贬谪黔州时；《诉衷情》"一波才动万波随"、《谒金门》"山又水，行尽吴头楚尾"作于贬谪戎州时；《南乡子》"诸将说封侯"、《虞美人》"天涯也有江南信"则作于贬谪宜州的时候。再如晁补之，在朝为官、春风得意之时，唱的是莺莺燕燕、你侬我侬的小曲，而贬谪后所写的词大多表达自己作为失意文人的飘零无依以及高洁不屈、凌寒自赏的品质（如数首梅花词）。再看南宋，四名臣的贬谪词"曲折如志，务尽其所欲言""多近东坡"⑤；张元幹为李纲和胡铨的贬谪而作的两首《贺新郎》

---

① 苏轼：《与鲜于侁》，《苏轼文集》卷五十三，中华书局1986年版，第1560页。
② 王灼：《碧鸡漫志》卷二，唐圭璋《词话丛编》，中华书局1986年版，第85页。
③ 胡寅：《酒边词序》，金启华等编《唐宋词集序跋汇编》，江苏教育出版社1990年版，第117页。
④ 吴曾：《能改斋漫录》卷十六引晁补之语，上海古籍出版社1981年版，第469页。
⑤ 李慈铭：《南宋四名臣词序》，金启华等编《唐宋词集序跋汇编》，江苏教育出版社1990年版，第443页。

"慷慨激烈,发欲上指","足以使懦夫有立志"①,绝非平常风月情词可比;张孝祥的《六州歌头》《念奴娇·过洞庭湖》等词,都是作于贬谪时期;陆游的《诉衷情》"当年万里觅封侯"亦作于被贬之后;而继苏东坡之后的另一位在"诗化"道路上走得更远的大词人辛弃疾,其大部分词作都是在被贬官后闲居带湖和瓢泉两地时所作。此外,向子諲、王以宁、黄公度、高登、吕本中等南宋词人的贬谪词也大多表达着士大夫对于国事的关心和个人生活情趣与追求,明显具有诗化特征。

以上所言是宋代的情况,其实,在中唐文人词兴起之初,刘长卿所作的《谪仙怨》、白居易和刘禹锡的《竹枝》《浪淘沙》等词,以及张志和的《渔歌子》莫不作于贬谪中,而这些词又莫不与诗歌的题材风格有着很大的相似性。尽管有学者不同意称这些词为"诗化"之词,理由是中唐词是在词体确立自己独特的艺术风貌之前,只能说是词体兴起之初的一种与诗歌尚不能分离的状态。但无论如何,这些词在风貌上与诗歌相近是肯定的,这种相近无疑对宋代贬谪词的"诗化"起到了一定的榜样作用。

由此我们已经能够看到,贬谪实与词体"诗化"关系甚大。为进一步说明这一观点,本章将从题材、词境、抒情主体、寄托、功能这五方面来具体探讨贬谪对唐宋词"诗化"的重要作用。

---

① 陈廷焯:《白雨斋词话》卷六,唐圭璋《词话丛编》,中华书局1986年版,第3914页。

第一节　畏祸心理的驱使——词人贬谪与词体题材的拓宽

诗词有别，首先表现在题材内容上。词的题材相对狭窄，是一种"狭深文学"①，远比不上诗歌题材之宽广。而"诗化"之词却在很大程度上打破了这一界限，使词体承载了更丰富的感情和更广泛的社会内容。龙榆生先生在《东坡乐府综论》中对此具体阐述道："所谓正宗派词，其内容多为儿女相思、流连光景之作，虽技术有巧拙，而情境无特殊，辗转相仍，久乃令人生厌。苏辛派出，乃举宇宙间所有万事万物，凡接于耳目而能触发吾人情绪者，无不举而纳诸词中，所有作者之性情报负，才识气量，与一时喜怒哀乐之发，并可于其作品充分表现之。"②词体题材的扩大有多种原因，而其中词人在贬谪中的畏祸心理值得我们注意。正是在频频发生文字之祸的北宋，贬谪文人们才将诗文中的题材转移到了不被人注意的"小道"文学——词体当中，由此促成词在题材上的拓宽，使其向诗歌靠近。

一　"不复作文字"而"小词不碍"

北宋党争中，以文字立祸来排挤异党或异己是一大特色。大者如庆历党争中的"进奏院案"、熙丰年间的"乌台诗案"、元祐更化时期的"车盖亭案"、绍圣年间的"神宗实录"案；小者如元丰年间张舜民因诗

---

① 杨海明：《唐宋词史》，江苏古籍出版社1987年版，第3页。
② 《龙榆生词学论文集》，上海古籍出版社1997年版，第254页。

中语带讥讽而被贬、苏轼在元祐年间两次策题之谤及扬州题诗之谤、绍圣年间李之仪为范纯仁草遗表而获罪，无不因文字而起。因为文祸的频繁发生，作为戴罪之身的贬谪者，在文学创作上自然要有所顾忌。而这种顾忌，主要是针对"言志"的诗文，因为词是文学中的"小道"，很少有人从词作中寻章摘句以降罪于人①，遂相对来讲，作词较为安全。这一点在苏轼身上表现得十分典型。

罗大经曾经说："东坡文章，妙绝古今，而其病在于好讥刺。文与可戒以诗云：'北客若来休问事，西湖虽好莫吟诗。'盖深恐其贾祸也。乌台之勘，赤壁之贬，卒于不免。"②苏东坡遭遇"乌台诗案"而贬黄州，从肉体和精神上都受到巨大的打击。在湖州任上被押赴御史台狱时，"顷刻之间，拉一太守如驱犬鸡"③（《孔氏谈苑》卷二对当时的情景有详细的介绍），东坡及家人都以为必死无疑。入狱以后，时宰王珪、御史中丞李定等屡次欲使神宗杀之，可以说，苏轼随时都有掉头的危险。而狱卒对其施行的欺侮，更让苏轼体味到切肤的痛苦。及至拷问逼供结束后贬为黄州团练副使，苏轼在大难不死、劫后余生的心情中，自然对以往自己的诗文创作进行了深刻反省。为避免以后再惹出麻烦和祸端，"不复作文字"成为他贬谪黄州时期的信条。在给亲友写的书信当中，他多次表明了这种态度：

轼平生以文字言语见知于世，亦以此取疾于人，得失相补，不

---

① 当然，到了南宋以后，因作词而得罪之事亦屡有发生，如张元幹因作《贺新郎》词送胡铨而下狱，胡铨因作《好事近》词而被加贬海南。但这是因为词体诗化风气已开，词中已经可以融入更多内容，包括对社会、时政的批判，遂为奸臣所忌。此是后话，暂不论述。

② 罗大经：《鹤林玉露》乙编卷四，《宋元笔记小说大观》，上海古籍出版社2001年版，第5281页。

③ 孔平仲：《孔氏谈苑》卷二，《宋元笔记小说大观》，上海古籍出版社2001年版，第2235页。

如不作之安也。以此常欲焚弃笔砚，为喑默人。①

某自窜逐以来，不复作诗与文字……其中虽无所云，而好事者巧以酝酿，便生出无穷事也。②

文字与诗，皆不复作。③

前后惠诗皆未和，非敢懒也，盖子由近有书，深戒作诗，其言切至，云当焚砚弃笔，不但作而不出也。不忍违其忧爱之意，故虽不作一字，唯深察。④

但得罪以来，不复作文字，自持颇严，若复一作，则决坏藩墙，今后仍复衮衮多言矣。⑤

见教诗作，既才思拙陋，又多难畏人，不作一字者，已三年矣。⑥

某自得罪，不复作诗文，公所知也。不惟笔砚荒废，实以多难畏人，然好事者不肯见置，开口得罪，不如且已。⑦

自得罪后，不敢作文字。⑧

意谓不如牢闭口，莫把笔，庶几免矣。虽托云向前所作，好事者岂论前后。即异日稍出灾危，不甚为人所憎，当为公作耳。⑨

但得罪以来，未尝敢作文字。⑩

---

① 苏轼：《答刘沔都曹书》，《苏轼文集》卷四十九，中华书局1986年版，第1429页。
② 苏轼：《与陈朝请二首》之二，《苏轼文集》卷五十七，中华书局1986年版，第1709页。
③ 苏轼：《与王定国尺牍四十一首》之八，《苏轼文集》卷五十二，中华书局1986年版，第1517页。
④ 苏轼：《与程辅提刑七十一首》之十六，《苏轼文集》卷五十四，中华书局1986年版，第1594页。
⑤ 苏轼：《答秦太虚》，《苏轼文集》卷五十二，中华书局1986年版，第1536页。
⑥ 苏轼：《与上官彝三首》之三，《苏轼文集》卷五十七，中华书局1986年版，第1713页。
⑦ 苏轼：《与沈睿达二首》之二，《苏轼文集》卷五十八，中华书局1986年版，第1745页。
⑧ 苏轼：《答李端叔书》，《苏轼文集》卷四十九，中华书局1986年版，第1433页。
⑨ 苏轼：《黄州与人五首》之二，《苏轼文集》卷六十，中华书局1986年版，第1846页。
⑩ 苏轼：《与滕达顿六十八首》之十五，《苏轼文集》卷五十一，中华书局1986年版，第1480页。

第五章 词人贬谪与唐宋词的"诗化"

而与此同时，由于"词于不朽之业最为小乘"①，在宋人眼中不过是谑浪游戏之作，不会引起祸患，遂在苏轼写给亲友的书信当中，也表现出"作小词不碍"的心理。苏轼所有谈及词作的尺牍有 17 篇，其中 16 篇都作于黄州，也表现出贬谪黄州期间对词作的情有独钟。如：

比虽不作诗，小词不碍。辄作一首，今录呈，为一笑。②

重九登栖霞楼，望君凄然，歌《千秋岁》……遂作一词云："霜降水痕收……"其卒章，则徐州逍遥堂中夜与君和诗也。③

近者新阕甚多，篇篇皆奇。迟公来此，口以传授。④

颁示新词，此古人长短句也。得之惊喜，试勉继之，晚即面呈。⑤

旧好诵陶潜《归去来》，常患其不入音律，近辄稍加增损，作《般涉调哨遍》……谨作小楷一本寄上……亦请录一本与郭元弼。⑥

章质夫求琵琶歌词，不敢不寄呈。⑦

记得应举时，见兄能讴歌，甚妙。弟虽不会，然常令人唱，为作词。近作得《归去来引》一首，寄呈，请歌之。⑧

有一大曲寄呈，为一笑。⑨

---

① 俞彦：《爰园词话》，唐圭璋《词话丛编》，中华书局1986年版，第399页。
② 苏轼：《与陈大夫八首》之三，《苏轼文集》卷五十六，中华书局1986年版，第1698页。
③ 苏轼：《与王定国四十一首》之十二，《苏轼文集》卷五十二，中华书局1986年版，第1520页。
④ 苏轼：《与陈季常十六首》之九，《苏轼文集》卷五十三，中华书局1986年版，第1567页。
⑤ 苏轼：《与蔡景繁十四首》之四，《苏轼文集》卷五十五，中华书局1986年版，第1662页。
⑥ 苏轼：《与朱康叔二十首》之十三，《苏轼文集》卷五十九，中华书局1986年版，第1789页。
⑦ 苏轼：《与朱康叔二十首》之二十，《苏轼文集》卷五十九，中华书局1986年版，第1792页。
⑧ 苏轼：《与子明兄》，《苏轼文集》卷六十，中华书局1986年版，第1832页。
⑨ 苏轼：《与子安兄七首》之一，《苏轼文集》卷六十，中华书局1986年版，第1829页。

>效刘十五体作回文《菩萨蛮》四首,寄去,为一笑。①

再以黄庭坚为例。作为与苏轼"一荣俱荣,一损俱损"的苏门文人,黄庭坚在贬谪中同样遇到了诗文写作迫不得已的"冻结"。"功名富贵久寒灰,翰墨文章新讳却"(《木兰花令》)之言,典型地反映出他的畏祸心理。同样,在黄庭坚贬谪期间与朋友的书札中,我们可以看到与苏东坡摒绝诗文独作小词类似的话语,如:

>某去国八年,重以得罪来御魑魅,报疾杜门,摒绝人事,虽邻州守官者或不知姓字,如是者三年于此矣……承索鄙文,岂复有此?顷或作乐府长短句,遇胜日尊前,使善音者试歌之,或可千里对面,故往手抄一卷。②

>某寓舍已渐完,使令者择三四人差谨廉者耳。既不出谒,所与游者亦不多。山花野草,微风动摇,以此终日。衣食所资,随缘厚薄,更不劳治也。此方米面皆胜黔中食,饱饭摩腹婆娑,以卒岁耳。闲居亦强作文字,有乐府长短句数篇,后信写寄。③

>见和东坡七夕长短句及"可惜骑鲸人去"之语,既嘉足下好贤,又深叹古来文章之士未尝不尔也,草草和成二章,言无可采,当面一笑耳……但有乐府长短句数篇谩往。④

>老懒作文不复有古人关键。时有所作,但随缘解纷耳。谩寄乐府长短句数篇,亦诗之流也。⑤

---

① 苏轼:《与李公择十七首》之十三,《苏轼文集》卷五十,中华书局1986年版,第1501页。
② 郑永晓:《黄庭坚全集辑校编年》,江西人民出版社2011年版,第797页。
③ 同上书,第1008页。
④ 同上书,第938页。
⑤ 同上书,第1038页。

贬谪中的畏祸心理首先导致了文人在贬谪后词作数量的增加。单就苏东坡而言，据王兆鹏先生的统计，东坡居黄州期间所作的诗歌数量，在所有的编年诗中仅占 7%，而同一时期所做的词，却占整个编年词总数的 26%，从比例上来看，东坡黄州期间在词作上的努力远远超过了诗歌。① 不过，这还仅仅是表面的现象。比较文人贬谪前后词作的差异，我们会发现在质量上，贬谪使得词作的水平有了提高。单就题材而论，贬谪后显然比贬谪前拓宽了很多。

二 贬谪中诗文题材向词体的转移

接上文，由于深惧文字之祸的再次降临，贬谪文人对诗文创作开始望而却步。然而，身经人生的变迁和巨大转折，面对生命的沉沦和困境，这些贬谪文人们又有一腔忧懑之情需要抒发，一腹感慨之言不吐不快，周围自然环境的改变、人事关系的动荡，更激起他们强烈的创作欲望。这就如同一条奔涌的大河，虽然你不想让它继续流淌，你要将它生生切断，甚至筑起高坝阻其奔流，它却从广阔的原野之中选择了另一条平坦无险的路，继续它昂首呼啸的姿态，冲出一条新的河道来。这条无险的河道，就是词体创作一途。前文已谈到，词在人们的心目当中一直是"小道"，就连东坡自己也对词颇为轻视，评价张先的词时说"张子野诗笔老妙，歌词乃余波耳"。并对那些"世俗但称其古歌词"者，以"可谓未见好德如好色者"② 讽之。这样的文学语境下，那些"好事者"不会从小词中"深文周纳"，罗织罪名。于是贬谪文人们可以相对放心

---

① 王兆鹏、徐三桥：《苏轼贬居黄州期间词多诗少探因》，《湖北大学学报》1996 年第 2 期。

② 苏轼：《张子野词跋》，金启华等编《唐宋词集序跋汇编》，江苏教育出版社 1990 年版，第 17 页。

地在这一块文学土壤中耕耘。

值得我们注意的是，词体这块土地上原本盛开着的男女艳情的花朵，虽然那般妩媚鲜艳，却不再为贬谪文人们所青睐。处于人生的苦难之中，他们已经无暇也无心再去欣赏那些温柔旖旎的风情。他们虽借用了词体这块土地，播撒的却是诗文的种子。词仍旧是词，然而又不再是原来的词了。这是贬谪文人们的无奈选择，亦是他们历经坎坷之后人生智慧的表现。由此词这片小小的后花园，渐渐被开垦成了万顷沃土；花朵仍旧是有的，但已经被青松翠柏夺去风光。

下面我们就以"以诗为词"的苏轼和"着腔子唱好诗"的黄庭坚为例，来看看贬谪词人笔下增加了哪些男女艳情之外的题材内容。

（一）羁旅、思乡词

身为贬谪之人，不免要万死投荒，不仅远离朝堂所在的京都，亦要远离自己的家乡，于是在贬谪词人的笔下出现了大量羁旅、思乡的主题。如苏轼的贬谪词中有许多表达了欲"归去"而不得之意，我们在第二章中已经有详细分析。黄庭坚的贬谪词中，虽对"思乡"表现得不如苏轼明显，但同样充满了羁旅的愁苦和独客异乡的悲哀。如绍圣二年抵黔州时作《醉蓬莱》便是典型的一首：

> 对朝云叆叇，暮雨霏微，乱峰相倚。巫峡高唐，锁楚宫朱翠。画戟移春，靓妆迎马，向一川都会。万里投荒，一身吊影，成何欢意。
> 尽道黔南，去天尺五，望极神州，万里烟水。尊酒公堂，有中朝佳士。荔颊红深，麝脐香满，醉舞裀歌袂。杜宇声声，催人到晓，不如归是。

词中对贬谪路途和贬谪之地景致的描写，从旅游者的角度来看，必定充满了神奇美妙的独特魅力,但作为一个负罪贬谪之人,这路途却是那样艰险,这景致与京城相比又是那样陌生,正所谓"万里投荒,一身吊影,成何欢意"。词人望尽天涯,神州万里,渺茫难见。虽酒宴尊前有歌儿舞女助兴添欢,却独独听到杜鹃鸟催人归去的声声哀鸣。

此外如元符二年在戎州所作的《采桑子》:"投荒万里无归路,雪点鬓繁。度鬼门关。已拼儿童作楚蛮。黄云苦竹啼归去,绕荔枝山。蓬户身闲。歌板谁家教小鬟。"《谒金门》:"山又水。行尽吴头楚尾。兄弟灯前家万里。相看如梦寐。君似成蹊桃李。入我草堂松桂。莫厌岁寒无气味。余生今已矣。"崇宁三年在宜州所作的《青玉案》:"烟中一线来时路。极目送、归鸿去。第四阳关云不度。山胡新啭,子规言语。正在人愁处。忧能损性休朝暮。忆我当年醉时句。渡水穿云心已许。暮年光景,小轩南浦。同卷西山雨。"等,都表现了这类羁旅思乡的主题。

(二) 怀人、寄赠词

贬谪者投荒万里,与亲友、故人相别,在古代交通不发达,信息不通畅的情况下,一别之后往往不知何时才能够重逢。贬谪词人的笔下遂出现了许多怀人题材的词作。此外,他们在贬谪之地结识一些新的朋友,迎来送往之间,亦常常以词寄赠。前者如黄庭坚绍圣三年作于黔州的《减字木兰花》:

> 举头无语。家在月明生处住。拟上摩围。最上峰头试望之。
> 偏怜络秀。苦淡同甘谁更有。想见牵衣。月到愁边总不知。

这首词作于中秋之夜,本应是一家团圆的节日中,黄庭坚却只能独自一人在贬谪之地渡过。用李白的诗来说,正是"举头望明月,低头思故乡"。而家中的孩子却还不解这愁苦之思,又正似杜甫所言:

"独怜小儿女,未解忆长安。"整首词词境凄苦,明人徐士俊在《古今词统》中称其"何等凄淡"①。此外再如《逍遥乐》"春意渐归芳草",怀念"千里信沈音杳"的"故国佳人",《鹊桥仙·次东坡七夕韵》怀念师友苏东坡,《千秋岁》"苑边花外"怀念去世的秦观,都属于这类主题。

寄赠之作在苏轼黄州词中犹多。如《江神子》:

黄昏犹是雨纤纤。晓开帘。欲平檐。江阔天低,无处认青帘。孤坐冻吟谁伴我,揩病目,捻衰髯。

使君留客醉厌厌。水晶盐。为谁甜。手把梅花,东望忆陶潜。雪似故人人似雪,虽可爱,有人嫌。

词前有小序云:"大雪有怀朱康叔使君,亦知使君之念我也。作《江神子》以寄之。"苏轼与朱康叔(寿昌)相识并酬唱往还,正是贬谪黄州之时。时朱为鄂州守,与黄州虽属两路,但相距不远。词中表达了大雪之中独坐思念友人之情,对大雪阻隔不能探访流露出遗憾之情。这类寄赠之作还有《南乡子·重九涵辉楼呈徐君猷》《满江红·寄鄂州朱使君寿昌》《渔家傲·赠曹光州》《好事近·送君猷》《水调歌头·黄州快哉亭赠张偓佺》《蝶恋花·赠潘大临》等。值得我们注意的是,苏轼的这类词,往往除了词牌之外另有词题,说明寄赠之人或者寄赠原因,甚至还有较长的小序,如上文所举的《江神子》,再如《满庭芳》的小序:"元丰七年四月一日,余将去黄移汝,留别雪堂邻里二三君子。会李仲览自江东来别,遂书以遗之。"将时间、地点、原因、赠别对象记载得十分清楚。这种词前加词题或小序的做法,正表现了词体在功能

---

① 张璋:《历代词话》,大象出版社2002年版,第396页。

上的提高,是词体诗化的一大突出表现。怀人、寄赠的主题我们还将在本章的第五节进一步论述。

(三) 山水、田园词

贬谪者离开自己熟悉的生活环境来到陌生的异乡,贬谪途中和贬谪之地的山水风光必然会引起他们的注意和感慨。于是在贬谪词人笔下出现了描写山水自然、田园乡村的词作。上文所举的黄庭坚《醉蓬莱》《采桑子》《青玉案》,其中都有对贬谪之地山水的描绘。苏轼的《西江月》中"照野弥弥浅浪,横空暧暧微霄";《浣溪沙》中"山下兰芽短浸溪,松间沙路净无泥。萧萧暮雨子规啼";等等,都是写景的名句。对山水的描写还突出地表现在他们的重阳词中。所谓"独在异乡为异客,每逢佳节倍思亲",重阳节正逢秋高气爽,是登高赏菊,思亲念友之际,贬谪者笔下的重阳词,如黄庭坚《定风波》"万里黔中一漏天"、《南乡子》"卧稻雨余收"、《鹧鸪天》"塞雁初来秋影寒";苏轼《南乡子》中"霜降水痕收"、《定风波》"与客携壶上翠微";等等,都有着对异乡山水景致的描绘。

此外,苏轼虽然没有归隐田园,但他的贬谪词中却有很多描写田园乡村的词作,如《鹧鸪天》:

> 林断山明竹隐墙。乱蝉衰草小池塘。翻空白鸟时时见,照水红蕖细细香。
> 村舍外古城旁。杖藜徐步转斜阳。殷勤昨夜三更雨,又得浮生一日凉。

这首词描写古城旁、村落外的风景,山水相映,明净自然。天空有鸟儿时时飞过,水中有红莲静静盛开,一派宁静淳朴的景象。词人贬居无事，拄杖漫游，别有一番情趣，而这份情趣却是在朝为官之时所无法体会到的。

这类描写田园乡村景象的词还有如《南歌子·晚春》描写乡村晚春之景："日薄花房绽，风和麦浪轻。夜来微雨洗郊坰。正是一年春好、近清明。"《江神子》中描写自己躬耕的东坡："雪堂西畔暗泉鸣。北山倾。小溪横。南望亭丘，孤秀耸曾城。"《水龙吟》中描写沿江烟村："小沟东接长江，柳堤苇岸连云际。烟村潇洒，人闲一哄，渔樵早市。"《浣溪沙》中描写雪后麦田："覆块青青麦未苏。江南云叶暗随车。临皋烟景世间无。"等等。

（四）怀古、咏史词

怀古、咏史这类题材，往往是文人们在面对历史古迹时被激起感慨而成，这格外需要羁旅游历的经历，贬谪在客观上正给词人提供了这样一个机会。与此同时，贬谪让他们忠君报国的志向受到挫折，人生的旅途中遭受打击，他们心中充满了迷茫，急需向历史寻找答案，寻求安慰。于是怀古、咏史这类题材便自然出现在了贬谪词当中。苏轼的《念奴娇·赤壁怀古》，乃是其中赫赫有名的一首，"关西大汉，铜琵琶，铁绰板，唱'大江东去'"[①]最为典型地体现了其词风的"诗化"，我们已经在第二章分析过。黄庭坚在贬谪中亦写过此类题材，如《减字木兰花·登巫山县楼作》：

襄王梦里。草绿烟深何处是。宋玉台头。暮雨朝云几许愁。

飞花漫漫。不管羁人肠欲断。春水茫茫。欲度南陵更断肠。

[①] 俞文豹著，张宗祥校订：《吹剑录全编》，上海古典文学出版社1958年版，第38页。

巫山巫峡，正为宋玉与襄王游览之处；朝云暮雨，则是宋玉为襄王写就的神女风情。而在这首词中，黄庭坚面对巫峡景致而想起宋玉，却不再是艳情词中成为特定符号的巫山云雨之情，而是融入了浓浓的伤感和愁思。千年前的宋玉，同样经历贬谪，登山临水，悲草木之摇落，叹身世之飘零，与贬谪中的词人是何等相似。再如《减字木兰花》"巫山古县"：

  巫山古县。老杜淹留情始见。拨闷题诗。千古神交世不知。
  云阳台下。更值清明风雨夜。知道愁辛。果是当时作赋人。

这首词不仅念及宋玉，而且想到了曾经淹留四川的杜甫。所谓"千古神交"，殆指杜甫对宋玉的深刻理解，其《咏怀古迹》有云："摇落深知宋玉悲，风流儒雅亦吾师。怅望千秋一洒泪，萧条异代不同时。"而实际上，面对巫山古县，面对同样飘零惨淡的人生，词人与杜甫、宋玉又何尝不是"千古神交"？贬谪的复杂感受，就这样通过对历史人物的感怀表达了出来。

（五）佛理、道理词

中国古代的士大夫大多有着儒、释、道融合的思想，同时又有所偏重。仕途得意之时，儒家的进取精神便格外彰显；而一旦受到挫折，遭遇贬谪，佛、道思想便浮出水面，成为在困苦之中安慰心灵的一种手段。苏轼和黄庭坚的人生、思想，非常贴切地印证了上述论断。由此在他们的贬谪词当中，我们也看到了一些充满了佛禅道意的词作。如苏轼的两首《如梦令》：

  水垢何曾相受。细看两俱无有。寄语揩背人，尽日劳君挥肘。轻手。轻手。居士本来无垢。

> 自净方能净彼。我自汗流呀气。寄语澡浴人，且共肉身游戏。但洗。但洗。俯为人间一切。

第一首词，"无垢"来自《维摩诘经》偈云："八解之浴池，定水湛然满。布以七净华，浴此无垢人。""水垢何曾相受。细看两俱无有"，似又来自禅宗六祖慧能"菩提本无树，明镜亦非台。本来无一物，何处惹尘埃"之偈。第二首词中的"肉身游戏"，来自《景德传灯录》卷八："扣大寂之室，顿然忘筌，得游戏三昧。""俯为人间一切"，宋代傅干注中言其来自《本行经》："太子至泥涟河侧，思惟一切众生根源，六年后方可度之，乃求修苦行，亦以自试。后悟此非真修，乃受美食，洗浴于河也。"① 将这些佛教道理，佛经典故写入词内，一方面表现出苏东坡以佛教"空""悟"的思想在贬谪中摆脱执念，寻求解脱的意识；另一方面又可以看出他对自身清白无罪的坚定信念。

黄庭坚也有许多佛理词。如《诉衷情》一词，便是化用唐代船子和尚释德诚的类似偈词的《拨棹歌》后写成：

> 一波才动万波随。蓑笠一钩丝。锦鳞正在深处，千尺也须垂。
> 吞又吐，信还疑。上钩迟。水寒江静，满目青山，载月明归。

胡仔《苕溪鱼隐丛话》前集卷五十六引《冷斋夜话》云："华亭船子和尚有偈曰：'千尺丝纶直下垂，一波才动万波随。夜静水寒鱼不食，满船空载月明归。'丛林盛传，想见其为人，山谷倚曲音，歌成长短句曰……"② 词中极具禅意，而且与原偈子相比，语句参差，更加生动更具感染力。再如《渔家傲》"踏破草鞋参到了"、《南柯子》"郭泰曾名

---

① 见苏轼著，薛瑞生笺证《东坡词编年笺证》，三秦出版社1998年版，第450页。
② 胡仔：《苕溪渔隐丛话前集》卷五十六，《笔记小说大观》三十五编，台北新兴书局1983年版，第382页。

我""万里沧江月"、《醉落魄》"陶陶兀兀"三首,都是具有佛家或道家说理意味的词篇。

以上所列举的这五类题材,都是诗歌中常见而词体中少有的,已经能够说明贬谪将词的题材拓宽,走向"诗化"的重要作用。实际上,贬谪词中增加了的题材远不止这五类,而且这些题材之间互有交叉,生发出多种多样的内容来,较之传统词篇中千篇一律的吟咏风月,无疑是开辟了一个更加广阔的天地。苏轼、黄庭坚在这里只是作为典型的代表,上述每一类题材当中,我们都可以举出许许多多其他贬谪词人所作的相似作品来,这说明在贬谪词中,题材的扩大已经是一种共性。而追根溯源,原本在诗文中表现的这些题材内容转移到词体创作中,一方面是贬谪使得词人们情感和阅历都得以增加,从而产生不可遏制的创作欲望;另一方面则是贬谪文人们的畏祸心理使得诗文创作分外谨慎,由此成全了词体这一大变革。这虽然主要体现在北宋,但"诗化"本身便是一个过程,风气已开之后,自然会有许多追随、赞同之人。南宋许多贬谪词人便是苏轼的忠实支持者,正如柳永开创了长调慢词的先河使后代词人摆脱单纯小令形式的束缚一样,北宋贬谪词人对于词体在题材上的开拓亦在很大程度上给南宋词人指明了一条道路。由此而言,贬谪中的畏祸心理,对于词体诗化之作用可谓大矣。

第二节 万水千山行遍——词人贬谪与词境的转变

"境界""意境"等词,在文学评论话语中使用频率非常高,然而细究"境"之含义,却并没有一个统一的明确的解释。为论述需要,特对本节中的"词境"作一简单说明：本节中的"词境"，指词作中的物象、景物及其所构成的环境。在这个环境中，自然而然地渗透了词人的情感，也表现了词人的心态。贬谪让词人们行遍千山万水，从而使词作在词境方面发生了两大转变，一是由狭转小向阔大；二是由柔媚转向刚健。

一 词境由狭小到阔大

王国维在比较诗词两种文体的不同时曾经说："诗之境阔，词之言长。"虽然这里的"境"并不完全等于本文中的"境"，但从本文所说的物象、景物所构成的环境这个角度来说，这句话也同样适用。诗歌的题材广阔，诗中境界也同样阔大："大漠孤烟直，长河落日圆"是边塞的烽烟；"山随平野尽，江入大荒流"是壮丽的山河；"千寻铁索沉江底，一片降帆出石头"是历史的古迹，"一封朝奏九重天，夕贬潮州路八千"是羁旅的风尘，更有"黄尘清水三山下，变更千年如走马"这样穿越时空的奇幻境界……都展现在诗歌所描绘的画卷中。与之相比较，词体的长处在于言情婉转缠绵，"要眇宜修"，而词中境界却比较狭小，大多局限于花前月下，闺阁庭院，"庭院深深深几许""小园香径独徘徊"两句词，正表现出传统词作在词境上的狭小闭塞。词体"诗化"的一个重要方面，就是词境由狭小向阔大的转变，由假想的闺房摆设、雕琢的人文建筑向真山真水之广阔天地的转变。在这种转变中，词人"万水千山行遍"的贬谪经历无疑起到了助推的作用。

谈到词境的开拓，便不能不提及范仲淹和柳永。范仲淹的一曲《苏幕遮》将羁旅之愁在"碧云天，黄叶地。秋色连波，波上寒烟翠。山映斜阳天接水。芳草无情，更在斜阳外"这样明净、开阔的秋色之中表现得淋漓尽致，遂成千古绝唱。而《渔家傲》中"塞下秋来风景异，衡阳雁去无留意。四面边声连角起。千嶂里，长烟落日孤城闭"，更是用大漠边塞的壮阔苍凉衬托了自己作为"白发将军"壮志未酬、归家无期的情感。这两首词在北宋初期率先突破了词境狭小的藩篱，走出了迈向诗歌开阔境界的第一步。一生落魄不羁的才子柳永，除了那些为青楼女子所写的"自春来、惨绿愁红，芳心是事可可"（《定风波》）、"昨宵里恁和衣睡，今宵里又恁和衣睡"（《婆罗门令》）这类俗词、艳词之外，更有许多羁旅题材的词作，境界阔大辽远，如《雨霖铃》"念去去，千里烟波，暮霭沉沉楚天阔"、《八声甘州》"渐霜风凄紧，关河冷落，残照当楼"、《曲玉馆》"陇首云飞，江边日晚，烟波满目凭栏久。立望关河萧索，千里清秋，忍凝眸？"《夜半乐》"冻云黯淡天气，扁舟一叶，乘兴离江渚。渡万壑千岩，越溪深处。怒涛渐息，樵风乍起，更闻商旅相呼，片帆高举，泛画鹢、翩翩过南浦"等。苏东坡曾经赞其"于诗句不减唐人高处"①，清人刘体仁也曾经说："词有与古诗同妙者……'关河冷落，残照当楼'即敕勒之歌也。"② 范仲淹与柳永二人对词境的开拓，都与其身世经历有关，范仲淹能在词中描绘边塞气象，是因为他曾以资政殿学士为陕西四路宣抚使，守边数年。柳永能够在其词中"尤工羁旅行役"③，是因为其"以词黜仁庙"后大半生不得美官，辗转流落各地"奉旨填词"。然而，两人的身世经历对于词境开拓的影响仅能当作个案，不能代表词体"诗化"中词境由狭小变阔大的主要因素。这是因为宋代特别是北宋词人，像范仲淹那样真正有过边塞经历的很少，而像柳永那样因词受黜困顿一生的也更罕见，大多数词人的身份是文人士大夫，不曾征战沙场，亦不曾落魄江湖。在他们的词作中，其词境的扩大

---

① 赵令畤：《侯鲭录》卷七，《宋元笔记小说大观》，上海古籍出版社2001年版，第2091页。
② 刘体仁：《七颂堂词绎》，唐圭璋《词话丛编》，中华书局1986年版，第617页。
③ 陈振孙：《直斋书录解题》卷二十一，上海古籍出版社1987年版，第616页。

主要源于他们遭受贬谪的经历。

  正是贬谪的经历使他们离开繁华都市中的温柔富贵，离开青楼的笙箫与家宴的安乐，跃马翻山，行舟渡河，走遍千山万水。贬谪的路途在艰辛之余给了他们充分欣赏大自然的机会；贬谪之地虽然穷僻鄙陋，但往往布满山水名胜，荆湘、岭南、黔中、西蜀、海南，无不如此。失去了笙歌宴舞环境的贬谪词人们，自然而然将一腔才情与一腔愤懑寄意于山水。同时，出于畏祸、避祸的心理，他们往往不敢随便结交人事，只能放浪山水之间，用大自然的壮阔景致抚平心中的伤痕。如苏轼贬谪黄州时，"深自闭塞，扁舟草履，放浪山水间，与渔樵杂处"[①]。在与司马光的书信中描绘黄州寓所附近的景色曰："寓居去江干无十步，风涛烟雨，晓夕百变，江南诸山，在几席上，此幸未始有也。虽有窘乏之忧，顾亦布褐藜藿而已。"[②] 而其所写的《前赤壁赋》《后赤壁赋》，更详细描绘了其贬谪黄州时游赏赤壁以自适的情景。了解了这一情况，我们便不难理解苏轼黄州词作中壮阔雄浑境界的由来。其"大江东去、浪淘尽，千古风流人物"的感慨，"乱石穿空，惊涛拍岸，卷起千堆雪"的气势，并非凭空而出，而是心有块垒的苏轼与"如画"的"江山"相碰撞的结果。此外，如欧阳修"残霞夕照西湖好，花坞苹汀，十顷波平，野岸无人舟自横"的颍州湖景（《采桑子》），"平山栏槛倚晴空，山色有无中"的扬州山色（《朝中措》）；苏舜钦"潇洒太湖岸，淡伫洞庭山。鱼龙隐处，烟雾深锁渺弥间"的太湖风光（《水调歌头》）；黄庭坚"万里黔中一漏天，居屋终日似乘船"的蜀中气候（《定风波》）；李之仪"匀飞密舞，都是散天花，山不见，水如山，浑在冰壶里"的采石飞雪（《蓦山溪》）；秦观"郴江幸自绕郴山，为谁留下潇湘去"（《踏莎

[①] 苏轼：《答李端叔书》，《苏轼文集》卷四十九，中华书局 1986 年版，第 1432 页。
[②] 苏轼：《苏轼文集》卷五十，《与司马温公五首》之三，中华书局 1986 年版，第 1442 页。

行》)、"衡阳犹有雁传书，郴阳和雁无"的潇湘凄楚（《阮郎归》）；晁补之"黯黯青山红日暮，浩浩大江东注，余霞散绮，回向烟波路"的玉溪风波（《迷神引》）；张舜民"木叶下君山，空水漫漫"的岳阳秋色（《卖花声》）；张孝祥"玉鉴琼田三万顷，着我扁舟一叶。素月分辉，明河共影，表里俱澄澈"的洞庭夜景（《念奴娇》）；胡铨"崖州何有水连空。人在浪花中。月屿一声横竹，云帆万里雄风"的海南风光（《朝中措》）……无不得之于贬谪途中以及贬谪之地的山川之助。

　　这一点，我们从词人贬谪前后词作的比较中可以更清楚地看出来。以黄庭坚为例，周必大在《又跋黄鲁直蜀中诗词》中说："杜少陵、刘梦得诗，自夔州后顿异前作，世皆言文人流落不偶，乃刻意著述，而不知巫峡峻峰激流之势有以助之者。山谷自戎徙黔，身行夔路，故词章翰墨日益高妙。"[①] 周必大在这里强调了"巫峡峻峰激流之势"对词章所起到的作用，但实际上，"文人流落不偶"又正是他们得以看到"巫峡峻峰激流"的原因，黄庭坚词境的扩大正是源于贬谪之后万死投荒的羁旅经历。在贬谪之前，黄庭坚和柳永一样创作了许多艳词和俗词，在这些词中，所描写的景物不出酒宴、闺房、花月，如《两同心》三首中，出现的物象是"罗袜""玉槛雕笼""罗带""小院回廊、月影花阴"；《千秋岁》"世间好事"中，景物是"雨稀帘外滴，香篆盘中字"；《忆帝京》"银灯生花"中，物象是"银灯""宝瑟""白萍风""岸柳"。而在贬谪之后，黄庭坚的词中却大量出现了黔中等贬谪之地的山川之景，如《醉蓬莱》"尽道黔南，去天尺五，望极神州，万里烟水"；《减字木兰花》"苍崖万仞，下有奔雷千百阵"；《谒金门》"山又水，行尽吴头楚尾"；《诉衷情》"水寒江静，满目青衫，载月明归"；《青玉案·至宜州次韵上

----

① 周必大：《又跋黄鲁直蜀中诗词》，金启华等编《唐宋词集序跋汇编》，江苏教育出版社1990年版，第40页。

酬七兄》"烟中一线来时路，极目送，归鸿去。第四阳关云不度"；《渔家傲》"深入水云人不到。吟复笑，一轮明月长相照"；等等。

晁补之的词作也同样表现出贬谪前后词境上的不同。在他贬谪信州监酒税的时候，词作多抒发羁旅漂泊之感，景物描写中多有阔大悠远的意象，如《满庭芳·赴信日，舟中别次膺十二叔》"更晚青山更好，孤云带、远雨丝垂"；《满江红》"满眼青山芳草外，半篙碧水斜阳里"；《惜奴娇》"棹举帆开，黯行色、秋将暮"；《浣溪沙》"江上秋高风怒号，江声不断雁嗷嗷"；《水龙吟》"今年芳草，齐河古岸，扁舟同蚁"；《八六子》"喜秋晴，淡云萦缕，天高群雁南征"；《迷神引》"黯黯青山红日暮，浩浩大江东注，余霞散绮，回向烟波路"；等等。而当元符三年徽宗即位，晁补之遇赦回朝为官之后，词的面目却与贬谪期间大异其趣。考之《晁补之词编年笺注》①，在元符三年和建中靖国元年两年在朝的时间里，晁补之所写的九首词中除一首感慨身世，一首庆贺宰相韩师朴的生日以外，余下的七首全部都是为歌妓而作。这些词作中的词境，如《绿头鸭》中的"绣屏""宝钗""金钿""井梧下叶""红英翠萼"；《行香子》中"花前烛下"；《紫玉箫》中"罗绮丛中，笙歌丛里"；《江城子》中"无事飞花，缭乱扑旗亭"；《青玉案》中"香残烛烬，微风触幔"；《声声慢》中"朱门深掩，摆荡春风"；等等。完全回复到传统词篇花前月下、闺阁庭院的范围中，这也从反面证明了贬谪对词境扩大的作用。

二 词境由柔媚到刚健

词人贬谪的经历除了使词境由狭小向阔大转变之外，还使其出现了由柔媚到刚健的转变。狭窄到阔大，是一种空间感，是可以看得见的比

---

① 晁补之著，乔力笺注：《晁补之词编年笺注》，齐鲁书社1992年版。

较;而柔媚到刚健,则是一种力度感,是面对客观物象时心灵的更为直接的体会。在中国古代文论中,"刚"与"柔"的对立向来为人所重视,清代桐城派姚鼐在《复鲁絜非书》中为我们展现了两者的不同:

其得于阳与刚之美者,则其文如霆如电,如长风之出谷,如崇山峻崖,如决大河,如奔骐骥;其光也如杲日,如火,如金镠铁;其于人也如凭高视远,如君而朝万众,如鼓万勇士而战之。其得于阴与柔之美者,则其为文如升初日,如清风,如云,如霞,如幽林曲涧,如沦,如漾,如珠玉之辉,如鸿鹄之鸣而入寥阔;其于人也漻乎其如叹,邈乎其如有思,暖乎其如喜,愀乎其如悲。①

当代美学家朱光潜对"刚性美"和"柔性美"也有细致的描述:

比如走进一个院子里,你抬头看见一只老鹰站在一株苍劲的古松上,向你瞪着雄赳赳的眼,回头又看见池边旖旎的柳枝上有一只娇滴滴的黄莺,在那儿临风弄舌,这些不同的物体在你心中所引起的情感如何呢……自然界本有两种美,老鹰古松是一种,娇莺嫩柳又是一种……从前人有两句六言诗说:"骏马秋风冀北,杏花春雨江南。"这两句诗每句都只举出三个殊相,然而他们可以象征一切美。比如峻崖,悬瀑,狂风,暴雨,沉寂的夜或是无垠的沙漠,垓下哀歌的项羽或是横槊赋诗的曹操,你可以说这都是"骏马秋风冀北"式的美;比如说清风,皓月,暗香,疏影,青螺似的山光,媚眼式的湖水,葬花的林黛玉或是"侧帽饮水"的纳兰性德,你可以说这都是"杏花春雨江南"的美……前者是"气概",后者是"神

---

① 姚鼐:《惜抱轩全集》卷六《复鲁絜非书》,中国书店1991年版,第71页。

韵"；前者是刚性美，后者是柔性美。①

应该说，所有的文学体裁都并非只有一端，而是刚柔并存的。但在不同的文体之间，又确实存在着偏重。诗文无疑偏向于"刚健"，一旦绮靡柔媚，便会受到批评，韩愈倡导的古文运动有"文起八代之衰"的美誉②，而秦观所写的"有情芍药含春泪，无力蔷薇卧晚枝"则被元好问讥为"女郎诗"③。与之相对，词体则偏向柔媚一途，不以之为病，反认其为本色，故张炎的《词源》中说"词婉于诗"，朱光潜将横槊赋诗的曹操与侧帽饮水的纳兰性德相对，实际上也说明了诗词两体之间刚柔的不同。因此说，词境由"柔媚"向"刚健"的转变，亦是词体"诗化"的一个表现。

贬谪何以让词境发生了由"绕指柔"向"百炼钢"的转变？这自然首先得力于贬谪经历让词人们有了目睹刚健之景物、意象的机会，正如上文所述。那些阔大的境界往往也具有刚健的特征，这一点是很明显的，毋庸赘言。但除此之外，贬谪令词人的生命力受到阻碍，在阻碍与抗争之间产生的力，更是刚健词境得以产生的一大原因。"柔媚"与"刚健"，在美学范畴上和西方文论中的"优美"与"崇高"有着许多相似之处，我们可以从西方文论家的阐述中得到一些启示。如康德，他不把崇高归结于自然，是因为他认为自然中只是包含崇高的事物，并不包含崇高的根据或者崇高的原因，他看到了崇高与人的不可分离性，看到了崇高说到底与人的生命体验相关。从人的生命体验出发，康德将形式分为两种，一种是我们凭借感官可以把握的有限度的形式，另一种是

---

① 朱光潜：《朱光潜美学论集》第一卷，上海文艺出版社1982年版，第226—228页。
② 《苏轼文集》卷十七《潮州韩文公庙碑》，中华书局1986年版，第508页。
③ 元好问《论诗绝句》之廿四"有情芍药含春泪，无力蔷薇卧晚枝。拈出退之山石句，始知渠是女郎诗"。林从龙、侯孝琼、田培杰：《遗山诗词注析》，中州古籍出版社1991年版，第77页。

我们无法把握同时也无法与之较量的无限的形式。前者包括了优美，后者则属于崇高。① 优美这种审美形态中，自然感性形式上往往具有对称、均衡、圆润、柔和、比例协调的特点，与之相适应的是胜利的快感，情感的松弛快适，心灵的共鸣，并且，激发人们产生对于人生美好事物的丰富联想。② 如词中常常出现的春花秋月、细雨清风、杨柳飞絮等；而崇高却不同，崇高首先是引起人们生命力阻碍的感觉，接着是更强烈的生命力的爆发，从而克服生命力的阻碍。③ 崇高引起的"感动不是游戏，而好像是想象力活动中的严肃，所以同媚人的魅力不能和合，而且心情不止于被吸引着，同时又不断地反复地被拒绝着。对于崇高的愉快不只是含着积极的快乐，更多的是惊叹或崇敬，这就可称作消极的快乐"④。

对于那些词人来说，贬谪已经提供给了他们生命的一大"阻碍"，而这种阻碍，不再是花前月下产生的"闲愁"。闲愁，是在饱暖无忧的生活中希望生命更加圆满；而贬谪是真实的、切肤的、难以逾越的生命困厄，这种困厄无法逃避，只能去面对，去征服，去超越——或者，被困厄所征服和毁灭。这种困厄产生的"阻碍感"本来就已经萦绕在他们的心中，而贬谪中行遍千山万水又使得自然界中刚健的、辽远的甚至狰狞的、险恶的物象出现在目前，成为心灵的又一大震撼。这种震撼与人生路上的阻碍两相激荡，从而使词境发生了变化。较之上文所说的"狭小"向"阔大"的变化，由柔到刚的变化是更为深刻的。

由于贬谪者性格的不同及其在贬谪的不同时期心理状态的不同，贬谪词中所表现出来的"刚健"的词境也有所不同。总的看来分为两类。

第一类，由于词人内心不具备足够强大的生命力以超越阻碍和困

---

① 朱立元：《美学》，高等教育出版社2001年版，第171页。
② 同上书，第177页。
③ 同上书，第171页。
④ ［德］康德：《判断力批判》上卷，宗白华译，商务印书馆1964年版，第84页。

厄，所以在词中以刚健的客观景象反衬词人心灵的凄苦。如晁补之的《浣溪沙》：

江上秋高风怒号。江声不断雁嗷嗷。别魂调递为君销。
一夜不眠孤客耳，耳边愁听雨萧萧。碧纱窗外有芭蕉。

这首词是晁补之贬谪信州时所作，题旨为怀人，实则抒发自己贬谪中的孤寂和凄苦。秋风之怒号、江水之奔腾，作为自然界的景观不可谓不刚健。而词人在这样的环境中仿佛那只失去旅伴、嗷嗷哀鸣的孤雁一般。结尾两句出人意料，词人一夜未眠、怀着愁苦的心情听着窗外的雨声萧萧，更兼雨打芭蕉，其声零乱弥久。这种颇似"惊弓之鸟"的心态更反映出晁补之贬谪中的凄苦无助。

再如张孝祥《念奴娇·离思》：

星沙初下，望重湖远水，长云漠漠。一叶扁舟谁念我，今日天涯飘泊。平楚南来，大江东去，处处风波恶。吴中何地，满怀俱是离索。

常记送我行时，绿波亭上，泣透青头薄。檐燕低飞人去后，依旧湘城帘幕。不尽山川，无穷烟浪，辜负秦楼约。渔歌声断，为君双泪倾落。

该词作于乾道二年罢归后途经蕲州时。"星沙初下，望重湖远水，长云漠漠""平楚南来，大江东去，处处风波恶""不尽山川，无穷烟浪"这些描写自然环境的语句都表现出一种力的刚健之感。而与之相对的，则是词人"天涯漂泊""俱是离索"甚至"双泪倾落"的伤悲。

第二类，是那种表现客观环境和主观心态"双重刚健"的词作。和单纯的客观环境的"刚健"相比，那种面对谪途风波和人生险恶不服输不退缩的主观心态上的刚健，显得更加令人震撼也令人敬佩。最具代表性的词人首推"于倔强中见姿态"的黄庭坚。其《定风波·次高左藏守君韵》"万里黔中一漏天,屋居终日似乘船。及至重阳天也霁,催醉,鬼门关外蜀江前。莫笑老翁犹气岸,君看,几人黄菊上华颠?戏马台南追两谢。驰射。风流犹拍古人肩。"非常形象地表现出其面对人生和自然的双重险恶之境而充满傲然之气的精神。南宋贬谪词人胡铨的笔下,同样有着类似的刚健词境,其《鹧鸪天·癸酉吉阳用山谷韵》"梦绕松江属玉飞,秋风莼美更鲈肥。不因入海求诗句,万里投荒亦岂宜?青箬笠,绿荷衣。斜风细雨也须归。崖州险似风波海,海里风波有定时"以及《朝中措·黄守座上用六一先生韵》"崖州何有水连空。人在浪花中。月屿一声横竹,云帆万里雄风。多情太守,三千珠履,二肆歌钟。日下即归黄霸,海南长想文翁"都体现出客观环境与主观心态的双重刚健。在这样的词中,我们正可以体会到"崇高"的内涵:"人不仅超越了对象,也超越了人自身。崇高不仅表现为一种崇高的思想,更具体化为一种特殊的行动,是伟大心灵与壮烈行动、自然沧桑与社会动荡、现实挫折与理想追求的独特结合;崇高既包含着形式上的粗犷有力,也包含了审美主体的道德完善,化一种世俗的不可能为可能,同时还隐含着情感浪潮的汹涌澎湃;从而成为人的一种生存和发展的方式与人生的理想境界。"①

值得我们注意的是,主观心态的刚健不仅仅表现在黄庭坚和胡铨的这种明显的抗争精神上,同样也表现在苏东坡式的以旷达的心态超越苦难的精神上。正如尚永亮先生所说:"作为自我拯救的努力,超越本身就是一种不甘屈服的抗争形式。"② 在《念奴娇·赤壁怀古》当中,"大

---

① 朱立元:《美学》,高等教育出版社2001年版,第175页。
② 尚永亮:《贬谪文化与贬谪文学——以中唐元和五大诗人之贬及其创作为中心》,兰州大学出版社2004年版,第12页。

江东去，浪淘尽、千古风流人物"固然有着让人肃然起敬的刚健之美，"乱石穿空、惊涛拍岸，卷起千堆雪"甚至还有着让人心胆震撼的巨大力量，但词人的"人生如梦，一尊还酹江月"亦不啻一种"四两拨千斤"的太极拳法，虽表面柔弱消极，但同样还击得恰到好处，甚至比一味猛攻猛打的硬功夫更有效果。说这首词需要"关西大汉、铜琵琶、铁绰板"来演唱，不只要唱出滔天大浪的力度美，更要唱出一位有着英雄气度的男子在面对人生困厄时的悲壮挣扎与自我拯救。

  此外需要指出的一点是，具有刚健美的物象并不限于那些在空间感上阔大的事物，有些小的意象也可以表现出刚健的境界，如"菊"的意象，如朱光潜先生所说："菊花在'天寒犹有傲霜枝'中，它有'骏马秋风冀北'式的美，在'帘卷西风，人比黄花瘦'之中它有'杏花春雨江南'式的美。"① 在贬谪词当中，菊花意象常常是属于"刚"性美的，代表了"临寒傲霜"的抗争精神，这在黄庭坚的贬谪词中表现得最为突出。再如"梅花"意象，也具有同样的"刚性"意义，我们在下一节谈到咏物词的寄托时还要详细论说。

  总之，词境由狭小到阔大，由柔媚到刚健，是词体诗化的一个重要表现。贬谪词明显地反映出词境的这些变化。尽管也还有着其他多方面的原因，但词人因贬谪而行遍千山万水的经历无疑是其中不可忽视的一个因素。

---

① 朱光潜：《朱光潜美学论集》第一卷，上海文艺出版社1982年版，第227页。

第三节　不作妮子态——词人贬谪与词作抒情主人公的转变

　　诗词之别，古人常以男女两性作比。田同之《西圃词说》中引"魏塘曹学士"① 言曰："词之为体如美人，而诗则壮士也。"② 譬喻最为明快贴切。诗歌的抒情主人公往往是作为文人士大夫的作者本身，在中国古代社会中，这个文人士大夫在性别上自然为男性；而词则往往是男性作者模拟女性的声口，以女子为作品的抒情主人公，也就是所谓的"男子而作闺音"，是传统、本色的词作之典型手法。词体"诗化"的一个重要方面，就是改变"男子而作闺音"，将抒情主人公由闺阁女子转变为文人志士，直接抒发作者自己的真实情感。关于这种转变，"魏塘曹学士"也注意到了这一点："然词中亦有壮士，苏辛也。"③ 二人的词作大多"写胸中事"，笔下出现了完全没有女儿情、脂粉气的词篇。"词至东坡，倾荡磊落，如诗如文，如天地奇观，岂与群儿雌声学语较工拙？"④ "词家争斗秾纤，而稼轩率多抚时感事之作，磊落英多，绝不作妮子态。"⑤ 当然，这种转变并非仅仅属于苏、辛二人所有，他们只是其中的两个最引人注目的代表，从我们在前三章所述的贬谪词史来看，包括苏、辛在内的唐宋贬谪词人在词作中大多做到了将抒情主人公由

---

　　① "魏塘曹学士"或为清代柳州词派的曹尔堪，浙江嘉善人。
　　② 田同之：《西圃词说》，唐圭璋《词话丛编》，中华书局1986年版，第1450页。
　　③ 同上。
　　④ 刘克庄：《稼轩词集序》，金启华等编《唐宋词集序跋汇编》，江苏教育出版社1990年版，第173页。
　　⑤ 毛晋：《稼轩词跋》，金启华等编《唐宋词集序跋汇编》，江苏教育出版社1990年版，第175页。

"女"向"男"的转变。那么为什么贬谪会使词人们远离了"男子而作闺音"的传统词体写作道路?抒情主人公由"美人"变为"壮士"之后,词又出现了哪些特点?下面我们便就这两点展开分析。

一 贬谪使抒情主人公转变的原因

(一)客观上,贬谪使词人失去了为歌女作词的环境

"男子而作闺音"这种状况,与宋代歌词多被女性演唱的情况相关。王灼在《碧鸡漫志》卷一中说:"古人善歌得名,不择男女……今人独重女音,不复问能否。而士大夫所作歌词,亦尚婉媚,古意尽矣。"[①] 虽然语带遗憾和不满,但"独重女音"却是歌词演唱中的事实。王灼还记载了李鹰作《品令》词嘲笑一名老翁歌手一事:"方叔在阳翟,有携善讴老翁过之者。方叔戏作《品令》云:'唱歌须是玉人,檀口皓齿冰肤。意传心事,语娇声颤,字如贯珠。老翁虽是解歌,无奈雪鬓霜须。大家且道、是伊模样,怎如念奴?'"[②] 十分生动形象地表现出男性歌手在宋代歌唱演艺界所受到的排斥。类似的记载还有张炎的《词源》:"簸弄风月,陶写性情,词婉于诗,盖声出莺铿燕舌间,稍近于情可也。"[③] 由于歌唱者为女性,歌词的内容必然也要符合女性的身份,"男子而作闺音"便成为自然而然的事情。

然而,歌词演唱离不开酒宴尊前的娱乐环境,也就是《花间集序》中所谓的"绮筵公子,绣幌佳人,递叶叶之花笺,文抽丽锦;举纤纤之

[①] 王灼:《碧鸡漫志》卷一,唐圭璋《词话丛编》,中华书局1986年版,第79页。
[②] 同上。
[③] 张炎:《词源》卷下,唐圭璋《词话丛编》,中华书局1986年版,第263页。

玉指，拍按香檀。不无清绝之词，用助妖娆之态"①。这种环境首先存在于繁华都市中，因为只有都市中发达的经济，才能够滋生出歌舞消费的娱乐市场；只有都市中人才的汇聚，才能有精通音乐、能歌善舞者的出现和表演。然而，词人在贬谪之后不得不离开京城繁华的歌舞之地，来到相对闭塞边远的小城甚至乡村。在这里，市井娱乐的氛围自然大大减少，如白居易在贬谪江州之后便感慨"浔阳地僻无音乐，终岁不闻丝竹声"。"岂无山歌与村笛，呕哑嘲哳难为听"（《琵琶行》）；周邦彦任庐州教授时亦称"地僻无钟鼓"（《宴清都》）。在这种情况下，欲"男子作闺音"，为歌女填词作曲，可得乎？除了市井之外，歌词演唱的另一个环境是在士大夫的家中。宋代建国之初的国策便是崇文抑武，优待士大夫，士大夫不仅俸禄优厚，还被鼓励"多蓄歌儿舞女"。因此宋代朝中大臣、豪门贵族乃至一般的士大夫，无不蓄养家伎。据宋代朱弁的《曲洧旧闻》中记载，宋仁宗时的一位宫人说："两府②两制③家中各有歌舞，官职稍如意，往往增置不已。"④ 如欧阳修家有妙龄歌妓"八九姝"⑤；苏轼"有歌舞伎数人"⑥；韩绛有"家伎十余人"⑦；韩琦"在相府时家有女乐二十余辈"⑧；张镃有"名伎数十辈"⑨，每逢宴饮之时，主人便会让他们唱词奏乐，劝酒助兴，同时也会亲自写一些歌词给这些家伎歌唱，如晏殊的许多词便可以看出是在家庭宴饮的环境中写成的。然而，这些词人在贬谪之后，失去了朝中官职的同时也失去了优厚的俸

---

①
② 中书省和枢密院。
③ 翰林学士和知制诰。
④ 朱弁：《曲洧旧闻》卷一，《宋元笔记小说大观》，上海古籍出版社2001年版，第2960页。
⑤ 葛立方：《韵语阳秋》卷一五，何文焕《历代诗话》，中华书局1981年版，第606页。
⑥ 《古今图书集成·艺术典》卷八二四，中华书局1986年影印本。
⑦ 赵令畤：《侯鲭录》卷四，《宋元笔记小说大观》，上海古籍出版社2001年版，第2057页。
⑧ 江少虞：《宋朝事实类苑》卷八，上海古籍出版社1981年版，第79页。
⑨ 田汝成：《西湖游览志余》卷一〇，浙江人民出版社1980年版，第157页。

禄,再加上拖家带口在路途上的花费,以及在贬谪之地重新安家和生活所需要的花销,他们在经济上往往自顾不暇,已经无力蓄养家伎,那些家伎大多被遣散流落他处了。晏几道在《小山词自序》中记叙了"沈十二廉叔、陈十君龙,家有莲、鸿、苹、云"四位歌女"品清讴娱客"的情景,而待到"君龙疾废卧家,廉叔下世","两家歌儿酒使具流转于人间"①。这虽然并非因贬谪的遭遇而引起,但从中亦可以看出家境败落后家伎不得不流转别处的一般情景。家伎的遣散,使贬谪词人们在家庭中的娱乐活动受到了影响,"男子而作闺音",在一定程度上失去了演唱目的的推动,男子虽作,而闺音不再,这种情况势必会使词体的抒情主人公发生转变。

(二) 主观上,贬谪使词人失去了为歌女作词的兴趣

较之客观环境的变迁,词人们主观心理上的变化显得更为重要。贬谪之后,他们自然将关注的对象更多地转向了自身的命运(以及国家的命运,尤其在南宋),为歌女写词的兴趣大大减少。这是符合人的一般心理需求规律的。我们可以用心理学的理论来加以分析。

在第二章论述晁补之贬谪词的风貌时我们已经谈到了美国心理学家马斯洛著名的"人类需求五层次"说,这五个层次分别是:

第一,生存需要(survival),包括食物、饮水、住所、睡眠、氧气等,即通常所谓的衣食住行。

第二,安全需要(safety, security),具体包括安全、稳定、依赖,免受恐惧、焦躁与混乱的折磨,对体制、法律、秩序、界限的依赖等。

第三,归属和爱的需要(social, belonging),渴望在团体和家庭中

---

① 晏几道:《小山词序》,金启华等编《唐宋词集序跋汇编》,江苏教育出版社1990年版,第25页。

有自己的位置，渴望归属感，爱与被爱的感觉。希望有自己的朋友、爱人。

第四，尊重的需要（ego, esteem），包括外界对自我的尊重和自己对自我的尊重。自己对自我的尊重即自尊，自尊需要的满足是指由于实力、成就、优势、用途等自身内在因素而形成的个人面对世界时的自信、独立。外界对自己的尊重的满足，则是地位、声望、荣誉、威信等外界较高评价的获得。

第五，自我实现的需要（self-actualization），"自我实现"，也就是一个人发挥自己的潜力的倾向，成为自己所能够成为的那种最独特的个体，使自己成为自己想成为的那种人。①

结合这五种不同层次的需求，我们可以看看贬谪给中国古代士人带来的巨大心理缺憾。对贬谪者来说，在尊重和自我实现的需要上他们明显地出现了欠缺。在人生价值的实现上，儒家所推崇的"治国平天下"是中国古代文人共同的理想，然而这种理想在贬谪中却不得已变得逐渐暗淡无光。"奋励有当世志"的苏轼，空怀旷世才华，随着政治的风波三起三落，在漂泊流离中衰老故去；"他年欲补天西北"的辛弃疾，始终未能得到"补天"的机会，在江西的乡间徘徊低吟二十余年。其他所有的贬谪词人也都一样，由于教条"学而优则仕"遵奉，为官是他们唯一的实现自身价值的途径，而当这唯一的路被堵死，他们的自我价值也便无法实现。与此同时，他们在名节上受到了质疑，或被目为"小人""奸邪"，或被冠以"误国"之名，或被讥为"宴饮颓放"，或被称之"贪鄙凶悖"，有的甚至还蒙受绯闻的中伤……无意的误解和有意的谗言交织在一起，形成了一道冷漠的网，将他们牢牢罩住。而网的外面投射

---

① 参见马建堂《马斯洛人性管理经典》，北京工业大学出版社2002年版。

过来的,或是唾骂,或是鄙夷,或是幸灾乐祸,或是落井下石,在这种情况下,恐怕连自己都无法尊重自己,何谈他人。更加无奈的是,在封建专制制度之下,负罪的士人们大多无法为自己辩白,在很大程度上,他们失去了官位,便也随之失去了话语权,争取他人的尊重更成为泡影。

至于"归属和爱的需要",也受到了相当程度的损害。就苏东坡及其门人来说,当他们元祐年间在朝为官时,彼此之间常常能够聚在一起宴饮谈笑,诗酒酬唱,而在贬谪之后却分散到了各地,在通信条件和交通工具都远远不发达的宋代,很难互通音信,彼此安慰,更不要说见面了。同时,由于北宋党争中往往以文字罪人,一个人被贬谪之后,和他相关的有文字唱和往来者常常也会受到牵连和处罚,如"乌台诗案"中苏轼便牵连了很多人。因此文人在得罪贬谪之后故交旧友往往唯恐避之不及,使其陷入更加孤立无助和寂寞苦痛的状态中。至于家庭和亲属,在贬谪中,由于种种因素的影响,常有一家人不得团聚的状况,如秦观在贬谪郴州时便只身一人,苏轼在贬谪海南时只带幼子苏过前往。贬谪地恶劣的环境,还让许多亲人们不幸去世……可以说,他们对于归属和爱的需求在身遭贬谪时格外强烈,却又因为贬谪的遭遇而格外欠缺。

更为严重的是,许多贬谪词人甚至在生存需要和安全需要上都出现了危机。宋代虽然号称不杀士大夫,但在北宋党争中,由于贫穷、恶劣的环境、心灵的创伤,死于穷乡僻壤之地的文人并不少,未死者也随时面临死亡的威胁;在南宋,被汪彦伯、黄潜善、秦桧、韩侂胄等奸臣迫害而死的爱国志士更是比比皆是。许多文人的贬谪生活都充满了恐慌,一方面是生活的艰辛,另一方面是朝命的变更和迫害,所谓的"安全感"实在是一种奢望。他们萦绕在心的是对故乡的思念,对安定生活的向往。

总而言之，词人在贬谪中生存、安全、归属、尊严、人生价值等诸多方面都出现了欠缺和失落，由此他们痛苦、恐慌、迷茫甚至绝望，由此他们有着强烈的诉说和表达的欲求，在写词的时候，内心沉积的情感不免奔涌而出。至于那些只能当作"谑浪游戏"的为歌儿舞女代言的情思，在个人的命运甚至国家社会的命运都遭遇坎坷乃至凶险的时候，早已经如同肥皂泡一般无足轻重了。

二　抒情主人公转变后词作的特点

贬谪词中抒情主人公由作为女性的他者向作为男性的士大夫的转变，使词具有了以下的特点，从而使其向诗歌靠近。

（一）情感的外延由"窄"变"宽"

在我们对诗词的一般认识当中，诗是"言志"的，词是"言情"的。这里的"情"，实际上是一个狭义的概念，专指男女风月之情、伤春伤别之情、弃妇怨妇之情等一些女性更加关注的情感。然而人生中的情感是多种多样的，岂能以此一端概括之？功业未成的失落之情，国家衰亡的悲愤之情，人生多艰的困苦之情，漂泊流离的寂寞之情，笑对苦难的旷达之情，对于大自然的热爱之情，对于亲人朋友的思念之情无不在"情"的范围之内。只不过在古代社会中，由于女性的身份和社会地位使她们的视野和经历受到了限制，许多情感是她们所体会不深的，只有男性才能够拥有。因此，词作的抒情主人公由女性转为男性，自然使词中"情"的外延扩大了，在很大程度上已经与诗歌表达的"志"有了交集。

由于对"情"的理解的不同，在古代词话中，亦有为此而起争论者。如金人王若虚就曾经这样为苏东坡辩护：

晁无咎云："眉山公之词短于情，盖不更此境耳"。陈后山曰："宋玉不识巫山神女，而能赋之，岂待更而后知？"是直以公为不及于情也，呜呼，风韵如东坡，而谓不及于情，可乎？①

"风韵如东坡"，自然并非"不及情"，相反，他对人生和大自然的种种事物都充满了感情，杨海明先生在《唐宋词史》中不无感慨地说："苏轼似乎天生具有一种'泛爱'的性格特点。他不但'泛爱'亲人，'泛爱'友朋师生，甚至'泛爱'天下一切之人……不但如此，苏轼在'爱人'的同时，也'泛爱'天下一切之物。他爱山水，也爱生物；他爱故乡，也爱他乡；他爱登山临水的'清赏'，也爱歌姬丝竹的'俗乐'。一句话，他热爱自然，热爱人生，他真是一位深情于生活的'赤子'。"② 王若虚所说的"情"，指的是扩大了的"情"，而晁补之、陈师道所说的"情"，是狭义的"情"，王若虚显然没有意识到这一点。而明代的孟称舜在《古今词统序》中的一段话则清楚地认识到了情感的多样性和复杂性：

> 古来才人豪客，淑姝名媛，悲者喜者，怨者慕者，怀者想者，寄兴不一：或言之而低回焉、宛鸾焉，或言之而缠绵焉、凄怆焉，又或言之而嘲笑焉、愤怅焉、淋漓痛快焉。作者极情尽态，而听者洞心耸耳。如是者，皆为当行，皆为本色，宁必姝姝媛媛学儿女子语而后为词哉？③

说凡是"极情尽态"的词篇都是"当行、本色"，不免有些与"本色派"强争之意。用我们今天的观念来看，那些不"姝姝媛媛学儿女子

---

① 王若虚：《滹南诗话》卷二，丁福保《历代诗话续编》，中华书局1983年版，第517页。
② 杨海明：《唐宋词史》，江苏古籍出版社1987年版，第294页。
③ 孟称舜：《古今词统序》，张璋《历代词话》，大象出版社2002年版，第365页。

语",以男性口吻出之的词篇正是向诗歌靠拢的表现,而这其中,贬谪词无疑是非常重要的一个部分。

(二)情感的内质由"假"而"真"

在诗论中,向来都认为诗人应当吐露真情,诗歌是人心中真实情感外溢的结果。《诗大序》中说:"诗者,志之所之也。在心为志,发言为诗。情动于中而形于言。"① 钟嵘《诗品序》中说:"气之动物,物之感人,故摇荡性情,形诸舞咏。"② 但在人们对于词体的认识当中,却并不以此为创作的准则。惠洪《冷斋夜话》中记载:

> 法云秀关西人。铁面严冷,能以理折人。鲁直名重天下,诗词一出,人争传之。师尝谓鲁直曰:"诗多作无害。艳歌小词可罢之。"鲁直笑曰:"空中语耳。非杀非偷,终不至堕恶道。"③

黄庭坚所谓的"空中语",指的便是其词作中所言之人,并非实有其人;所言之事,亦并非实有其事;所言之情,亦并非真实之情,只不过是虚构、假想、游戏而已,用不着当真。而这种"空中语",并不是黄庭坚的借口,在传统的"男子而作闺音"的词篇当中,是普遍存在的现象,亦是为大家所公认的事实。田同之在《西圃词说》中谈及"诗词之辨"时说:

> 从来诗词并称,余谓诗人之词,真多而假少,词人之词,假多而真少。如邶风燕燕、日月、终风等篇,实有其离别,实有其摈弃,所谓文生于情也。若词则男子而作闺音,其写景也,忽发离别

---

① 王运熙、顾易生主编《中国文学批评史》,复旦大学出版社2007年版,第38页。
② 钟嵘:《诗品序》,何文焕《历代诗话》,中华书局2004年版,第3页。
③ 惠洪:《冷斋夜话》卷十,《宋元笔记小说大观》,上海古籍出版社2001年版,第2223页。

之悲。咏物也，忽全寓捐弃之恨。无其事，有其情，令读者魂绝色飞，所谓情生于文也。此诗词之辨也。①

贬谪词中抒情主人公转变为男性，便不再虚拟作为"他者"的女性之情感，而是直接表达自己的所见所感，使词中的情感发生了由"假意"向"真情"的变化。这也正是词体向诗歌靠近的一个方面。

（三）词人的个性由"隐"到"显"

抒情主人公由女性向男性转变之后，词作中的个性开始显露了出来。这并不是说，在那些"男子而作闺音"的词篇中一点都看不出词人的个性，但终究彼此差别有限。比如《花间集》所收的十八位词人的作品，温庭筠和韦庄的差别是我们在研究词史时常常提到的，但其他十几位词人之间的差别我们却很少认真去辨析，因为他们实在是非常相似。就连温韦之别，我们也是从其表达方式上来辨析，一为绵密，一为疏淡；一为绮丽，一为明快。而不是从词人自身的个性特点上来分析。更多的时候我们将花间词的十八位词人当作一个整体来看待。再如晏殊、欧阳修与冯延巳的词作，仔细分析起来也是有差别的，但他们三人现存的词作却有许多"互存"的情况，正说明了他们的词作风格的相似。风格的相似可能有多种多样的原因，但模拟女性口吻叙写情感内容的单调却是其中极为明显的一点。对于内心的情感，人们只有自己了解得最为透彻、细致，他人不免都会有类型化的大而化之的倾向。尤其是在中国古代，女子的生活本来单调乏味，又常常"养在深闺人未识"，对于男性来说，她们几乎没有自己的个性。而在贬谪词中，词人们表达的是自己内心的情感，由于他们生活经历和个性特征的差别，这些情感自然也

---

① 田同之：《西圃词说》，唐圭璋《词话丛编》，中华书局1986年版，第1449页。

有着各自的不同之处。胡适在《词选·前言》中谈到"诗人之词"的特点时说："这个时代的词也有它的特征……词人的个性出来了，东坡自是东坡，稼轩自是稼轩，不能随便混乱了。"① 我们在第二章介绍北宋贬谪词的风格时，曾经就不同词人的个性特征谈到他们词风的不同，如秦观词中的悲怆凄楚，晁补之词中的"泛梗飘萍"的羁旅飘零之感，黄庭坚词中倔强不屈的姿态，苏轼词中的旷达，等等。南宋贬谪词人的创作也各有各的特点，这在我们分析四名臣词以及稼轩词、陆游词与张孝祥词的差别时也已经谈到。总之，这些词作个性的差别是可以通过"知人论世"的方法来寻绎和理解的。这也是词体"诗化"的一个表现。

综上所述，贬谪使词人们一方面离开了歌宴应和的作词环境，另一方面又使他们关注的对象转向了自身，从而使词作中的抒情主人公发生了由女性的他者向男性士大夫本身的转变。这种转变让词作中的"情"在外延上扩大了，在内质上由假意变为真情，还更凸显出不同词人的创作个性，这些都是词体向诗歌靠拢的表现。

第四节　文外有事——词人贬谪与词作中的寄托之意

"寄托"，是指在文学作品中由于比兴等手法的运用，在表面的文辞之下出现的深层情感和意蕴。寄托的有无，并不能用以区别诗词两体，然而，有寄托的词在词作的情感内容上变得丰厚，在娱乐游戏之外别有士大夫文人抒情言志的创作目的，因此很大程度上也具备向"言志"的

---

① 胡适：《词选·前言》，河北人民出版社1999年版。

诗歌靠近的倾向。清人邹祗谟在《远志斋词衷》中谈到诗词的差别时说："阮亭尝云：'有诗人之词，有词人之词。诗人之词，自然胜引，讬寄高旷……词人之词，缠绵荡往，穷纤返隐。'"① 词作中"寄托"之意与词人的贬谪经历关系匪浅，清人冯煦在论苏东坡词时，便指出了其贬谪与词中寄托之间的关系：

> 文不苟作，寄托寓焉，所谓文外有事在也，于词亦然。然世非怀襄而效灵均九歌之奏，时非天宝而拟杜陵八哀之篇，无病而呻，识者悯之。而东坡夙负时望，横遭谗口，连骞廿年，飘潇万里，酒边花下，其忠爱之诚，幽忧之隐，磅礴郁积于方寸间者，时一流露。若有意，若无意，若可知，若不可知。后之读者，莫不罨然思，迨然会，而得其不得已之故，非无病呻吟者比。②

"文外有事"的寄托情形，并非只有苏东坡贬谪词中才有，大多贬谪词人笔下都有所表现。下文我们就贬谪词中的寄托类型和贬谪词中出现寄托的原因这两方面详加论析。

一 贬谪词中出现的寄托类型

"香草美人"式的比兴寄托，是由中国古代第一位贬谪诗人屈原开创的。贬谪词中的寄托，自然少不了对屈原的效仿和学习。为了更加全面，我们将"香草、美人"的寄托扩充成两类，一类是以人寄托，另一类是以物寄托。

---

① 邹祗谟：《远志斋词衷》，唐圭璋《词话丛编》，中华书局1986年版，第656页。
② 冯煦：《东坡乐府序》，金启华等《唐宋词集序跋汇编》，江苏教育出版社1990年版，第32页。

（一）以人寄托

"以人寄托"之中，最明显的便是屈原在离骚中所用的"美人"式的寄托，也就是将作为男性的情感寄托在作为女性的他者身上。尽管这也是一种"男子而作闺音"，但由于有了寄托之意而具备了抒发自我情志的意义。晏殊在贬谪后所写的《山亭柳·赠歌者》是非常典型的一首：

> 家住西秦。赌博艺随身。花柳上、斗尖新。偶学念奴声调，有时高遏行云。蜀锦缠头无数，不负辛勤。
>
> 数年来往咸京道，残杯冷炙谩消魂。衷肠事、托何人。若有知音见采，不辞遍唱阳春。一曲当筵落泪，重掩罗巾。

胡云翼在《宋词选》中说："这首词写一个红歌女因年老色衰被上层社会的公子哥儿所遗弃而没落的悲剧。"① 但这只是表面，恰如白居易在贬谪江州时所作《琵琶行》中"同是天涯沦落人"的情感一样，晏殊在这首词中正是以他人之酒杯，浇自己之块垒，通过这个不幸歌女的身世之悲抒发了自己贬谪后的失意之情。郑骞《词选》中说："此词云'西秦''咸京'，当是知永兴军时所作，时同叔年逾六十，去国已久，难免抑郁。此词慷慨激越，所谓借他人酒杯，浇胸中块垒者也。"② 正道出了词作的深层含义。晏殊虽然被后人称作"太平宰相"，一生总体来看并无大起大落，但在晚年亦遭到贬斥。据《宋史》卷三一一《晏殊传》，庆历四年，"孙甫、蔡襄上言，宸妃生圣躬为天下主，而殊尝被诏志妃墓，没而不言，又奏论殊役官兵治僦舍以规利。坐是，降工部尚

---

① 胡云翼：《宋词选》，上海古籍出版社1982年版，第16页。
② 郑骞：《词选》，转引自吴熊和《唐宋词汇评》，浙江教育出版社2004年版，第161页。

书，知颍州"。后又自颍州移陈州，又自陈州改知许州，又改知永兴军。十年之后，方以病归京师，次年去世。如郑骞所说，词中所云"西秦""咸京"等地，正是永兴军所管辖，因此这首词应当是晏殊在贬知永兴军时所作。和历史上许多贬谪者一样，晏殊的遭贬亦是"欲加之罪，何患无辞"的结果。"殊以章献太后方临朝，故志不敢斥言，而所役兵，乃辅臣例宣借者，时以谓非殊罪。"（《宋史·晏殊传》）实际上他的贬谪是因庆历年间赞助革新得罪了一些权幸。庆历革新中晏殊虽然并非主导者，但范仲淹、韩琦、富弼、欧阳修等人都是在晏殊为相的时候进用的。革新使"小人权幸皆不便"，自然对晏殊也深为愤恨，遂造成贬谪之祸。晏殊词集名曰"珠玉"，其词作的主体风格自是"珠圆玉润"，温和淡雅，内容多是士大夫平日生活中的闲情与闲愁，感慨时光流逝，流连花月之景，所谓"无可奈何花落去，似曾相识燕归来"是也。然而这一首词却不类平常，在情感上颇为激烈悲凉，这正是词人在这位迟暮歌者的身上寄托了自己人生悲慨的结果。叶嘉莹先生在《唐宋名家词论稿·论晏殊词》中详细地分析了这首词所蕴含的"暮年失志"之慨，并作诗一首："词风变处费惊猜，疑想浇愁借酒杯。一曲标题赠歌者，他乡迟暮有深哀"[1]，甚为贴切。

被称为善于"将身世之感打并入艳情"的秦观，自然有很多在女性身上寄托身世感慨的词。作于绍圣三年旅次衡州的《阮郎归》便是这样一首。据曾敏行《独醒杂志》记载，秦观在过衡州时，友人孔毅甫为知州，曾宴于郡斋。[2] 由此而言，这首词应该是一曲典型的酒宴尊前应歌之篇，而秦观却在词中寄寓了自己内心的块垒：

---

[1] 叶嘉莹：《唐宋名家词论稿·论晏殊词》，河北教育出版社1997年版，第55页。
[2] 曾敏行：《独醒杂志》卷五，《宋元笔记小说大观》，上海古籍出版社2001年版，第3242页。

> 潇湘门外水平铺。月寒征棹孤。红妆饮罢少踟蹰。有人偷向隅。
>
> 挥玉箸，洒真珠。梨花春雨余。人人尽道断肠初。那堪肠已无。

词中那个在酒宴上"向隅而泣"者究竟是谁？从"红妆""玉箸""真珠""梨花春雨"等典型的用在女性身上的词语上来看，应该是一位伤心的女子，然而从这位女子身上，我们却分明看到了为人生中的坎坷唏嘘流涕的词人自己。"人人尽道断肠初，哪堪肠已无"，这等伤心决绝之语，只有经历过大悲哀的词人才能够体会得到，也只有像秦观这般敏感、脆弱的心灵才能够感受。明代杨慎曾感叹："此等情绪，煞甚伤心。秦七太深刻矣！"[①] 便一眼看穿秦观在红妆女子背后的影子。而词中前两句的景物描写中无情的江水、寒冷的月光，孤寂的行舟，也正符合贬谪三载、漂泊四处的词人的经历。

"美人"式的寄托中另有一种，是以男女爱情中的悲欢寄托身世感慨。秦观早年在仕途上颇为不顺，科举考试连年落第，当时写的一些词如著名的《满庭芳》"山抹微云"也在艳情之外流露出浓厚的身世之感，但在他贬谪之后，这种手法运用得格外频繁。如《鼓笛慢》：

> 乱花丛里曾携手，穷艳景，迷欢赏。到如今谁把，雕鞍锁定，阻游人来往。好梦随春远，从前事、不堪思想。念香闺正杳，佳欢未偶，难留恋、空惆怅。
>
> 永夜婵娟未满，叹玉楼，几时重上。那堪万里，却寻归路，指阳关孤唱。苦恨东流水，桃源路、欲回双桨。仗何人，细与叮咛问

[①] 杨慎评点：《草堂诗余》，明天启间乌程闵氏刻本，复旦大学图书馆藏明代善本。

呵,我如今怎向。

考之周义敢《秦观集编年校注》①,这首词写于绍圣四年春,时秦观贬谪于郴州。词中表面上是通过从前和相恋女子携手游春的快乐与现在彼此相隔万里不得重聚的今昔对比,抒发在爱情中的失落,实际上却表达了自己贬谪后的痛苦。词中的女子或许实有其人,因为秦观一向生活浪漫,元祐六年在秘书省供职时曾经被指为"不检",其与青楼女子的交往亦在情理之中。然而在这首词中,这位曾经与词人携手为欢的女子实际上又代表了从前与之欢聚一堂的好朋友们,如今贬往各处谋面不得,昔日的繁华快乐不免风流云散,词人只能孤独地困在贬所遥相思念。同时,词中所写收获爱情的美好的春天,亦代表了其在仕途上春风得意的过往,如今"从前事,不堪思想";"那堪万里,却寻归路,指阳关孤唱"。世事如同桃源一梦,醒来之后再也回不到从前。结尾一句透露出词人心内深重的迷茫情绪。和这首词相似的还有《风流子》"东风吹碧草",中有"青门同携手,前欢记,浑似梦里扬州"之句,亦是典型的"将身世之感打并入艳情"。

"以人寄托"中,除了以美人以及爱情寄托之外,其实还有很多其他的类型。如以其他贬谪者来寄托自己的情感,这其中又以屈原最为突出,如张舜民的《卖花声》中有"楼上久踟蹰。地远身孤。拟将憔悴吊三闾"。张孝祥的《水调歌头》中有"唤起九歌忠愤,拂拭三闾文字,还以日争光。"辛弃疾贬谪词中以屈原自拟的情况更多,我们在第四章第二节中已经专门分析过。此外,历史上有名的隐士往往也是贬谪词人用以寄托的对象,最突出的是陶渊明,我们在第四章第三节也已详论过。严光、范蠡等隐士也常出现在贬谪词当中,如胡寅的《水调歌头》

---

① 秦观著,周义敢等校注:《秦观全集校注》,人民文学出版社2003年版,第851页。

"不见严夫子",辛弃疾《洞仙歌》中有"十里涨春波,一棹归来,只做个、五湖范蠡"等。在以隐士寄托自己情怀的贬谪词当中,有一类渔父词,数量颇多,这类词源自同样遭遇过贬谪的词人张志和的《渔歌子》,这一点我们也已经在第一章中交代过。除了以贬者和隐者寄托之外,像苏轼在《念奴娇》中提到的周瑜,辛弃疾词中东山再起的谢安、老当益壮的廉颇、射虎南山的李广等,在这些历史人物的身上都寄托了自己的情感,实际上都属于"以人寄托"这一类。

(二) 以物寄托

"以物寄托",既包括咏物词中的寄托,也包括那些以物为意象的寄托。这里的"物",除了屈原笔下典型的"香草"外,也有其他的物象。

咏物是传统词作题材的一大类别。从词作意义表达的层次上来看,咏物词有的在意义上呈现单一的面貌,单纯吟咏物象而并无寄托的深意;有的词则能超越描摹物象形貌的"形似"层面,从一个旁观者的客体角度转化为体验者的主体角度,在物象中寄托自己的情感,达到"神似"。贬谪词中的咏物之作并不少见,由于词人往往将自己贬谪中的情感和思索融入创作当中,因此他们所写的咏物词大都在所吟咏的物象背后藏着自己的影子。正如清沈祥龙在《论词随笔》中所说:"咏物之作,在借物以寓性情,凡身世之感,君国之忧,隐然蕴于其内,斯寄托遥深,非沾沾焉咏一物矣。"①

以咏梅词为例。"梅"是宋人特别喜爱的花卉。正如唐人爱牡丹一样,宋人对梅花可谓情有独钟,因此在宋代出现了很多咏梅词。南宋的黄大舆就专门将这些咏梅词汇在一起,名之曰《梅苑》。咏梅词大多有

---

① 沈祥龙:《论词随笔》,唐圭璋《词话丛编》,中华书局1986年版,第4058页。

比拟寄托之意,正如黄大舆《梅苑序》所说:"目之曰《梅苑》者,诗人之义,托物取兴。屈原制骚,盛列芳草,今之所录,盖同一揆。"① 但实际上,也并非所有的咏梅词中都真正寄托了深意,不过贬谪词中的咏梅之作,其寄托之意却往往十分明显。晁补之在贬谪期间就曾写过许多咏梅花的词,如《盐角儿·亳社观梅》《江城子·亳社观梅,呈范守秦令》《洞仙歌·梅》《行香子·梅》《万年欢·梅》《生查子·梅》等。我们举晁补之一首《盐角儿·亳社观梅》为例:

开时似雪。谢时似雪。花中奇绝。香非在蕊,香非在萼,骨中香彻。

占溪风,留溪月。堪羞损、山桃如血。直饶更、疏疏淡淡,终有一般情别。

这首词是在绍圣三年春社日观梅时所作,当时晁补之贬谪亳州。几年来不断转徙迁谪的生活,让他对世态炎凉有了更真实的理解。在世事的一团泥淖当中,词人始终相信着自己的清白正直,正如同他所咏赞的白梅花,高格绝俗、清幽不群,有着发自骨髓的"奇香",和那些趋利自喜的"山桃"形成鲜明的对比。词中的梅花,显然是对自己的标榜和写照。

再如南宋的黄公度因忤秦桧被贬谪之后写的两首梅花词:

眼儿媚

一枝雪里冷光浮。空自许清流。如今憔悴,蛮烟瘴雨,谁肯寻搜。

---

① 黄大舆:《梅苑序》,金启华等《唐宋词集序跋汇编》,江苏教育出版社1990年版,第355页。

昔年曾共孤芳醉，争插玉钗头。天涯幸有，惜花人在，杯酒相酬。

朝中措

幽香冷艳缀疏枝。横影卧霜溪。清楚浑如南郭，孤高胜似东篱。

岁寒风味，黄花尽处，密雪飞时。不比三春桃李，芳菲急在人知。

黄公度的后人黄沃在为这首词做注的时候记载了乃祖被秦桧贬谪的经过："初公被召命而西过分水岭，有诗云：'呜咽泉流万仞峰，断肠从此各西东。谁知不作多时别，依旧相逢沧海中。'及公遭谤归莆，赵丞相鼎先已谪居潮阳，谗者附会其说，谓公此诗指赵而言，将不久复谐还中都也。秦益公欲怒，至以岭南荒恶之地处之，此词盖以自况也。"① 这两首词中，第一首词的上片亦花亦人，下片惜花惜己，让梅花的精神和自己形成了合二而一的状态。第二首词则强调了梅花含冰卧雪的倔强和独卧霜溪的孤高，甚至超越了被称为"岁寒三友"之一的菊花，与急于取媚于人的"三春桃李"形成了鲜明的对比。

除了梅花以外，菊花作为意象也常常出现在贬谪词人的笔下。值得注意的是，菊花在贬谪词中所代表的寓意分为两种，一种是屈原"夕餐秋菊之落英"这样的高洁、执着和倔强，而另一种则是陶渊明"采菊东篱下，悠然见南山"这样的通脱、自然、旷达。这时候的菊花，不仅仅有着它本身的傲霜开放的精神，还代表了两种虽不同但都令人敬佩的人生态度。如黄庭坚的"兰委佩，菊堪餐。人情时事半悲欢"（《鹧鸪天》）"黄花白发相牵挽，付与时人洗眼看"（《鹧鸪天》）便代表了屈原

---

① 转引自吴熊和《唐宋词汇评》，浙江教育出版社2004年版，第1819页。

式的性格；而李光《水调歌头》中"闻□蜗庐好在，小圃犹存松菊，三径未全荒"；吕本中《满江红》中"疏篱下，丛丛菊。虚檐外，萧萧竹"；高登《蓦山溪》中"东篱兴在，手种菊方黄，摘晚艳，泛新醑，谁道乾坤窄"；《渔家傲》中"羡他陶令归来早。归去来兮秋已杪。菊花又绕东篱好。有酒一尊开口笑"这些词中的菊花意象，则更多地寄予了陶渊明式的旷达意蕴。"菊"所代表的这两种寄托并不是截然分开的，其结合点便在于菊花本身高洁的品格，这种品格在屈原和陶渊明身上都十分显著。而宋人的人生态度，往往是将屈、陶二者结合起来。这一点，我们在分析张孝祥贬谪词中的时候谈到了其"骚雅与自得"的结合，在第四章也谈到辛弃疾贬谪词中屈原和陶渊明元素的融合，其实就连冷眼倔强的黄庭坚，也有着"黄菊满东篱。与客携壶上翠微"（《南乡子》）这样明显的"陶氏菊意象"，由此我们可以看到宋代贬谪者的一般情况。因此，贬谪词中的菊花意象是一个复杂的，有着多层面寄托意味的意象。

　　除了以"梅""菊"等"香草"寄托之外，唐宋贬谪词中还有其他物象的寄托。如苏轼初到黄州时所写的《卜算子》，表面上来看是咏鸿雁，而从深层意义上看，这只"拣尽寒枝不肯栖"的鸿雁身上又寄寓了自己在贬谪之后的惊恐、彷徨、孤寂，以及心中那份不肯随波逐流的坚定。南宋初被贬谪到海南岛的胡铨有一首著名的《好事近》："富贵本无心，何事故乡轻别。空使猿惊鹤怨，误薜萝风月。囊锥刚要出头来，不道甚时节。欲驾巾车归去，有豺狼当辙。"词中将自己比作出头的"囊锥"，不管政治环境有多严峻险恶，都要为正义拍案而起不问后果，而"豺狼当辙"所指的自然是秦桧等一群陷害忠良的误国奸臣，词中充满了浓郁的悲愤之情。辛弃疾在闲居中所写的《归朝欢·题赵晋臣敷文积翠岩》，借女娲补天的神话，将所咏叹之石视为女娲补天所遗留之石，寄托了自己闲置无为，怀才不遇的愤懑。再如《玉楼春·戏赋云山》，以山比拟抗战派，以云比拟阻挠抗战的势力，以"东南天一柱"自许；《临江仙》"莫笑我家苍壁小"以苍壁之"有心雄泰华，无意巧玲珑"喻示自己的政治胸怀；等等，都是以物寄托的贬谪词。

二 贬谪词中出现寄托的原因

（一）词体传统的力量

在文学上，传统的力量向来是巨大的，传统一旦确立，便成为"正宗"，成为类似"祖宗家法"的具有权威性的东西。即便是被人诟病为"士大夫乃流宕如此"[①]"文之靡无补于世"[②]的花间词，由于其在词体发展中处于奠基立范的地位，亦在题材、风格等方面树立了自己的权威，以"倚声填词之祖"的面目对后代词人有着无形却强大的约束力量。像苏轼那样"以诗为词"，完全颠覆了词在题材上的吟咏风月，风格上的婉约纤巧，不免遭到"雷大使之舞""非本色"之讥。贬谪词人欲抒发自己胸中之意，但一方面从主观上不欲打破传统的词体风貌以免遭受抨击，另一方面在客观上以自己以往的作词经验和习惯，打破传统又并非易事——于是便两相妥协，在传统词作的题材如咏物、艳情之内注入自己的寄托之意。而在词论之中，比兴寄托、曲折言情向来也是形成词体婉约风貌的重要因素。沈祥龙说："诗有赋比兴，词则比兴多于赋。或借景以引其情，兴也。或借物以喻其意，比也。盖心中幽约怨

[①] 陆游：《花间集序》，金启华等《唐宋词集序跋汇编》，江苏教育出版社1990年版，第340页。

[②] 晁谦之：《花间集序》，金启华等《唐宋词集序跋汇编》，江苏教育出版社1990年版，第339页。

悱，不能直言，必低徊要眇以出之，而后可感动人。"① 刘熙载《艺概·词概》中说："词之妙，莫妙于以不言言之，非不言也，寄言也。如寄深于浅，寄厚于轻，寄劲于婉，寄直于曲，寄实于虚，寄正于余，皆是。"② 这也是为什么没有人认为"将身世之感打并入艳情"的秦观有"诗化"倾向的原因。但实际上，秦观的那些深含寄托之意的作品已经超越了普通的吟咏风月。夏承焘先生在《淮海词跋》中说："少游学柳，岂用讳言？稍加以坡，便成少游之词。"③ "稍加以坡"，所加为何？正是士大夫在贬谪中的身世之感与思致，由此，秦观贬谪词有了向诗歌靠拢的倾向。这样的"诗化"，称不上大刀阔斧，但亦有着"改良"的意味。

（二）贬谪中的畏祸心理

我国古代贬谪者与皇帝之间的关系，与父权主导下的父子关系颇有些类似。被贬之后，他们明明心中有委屈，有怨恨，但不敢表达出来，因为一旦"怨望"，会引来更加严厉的惩罚。这种"畏祸"心理也是产生词中寄托之意的重要原因。虽然本章第一节指出词体是"小道"，是"游戏"之作，因此很少有在词作中寻章摘句降罪于人的情况，但这只在一定程度上适用于北宋。在"诗化"之词畅行的南宋，以词罪人亦时有发生，如张元幹送胡铨的《贺新郎》便是后来遭到秦桧降罪除名的口实，胡铨因作《好事近》词而被加贬海南亦是显例。因此南宋贬谪词人对作词同样抱着小心的态度。以辛弃疾为例，他在贬居带湖、瓢泉期间所作的词篇与贬谪之前有着很大的差异，我们在前文中论辛弃疾词的时

---

① 沈祥龙：《论词随笔》，唐圭璋《词话丛编》，中华书局1986年版，第4048页。
② 刘熙载：《艺概·词概》，唐圭璋《词话丛编》，中华书局1986年版，第3707页。
③ 夏敬观：《淮海词跋》，金启华等《唐宋词集序跋汇编》，江苏教育出版社1990年版，第48页。

第五章　词人贬谪与唐宋词的"诗化"

候已经详细阐述过。这差异的产生有种种原因，其中一个不可忽视的因素就是其政敌对其思想动态的监视，导致其词作"敛雄心、抗高调、变温婉、成悲凉"。刘扬忠先生称辛弃疾的词有一部分运用了"秘响旁通"的手法，这些手法虽然在贬谪之前就已经体现在了词作当中，如著名的《摸鱼儿》，但在贬谪期间更加得到大力发扬。罗大经在《鹤林玉露》卷一中说："辛幼安《晚春词》云：'更能消几番风雨……'词意殊怨……愚闻寿皇见此词，颇不悦，然终不加罪，可谓至德也已。"① 宋高宗没有因为这首词降罪于辛弃疾，并不只是因为其"至德"，也因为这首词终究是打着伤春恨嫁的幌子，难以坐实其政治上的怨愤之心。再如词人黄公度在《菩萨蛮》"高楼目断南来翼"词题下注云："有怀汪彦章而作。以当路多忌，故托玉人以见意。"同样反映了他对政治迫害的警觉和畏惧之心。陈廷焯《白雨斋词话》卷一中评价其两首《眼儿媚》咏梅词说："情见乎词矣，而措语未尝不忠厚。"② 这种"忠厚"固然是作为封建臣子的本能，但也有着畏祸、避祸的用心。另外，在北宋虽然没有以词贾祸的例子，但并不能说贬谪词人对词的写作就完全放心。以秦观为例，他贬谪处州监酒税之后，"使者承风望旨，候伺过失，既而无所得，则以谒告写佛书为罪，削秩徙郴州，继编管横州"（《宋史》，卷四四四《秦观传》）。既然连写佛书都可以成为贬谪的罪名，小词似乎也不是没有可能触犯政敌。从这个角度来看，秦观将身世之感并入艳情，也有掩饰的用意。周义敢先生在《秦观集编年校注》中，于上文所举的《鼓笛慢》一词后注曰："词人寄怀于良辰美景，托兴于美人香闺，实由忧谗罹祸。"于《风流子》一词后面注曰："因文字罹祸，只能以抒

---

① 罗大经：《鹤林玉露》卷一，《宋元笔记小说大观》，上海古籍出版社2001年版，第5164页。
② 陈廷焯：《白雨斋词话》卷一，唐圭璋《词话丛编》，中华书局1986年版，第3796页。

写男女恋情，寄寓忧郁情怀。"① 这种论断是有一定道理的。

(三) 贬谪词人的弃妇心理

艳情词和闺怨词中出现的寄托与贬谪词人的"弃妇心理"有着莫大关系。这一点我们可以从叶嘉莹所说的"双性人格"来阐释。"双性人格"是叶嘉莹先生从西方女性主义文论中引入中国词学研究的一个术语，它原来是美国社会心理学家卡罗琳·郝贝兰（Carolyn Heilbrun）在《朝向雌雄同体的认识》（*Toward a Recognition of Androgyny*）一书中提出的观念，意指性别的特质与两性所表现的人类的性向，本不应该强制划分，男性的人格中会有女性的特点，女性的人格中亦会有男性特点的存在。叶嘉莹引入这个术语，意在解释"男子而作闺音"的花间词何以在描写美女和爱情的同时还可以引发人们关于"离骚初服"之深意的探究。她认为中国古代的士大夫内心有"弃妇情结"：

> 在中国旧日的君主专制的社会中，原来还更存在有一套所谓"三纲五常"的伦理观念……"三纲"则是指三种不平等的人际伦理关系，也就是"君为臣纲，父为子纲，夫为妻纲"。在这种关系中，为君、为父与为夫者，永远是高高在上的掌权发令的主人，而为臣、为子与为妻者，则永远是被控制支配的对象。不过此"三纲"中，"父子"乃是先天的伦理关系，所以"弃子"的情况，不仅发生得比较少，而且复合的机会也比较多；可是"君臣"与"夫妻"则是后天的伦理关系，其得幸与见弃全然操之于高高在上的为君与为夫者的手中，至于被逐之臣与被弃之妻，则不仅全然没有自我辩解与自我保护的权力，而且在不平等的伦理关系中，还要在被

---

① 秦观著，周义敢等校注：《秦观全集校注》，人民文学出版社2003年版，第851页。

逐与见弃之后，仍然要求他们要持守住片面的忠贞。在这种情况下，则被逐与见弃的一方，其内心所满怀的怨悱之情自可想见……遂在中国旧社会的特殊伦理关系中，形成了诗歌中以弃妇或思妇为主题而却饱含象喻之潜能的一个重要传统。①

在这段话中，叶嘉莹先生明确提出"逐臣"与"弃妇"之间在境遇上的相似性。虽然在中国古代，所有的士大夫都在不同程度上有"弃妇"之感，但真正被逐之臣要比一般的"怀才不遇"，或者"大材小用"者在这一方面感受得更为真切，因此更容易在女性身上寄托身世之感。拿贬谪词中的寄托和《花间词》中的寄托相比，前者无疑更加明显，《花间词》的寄托则不免有单从读者接受的角度"一厢情愿"的阐发，而这种阐发常常招来质疑，如常州词派的张惠言将温庭筠《菩萨蛮》比附离骚，便引来了王国维"固哉，皋文之为词也"的讥讽。叶嘉莹先生在评析这一文学公案时虽然从符号学、女性主义文论的角度认为张惠言有其道理，但同时又指出他的错误在于不应该将读者的体悟"直指为作者之用心"。贬谪词中的寄托本来就有"作者之用心"在，因此读者在阅读和阐释时也就减少了牵强比附的风险，因为这种寄托之意是可以通过"知人论世"的方法从作者生平遭际中找到参照的。如冯煦认为苏东坡词"文外有事，非无病呻吟者可比"，便指出了贬谪遭际对词中寄托含义的"明了化"所起到的作用。这种"明了化"并没有削弱词本身的深情绵渺之特质而变得直抒胸臆、一览无余；也并不是说词人在下笔前就一定有着欲通过词中女子口吻抒发自己心中块垒的用意。况周颐《蕙风词话》论词之寄托时说："词贵有寄托。所贵者流露于不自知，触发于弗克自已。身世之感，通于性灵，即性灵，即寄托，非二物相比

---

① 叶嘉莹：《从女性主义文论看〈花间词〉之特质》，《社会科学战线》1992 年第 4 期。

附也。横亘一寄托于搦管之先,此物此志,千首一律,则是门面语耳,略无变化之陈言也。"① 贬谪词中的寄托也有着"不自知"的情况,正因"不自知",反而更自然感人,但"不自知"亦并不访碍读者依据词人遭际向词作深意的探究。这种比较容易的读者参与,也使得贬谪词在艳情、闺怨题材中的寄托之意更多地被发现。总之"弃妇心理"对于贬谪词中寄托的形成是有推动作用的。

综上所论,"以人寄托"和"以物寄托"实际上正是屈原所创立的"香草美人"的寄托传统在贬谪词中的扩展。正如我们不能将《离骚》视为娱乐游戏之作一样,这些有寄托之意的贬谪词亦不能等同于绮筵公子、绣幌佳人的消遣玩笑。虽然这些词作未脱去传统词体的"形",却具备了诗歌言之有物的"神",这也是一种"诗化"的表现。

第五节 词亦可以群——贬谪词人之酬唱与词体功能的提高

"兴观群怨",是孔子对诗歌功能的概括,其中"群",指的是诗歌在人们社会交往和沟通方面所起到的作用。诗歌对"群"产生影响,可以从许多方面表现出来,而其中"酬唱"无疑是一种最直接最明显的方式。在这里,我们首先为"酬唱"作一个概念的界定:"酬唱"包括两种,一种是文人互相之间的以诗词唱和,其中包括次韵、和韵和单纯的以意唱和;另一种是以诗词的方式寄赠他人,这类作品并不一定能得到

---

① 况周颐:《蕙风词话》,唐圭璋《词话丛编》,中华书局1986年版,第4526页。

回应。通过酬唱，人们互相以"诗意"交流彼此的情感和观点，如白居易和刘禹锡、白居易和元稹之间就有许多酬唱之作。在传统的词作中，类似诗歌的这种酬唱之作非常少见。花间词、南唐词大多只具有娱宾遣兴的功能，词人与词人之间很少以此来唱和交流，词被创作出来，付诸歌女之喉，再播之于众人之耳，便完成了其全部使命。这种情况在北宋初期仍然没有多少改观，虽然词中开始渐渐出现了士大夫个人的情感，但常常也只是作为自我的抒怀，尚未具有"群"的功用。直到北宋中后期词坛上才开始出现大量的酬唱之作，词体才在"可以群"方面表现出了向诗歌靠近的态势。这种功能的产生过程中，贬谪词人所起到的作用仍然是不可忽视的。翻开这些词人的词集我们就可以发现，酬唱词占了很大的比例。如苏东坡，因"乌台诗案"贬谪黄州及流寓江淮期间共作词111首，其中从题目中可明确看出是寄赠、唱和之词的①就有34首，将近1/3②；晁补之从绍圣元年到元符三年的贬谪期当中，作词共40首，其中寄赠、唱和之作有17首，几达总数之半③；辛弃疾在谪居带湖期间，作词共228首，其中寄赠、唱和之作竟达125首，比总数的一半还要多。④ 其他贬谪词人如北宋的黄庭坚、南宋的向子諲、张元幹的作品中酬唱之作也都占不小的比例。贬谪词中出现大量的酬唱之作，一方面是因为贬谪词人间有着情感上的共鸣，另一方面是因为他们在志向上的共勉。

---

① 题目中有明确的"寄""赠""送""遗""次韵""和韵"等字样，下文中晁补之、辛弃疾的计算标准与之相同。
② 参见薛瑞生《东坡词编年笺注》，三秦出版社1998年版。
③ 参见乔力《晁补之词编年笺注》，齐鲁书社1992年版。
④ 参见邓广铭《稼轩词编年笺注》，上海古籍出版社1993年版。

一 情感上的共鸣

由于贬谪词人彼此遭际相似,故而在情感上有着互相沟通、互相安慰的需求,他们的心灵很容易产生共鸣,互相实现更深层次的理解。这在北宋党争中的贬谪者尤其是苏门文人身上表现得特别突出。苏门文人在政治上同进同退,彼此有着深厚的师友情谊。贬谪之后,他们虽然零星四处,各自品味着惶恐漂泊的况味,但彼此的情谊却无法割舍。在那些互相赠送的词作当中,他们彼此的想念和关切透过参差的语句娓娓道来,在贬谪苦难中平添了一丝温暖。晁补之的《蓦山溪·亳社寄张文潜舍人》便是这类酬唱词的典型代表:

兰台仙史,好在多情否。不寄一行书,过西风、飞鸿去后。功名心事,千载与君同,只狂饮,只狂吟,绿鬓殊非旧。

山歌村馆,愁醉浔阳叟。且借两州春,看一曲、樽前舞袖。古来毕竟,何处是功名,不同饮,不同吟,也劝时开口。

该词是绍圣三年晁补之通判亳州时所作,当时张耒坐党籍徙宣州。因为很久没有得到他的消息,故晁补之寄词致思念关切之意。这首词就像一封书信一样:现在是否安康?为何许久没有收到你的音信?在那条追求功名的路上我们所渴望的和我们所遭遇的是如此相似,同在荒僻之所,同为落魄之人,我了解你心中的伤痛如同了解自己。可是朋友啊,盛年将逝,岁月不返,古往今来功名何在?我们不如饮酒作乐,享受这未了的人生。虽然与你相隔千里不能同醉同归,但深深盼望着你能回应我这远方寄来的情谊。词中有思念,有诉说,有劝慰,感人至深。由于史料缺乏,我们不能确知张耒是否收到了这首词。由于时空隔阻,有些酬唱之作无法被对方所知,黄庭坚的《鹊桥仙·次韵东坡七夕韵》便是

第五章　词人贬谪与唐宋词的"诗化"

一首永远都没机会让苏轼阅读的和词：

> 八年不见，清都绛阙，望河汉、溶溶漾漾。年年牛女恨风波，拚此事、人间天上。
>
> 野麋丰草，江鸥远水，老去惟便疏放。百钱端欲问君平，早晚具、归田小舫。

绍圣元年，黄庭坚与苏轼相别于彭蠡江上，到建中靖国元年，二人整整八年再未相见。又到了七夕的夜晚，词人想起元祐年间苏轼写过的那首《鹊桥仙》"乘槎归去"，于是挥笔写下了这首次韵之词。词中牛郎织女对天河风波的怨恨，渗透了词人对于人间久别的悲哀。在贬谪之路上奔波数年，词人早已略无宦情，其对归老田园的渴望，恰如苏东坡在原词中发出的"成都何在"的乡关之思，表现出他们经历贬谪后相似的追求。可惜的是，原本在这一年遇赦北归，有希望与黄庭坚一见的苏轼，却在这首次韵词作成的十天后病逝于常州，这首和词自永无缘被东坡所阅读了。

北宋词坛上极有名的一次群体酬唱，是对秦观的贬谪词《千秋岁》的唱和。先后写和词的有苏轼、黄庭坚、李之仪、孔平仲、释惠洪，在南宋又有王之道、丘崈二人加入，其中丘崈写和词三首，加在一起共有七人九首词，其人数之多，规模之大更兼影响之远、流传之广，在整个词史上可谓空前。原词的作者秦观亦未能见到全部和词，但这并不影响这些唱和所具有的"群"的意义。由于秦观在《千秋岁》词中所表达的今昔对比中的失落之情和身在谪途的"愁如海"之叹是这些遭遇贬谪的词人们心中共有的情绪，再加上秦观在语言运用上强烈的感染力，使得这首词具备特别能够震撼人心的艺术效果，于是仿佛"一石激起千层浪"一般，出现了如此多的唱和之篇，而词人们在唱和的过程中体现出了心灵上的沟通和碰撞。王水照先生在《苏门诸公贬谪心态的缩影——论秦观〈千秋岁〉及苏轼等和韵词》一文中说:"在政治大清洗的背景下,这首词超越了规定接受对象的局限,从个别到一般,赋予了更广泛的意义和作用。它作为某类贬谪心态的艺术载体,拨动了元祐党人的心弦,演成了词坛上此呼彼应、互相唱酬的动人景象。"① 在这些和词当中,黄庭坚、苏轼、孔平仲、李之仪四人的词作,尤其体现出元祐党人之间共同的遭际与深厚的情谊:

黄庭坚《千秋岁》

苑边花外。记得同朝退。飞骑轧,鸣珂碎。齐歌云绕扇,赵舞风回带。岩鼓断,杯盘狼藉犹相对。

洒泪谁能会。醉卧藤阴盖。人已去,词空在。兔园高宴悄,虎观英游改。重感慨,波涛万顷珠沉海。

李之仪《千秋岁》

深秋庭院,残暑全消退。天幕迥,云容碎。地偏人罕到,风惨寒微带。初睡起,翩翩戏蝶飞成对。

叹息谁能会。犹记逢倾盖。情暂遣,心常在。沉沉音信断,冉冉光阴改。红日晚,仙山路隔空云海。

苏轼《千秋岁》

岛边天外。未老身先退。珠泪溅,丹衷碎。声摇苍玉佩。色重黄金带。一万里。斜阳正与长安对。

道远谁云会。罪大天能盖。君命重,臣节在。新恩犹可觊。旧学终难改。吾已矣。乘桴且恁浮于海。

---

① 王水照:《苏轼研究》,河北教育出版社1999年版,第117页。

孔平仲《千秋岁》

春风湖外。红杏花初退。孤馆静，愁肠碎。泪余痕在枕，别久香销带。新睡起。小园戏蝶飞成对。

惆怅人谁会。随处聊倾盖。情暂遣，心何在。锦书消息断，玉漏花阴改。迟日暮，仙山杳杳空云海。

黄庭坚和词前小序中说："崇宁甲申，庭坚窜宜州，道过衡阳。览其遗墨，始追和其《千秋岁》词。"当时秦观已经去世三年之久，仍在贬窜之中的黄庭坚被友人的遗墨激发出心中无限感慨。秦观词中所说的"忆昔西池会。鹓鹭同飞盖"的昔日盛会，正是全体元祐党人对往昔的记忆里不可磨灭的一个情结。多年的贬谪生涯已经让黄庭坚变得更加倔强执着，或许他早已努力不去回想那繁华如梦的过往，而是一心以"白发簪花"的姿态冷眼回报世间的丑恶，然而此时却因秦观之词而引起了埋藏已久的回忆。与好友们同朝而退，歌酒逍遥的生活历历如在目前，而如今不仅往昔的生活一逝不返，就连曾经的好友也已经弃世而去，宛如一颗明珠沉埋在了大海之中。词中对朋友深切的悼念和对自己身世遭际之慨叹在今昔对比之中融为一体。

这种情感其实也是孔平仲与李之仪所共同拥有的。元祐七年金明池盛会时，孔平仲时任集贤校理，在他的《孔氏谈苑》卷四中有"西池唱和诗"一条①，记载的就是当时盛会中赋诗的情景。李之仪在《祭秦少游文》中也念念不忘两个人"并辔阙廷之下，与委蛇班列之中或相与追逐樽俎之地"的"昔游生涯"，尽管在他们的和词当中，这种感情是用区别于黄庭坚的另一种方式表达出来的。李之仪以眼前所见之秋景衬托

---

① 孔平仲：《孔氏谈苑》卷四，《宋元笔记小说大观》，上海古籍出版社2001年版，第2266页。

出悼念友人时沉寂凄凉的意绪,孔平仲则托兴于男女之情寄寓了对友人的怀念和政治上的失落,但感情的内质却是相似的,而这种情感的内质正是"群"的表现。

苏轼和词表达的内容与上述三词有所不同。吴曾《能改斋漫录》卷十七记载:"东坡在儋耳,侄孙苏元老,因赵秀才还自京师,以少游、毅甫所酬赠者寄之。东坡乃次韵录示元老,且云:'便见其超然自得,不改其度之意。'"① 由于苏东坡有着"超然自得,不改其度"的精神,因此虽然秦观与孔平仲的词作亦引起其对贬谪生活的感叹(谪居海南期间,苏轼作词很少,词意中明显寄寓贬谪之意的几乎仅有这一首,显然是在秦、孔词作的感染之下而创作的),但超越了一般和词中的伤感、怀念之情,而是表达了对自己一生尤其是晚年经历的磨难的反思。在反思中自然免不了回想往事的惆怅与壮志未酬的遗憾,但更多的却是对自己所持信念的坚定,对一生所走之路的无悔。"其重点已经落在'旧学终难改',为坚持自己初衷而不惜浮海远去。这就既不同于把自身完全依附于君主的儒家愚忠,也不同于遗世独立,绝意功名,仿佛置身于杳杳仙山的出世思想,而是在直面严酷现实中,肯定独立人格,顽强地追求自我价值的实现。"② 这种精神在和词中的表达,也是欲对秦观贬谪中沉沦于凄苦的情绪有所劝慰和纠正。

南宋王之道的和词,是绍兴末年擢湖南转运判官时途经衡阳见秦观遗墨而作。王之道因反对和议触犯秦桧沦废二十年,因此对于秦观词中的贬谪之意同样有着同感和共鸣,对秦观这位才华横溢的前辈更有着景仰和惋惜之情。和词中结尾一句"临风令我思淮海",表现出秦观的

---

① 孔平仲:《孔氏谈苑》卷二,《宋元笔记小说大观》,上海古籍出版社2001年版,第2235页。
② 王水照:《王水照自选集·元祐党人贬谪心态的缩影——论秦观〈千秋岁〉及苏轼等和韵词》,上海教育出版社2000年版,第638页。

《千秋岁》一词经过光阴的淘洗之后仍旧具有的感动人心的力量。惠洪虽皈依佛门，但与苏门中人往来密切，他所写的和词是借秦观《千秋岁》之韵而写崔徽之情事，与贬谪之意似殊不相干；南宋的丘崈所和的三首《千秋岁》实际上是咏梅词，亦在内容和风格上与原作相异，但在一定程度上也说明了人们对于秦观《千秋岁》一词的欣赏和学习的态度，而这种出于欣赏和学习的唱和，实际上同样是一种"群"的行为。

在对秦观《千秋岁》唱和的同时，词坛上还出现了李之仪、黄庭坚、黄大临、惠洪所作的四首为贺铸《青玉案》所写的和词，其中后三首（黄大临《青玉案·和贺方回韵，送山谷弟贬宜州》、黄庭坚《青玉案·至宜州次韵上酬七兄》、惠洪《青玉案》"绿槐烟柳长亭路"）都是因黄庭坚贬往宜州的事件而发，表达了他们之间的惜别、留恋之情。这一唱和亦体现了"词亦可以群"的功能。

二 志向上的共勉

贬谪中出现大量酬唱词的另一个原因是，由于词人的贬谪往往是"不得其罪"，为奸人所排挤陷害，他们心中的志向因贬谪而未能实现，遂往往在词中以志向互勉、激励。这在南宋的贬谪词中表现得十分突出。因为北宋党争虽然是由政见分歧而引起，但很快转为"君子""小人"的道德之争，而这种道德之争的无标准、无原则性又导致了两党在人事上的排挤倾轧。因此，北宋的贬谪文人被历史的洪流卷到了一个个旋涡当中，他们所感受最深的是人生的幻灭和无常，个体生命的沉沦无助。但到了南宋，党争的主要形态由处理内政上的新旧党争转化为处理外交上的战、和之争，在这场争论当中，正义与非正义一目了然。那些被贬谪的士大夫既然是因为主张抗金救国而遭到贬谪，他们人生志向上的挫折也就意味着国家命运的衰颓甚至危机。因此在贬谪中，他们始终对抗战收复的志向无法释

怀。而在这些志向相同的爱国志士之间,更容易产生这类酬唱之作。如张元幹为贬谪新州的胡铨送行时所写的《贺新郎》:

贺新郎·送胡邦衡待制

梦绕神州路。怅秋风、连营画角,故宫离黍。底事昆仑倾砥柱。九地黄流乱注。聚万落、千村狐兔。天意从来高难问,况人情、老易悲如许。更南浦,送君去。

凉生岸柳催残暑。耿斜河、疏星淡月,断云微度。万里江山知何处。回首对床夜语。雁不到、书成谁与。目尽青天怀今古,肯儿曹、恩怨相尔汝。举大白,听金缕。

胡铨因主张收复中原、反对和议而得罪权臣,故张元幹起笔即从中原写起。失陷了的中原故土,无时无刻不萦绕在他们的心中,甚至做梦都似乎看到了凄凉的秋风之中沦废为一片黍离之野的故国宫城。这共同的忧愤让词人与胡铨的心灵一下子拉得很近。"底事昆仑倾砥柱"?想到失而难复的中原故土,面对忠而被贬的同道友人,词人不禁发问,到底是什么原因,让我们的国家变成了这个样子?残暴野蛮的侵略者如同泛滥的黄河一般带来巨大的灾难,中原好似曹操笔下的"白骨露于野,千里无鸡鸣"一样的,甚至野兽都在这里出没。词人无法回答,因为"天意高难问",所谓"天意",并非上苍之旨,而是当朝皇帝的态度,怯懦、贪生,造成故土难复,造成忠臣远谪!国家命运已然衰落如此,而与知己离别,更增添了一层悲伤。下片转向送别,暑气渐销,秋风将至,这样一个伤感的时节,我送君踏上万里谪路,"衡阳雁去无留意",那遥远的贬所,连传信的大雁也无法到达,往昔对床夜语的情谊将永成回忆。然而词人并不欲沉溺在悲哀之中,他遥望青天,将离别的伤感化在了今古茫茫的历史长河。王勃曾经说:"海内存知己,天涯若比邻。无为在歧路,儿女共沾巾。"既然同为英雄志士，我们不要作小儿女之态，且干了这杯临行的酒，听我唱这曲壮歌为你送行！这首词句句悲壮，又句句深情，忆中原之故土语调铿锵如金石，伤知己之离别又缠绵若笙箫，而总归于豪情壮语，振人心魂。后词人张元幹亦因这首词而下狱除名，可见这首词中与上书请斩秦桧的胡铨相似的悲愤不屈和对卖国奸臣的震慑。

除了这首词之外，张元幹还有另外一首《贺新郎》送给被贬的李纲：

贺新郎·寄李伯纪丞相

曳杖危楼去。斗垂天、沧波万顷，月流烟渚。扫尽浮云风不定，未放扁舟夜渡。宿燕落、寒芦深处。怅望关河空吊影，正人间、鼻息鸣鼍鼓。谁伴我，醉中舞。

十年一梦扬州路。倚高寒、愁生故国，气吞骄虏。要斩楼兰三尺剑，遗恨琵琶旧语。谩暗涩、铜华尘土。唤取谪仙平章看，过苕溪、尚许垂纶否。风浩荡，欲飞举。

和上一首一样，张元幹将自己对国家沦陷的悲愤与对李纲的敬重结合在了一起。送贬谪之人而以《贺新郎》为题，恰如周必大所说："其意若曰'失位不足吊，得名为可贺也'。"① 表现出张元幹对李纲、胡铨在报国志向上深刻的理解。《四库全书总目提要》中说："绍兴八年十一月待制胡铨谪新州，元幹作《贺新郎》词以送，坐是除名。又李纲疏谏和议，亦在是年十一月，纲斯时已提举洞霄宫，元幹又寄词一阕。今观此集，即以此二阕压卷，盖有深意。其词慷慨悲凉，数百年后，尚想见其抑塞磊落之气。"②

---

① 周必大：《跋张仲宗送胡邦衡词》，金启华等编《唐宋词集序跋汇编》，江苏教育出版社1990年版，第123页。

② 永瑢等：《四库全书总目》卷一九八《芦川词提要》，中华书局1965年版，第1585页。

辛弃疾在谪居带湖和瓢泉时期所作的大量酬唱词当中,有许多都是此类与朋友互勉、激励之作。我们这里举他与好友陈亮之间的四首唱和词《贺新郎》为例:

辛弃疾《贺新郎》

陈同父自东阳来过余,留十日,与之同游鹅湖,且会朱晦庵于紫溪,不至,飘然东归。既别之明日,余意中殊恋恋,复欲追路,至鹭鹚林,则雪深泥滑,不得前矣。独饮方村,怅然久之,颇恨挽留之不遂也。夜半投宿泉湖吴氏四望楼,闻邻笛悲甚,为赋《贺新郎》以见意。又五日,同父书来索词。心所同然者如此,可发千里一笑。

把酒长亭说。看渊明、风流酷似,卧龙诸葛。何处飞来林间鹊,蹙踏松梢微雪。要破帽、多添华发。剩水残山无态度,被疏梅、料理成风月。两三雁,也萧瑟。

佳人重约还轻别。怅清江、天寒不渡,水深冰合。路断车轮生四角,此地行人销骨。问谁使、君来愁绝。铸就而今相思错,料当初、费尽人间铁。长夜笛,莫吹裂。

陈亮《贺新郎·寄辛幼安和见怀韵》

老去凭谁说。看几番、神奇臭腐,夏裘冬葛。父老长安今余几,后死无仇可雪。犹未燥、当时生发。二十五弦多少恨,算世间、那有平分月。胡妇弄,汉宫瑟。

树犹如此堪重别。只使君、从来与我,话头多合。行矣置之无足问,谁唤妍皮痴骨。但莫使、伯牙弦绝。九转丹砂牢拾取,管精金、只是寻常铁。龙共虎,应声裂。

辛弃疾《贺新郎·同父见和,再用韵答之》

老大哪堪说。似而今、元龙臭味,孟公瓜葛。我病君来高歌饮、惊散楼头飞雪。笑富贵、千钧如发。硬语盘空谁来听，记当时、只有西窗月。重进酒，唤鸣瑟。

事无两样人心别。问渠侬、神州毕竟，几番离合。汗血盐车无人顾，千里空收骏骨。正目断、关河路绝。我最怜君中宵舞，道男儿、到死心如铁。看试手，补天裂。

陈亮《贺新郎·酬辛幼安再用韵见寄》

离乱从头说。爱吾民、金缯不爱，蔓藤累葛。壮气尽消人脆好，冠盖阴山观雪。亏杀我、一星星发。涕出女吴成倒转，问鲁为、齐弱何年月。丘也幸，由之瑟。

斩新换出旗麾别。把当时、一桩大义，拆开收合。据地一呼吾往矣，万里摇肢动骨。这话霸、又成痴绝。天地洪炉谁扇鞲，算于中、安得长坚铁。淝水破，关东裂。

四首词来往于二人之间，完全起到了类似书信的功能。基于共同的爱国志向上的深厚友情于词句当中展现得淋漓尽致，正如辛弃疾词前小序中说，"心所同然者如此"，也正是陈亮词中"只使君、从来与我，话头多合"之意。陈亮虽然一生未做官，却是一个有胆识有韬略的英雄。隆兴和议之后，"天下忻然，幸得苏息，独亮持不可"。上中兴五论，奏入不报。孝宗淳熙五年，陈亮再次诣阙上书，孝宗欲赐官给他，他道："吾欲为社稷开数百年之基，宁用以博一官乎？"遂辞官归乡。其一生性情豪纵，屡陷大狱，辛弃疾多救之。[①] 在辛词当中，将陶渊明视为卧龙诸葛，是他在陶渊明接受史上的创举，更是对贬居中的自我之人生价值的定位和标榜，同时也是他对弃官不作的朋友陈亮的期许和赞赏。如果

[①] 参见《宋史》卷四三六《陈亮传》，中华书局1977年版；陈邦瞻《宋史纪事本末》卷七十九《陈亮恢复之议》，中华书局1977年版，第847—866页。

说辛弃疾词更偏于对友情的表达，陈亮的两首词则完全叙说离乱，对"父老长安今余几，后死无仇可雪""胡妇弄，汉宫瑟"的现实充满悲愤，希望能出现力挽狂澜的英雄人物来拯救危难中的国家，所谓"天地洪炉谁扇鞴，算于中、安得长坚铁。泲水破，关东裂"。然而，尽管自己有着"男儿到死心如铁"的豪侠硬汉之性格，有着"试手补天裂"的壮志和理想，但与辛弃疾一样不为重用，以致"汗血盐车无人顾，千里空收骏骨"的命运。四首词，有深情，有无奈，有控诉，有勉励，在"硬语盘空"的对话之中，表现了两位失路英雄壮志未泯的豪情。

除此之外，在辛弃疾的词集中另有一首赠给杜叔高的词亦是用此韵的《贺新郎》写成，其内容与风格与这四首词相似，结尾"南共北，正分裂"犹如警钟长鸣，回荡在南宋词坛上。

以上我们分析了贬谪词中出现大量酬唱之作的原因。除了情感上的共鸣和志向上的共勉两点之外，词人在贬谪之中转徙各地，亦有机会结识更多的朋友，这也是在贬谪中酬唱之词比较多的一个原因，这一点在苏轼的酬唱词中表现得尤其明显。贾似道《悦生随抄》记载："苏子瞻泛爱天下士，无贤不肖欢如也。尝言：'上可陪玉皇大帝，下可以卑田院乞儿。'子由晦默少许可，尝戒子瞻择友。子瞻曰：'眼前见天下无一个不好人，此乃一病。'"① 有着这样宽厚的性格和丰富的情感，苏轼在贬谪之地亦不乏好友，遂留下了许多酬唱之词。总之，词人的贬谪经历促成了词体中酬唱之作的增加，而这些酬唱之词，无疑开拓了词体的功能，使其具有了"可以群"的社会交际作用。

---

① 贾似道：《悦生随抄》，《说郛》卷十二，上海古籍出版社1987年影印四库全书本。

结　　语

本书通过五个章节对唐宋贬谪词进行研究。前三章以时间为序纵论中唐、北宋、南宋贬谪词的风貌，后两章横向分析唐宋贬谪词所受宋玉、屈原、陶渊明三者的影响、贬谪对唐宋词的"诗化"所起到的重要作用。

本书认为：

首先，唐宋贬谪词的风貌与唐宋时代的政治生态息息相关。一方面党争等政治事件导致了贬谪词人的出现进而产生出大量的贬谪词作；另一方面从这些词作中亦可透视唐宋两朝政治上的风云变幻以及其中士大夫文人生命个体的升降沉浮。

其次，宋玉、屈原、陶渊明三人，作为唐宋之前著名的贬谪者与归隐者，对唐宋贬谪词影响极大。他们分别代表了文人的感伤、志士的执着和达者的睿智，使唐宋贬谪词中相应地出现了三种情感类型。由于时代背景、学术思潮以及词人性格的不同，唐宋贬谪词人往往各有偏倚，但大多在偏倚之余又表现出对屈原式的执着与陶渊明式的达观之融合；而感伤则无疑是唐宋贬谪词的总体基调。

最后，在唐宋词的发展进程当中，文人贬谪是一种不可忽视的重要推动力。它首先改变了贬谪词人的情感、价值观、文学观,进而作用于词体风貌。这种作用几乎贯穿唐宋词史的始终,不仅推进了文人词的兴起,还对词体在题材、风格、功能等各个方面向诗歌的靠拢这一重要发展趋向产生了极大影响。可以说,没有文人贬谪,唐宋词史的脉络便无从谈起;没有文人贬谪,唐宋词便不会有如此精彩的艺术魅力。

主要参考文献

曾昭岷、曹济平、王兆鹏、刘尊明编：《全唐五代词》，中华书局1999年版。

唐圭璋编：《全宋词》，中华书局1999年版。

严可均辑：《全上古三代秦汉三国六朝文》，中华书局1958年版。

严可均辑，曾枣庄、刘琳主编：《全宋文》，巴蜀书社1993年版。

毛晋编：《宋六十一家词》，商务印书馆1933年版。

乾隆：《唐宋诗醇》，上海古籍出版社1987年影印四库全书本。

朱金城笺注：《白居易集笺注》，上海古籍出版社1988年版。

顾学颉校点：《白居易全集》，中华书局1999年版。

蔡襄：《蔡忠惠公文集》，《宋集珍本丛刊》第7册，北京线装书局2004年版。

乔力笺注：《晁补之词编年笺注》，齐鲁书社1993年版。

晁补之：《晁氏琴趣外篇》，上海古籍出版社1991年版。

胡铨：《澹庵文集》，台北商务印书馆1986年影印文渊阁四库全书本。

蔡戡：《定斋集》，上海古籍出版社1987年影印四库全书本。

王绩：《东皋子集》，上海古籍出版社1992年版。

薛瑞生笺证：《东坡词编年笺证》，三秦出版社1998年版。

高登：《东溪集》，上海古籍出版社1987年影印四库全书本。

范仲淹著，李勇先、王蓉贵校点：《范仲淹全集》，四川大学出版社2002年版。

李之仪：《姑溪居士集》，上海古籍出版社1987年影印四库全书本。

黄庭坚：《黄庭坚全集》，四川大学出版社2001年版。

晁补之：《鸡肋集》，上海古籍出版社1987年影印四库全书本。

陆游著，钱仲联校注：《剑南诗稿校注》，上海古籍出版社1985年版。

徐积：《节孝集》，上海古籍出版社1987年影印四库全书本。

高海夫选注：《范成大诗选注》，上海古籍出版社1989年版。

刘长卿著，杨世明校注：《刘长卿集编年校注》，人民文学出版社1999年版。

刘禹锡著，卞孝萱校点：《刘禹锡全集》，中华书局1990年版。

柳宗元著，吴文治等校点：《柳宗元集》，中华书局1979年版。

张元幹著，曹济平校注：《芦川词》，上海古籍出版社1991年版。

陆游：《陆放翁全集》，中国书店1986年版。

夏承焘笺注：《陆游词编年笺注》，上海古籍出版社1981年版。

王安石：《临川文集》，上海古籍出版社1987年影印四库全书本。

欧阳修著，李逸安点校：《欧阳修全集》，中华书局2001年版。

秦观著，周义敢等编校：《秦观集编年校注》，人民文学出版社2001年版。

周邦彦著，孙虹校注：《清真集校注》，中华书局2002年版。

刘才邵：《檆溪居士集》，台湾商务印书馆1986年影印文渊阁四库全书本。

苏轼著，王文诰辑注：《苏轼诗集》，中华书局 1982 年版。

苏舜钦著，傅平骧、胡问陶校注：《苏舜钦集编年校注》，巴蜀书社 1991 年版。

王文诰辑订：《苏文忠公诗编注集成总案》，巴蜀书社 1985 年版。

苏辙著，陈宏天、高秀芳校点：《苏辙集》，中华书局 1990 年版。

韩愈著，钱仲联集释：《韩昌黎诗系年集释》，上海古籍出版社 1984 年版。

韩愈著，屈守元、常思春主编：《韩愈全集校注》，四川大学出版社 1996 年版。

程颐、程颢著，王孝鱼点校：《河南程氏文集·二程集》，中华书局 1981 年版。

高克勤评选：《王荆公诗文评选》，复旦大学出版社 2006 年版。

袁行霈笺注：《陶渊明集笺注》，中华书局 2003 年版。

司马光：《温国文正公文集》，上海书店 1989 年影印四部丛刊初编本。

余靖：《武溪集》，上海古籍出版社 1987 年影印四库全书本。

辛弃疾著，邓广铭辑校审订，辛更儒笺注：《辛稼轩诗文笺注》，上海古籍出版社 1995 年版。

辛弃疾著，邓广铭笺注：《稼轩词编年笺注》，上海古籍出版社 1993 年版。

黄庭坚：《豫章黄先生文集》，上海书店 1989 年四部丛刊本。

张孝祥：《于湖居士文集》，上海古籍出版社 1980 年版。

元稹著，冀勤点校：《元稹集》，中华书局 1982 年版。

张方平著，沈斐辑：《乐全集》，上海古籍出版社 1987 年四库全书影印本。

谭莹：《乐志堂诗集》，上海古籍出版社 1995 年影印续修四库全书本。

黄公度：《知稼翁集》，上海古籍出版社 1987 年影印四库全书本。

姚鼐：《惜抱轩全集》，中国书店 1991 年版。

颜真卿：《颜鲁公集》，上海古籍出版社 1992 年版。

李纲：《梁溪集》，上海古籍出版社 1987 年影印四库全书本。

朱熹：《晦庵题跋》，商务印书馆 1936 年影印丛书集成初编本。

刘宰：《漫塘文集》，吴兴刘氏嘉业堂 1926 年刻本，苏州大学图书馆藏。

彭乘：《墨客挥犀》，上海古籍出版社 1987 年影印四库全书本。

韩元吉：《南涧甲乙稿》，上海古籍出版社 1987 年四库全书影印本。

夏承焘：《唐宋词人年谱》，上海古籍出版社 1979 年版。

王兆鹏：《两宋词人年谱》，台北文津出版社 1994 年版。

郑永晓：《黄庭坚年谱新编》，社科文献出版社 1997 年版。

欧小牧：《陆游年谱》，人民文学出版社 1987 年版。

徐培均：《秦少游年谱长编》，中华书局 2002 年版。

孔凡礼编：《苏轼年谱》，中华书局 1998 年版。

蔡义江、蔡国黄：《辛弃疾年谱》，齐鲁书社 1987 年版。

邓广铭：《辛弃疾年谱》，上海古籍出版社 1978 年版。

韩酉山：《张孝祥年谱》，安徽人民出版社 1993 年版。

王兆鹏：《张元幹年谱》，南京出版社 1989 年版。

朱东润：《陆游传》，百花文艺出版社 2003 年版。

王水照、崔铭：《苏轼传：智者在苦难中的超越》，天津人民出版社 2000 年版。

辛文房：《唐才子传》，中州古籍出版社 1987 年版。

洪本健编：《欧阳修资料汇编》，中华书局1995年版。

颜中其编注：《苏东坡轶事汇编》，岳麓书社1984年版。

辛更儒：《辛弃疾资料汇编》，中华书局2005年版。

唐圭璋编：《词话丛编》，中华书局1986年版。

张璋编：《历代词话》，大象出版社2002年版。

张璋编：《历代词话续编》，大象出版社2005年版。

何文焕编：《历代诗话》，中华书局2004年版。

丁福保编：《历代诗话续编》，中华书局1983年版。

郭绍虞：《清诗话续编》，上海古籍出版社1983年版。

吴文治主编：《宋诗话全编》，江苏古籍出版社1998年版。

厉鹗编：《宋诗纪事》，上海古籍出版社1983年版。

孟棨：《本事诗》，上海古籍出版社1991年版。

王国维：《人间词话》，上海古籍出版社1998年版。

司空图著，杜黎均译评：《二十四诗品译注评析》，北京出版社1988年版。

张惠民编：《宋代词学资料汇编》，汕头大学出版社1993年版。

吴熊和主编：《唐宋词汇评·两宋卷》，浙江教育出版社2004年版。

王兆鹏主编：《唐宋词汇评·唐五代卷》，浙江教育出版社2004年版。

金启华等编：《唐宋词集序跋汇编》，江苏教育出版社1990年版。

吴之振编：《宋诗钞》，中华书局1986年版。

张宗橚：《词林纪事》，成都古籍出版社1982年版。

陈廷焯：《词则》，上海古籍出版社1984年版。

王夫之：《宋论》，中华书局1964年版。

杨伯峻注：《春秋左传注》，中华书局1981年版。

杨仲良：《皇宋通鉴长编纪事本末》，江苏古籍出版社 1988 年影印宛委别藏本。

李心传：《建炎以来系年要录》，中华书局 1956 年版。

李心传：《建炎以来朝野杂记》，上海古籍出版社 1987 年影印四库全书版。

刘昫：《旧唐书》，中华书局 1975 年版。

赵翼著，王树民校正：《廿二史札记校正》，中华书局 1984 年版。

司马迁：《史记》，中华书局 1982 年版。

江少虞：《宋朝事实类苑》，上海古籍出版社 1981 年版。

朱熹：《宋名臣言行录》，上海古籍出版社 1987 年影印四库全书本。

陈邦瞻：《宋史纪事本末》，中华书局 1977 年版。

脱脱：《宋史》，中华书局 1977 年版。

欧阳修、宋祁：《新唐书》，中华书局 1975 年版。

毕沅：《续资治通鉴》，中华书局 1957 年版。

李焘：《续资治通鉴长编》，中华书局 1979 年版。

秦缃业、黄以周：《续资治通鉴长编拾补》，上海古籍出版社 1995 年影印续修四库全书本。

钱穆：《国史大纲》，商务印书馆 1996 年版。

富大用编：《古今事文类聚新集》，台湾商务印书馆 1986 年影印文渊阁四库全书本。

杨士奇等辑：《历代名臣奏议》，上海古籍出版社 1987 年影印四库全书版。

徐松辑：《宋会要辑稿》，中华书局 1957 年版。

冯云濠、王梓材：《宋元学案补遗》，张寿镛辑《四明丛书》第 17 册，广陵书社 2006 年版。

俞文豹著，张宗祥校订：《吹剑录全编》，上海古典文学出版社 1958 年版。

王偁：《东都事略》，上海古籍出版社 1987 年影印四库全书本。

苏轼：《东坡志林》，三秦出版社 2003 年版。

吴曾：《能改斋漫录》，上海古籍出版社 1980 年版。

陶宗仪编：《说郛》，上海古籍出版社 1987 年影印四库全书本。

司马光：《涑水纪闻》，中华书局 1997 年版。

吴炯著：《五总志》，《笔记小说大观》二十二编，台北新兴书局 1978 年版。

田汝成：《西湖游览志余》，浙江人民出版社 1980 年版。

黄庭坚：《宜州家乘》，《笔记小说大观》二十二编，台北新兴书局 1978 年版。

《唐五代笔记小说大观》，上海古籍出版社 2000 年版。

《宋元笔记小说大观》，上海古籍出版社 2001 年版。

郑景望：《蒙斋笔谈》，《笔记小说大观》二十二编，台北新兴书局 1978 年版。

胡仔：《苕溪渔隐丛话》，《笔记小说大观》三十五编，台北新兴书局 1983 年版。

李慈铭：《越缦堂读书记》，中华书局 1963 年版。

龚明之：《中吴纪闻》，上海古籍出版社 1986 年版。

习凿齿著，舒焚、张林川校注：《襄阳耆旧记校注》，荆楚书社 1986 年版。

乐史：《太平寰宇记》，上海古籍出版社 1987 年影印四库全书本。

何晏注，邢昺疏：《论语注疏》，上海古籍出版社 1990 年版。

洪兴祖注：《楚辞补注》，中华书局 1983 年版。

朱熹集注：《楚辞集注》，上海古籍出版社 2001 年版。

王逸：《楚辞章句》，上海古籍出版社 1989 年版。

杨义：《楚辞诗学》，人民出版社 1998 年版。

聂石樵：《楚辞新注》，商务印书馆 2004 年版。

朱熹：《诗集传》，上海古籍出版社 1980 年版。

袁珂校译：《山海经校译》，上海古籍出版社 1985 年版。

刘义庆著，徐震堮校笺：《世说新语校笺》，中华书局 1984 年版。

郦道元著，陈桥驿注：《水经注》，浙江古籍出版社 2001 年版。

萧统编，李善注：《文选注》，上海古籍出版社 1987 年影印四库全书本。

《古今图书集成·艺术典》，中华书局 1986 年影印本。

陈振孙：《直斋书录解题》，上海古籍出版社 1987 年版。

永瑢等：《四库全书总目》，中华书局 1965 年版。

马端临：《文献通考》，中华书局 1986 年版。

沈松勤：《北宋文人与党争》，人民文学出版社 2004 年版。

沈松勤：《南宋文人与党争》，人民文学出版社 2005 年版。

萧庆伟：《北宋新旧党争与文学》，人民文学出版社 2001 年版。

尚永亮：《贬谪文化与贬谪文学——以中唐元和五大诗人之贬及其创作为中心》，兰州大学出版社 2004 年版。

蒋长栋：《贬谪文学论集》，中国文联出版社 2003 年版。

吴世昌著，吴令华辑注，施议对校：《词林新话》，北京出版社 2000 年版。

吴梅：《词学通论》，复旦大学出版社 2005 年版。

龙榆生：《龙榆生词学论文集》，上海古籍出版社 1997 年版。

李泽厚：《美的历程》，文物出版社 1981 年版。

朱立元：《美学》，高等教育出版社 2001 年版。

王兆鹏：《南渡词人群体研究》，台北文津出版社 1992 年版。

江立中：《迁谪文学与岳阳精神》，当代世界出版社 2001 年版。

钱锺书：《钱锺书论学文选》，花城出版社 1990 年版。

黄中模编：《屈原问题论争史稿》，十月文艺出版社 1987 年版。

余英时：《士与中国文化》，上海人民出版社 1987 年版。

陈匪石：《宋词举（外三种）》，江苏古籍出版社 2002 年版。

胡云翼：《宋词选》，上海古籍出版社 1982 年版。

钱锺书：《宋诗选注》，人民文学出版社 1953 年版。

吴广平：《宋玉研究》，岳麓书社 2004 年版。

王水照：《苏轼研究》，河北教育出版社 1999 年版。

钱锺书：《谈艺录》，中华书局 1984 年版。

杨海明：《唐宋词风格论》，上海社会科学院出版社 1988 年版。

唐圭璋：《唐宋词简释》，上海古籍出版社 1981 年版。

杨海明：《唐宋词论稿》，浙江古籍出版社 1988 年版。

杨海明：《唐宋词美学》，江苏教育出版社 1998 年版。

沈松勤：《唐宋词社会文化学研究》，浙江大学出版社 2004 年版。

杨海明：《唐宋词史》，江苏古籍出版社 1987 年版。

王兆鹏：《唐宋词史论》，人民文学出版社 2000 年版。

吴熊和：《唐宋词通论》，浙江古籍出版社 1989 年版。

杨海明：《唐宋词与人生》，河北人民出版社 2002 年版。

李剑亮：《唐宋词与唐宋歌妓制度》，浙江大学出版社 2006 年版。

叶嘉莹：《唐宋名家词论稿》，河北教育出版社 1997 年版。

龙榆生选编：《唐宋名家词选》，上海古籍出版社 1980 年版。

叶嘉莹：《王国维及其文学批评》，广东人民出版社 1982 年版。

王水照：《王水照自选集》，上海教育出版社 2000 年版。

王岳川：《文化话语与意义踪迹》，四川人民出版社1997年版。

刘扬忠：《辛弃疾词心探微》，齐鲁书社1990年版。

李剑锋：《元前陶渊明接受史》，齐鲁书社2002年版。

彭国忠：《元祐词坛研究》，华东师范大学出版社2002年版。

王运涛：《中国古代贬谪文化与经典文学传播研究》，吉林文史出版社2005年版。

葛兆光：《中国思想史》，复旦大学出版社2001年版。

陆侃如：《中国诗史》，商务印书馆1992年版。

柳诒徵：《中国文化史》，上海古籍出版社2001年版。

朱光潜：《朱光潜美学论集》，上海文艺出版社1982年版。

胡适编选：《词选》，河北人民出版社1999年版。

张再林：《唐宋士风与词风研究——以白居易、苏轼为中心》，人民文学出版社2005年版。

刘尊明：《唐五代词史论稿》，文化艺术出版社2000年版。

刘永济：《唐五代两宋词简析》，上海古籍出版社1981年版。

俞陛云：《唐五代两宋词选释》，上海古籍出版社1985年版。

尚永亮：《唐五代逐臣与贬谪文学研究》，武汉大学出版社2007年版。

袁行霈：《陶渊明研究》，北京大学出版社1997年版。

马建堂编著：《马斯洛人性管理经典》，北京工业大学出版社2002年版。

姜书阁：《先秦辞赋原论》，齐鲁书社1983年版。

［古希腊］柏拉图：《理想国》，郭斌和、张竹明译，商务印书馆1986年版。

［德］康德：《判断力批判》，宗白华译，商务印书馆1964年版。

［德］海德格尔：《人，诗意地安居》，郜元宝译，上海远东出版社1995年版。

后　记

佛家有七苦之说：生、老、病、死、怨憎会、爱别离、求不得。想古人在贬谪中，浮沉幻灭间，对人生之苦感受尤深。斯人已逝，但其悲慨呻吟与挣扎自救，却尽数现于文字之中，读之可观众生之相，推人及己，于悲悯之中亦可得释怀。这大概是我当初选题的第一初衷，也是今日整理书稿时的最大感触。

本书是在博士论文的基础上修订而成。虽说是修订，其实更改处并不多，主要对此前长达四万字的绪论进行了删减，对正文中语言繁复啰嗦处适当简化，这倒并非"敝帚自珍"。博士毕业后每逢有人问及论文出版了没有，我总对拙文作厌弃而不屑一顾状，立志挖地三尺，修成圆满方可示人。到如今蹉跎数年，重拾旧作，感慨良多。当年文笔稚嫩，而如今却也无甚进步，力有不逮，仅够修修边角罢了。而斟酌之间，独墅湖畔的朝霞夕霭，又清晰地浮现于脑海。三年心无旁骛读书作文的静好岁月，如今竟是可望而不可即。唯随年岁渐长，经历略多，于人世间悲欢离合、升沉去住之无常有更多一层体认，翻阅旧稿之时，古人于无边苦海中的种种辗转反侧，比之当日更觉切近身前，读其诗其词，如访旧交故友，一字一句，皆仿佛与之共言笑，亦共沧桑。

此番书稿得以出版，得力于诸多师友的关怀帮助。当年写作博士论文，得恩师杨海明先生悉心指导，毕业七八年间，杨老师对我的学术及生活处处关心，每念及此，无限感激之余亦自惭于庸碌，深负恩师厚爱。杨门各师兄师姐，大多成就斐然，多年来对我提携照顾，待我有如亲人。武汉大学王兆鹏教授、尚永亮教授、陈水云教授都曾对我的学术研究给予宝贵的指导和建议，在此一并感谢。此外，感谢中国社会科学出版社郭晓鸿老师在本书出版过程中的辛勤付出，感谢我的亲人在我背后的鼓励和支持，感谢所有相识的人们给予我的善意，谢谢你们。

张　英
2017年2月于常州